Das Biest

Fred Breinersdorfer

Das Biest

Thriller

Eichborn.

Die Deutsche Bibliothek – CIP-Einheitsaufnahme

Breinersdorfer, Fred:
Das Biest : ein Abel-Krimi / Fred Breinersdorfer. – Frankfurt am Main : Eichborn, 1998
ISBN 3-8218-0546-3

Umschlaggestaltung: Christina Hucke
Layout: Cosima Schneider
Lektorat: Doris Engelke
Satz: Fuldaer Verlagsanstalt
Druck und Bindung: Wiener Verlag, Himberg
ISBN: 3-8218-0546-3

Verlagsverzeichnis schickt gern:
Eichborn Verlag, Kaiserstraße 66, D-60329 Frankfurt
http://www.eichborn.de

Für

Richard K. Flesch,
Günter Maria Halmer und Andrea l'Arronge,
Bernd Burgemeister
Frank Guthke, Carlo Rola, Josef Rödl und
Marc Rothemund
Wolfgang Becker, Lothar Hirschmann,
Rolf Ballmann und Franz Neubauer
Jutta Schwarz, Bernd Jost
und alle andern, die geholfen haben, Abel und
Jane zu dem zu machen, was sie heute sind.

Donnerstag,
8. August 1996

»Im Namen des Volkes«, sagte der Richter und blickte streng in den stickigen Saal.

Er trug die übliche schwarze Richterrobe aus Schurwolle mit aufgenähtem schwarzen Samtschal. Richter am Amtsgericht Dr. Eduard Hablik. Ein langer Mensch, blonde kurze Haare über einem älter gewordenen Lausbubengesicht. Er sah sich um. Alle Augen waren auf ihn gerichtet. Nur der Verteidiger starrte aus dem Fenster. Er war so um die fünfzig Jahre, lässig, Lesebrillenträger, Geheimratsecken, kurze, nach vorne gekämmte Haare unbestimmbarer Farbe. Er trug seine Robe offen und hatte die Hände in den Taschen eines verknautschten Sommeranzugs aus Leinen, die gedeckte Krawatte hing auf Halbmast.

Im Westen, jenseits des Talkessels, wuchsen weiße Wolkentürme, die vom Licht der Nachmittagssonne grell ausgeleuchtet wurden. Unter den Bäuchen der Wolken lagen finstere Schatten. Die Hitze drückte seit dem Wochenende auf die Stadt. Die Zeitungen brachten im Lokalteil Fotos aus Freibädern und Parks oder von spielenden Kindern neben wasserspeienden Feuerwehrhydranten. Die Todesanzeigen, zwei Seiten weiter, belegten nun schon fast anderthalb Blatt. Viele alte Leute. Kreislauf. »Nach einem langen, erfüllten Leben hat Gott in seiner unendlichen Weisheit unseren Opa, Vater, Onkel und Freund unerwartet zu sich gerufen.« Wissenschaftler diskutierten schon wieder die fortschreitende Versteppung in Europa. Und gestern noch mal ein halbes Grad im Schatten mehr! Heißester Sommer seit vier Jahren.

Während der Verhandlung des Jugendgerichts war der Straßenlärm durch die ausgeklappten Fenster nur gedämpft zu hören. Es roch nach Menschen und Fußbodenversiegelung. Irgend etwas störte die Konzentration des Richters. Er machte immer noch keine Anstalten weiterzusprechen.

Der Angeklagte starrte zu ihm hinauf und murmelte auf italienisch »mach doch endlich«. Er preßte seine Daumen, bis es schmerzte.

Habliks Blick blieb verärgert am Verteidiger hängen. Daß ein Rechtsanwalt in einer Strafverhandlung lässig die Hände in den Anzugtaschen vergräbt und mit dem Rücken an der Wand lehnt und aus dem Fenster sieht, wenn ein Urteil verkündet werden soll, ist einfach ungehörig. Der Blonde in der Richterrobe räusperte sich wütend, um die Aufmerksamkeit des Advokaten auf sich zu lenken. Die Zuschauer folgten seinem Blick und starrten den Anwalt an, als würde es von ihm abhängen, daß der Richter mit dem Urteil nicht weiterkam. Jean Abel mochte den Richter nicht, er veränderte weder Haltung noch Blick. Hablik mochte keine Anwälte. Und den Herrn Abel schon gar nicht.

Hablik gab sich einen Ruck. »Im Namen des Volkes«, wiederholte er: »Der Angeklagte Franco Geali wird freigesprochen.« Danach ganz schnell: »Der Haftbefehl wird aufgehoben. Für die zu Unrecht erlittene Untersuchungshaft wird dem Angeklagten eine Entschädigung zugebilligt, seine Auslagen fallen der Landeskasse zur Last.«

»Bellissimo!« Jubel auf der Anklagebank.

Raunen im stickig heißen Zuschauerraum. Eine Frau, so um die fünfzig, schlug erleichtert ein Kreuz. Zwei Männer wandten sich ab und setzten helle Strohhüte auf, noch bevor sie den Raum verließen. Eine junge Frau mit stark geschminktem Madonnengesicht, der man ihre gerade mal sechzehn Jahre nicht ansah, die Tochter des Freigesprochenen, Greta-Maria, senkte die Mundwinkel, reckte verstohlen den Mittelfinger der linken Hand zu einer obszönen Geste und murmelte »un cordiale va fan culo«.

Der Freigesprochene schrie wie auf dem Fußballplatz und ballte die Faust. Seine Stimme hallte durch den Gerichtssaal. Der Staatsanwalt rief tadelnd: »Ich darf doch bitten!« Der Freigesprochene johlte weiter.

»Ruhe«, bellte der Richter. »Ruhe.«

Raunen, dann Zwischenrufe aus dem Publikum. Hablik brüllte noch lauter: »Ruhe.« Kasernenhofton, der nicht zu dem Sommersprossengesicht des Mannes in der schwarzen Robe paßte. Seine Stimme hatte etwas Gebieterisches. Er setzte sich durch und brauchte keine Ordnungsstrafe anzudrohen. Geali schwieg endlich, atmete in Stößen und sah strahlend zu, wie der Richter sich nach kurzer Pause auf seinem Stuhl niederließ und mit der Urteilsbegründung begann.

»Der in Castel San Giovanni, Italien, am 26.4.1955 geborene Angeklagte wuchs in geordneten Verhältnissen auf.«

Abel schniefte und hielt den Mund. Als alles Platz nahm, blieb er stehen und betrachtete ebenso ungerührt wie demonstrativ die sich auftürmenden Wolkengebirge, die langsam ihre Schatten über die City schoben. Das grelle Licht war plötzlich wie abgeschaltet. Ein Windstoß trieb den Geruch von Straßenstaub durch die Fenster herein.

Hablik blickte für eine Sekunde von seinem Notizblatt auf, bevor er fortfuhr und die magere Biographie des Angeklagten referierte, um dann auf den Tatvorwurf einzugehen.

Die Ausführungen des Jugendgerichts, vor dem sich Erwachsene verantworten müssen, wenn Jugendliche die Opfer sind, blieben knapp. Der freigesprochene Franco Geali hatte im Verdacht gestanden, sich seiner minderjährigen Tochter Greta-Maria sexuell genähert zu haben. Keine Vergewaltigung, aber eine massive sexuelle Nötigung, immerhin ein Tatbestand, der zu einer empfindlichen Strafe geführt hätte – wenn Geali zweifelsfrei überführt worden wäre.

Der Vorgang war bei der Polizei entstanden, als sich die zur Tatzeit Fünfzehnjährige vor der angeblichen Zudringlichkeit des Vaters in einer Winternacht auf ein Revier flüchtete. Der Richter sprach in der Begründung seiner Entscheidung nicht von »mutmaßlichen Tatbeständen«, er relativierte nicht. Von »sexuellen Handlungen« war die Rede, ohne Wenn und Aber. Obwohl dieses lächerliche Strafprozeßrecht ihn dazu zwang, einen Freispruch zu verkünden, sollte jeder wissen, was er als Richter wirklich dachte. Er wollte sich nicht irgendwann vorwerfen lassen müssen, die Augen verschlossen zu haben. Ganz abgesehen von seinem Gewissen! Außerdem preßte eine unbestimmte Wut seinen Magen zusammen. Nicht Wut auf diesen schmierigen Wurm von Angeklagten, nein, vielmehr Ärger über den Verteidiger, der doch auch Augen und Ohren hatte und trotzdem so tat, als sei Geali ein rechtschaffener Mann und eine Anklage gegen diesen Ganoven wegen sexueller Nötigung in Tateinheit mit versuchtem Inzest eine absurde Ungerechtigkeit. Und dann noch als Organ der Rechtspflege bei der Urteilsbegründung blasiert herumstehen und zum Fenster hinaussehen! Für Hablik war dieser Geali schuldig. Einschlägige Vorstrafen des Inhabers eines Getränkehandels befanden sich in den Akten. Versuchte Vergewaltigung zweier Mitarbeiterinnen. Hablik ließ sich so lang und breit darüber aus, als würde er einen Schuldspruch begründen.

Der Richter hatte die Blicke zwischen Vater und

Tochter genau registriert. Keiner konnte Hablik erzählen, daß da nichts gelaufen war. Nur das seiner Meinung nach übergenaue Beweisrecht erlaubte ihm nicht, seine Eindrücke in eine Verurteilung einfließen zu lassen. Und Hablik war zu sehr Jurist, zu korrekt, um das Recht nicht zu respektieren, aber er haßte es, wenn es ihn zu Resultaten zwang, die ihm gegen den Strich gingen.

Hablik redete nun beinahe nur noch in Stichworten. Dann sagte er etwas für einen Richter in dieser Situation Ungeheures: »Das Gericht ist trotz allem der Überzeugung, daß es zu einem massiven sexuellen Vorfall zwischen dem Angeklagten und seiner Tochter kam.« Abel hob den Kopf, er runzelte die Stirn. Trotzig, wie ein zorniges Eingeständnis der Schuld, folgten dann die Worte des Richters: »Der Vorwurf läßt sich dem Angeklagten *leider* nicht zweifelsfrei nachweisen.«

Abel sagte mit ruhiger Stimme, die Urteilsbegründung unterbrechend: »Leider? Herr Vorsitzender, das hör' ich mir nicht an.«

Hablik wurde bleich.

Abel nickte knapp zuerst dem Mandanten, dann dem Staatsanwalt und schließlich dem Richter zu. Dann wandte er sich zum Gehen. Als er die Tür öffnete, fegte ein Windstoß Staub und abgestandene Luft aus dem Raum.

Wenig später ging er einen Seitenflur entlang und merkte nicht, daß die Tür zu Habliks Dienstzimmer einen Spalt offenstand. Kaum war der Verteidiger vorbei, stürzte Hablik heraus. Er packte Abel voller Zorn an der Schulter und schrie: »Alle haben plötzlich gemauert. Alle! Keiner wollte aussagen. Die ganze Familie nicht.

Wie bei der Mafia. Wenn die Kleine sogar von ihrem Zeugnisverweigerungsrecht Gebrauch ...«

»Ich war auch im Gerichtssaal, Herr Hablik«, sagte Abel kühl und schüttelte die auffällig schmalen Hände des Richters von der Schulter.

»O ja,« rief Hablik in höhnischem Ton, »das war ja nicht zu übersehen.« Wieder packte er zu. Sein Griff war erstaunlich hart.

Abel genoß, wie der Richter die Fassung verlor. Betont langsam griff er noch einmal nach den Händen auf seinen Schultern und entfernte sie mit einem kurzen Ruck. Er wollte weitergehen, doch Hablik versperrte ihm den Weg, schob sein Gesicht nahe heran. Sein Atem roch nach Spearmintkaugummi. Abel bemerkte, wie die Lippen des blassen, langen Mannes bläulich anliefen. Hablik zischte: »Sie haben diesen Prozeß manipuliert, *Herr* Rechtsanwalt. Der Staatsanwalt hatte alles, eine Anzeige, die Aussage der Tochter und der Mutter. Aber es legitimiert sich der einschlägig bekannte Rechtsanwalt Abel, und plötzlich schweigt dieses Pack. Dann folgt der Gipfel: Alles wird sogar noch widerrufen.« Hablik brüllte plötzlich so, daß sich am Ende des Flurs ein Geschäftsstellenbeamter erschrocken umdrehte, der mit Besteck und Stoffserviette in der Hand auf dem Weg in die Kantine war.

Abel fing sich und entgegnete kalt: »Nur gut, daß Sie immer alles so genau wissen, Hablik.«

»Ich verbitte mir ... Das ist doch ein Flittchen. Da weiß man doch ...«

Abel lächelte. »Sonst schlägt Ihr richterliches Herz doch auch eher für die Damenwelt!«

Hablik schnaubte. »Zwei Maßregeln des Jugendgerichts wegen Betrugs. Und einmal Falschaussage. Stattliche Liste für eine Sechzehnjährige. – Und daß sie Druck auf ihren Vater ausgeübt hat, bloß weil er sie gezwungen hat, jeden Abend um neun Uhr zu Hause zu sein, was der jungen Dame nicht paßt, das hat sie selbst zugegeben. – Außerdem sind das alles doch juristische Laien, Italiener, woher wissen die denn etwas von unserem Aussageverweigerungsrecht?«

»Von mir«, sagte Abel in verbindlichem Ton. »*Und* von Ihnen. Sie haben jeden Zeugen darauf hingewiesen, das steht so im Gesetz.«

Klar, das stand außer Zweifel. Hablik trat den Rückzug an. »Aber solche Leute kennen doch die juristischen Konsequenzen nicht!«

»Mag sein, aber sie kennen die persönlichen Konsequenzen. Sie haben durchgemacht, was in einer Familie nach so einer Anzeige abläuft, und jeder von ihnen kann sich lebhaft vorstellen, was los ist, wenn der Vater ins Gefängnis muß, statt mit Bier und Limo zu handeln.«

Hablik sah Abel schräg an. »Sie sind ein Phantast. Ein verdammter Sozialromantiker.« Das klang nicht mehr so sicher.

Abel haßte es, wenn ein Richter aggressiv wurde. Er verachtete Hablik nicht, wie viele Kollegen, besonders solche, die keine Einserjuristen waren wie er. Aber Abel mochte ihn nicht. Er nickte dem Richter zu und machte sich auf den Weg.

Abel ging zu einem Italiener in der Nachbarschaft, um einen Espresso zu trinken und die Zeitung zu lesen. Die Windböen des nahenden Gewitters verscheuchten bald die Menschen von den Tischen im Freien. Abel bändigte die raschelnde Zeitung, kippte den Espresso wie einen Schnaps, verbrannte sich die Zunge, zahlte und ging knurrend Richtung Osten, wo seine Kanzlei lag.

Auf seinem Schreibtisch häuften sich die gelben Rückruf-Notizzettel, die ihm seine Assistentin Jane Münster wie ein Kartenspiel vor dem Telefon aufzufächern pflegte. Jane war weg. Wahrscheinlich die paar Schritte nach Hause gelaufen, um dort die Fenster zu schließen, ehe der erwartete Regenguß kam.

Abel ließ sich in den Sessel fallen, faltete die Hände vor dem Gesicht und schloß die Augen.

Er war ein großer, schlanker Mann mit eleganten Bewegungen. Oft huschte ein ironisches Lächeln über sein schmales Gesicht. Und weil er sich noch nie gerne rasiert hatte, schmückten die Schatten eines Dreitagebartes Kinn und Wangen. Pfeffer und Salz, wie die Farbe seiner Haare. Graugrüne, lebhafte Augen mit einer Korona tiefer Lachfalten.

Meist trug Abel Anzüge, eine Nummer zu groß, weil er jede Einengung haßte. Wenn er mit einer Freundin oder Jane einkaufen ging, versuchten sie ihn zu guten Krawatten zu überreden. Er kaufte brav, zog sie aber nie zu dem Anzug an, für den sie gedacht waren. Seine Freundinnen verziehen ihm diese Unachtsamkeiten. Jane meckerte manchmal deswegen. Frauen, die ihn nicht so gut kannten wie Jane, glaubten, daß sie Abel ändern könnten, wenn er nur ... Frauen mochten seine Augen und seine Hände und die Art, wie er zärtlich gewisse Dinge sagen konnte.

Jean Abel zeigte im allgemeinen ein enormes Desinteresse an Geld. Das war noch viel schlimmer als mit den Krawatten. Erstaunlich, denn er stammte aus der Kohlenkiste. Der Vater Jakob Abel war ein Deserteur der Wehrmacht gewesen. Alle, die ihn gekannt hatten, sagten, daß sein Sohn ein ganz ähnliches Lächeln hatte. Vielleicht hatte es was mit diesem Lächeln zu tun, daß Jakob im Gasthaus »Ours d' Or« Anfang 1945 bei seiner Yvonne unterschlupfen konnte.

Als Jean am 1. Dezember desselben Jahres geboren wurde, war das Leben nicht leicht für die Eltern in dem einsamen Flecken am Fuße der Vogesen. Ein deutscher Deserteur war in den Augen der Dörfler fast so schlimm wie ein Kollaborateur.

Sie zogen in die französische Zone nach Ludwigshafen, wo es in der Industrie Arbeitsplätze geben sollte. Für Deserteure gab es nichts. In Bochum schließlich kannte keiner den Infanteristen Jakob Abel. Er schlug sich mit seiner Yvonne und dem Balg durch. Sie lebten in Baracken und warteten auf die Zuteilung einer Wohnung. Bis ein alter Kamerad wiederauftauchte.

In Stuttgart fand Jakob Abel einen Job bei Daimler. Dort entlarvte er einen Gestapomann, der in Reims die standrechtlichen Erschießungen von zwei Résistanceleuten befohlen hatte. Der Gestapomann wurde abgeführt und Abel kurz darauf aus betrieblichen Gründen entlassen. Als Jakob vom Hof der Firma schlich, kam der Gestapomann zurück.

Weshalb sich Jakob Abel nach Weihnachten 1949 erhängte, blieb unklar. Ein Abschiedsbrief existierte nicht. Jeder sagte, daß ein Mann, tüchtig wie er, in der jungen Republik eigentlich große Chancen gehabt hätte. Die Mutter lebte fortan allein mit dem Sohn in einer Siedlung im Osten der Stadt und verdiente den Lebensunterhalt als Putzfrau in den Villen oben auf der Gänsheide.

Kurz bevor Abel dreißig wurde, starb seine Mutter, die schon Jahre zuvor in ihre Heimat zurückgegangen war. Jean hatte unter dem Tod der kleinen, trotz eines harten Lebens so heiteren Frau sehr gelitten.

Die Kanzlei lag im Halbdunkel. Die Läden waren vorgeklappt und die Fenster geschlossen, um Reste der Morgenkühle zu erhalten. Doch von Morgenkühle war längst keine Spur mehr. Abel war froh, daß er saß, und ließ die Fenster wegen des Windes geschlossen. Er wischte sich den Schweiß von der Stirn und löste die Krawatte.

Er hatte einen jener Freisprüche hinunterzuwürgen, die er nicht mochte. Nicht, daß er ein Freund des Abstrafens war, Strafverteidiger sind das nie, nicht daß er glaubte, für die Familie Geali wäre es besser gewesen, wenn der Vater in den Knast gewandert wäre. Nein, Abel haßte diese Schieflage, dieses Gefühl, daß einer davongekommen ist, dem mindestens ein dicker Denkzettel gehört hätte – davongekommen mit seiner, Abels, Hilfe. Wäre er nur wirklich sicher gewesen, daß das Ganze nicht eine Inszenierung der Madonna mit den feuerroten Lippen war, ein Familienkrach um die Frage, wann eine Minderjährige zu Hause zu sein hat. Und dann mußt du Idiot dich noch mit dem Hablik anlegen!

Endlich sah Abel die Post durch. Nachdem er drei Briefe überflogen hatte, gab er auf. Warum in drei Teufels Namen ging er nicht eine Runde Billard spielen? Oder Boule? Aber wenn es gleich anfing zu schütten ...

Franco Geali ... Oder hatte *sie* ihn halb gezogen, und war er halb gesunken? Wenn schon in der *Bravo* steht, wie die Hauptverhandlung ergeben hat, daß Fummeln zwischen älteren Männern und jungen Nymphchen eine Art großes Abenteuer ist. Konnte so eine Sechzehnjährige überhaupt einschätzen, was sie im Hirn und im Schwanz ihres Vaters auslöste, wenn sie Abend für Abend nackt, geschminkt und mit verwegenen Frisuren in der Wohnung herumlief, wie in der gerichtlich nicht verwertbaren, weil widerrufenen polizeilichen Aussage der Mutter zu lesen war? Muß so ein alter Bock, Vater zumal, sich nicht trotz allem beherrschen?

Draußen flackerten die ersten Blitze über den Himmel. Es roch nach Stempelfarbe und kaltem Rauch von Mandanten, die auch beim Anwalt die Zigaretten nicht in der Tasche lassen konnten. Abel stemmte sich aus dem Sessel und holte aus dem Wartezimmer einen Krimi. Dort lagen etwa fünfzig zerlesene Taschenbücher. Pro Band zwischen 15 und 20 Kurzgeschichten. Das machte so zwischen 700 und 1000 Fälle erfundener Kriminalität. Abel hatte sie aus dem modernen Antiquariat um die Ecke. Die Mandanten blätterten selten in den Büchern. Abel um so häufiger.

Donner rumpelte über die Stadt. Nebenan spuckte der Drucker den Rest der täglichen Schriftsatzproduktion aus. Jane würde gleich zurück sein, mit den Unterschriftenmappen kommen und von ihren Plänen fürs Wochenende reden. Vielleicht war sie auch überhaupt nicht zu Hause, sondern saß bei ihrem Angebeteten im Auto um die Ecke, solange der Drucker lief.

Abel zog sich mit dem Krimiband in einen tiefen Ledersessel zurück, den er in die Nähe einer Stehlampe rückte. Er überflog eine Dreiseitenstory, ohne sich den Inhalt zu merken. Es war nicht einfach, diesen Scheißprozeß im Kopf unter Erfahrung abzulegen. Ein langer Donner wummerte, und die Scheiben klirrten leise.

Die Tür flog auf. Jane trat ein. Sie hatte ihre blonde Mähne nach hinten gebunden und blies mit vorgeschobener Unterlippe ein paar Ponysträhnen aus dem Gesicht. Jane roch auch bei brütender Hitze nach acht Stunden im Büro nicht nach Schweiß.

»Signierstunde«, sagte sie, nahm Abel den Krimi ab, legte ihm zwei Pappmappen mit Schriftverkehr auf den Schoß und drückte ihm einen Kuli mit Werbeaufschrift in die Hand. Dazu mußte sie sich bücken.

»Warum trägst du an so einem heißen Tag eigentlich einen BH?« fragte Abel nach einem kurzen Blick in ihren Ausschnitt und begann zu unterschreiben, ohne zu lesen.

»Im Büro bekommt man mit Stielaugen in den Ausschnitt geglotzt«, antwortete Jane lächelnd.

»Babyjane, wenn du dich auch so runterbückst.«

Jane deutete auf einen Brief. »Das hier würde ich noch mal durchlesen.«

»Und warum einen schwarzen unter einem Sommerkleid?« Er signierte auch dieses Schreiben, ohne zu lesen. Jane hatte eine flüssigen, manchmal ganz schön bissigen Briefstil. Warum daran herumkorrigieren? Zumal, wenn es so heiß war.

»Weil alle weißen auf der Wäscheleine hängen. – Lies ihn doch noch mal vorsichtshalber.«

Abel nickte und las. Ein eindeutig formuliertes Schreiben an einen ehemaligen Mandanten, der immer noch Geld schuldete.

Abel kamen nun Bedenken: »Der kommt nie mehr wieder zu uns, wenn er diesen Brief gelesen hat.«

»*Der* braucht nicht noch mal zu kommen; es reicht, wenn er zahlt.«

Abels Kanzlei ging nicht so gut, daß er es sich leisten konnte, Mandanten zu vergraulen. Er grübelte.

»Komm, hau rein«, sagte Jane, »ich will noch zum Bäcker kommen, bevor die Welt untergeht.« Es blitzte, und wie zur Bestätigung folgte unmittelbar ein Donner.

»Macht ihr heute Picknick?«

Jane scheinheilig: »Wer?«

»Der Neue und du?«

»Es gibt keinen Neuen.«

»So?«

»Noch nicht richtig jedenfalls.«

Abel nickte, unterschrieb die nächsten Schriftstücke, und Jane rannte hinaus, bevor der Himmel platzte.

Hablik saß schon seit drei Stunden in einem Caféhaus in der Innenstadt. Das postmodern-helle Lokal hieß »Koenix«, man führte Biobackwaren, mit Lebensmittelfarben schrill kolorierte Pralinés und eingematschten Salat aus streng kontrolliertem ökologischen Anbau. Die Hitze des Tages hing im Raum, obwohl die Fenster geöffnet waren und draußen die letzten Reste des heftigen Sommergewitters herunterplatschten. Feuerwehrsirenen hallten noch immer durch die Stadt. In den Gullys gurgelte braunes Wasser.

Hablik sah sich verstohlen um. Das »Koenix« wurde überwiegend von jungen Leuten besucht. Kaum einer der Gäste trank Alkohol, nur das Mädchen in pechschwarzem Top und Minirock in der Ecke süffelte an einem Sektorange, rauchte und hustete und las. Hablik, nicht so jung wie die anderen Gäste, hatte in den drei Stunden seiner Anwesenheit, während das Gewitter sich draußen austobte, sechs Fläschchen Pils und sechs Asbach getrunken. Er war ein wenig in dem kunstlederbespannten Caféhaussessel zusammengesunken, faltete die Hände über dem Bauch und legte den Kopf schräg. Er schaute verstohlen hinüber auf die Knie des lesenden Minirockmädchens. Ihre Beine waren schlank und überzogen von schwarzem Nylon, was Hablik wegen der Hitze ziemlich unappetitlich fand, aber doch so interessant, daß er immer wieder hinübersah. Das Mädchen war allein. Die Blicke der beiden trafen sich. Hablik sah weg, dann wieder vorsichtig hin. Er befürchtete, sein Blick könnte noch einmal den des Mädchens streifen, wenn es beim Umblättern aufsah. Weil der Mann sie irritierte, würde sie den Saum ihres Rocks runterzuzerren versuchen und die Knie zusammendrücken.

Hier schien keiner außer Hablik über fünfundzwanzig zu sein. Hablik sah nicht so aus, wie man in diesem Lokal üblicherweise aussah, weil er wie immer sein

Cordjackett trug, sandbraun oder oliv, inzwischen schwer zu sagen. Auch die Hitze konnte ihn nicht dazu bringen, es auszuziehen. Wegen der Sitzung heute mittag hatte er noch den weißen Langbinder um, der sich jetzt unordentlich vom geöffneten Kragen zu den gefalteten Händen hinunterschlängelte.

Die Bedienung vermied den Blickkontakt zu dem Gast, der alle vier oder fünf Monate hereinkam, um sich mit Weinbrand und Pils vollaufen zu lassen. Soweit wäre das auch in Ordnung, dachte die junge Frau. Bloß die Blicke des Gastes gefielen ihr nicht. Immer wenn er etwas wollte, rief er sie zu sich, murmelte die Bestellung und sah verstohlen auf ihren Busen, so von unten her, unheimlich wäre zuviel gesagt, aber doch komisch. Anders als die meisten Männer.

Aus dem Augenwinkel sah sie, wie der Mann den Rest Bier austrank und das Glas wieder ganz vorsichtig auf den kleinen Marmortisch setzte. Er winkte ihr zu. Sie schaute kurz nach oben und folgte. »Zahlen«, murmelte Hablik, er räusperte sich und sagte noch einmal lauter: »Zahlen.«

Die Serviererin hörte das gerne, weil sie sich freute, den Kerl loszuwerden. Auf dem Blöckchen rechnete sie schnell die sechs Bier und sechs Weinbrand zusammen, gab schnell noch eine Mark dazu, riß den Zettel ab und legte ihn vor dem Typ auf den Tisch, um nicht seine Hand berühren zu müssen, wenn er nach dem Stück Papier greifen würde. Hablik drehte mit seinen langen schmalen Fingern das Zettelchen zurecht, las, nickte, kramte aus seiner Geldbörse einen Schein und legte ihn auf den Tisch. Er strich ihn glatt, und als die Serviererin schnell in ihrem Beutel nach Kleingeld wühlte, räusperte er sich wieder und sagte: »Gut so.«

Das waren ohne den Additionsfehler fast zehn Mark Trinkgeld. »Auch wenn Sie sich um 'ne Mark verrechnet haben«, setzte er dazu. Die Kellnerin war verwirrt. Weil sie ihn mit seinem seltsamen Schlips für einen Geschäftsmann hielt, fragte sie freundlich, ob es ein Steuerbeleg sein sollte.

»Nein, nein«, sagte er und winkte ab. Dann stand er auf.

Er hatte breite Schultern, war groß, schlank, aber ein Bär von Mann. Der Blick der Serviererin streifte noch einmal das Gesicht: kindlich und glatt, fast ohne Bartwuchs. In den Augenwinkeln saßen Fältchen. Mit einer hilflosen Geste strich sich Hablik die blonden Haare seiner Collegeboyfrisur zurecht. Er tat einen ersten Schritt, stieß an einen Stuhl, schwankte fast unmerklich. Sein Sommersprossengesicht wirkte verdutzt, lächelte, wurde wieder ernst. Er ging vorsichtig zum Ausgang, öffnete die Tür, trat hinaus und warf sie unabsichtlich ins Schloß. Im Caféhaus verstummten für einen Augenblick die Gespräche.

Draußen war die Luft kühl und feucht. Gott sei Dank, es regnete nicht mehr. Auf den Autos standen glänzende Wasserperlen. Der Himmel war anthrazitfarben, angestrahlt von den Lichtern der Stadt. Aus einer Tiefgarage um die Ecke rollte ein weißer Ford mit breiten Reifen. Musik dröhnte aus offenen Scheiben. Hablik lehnte sich durchatmend an die Mauer und starrte dem Fahrzeug hinterher, das sich in den Verkehr auf der Stadtautobahn einreihte. Hablik schüttelte mißbilligend den Kopf, ordnete wieder die Haare, stieß sich schließlich von der Häuserwand ab und machte sich daran, sein Auto zu suchen, das er ein paar Blocks weiter im Halteverbot stehen hatte. Die abgekühlte Nachtluft bekam seinem Kopf ganz gut. Hablik gewann an Standfestigkeit, wurde wacher, sicherer, so daß er, falls sie ihn beim Autofahren schnappen sollten, eine gute Chance hatte, ohne Probleme durchzukommen.

Da fiel ihm diese junge Frau ins Auge, die kurz vorher um die Ecke gebogen war, hinter der sich die Einfahrt zum Parkhaus befand. Hablik glaubte, daß sie vielleicht zu dem verrückten Fordfahrer gehörte, der gerade davongerast war. Er stellte sich ein kleines nächtliches Liebesdrama vor, mit Ohrfeigen und Tränen nach einem Geschlechtsverkehr im Auto, irgendwo im leeren Parkhaus bei Gewitter. Und dann, eine junge Frau nachts *allein* auf der Straße! Hilflos! Hablik blieb stehen und beobachtete sie.

Sie tastete sich ganz dicht an den Mauern und Schaufenstern entlang, unsicher und mit langsamen Schritten, ähnlich wie Hablik eben noch aus dem »Koenix« getappt war. Die hat aber einen sitzen, stellte Hablik plötzlich fest und grinste voller Kameraderie, Mitgefühl und auch Spott. Er konnte sich nicht von dem Anblick losreißen. Er hielt fast den Atem an.

Die junge Frau setzte einen Fuß vor den anderen, abwägend, unsicher. Damit erreichte sie den Lichtkreis der Auslage eines Einrichtungsgeschäftes, ganz nahe der Stelle, wo Hablik in einem Hauseingang wartete. Ihr Gesicht wirkte erschöpft, doch die Müdigkeit entstellte es nicht. Ihre ebenmäßigen Züge und die kleine Nase mit einem winzigen Kick nach oben gefielen ihm. Die blonden Haare trug sie als Pagenschnitt mit Pony, der freilich ein wenig in Unordnung war. Hohe Stirn, hohe Backenknochen und ein kleines Grübchen im Kinn.

Nun war sie nur noch wenige Meter von Hablik entfernt. Sie schien ihn nicht wahrzunehmen.

Hablik trat aus seinem Versteck, tat, als schließe er eine Tür hinter sich, und versperrte ihr den Weg. Sie blieb stehen. Sie hätte sich von der Schaufensterscheibe lösen können und einen Bogen um ihn machen können. Hablik wäre ihr nicht nachgegangen. Er schaute sie nur an. Die Blonde verharrte regungslos. Sie sah ihm nun ins Gesicht. Völlig ohne Ausdruck, ohne Neugier. Hablik neigte den Kopf, bückte sich ein wenig, weil er sie um eine halbe Haupteslänge überragte. Er wollte etwas sagen, schluckte. Er traute sich nicht, alle Formulierungen, die sein Kopf in rasender Eile ausspuckte, schienen nur platt und unpassend.

Er trat zurück in den Hauseingang und gab ihr den Weg frei. Hablik sah weg. Wartete mit aufgerissenen Augen, bis die Gestalt an ihm vorbeischweben würde.

Nichts schwebte. Sie blieb, wo sie war. Sie sah ihn auch nicht mehr an. Sie stand ganz einfach nur zwischen Hablik und der Hausmauer und blickte geradeaus, wie eine Laufpuppe, die man gestoppt hat. Du mußt was sagen, sag irgendwas. Ein Wörterkarussell jagte in seinem Kopf herum. Hablik schluckte. Räusperte sich.

»Blue Eyes«, sagte er.

Ihre Mundwinkel bewegten sich, vielleicht war es so etwas wie ein Lächeln.

»Die sind doch grau«, sagte sie.

Rechtsanwalt Jean Abel saß in dem Liegestuhl, den er vor dem Gewitter vom Garten in den Teil seiner Gemächer getragen hatte, den er als Küche bezeichnete.

Abel trennte nicht so scharf wie andere zwischen Büro und Wohnung. Die Kanzlei war in einer ehemaligen Papierhandlung untergebracht, die früher zur Straße hin zwei große Schaufenster gehabt hatte. In der Rezession der 70er waren Ladenlokale in der Vorstadt billig geworden wie nie zuvor. Nach Jahren hatte sich der Hauswirt dazu herabgelassen, die ehemalige Auslage auf Fensterformat zu verkleinern und die Leuchtschrift an der Fassade abzunehmen, weil Abel einen Zehnjahresvertrag unterschrieb und im großen und ganzen die Miete pünktlich bezahlte.

Zwei Büroräume, möbliert wie Wohnzimmer, eines für Jane, eines für Abel, und ein kleines Wartezimmer lagen zur Straße hinaus und waren über drei Stufen zu erreichen.

Durch Janes Büro kam man in das ehemalige Lager, einen loftartigen Raum von mehr als hundert Quadratmetern, der Abel als Wohnzimmer, Küche und Schlafzimmer diente. Noch vor der Papierhandlung war in diesem flachen Anbau eine Schreinerei untergebracht. Die Wand zum Hinterhof bestand fast nur aus Glas. Herrlich im Sommer, zugig im Winter. Ein verhältnismäßig luxuriöses Bad hatte Abel vor Jahren auf eigene Kosten in einer Art Wintergarten angebaut.

Hinter dem Haus erstreckte sich eine eigentümliche Grünzone. Sie sah aus wie eine verwilderte Schrebergartenanlage mit geschossenen Bäumen und Sträuchern, die von Häusern mit Backsteinfassaden umgeben war. Die Hauseigentümer konnten sich auf eine in ihrem Sinne vernünftige Nutzung des Areals nicht einigen, was den Kindern, Igeln, Spechten, Katzen, Kötern und Jean Abel recht war.

Die Hausbesitzer hatten jahrelang um den »Schandfleck« prozessiert und schließlich die Lust daran verloren. Daß Abel, der eine ältliche Erbin in dem Gefecht anwaltlich vertreten hatte, an dem Stillstand der Sanierungsbemühungen einen erheblichen Teil Schuld trug, wurde behauptet, konnte aber nicht bewiesen werden. Es kursierten auch Gerüchte, daß Abel gegen die Pläne einer anthroposophischen Nachbarin mit bündnisgrünem Parteibuch Wühlarbeit leistete, weil sie ein Feuchtbiotop anlegen und die Wildnis biologisch-dynamisch ordnen wollte. Abel mochte keine Schnaken im Sommer und sowieso keine Ordnung im Hinterhof.

Die Bündnisgrüne giftete hinter dem Rücken des Anwalts herum, daß er nur seinen verdammten Köter überallhin scheißen lassen wolle, weil er zu faul sei, ihn richtig mit Schippchen und Plastikbeutel in der Hand auszuführen. Das war korrekt beobachtet, aber nicht der einzige Grund, weshalb Abel gegen die Sanierungspläne war. Wenn die Anthroposophin Abel traf, grüßte sie freundlich, denn sie wollte für den Gemeinderat kandidieren und hielt Abel fälschlicherweise für einen potentiellen Grünenwähler. Abel stimmte aber aus Sentimentalität grundsätzlich für trotzkistische Kommunisten, wenn sie denn antraten. Wenn keine Trotzkisten kandidierten, wählte Abel die Sozis, falls er überhaupt zur Wahl ging. Die eifernden Grünen und die piefige PDS waren ihm zuwider.

Abel saß in seinem Liegestuhl, hatte die Fenster offenstehen, so daß der Regenduft hereindringen konnte, und starrte hinaus in die grüngraue Dämmerung. Der Hund lag neben ihm wie abgeschossen und schnarchte leise. Sein Name war Paul Schmitz, weil Abel alle seine Hunde der Einfachheit halber so nannte. Dieser hier war Paul Schmitz der Vierte.

Überall im Garten triefte und glitzerte es naß. Abel genoß die Stimmung und blätterte nach der Krimikurzgeschichte in Akten und Post herum, die er in den letzten beiden Tagen hatte liegenlassen. Soviel Zeit mußte sein. Ladungen, eine Mandatszuweisung als Pflichtverteidiger, versuchte Brandstiftung; die Mahnung des Finanzamtes Stuttgart-Körperschaften, die Mehrwertsteuererklärung abzugeben, die er bereits vor Tagen eingeworfen hatte; der Brief eines angeblichen Justizopfers aus der Justizvollzugsanstalt in Heilbronn mit Schmeicheleien und der Bitte, der »beherzte Strafverteidiger« Abel möge sich bei der Vollstreckungskammer oder dem Bundesverfassungsgericht für die Rehabilitation des Verfassers einsetzen. Abel erhielt oft solche Briefe und hatte gelernt, sich diesen Fällen immer vorsichtiger zu nähern.

»Blöd, nichts Erfreuliches«, sagte Abel zu seinem Hund. Als ob die Kanzleipost je etwas Erfreuliches enthalten hätte. Seine Privatpost übrigens auch nie. Abel schrieb sowieso weder Briefe noch Postkarten, also konnte er nicht erwarten, daß er auf schriftlichem Wege erfreuliche Antworten bekam. Der Hund wachte auf und sah seinen Herrn aufmerksam an.

Kühl fächelte die Abendluft herein. Urplötzlich schwebte eine Arie durch das Haus. Ein Tenor ließ die Stimmbänder schwingen. Abel versuchte das Geräusch zu ignorieren und studierte – mit vorgestrecktem Kopf und offenem Mund, was ihm keinen sonderlich intelligenten Gesichtsausdruck verlieh – eine Verfügung des Landgerichtspräsidenten. Dabei kraulte er seinen Hund hinter dem Ohr. Der streckte sich und gähnte. Dann drehte der Hund den Kopf und leckte seinem Herrn die Hand.

»Pfui«, sagte Abel. Der Hund hörte nicht auf zu lecken. Abel zog die Hand weg und nahm die Landgerichtspräsidentenverfügung, um sie gegen das Licht zu halten. Sollte sich jemand einen Scherz erlaubt haben? Ihm eine Referendarin zur Ausbildung zuzuweisen! Abel hatte noch nie Referendare ausgebildet. Die Referendarausbildung beim Anwalt war nämlich ein schlechter Witz. Und Abel hatte sich immer schon geweigert, bei schlechten Witzen mitzuwirken. Jedenfalls im beruflichen Bereich.

Die jungen Kollegen kamen, um sich vorzustellen, stahlen einem die Zeit, nahmen ein, zwei Akten mit, die sie nicht rechtzeitig zurückbrachten, hatten keine Ahnung, standen nur im Weg herum, bestanden aber auf guten Zeugnissen. Der Grund für das Verhalten des

Nachwuchses lag darin, daß die Väter der Juristischen Prüfungsordnung die Ausbildungsetappe beim Anwalt genau in die Monate vor dem Zweiten Examen gelegt hatten, in denen der zukünftige Volljurist von morgens bis abends paukt und nicht das geringste Interesse daran hat, beim Anwalt etwas zu lernen.

Auch bei Licht besehen erwies sich die Verfügung des Präsidenten nicht als Scherz. Stempel und Unterschrift schienen echt zu sein. Und an einen qualifizierten Fall von Urkundenfälschung, nur um ihn zum Narren zu halten, glaubte Abel nicht.

»Referendarin Georgina C. Porcius«, las er seinem Hund vor, der sich nicht beeindruckt zeigte. Uncharmanterweise hatte man auch noch das Geburtsdatum der Referendarin mitgeteilt, so daß sich Abel ausrechnen konnte, daß Frau Porcius zarte vierundzwanzig Jahre alt war. Abel schniefte und nieste.

»Weißt du, was wir immer gesagt haben?« fragte er Schmitz und gab gleich die Antwort: »Studentin des Rechts, neutralen Geschlechts«, Abel grinste bei der Vorstellung, wie ein wissendurstiges, mageres Wesen, pickelig, Brille, vierundzwanzig, sehr ernst und sehr tugendhaft und ziemlich erfüllt von dem Wunsch nach Gerechtigkeit, mit hochgezogenen Augenbrauen versuchen würde, sich in seinem Laden zurechtzufinden. Und Jane! Jane reagierte auf weibliche Konkurrenz in der Kanzlei nicht sehr positiv.

»Na, so weit kommt's noch, das werden wir abbiegen.« Abel legte die Verfügung und die beiden Mahnungen zur Seite und streichelte seinen Hund.

»Sie haben so schöne Lippen«, sagte Hablik und stützte sich mit ausgestrecktem Arm an die Mauer, das schien ihm lässig genug, sein leises Schwanken aber nahm seiner Haltung die beabsichtigte Schwerelosigkeit.

Die Lippen der jungen Frau hatten einen feinen Schwung, doch als das Lächeln erlosch, zeigten die Mundwinkel traurig nach unten. Warum hört sie auf zu lächeln, dachte Hablik.

»Sie sehen aber auch sonst gut aus«, fügte er hinzu.

Sein Gegenüber reagierte nicht. Die junge Frau verharrte und betastete mit den Fingerspitzen den rohen Verputz der Mauer neben sich, als wollte sie sich vergewissern, daß sie noch am selben Ort war. Hablik hüstelte, sein Bubengesicht strahlte plötzlich.

»Und jetzt?«

Doch sie blieb stumm, sah auf seine Schuhspitzen. Hablik schluckte, sein Kehlkopf hüpfte. Umdrehen und weggehen? Was denkt sie dann?

»Grey eyes.«

So was muß eine Frau doch mögen, hämmerte er sich ein. Kein Schmus, nur schlicht ansprechen, wo bei einem Menschen der Reiz liegt. War da eine Bewegung, ein etwas wacher wirkender Blick ...? Hablik stand plötzlich für einen Augenblick neben sich und beobachtete, wie der andere Hablik die Schöne ganz einfach unterhakte und sie mit erstaunlich sanfter Hand die wenigen Schritte zurückführte, die er gerade vom Caféhaus gekommen war.

»Trinken wir noch ein Viertele«, brummte er. Es sollte gemütlich klingen. Und ganz harmlos. Als wäre es für Hablik etwas völlig Normales, daß er mit einer unbekannten schönen Frau ein Viertele trinken ging. Er stieß die Tür so weit auf, daß er und seine Begleiterin hindurchpaßten. Wieder flog die Tür hinter ihm knallend ins Schloß. Ein paar Besucher schauten erschrocken hoch, und die Kellnerin war verdutzt, fragte sich, wo dieser Typ innerhalb von vier oder fünf Minuten dieses elegante Geschöpf in seinem Arm aufgegabelt hatte.

Sie musterte die Kleidung der Frau. Teuer, geschmacklich alles aufeinander abgestimmt. Sehr streng, so wie höhere Töchter gekleidet waren. Ein schwarzweiß kariertes Leinenjackett. Eine schlichte weite Bluse mit langem spitzen Kragen. Alle Knöpfe geschlossen. Der Rock aus schwarzer Naturseide war lang und faltenreich, er berührte fast die Knöchel. Schwarze Strümpfe, dazu zierliche schwarze Lackschuhe mit einer Schleife an der Seite.

Neugier und natürlich auch das gute Trinkgeld von vorhin ließen die Serviererin schnell nähertreten.

»Champagner, zwei Glas«, bestellte Hablik und würdigte die Bluse der Bedienung keines Blickes. Er grinste seine Begleiterin an und fügte hinzu: »Zwei Glas Schampus gibt ein Viertele.«

Champagner statt Pils und Asbach, so sind wir jetzt drauf, dachte die Bedienung und notierte die Bestellung. Da läuft vielleicht heute nacht noch was. Sie musterte noch einmal ziemlich unverhohlen die junge Frau, die regungslos vor sich hinstarrend aufrecht dasaß, als habe sie gerade mit ihrem Begleiter eine Auseinandersetzung gehabt. Die Kellnerin entdeckte Blutstropfen auf dem gestärkten weißen Blusenstoff.

Mit einer herrischen Handbewegung scheuchte Hablik die Kellnerin weg, dreht sich der Fremden zu, versuchte ihr wieder in die Augen zu sehen, was nicht gelang. Dann wollte er wissen, wo sie herkam und was sie so spät auf der Straße allein machte.

»Ich weiß nicht.« Sie hatte eine seltsam dunkle Stimme.

»Also, man weiß doch, was man macht und wo man herkommt.« Hablik lächelte. »Normalerweise jedenfalls«, setzte er hinzu.

Schweigen.

Ob es ihr lästig war, wenn er Fragen stellte?

Die Getränke wurden gebracht. Hablik nahm ein Glas, reichte ihr das andere, stieß an. Dabei glaubte er nicht, daß die schöne Fremde überhaupt etwas trinken würde. Sie wirkte so unnahbar. Doch, sie hob das Glas, genauso wie Hablik, und während dieser nur nippte und sich über den Mund schleckte, dann die Backen aufblies und mit den Schneidezähnen die Unterlippe hochzog, nahm sie zwei kräftige Schlucke, ließ die prickelnde Flüssigkeit im Mund kreisen, schmeckte, bevor sie sie hinunterrinnen ließ. Hablik lachte und lehnte sich zurück. Burschikos tätschelte er ihre rechte Schulter. Sie reagierte nicht auf die Vertraulichkeit.

Er nahm einen Schluck, ließ seinen Blick durch das Lokal schweifen, stellte fest, daß ihn offenbar keiner mehr genauer musterte. Gut so; er wußte, warum er, wenn er seinen Rappel kriegte und nachts raus mußte, um einen Zug durch die Gemeinde zu machen, sich Lokale aussuchte, wo man keinen Kollegen begegnete.

In der Magengrube wurde es warm, und sein in der kühlen Nachtluft fast verflogener Rausch kam zurück. Auf einmal lächelte er breit. »He, ich hab' noch gar nicht gefragt, wie du heißt. Ich bin vielleicht ein Typ.«

Erst nach einigen Sekunden sprach sie fast flüsternd: »Ich weiß nicht.« Es klang ängstlich. Jetzt sah sie Hablik an. Hatte diese Frau schöne Augen! Er hielt den Blick nicht aus, verlegen drehte er den Kopf, dann schaute er ihr wieder ins Gesicht, doch nun wich sie ihm aus.

»Ich heiße Eduard Hablik und bin Richter.« Jetzt kicherte er. »Eigentlich sollte man eine fremde junge Frau nicht duzen, aber wenn wir schon dabei sind, mir soll's recht sein. Meinen richtigen Vornamen kann ich nicht leiden, weil jeder früher Eddy oder Ede gesagt hat. Seit ich zwölf bin, bin ich der Sonny, wie Sonny Liston. Den habe ich bewundert. Sonny Liston – kennst du den? Ein Boxer! Ich hab' nämlich auch mal geboxt.« Habliks schmale linke Hand bildete eine Faust.

Er bekam nicht heraus, ob sie ihm zugehört hatte. Deshalb nahm er sie am Kinn, drehte ihren Kopf langsam zu sich her. Er betrachtete sie. Auch dies ließ sie geschehen, ohne jeden Widerstand. Ihr Blick traf ihn. Sie war ungeschminkt.

Sein Sommersprossengesicht zeigte Verlegenheit, er nagte an den Lippen. Dann flüchtete er schnell wieder zu seinem Glas, lachte zu laut und trank aus.

Weil nun beide Gläser leer waren und Hablik immer noch nicht wußte, wie seine Begleiterin mit dem ernsten Gesicht und der ein wenig zerzausten Ponyfrisur hieß und sie auf nichts reagierte, beschloß er zu zahlen und zu gehen. Er winkte der Kellnerin, die kam und gleich den Preis für zweimal Champagner sagte: neunzehn Mark. Diesmal gab es nur eine Mark Trinkgeld. Hablik verstaute umständlich seinen Geldbeutel, half der jungen Frau von der Bank hoch, nahm sie am Arm und ging mit ihr steif, fast würdevoll, zwischen den Stühlen und Tischen des Lokals hindurch zur Tür.

Abel spielte in der Stadt eine Runde Poolbillard gegen sich selbst. Er war gerade dabei, das Tuch leerzuräumen. Endlich klappte was an diesem Scheißtag.

Aber sein milder Seelenzustand hielt nicht lange. Als er in die Knie ging, das Queue wie ein Speer in der Linken, um knapp über die Tischkante zu peilen, ob er es schaffen würde, mit der weißen die rote Kugel an der schwarzen vorbei direkt ins linke hintere Eck zu bugsieren oder Bande zu spielen, was bei der aufliegenden Konstellation ein echtes Problem darstellte, schweifte sein Blick ab. Hablik! Ist das zu fassen, fuhr es ihm durch den Kopf. Noch nicht mal spätabends kann man... Abel fand, daß der Richter wie ein Statist aus *Pulp Fiction* aussah, wie er so schräg am Tresen hängend mit einer – zumindest auf die Distanz und bei der vorherrschenden Beleuchtung – sehr ansehnlichen Frau anstieß.

Sarah, die junge Aushilfe des Bistros, stellte ein Sektglas direkt vor Abel aufs grüne Tuch. »Für dich, Elsässer, von dem Typ«, sagte sie und deutete in Habliks Richtung.

»Nimm es wieder mit«, knurrte Abel.

Aus den Augenwinkeln sah er Hablik grinsen und herüberprosten. Abel versuchte, sich auf die Kugeln zu konzentrieren. Hablik sprach nun offensichtlich mit der Frau über ihn.

»Das ist Champagner.«

»Trotzdem. Sag dem Typ, er soll's selber saufen.«

»Isn das fürn Heini?« fragte Sarah.

»Ein besonderes Exemplar von uns Justizneurotikern«, sagte Abel und lächelte Sarah ins Gesicht. »Sieh dich vor, er hat Glück bei Frauen.«

Sarah seufzte. Das Champagnerglas verschwand, und Abel lehnte sich weit vor, um den Stoß anzusetzen. Die Kugeln klackerten. Wieder eine eingelocht. Jetzt nur noch die schwarze. Die mußte immer links hinten rein, wenn Abel mit sich selber spielte. Er traf. Die Kugel trudelte. Bande. Und dann fiel sie doch noch ins richtige Loch. Das Spiel war zu Ende. Abel hatte gegen sich selbst gewonnen. Er stellte das Queue weg und ging. Zu zahlen brauchte er nicht, weil der Wirt anschrieb und ihm monatlich die Rechnung vom Konto abbuchte.

Hablik kommentierte den zurückgewiesenen Champagner nicht weiter und bestellte noch eine Runde. Nichts an seinem Verhalten deutete auf einen Neurotiker hin, fand Sarah. Er steckte die Zurückweisung emotionslos weg und kümmerte sich sehr liebevoll um die Frau, die scheinbar Kummer hatte. Er redete begütigend auf sie ein, prostete ihr zu und nahm sie von Zeit zu Zeit in den Arm. Das sollte Sarah mal passieren.

Kaum war Hablik mit dieser merkwürdigen Frau wieder draußen in der kühlen Nachtluft, schon blieb er stehen und drückte sie an sich. Er spürte ihre großen Brüste, und das gefiel ihm. Auch bei weiblichen Angeklagten. Frauen mit stattlichem Busen kamen ihm immer ein ganz klein wenig besser im Strafmaß davon. Hablik wußte um seine kleine Schwäche, und er gab ihr gerne nach – wenn er die betreffende Frau überhaupt für schuldig hielt und sicher sein konnte, daß niemand wegen dieser heimlichen Begünstigung Verdacht schöpfte.

Hablik hielt die junge Frau fest, und er genoß ihren Körper und ihren Atem auf seinem Hemd. Langsam, ganz langsam ließ sie die Stirn auf seine Brust sinken. Da stand er nun, ratlos und glücklich zugleich. Als sie endlich den Kopf wieder von seiner Brust hob, war er enttäuscht, zog sie wie beschwörend noch fester an sich. Nun war ihr Blick klarer, wirkte prüfend, abschätzend. Hablik nahm seinen ganzen Mut zusammen. Die Luft anhaltend, berührte er mit seinen Lippen die ihren, die sich nun bereitwillig öffneten. Nicht nur das, sie legte die Hand in seinen Nacken und zog ihn zu sich. Hablik fühlte ihre Zunge, die warme Feuchtigkeit ihres Mundes; er roch ihren Atem und war wie betäubt.

Sie ließ den Kuß langsam zu Ende gehen. Hablik war ernst, wie nach der Erledigung einer wichtigen Aufgabe. Er streichelte mit der linken Hand ihre Haare, spürte etwas an ihrem Hinterkopf. Eine Beule oder eine Geschwulst? Die Fremde zuckte zusammen, und er nahm die Finger von der Stelle.

Wie wäre es, wenn dieses bezaubernde Wesen bei ihm bleiben würde? Wenigstens für diese Nacht. Vielleicht sogar länger? Was würden die Kollegen – und vor allem die Kolleginnen – sagen, wenn Hablik mit so einer Frau erschiene? Zum Beispiel beim traditionellen Bierabend der Richter und Staatsanwälte? Oder beim Juristenball im März? – Oder war sie in Wirklichkeit ganz anders, als Hablik sie im Augenblick sah? Nicht so faszinierend, so zerbrechlich-schön. Wie war sie menschlich? Aus der Gerichtspraxis kannte der Hablik die haarsträubendsten Geschichten von Frauen, die nachts alleine in der Stadt umherwanderten und bereitwillig mit unbekannten Männern gingen und sich sofort küssen ließen.

Die Schöne löste sich von ihm, trat einen Schritt zurück und musterte ihn von Kopf bis Fuß. Hablik, plötzlich um die körperliche Nähe gebracht, wurde nervös.

Er mußte sich räuspern, schluckte. Dann sagte er trotz der Zweifel, die ihn befallen hatten:

»Komm mit zu mir. Wenn du willst, dann kriegst du ein eigenes Bett. Ich hab' noch eins, bestimmt, ich versprech's, daß ich brav bin.«

Abel hatte sich wieder nach Hause in den Liegestuhl zurückgezogen, ein kleines Glas Kaviar aus dem Kühlschrank geholt. Dazu Knäckebrot mit frischer Butter und einen leichten Weißen. Abel las die Kurzgeschichte, die er im Büro begonnen hatte.

Paul Schmitz schoß plötzlich hoch. Aufgeregtes Freudengebell. Abel zuckte zusammen und rief: »Schmitz, kusch.« Der Hund schwieg.

Eine ältliche Stimme flötete: »Da, mein Lieber, gell, das schmeckt!« Der Hund schmatzte. Knochenknacken drang an Abels Ohr.

Ohne sich umzudrehen brummte Abel: »Fräulein Ensle, der Hund hat schon gefressen. Er ist sowieso zu fett.«

»Ja, so ist's brav«, sagte die Stimme.

Eine kleine, faltige Hand legte sich auf die Armlehne des Liegestuhls. Schmitz verschwand wedelnd und mit mahlenden Kiefern im dunklen Raum. Abel blickte hoch und sah in das freundlich lächelnde Gesicht einer alten Dame, auf deren Nase eine schmale Lesebrille mit goldener Fassung saß. Fräulein Ensle.

Sie bestand auf der Anrede »Fräulein«. Zu ihrer Zeit hatte das etwas ausgesagt. Sie wohnte seit einem halben Jahr über dem Anwalt und hatte sich wenige Stunden nach dem Einzug in Abels Köter verliebt. Schmitz hatte den Kopf eines Bernhardiners und das Fell eines Setters, war fünf Jahre und tatsächlich etwas zu fett. Aber nicht viel. Abel hätte das in den Griff bekommen. Wenn in letzter Zeit Fräulein Ensle nicht gewesen wäre. Sie ging regelmäßig zum Metzger in der Haussmannstraße und kaufte für das Tier ein. Schmitz war bestechlich. Da war nichts zu machen. Einen Hund in seinem Alter ändert niemand mehr.

Die Ensle schlurfte jetzt hinüber zum Tisch und schnickte mit dem Zeigefinger die Kaviarbüchse an, daß sie an eine von Abels gebrauchten Espressotassen klapperte. »Kaviar ist schlecht für den Cholesterinwert, Herr Rechtsanwalt«, krächzte sie, »Sie müssen auf sich aufpassen. Mein seliger Herr Bruder hat auch Kaviar gemocht. Das hat er davon gehabt: Er ist nur vierundachtzig geworden.«

»Schöne Leistung, mancher schafft noch nicht mal das«, knurrte Abel.

»Männer sind wie das liebe Vieh. Keine Beherrschung«, fuhr Fräulein Ensle fort. »Wissen Sie, wie viele meiner Gedichte ich Männern gewidmet habe?« fragte sie und beugte sich weit herunter, um Abel mit ihren verwaschenen braunen Augen anzustarren. »Zweiunddreißig!« Sie ließ diese Zahl auf ihren Gesprächspartner wirken.

»Und? Lassen Sie mich raten! Alles für die Katz?«

Das Fräulein Ensle verzog voller Verachtung den Mund. Sie war Poetin aus Leidenschaft und außerdem die von den Enkeln ausbezahlte Mitinhaberin eines schwäbischen Bettengeschäfts in der Innenstadt. Ihr Lebtag hatte sie versucht, ihre Verse unter die Leute zu bringen. Abel behauptete, sie habe mit ihrer Kunst zwei engagierte Kleinverlage ruiniert. In Wirklichkeit war die Dichterin, obwohl ihr der Durchbruch bisher versagt geblieben war, mit ihrer Kurzprosa in zwei Schulbüchern vertreten; sie hatte auch drei kleine Literaturpreise bekommen, zahlreiche Lesungen absolviert, in den USA an einem College gelehrt und war Mitglied in Förderkreisen und im Schriftstellerverband.

Sie redete gern über ihr Schaffen, wie Dichter im allgemeinen es lieben, über ihr Werk und ihr Schaffen zu sprechen. Wenn die alte Dame nur nicht immer den Hund bestechen würde. »Stellen Sie sich vor, ich habe mich heute mittag noch etwas anderes gefragt. Wissen Sie was? Ich habe mich gefragt, warum ich noch nie ein Gedicht über Hunde geschrieben habe.«

»Wollen Sie 'n Schnaps?« fragte Abel. Er wußte, daß die Ensle Schnaps verabscheute. Wenn schon Alkohol, dann trank sie gerne mal 'nen Roten. In letzter Zeit nicht nur aus schwäbischen Kellereien, sondern auch aus dem Friaul, seit sie dort für eine Dichterlesung – finanziert aus Mitteln der EU – eine Woche in einem Castello verbracht hatte.

»Hä?«

»Schnaps?« Abel machte die Geste des Hinunterkippens.

»Sie wollen kein wirklich kultiviertes Gespräch führen, nicht wahr? So was nennt sich Akademiker! Aber ich lasse mich von Ihnen nicht täuschen. In Wirklichkeit, tief in der Seele drinnen, da sind Sie ganz anders«, grummelte die Alte. »Wissen Sie, was ich neulich bei Pablo Neruda gelesen habe? Ich bin sozusagen auf Pablos Spuren gewandelt, als ich in der Nähe von Prag ...«

Abel war in die Küche gegangen, hatte ein Glas geholt und Roten eingeschenkt, den er ihr wortlos in die Hand drückte. Sie nippte, nickte. Das Fräulein erzählte die Geschichte von Pablo und Prag zu Ende. Sie trank das Glas aus und hielt es ihm auffordernd hin. »Sie würden mir einen Gefallen tun, wenn Sie mich jetzt in Frieden lesen lassen würden«, sagte Abel und hob drohend den Krimi hoch.

Fräulein Ensle tätschelte seinen Arm, murmelte etwas von Barbarei unserer Zeit, lächelte dem Hund zu und schlurfte mit ihrer Plastiktüte voller Gurgeln, Knochen und Pansen hinaus in den Garten. Wenig später schwebte schon wieder von oben eine Arie durch das Haus. Belcanto. Eine schöne Stimme zwar, aber Abel kam sich vor wie in der Pizzeria *Napoli*, wo er gelegentlich verkehrte.

Er beschloß autistisch zu werden, holte seinen Discman heraus und wählte eine CD aus, auf der John Coltrane mit McCoy Tyner und Jimmy Garrison zu hören war.

»Stella«, sagte die Schöne. »Ich heiße Stella.«

Sie saß auf der Kante der breiten, hellbraunen

Couch, die in Habliks Einzimmerapartment auch als Nachtlager diente. Sie sah wacher aus, ihre Augen verrieten plötzlich so etwas wie Energie. Oh, wie sie Betäubungen haßte, diese Vernebelungen des Bewußtseins, das Sich-nicht-selbst-finden-Können. Schwer, nicht gefesselt und dennoch bewegungsfähig, als stecke man in einer Wanne voll trocknendem Gips, kurz bevor er abbindet.

»Ein schöner Name«, sagte Hablik.

»Eigentlich Laura. Aber irgendwie hat mir Stella besser gefallen. Und alle haben Stella zu mir gesagt. Stella heißt Stern! Ganz weit weg und voller Glanz. Aber nur in der Nacht ...« Sie überlegte kurz. »Naja, egal, Stella ist nicht schlecht.«

Hablik stand auf, um Tee nachzugießen. Der Name Stella gefiel ihm besser als Laura. Stella ist ausgefallen und paßt zu so einer Frau, dachte er.

»Mein Vater war arm dran«, sagte Stella leise. Sie starrte vor sich hin, ohne auf Hablik zu achten, der verblüfft zu ihr hinübersah. »Und meine Mutter ... naja.« In ihrem Kopf entstanden Bilder: ein Mann, um die vierzig, mager und grau im Bett liegend. Die Augen geschlossen wie ein Toter. Töne aus der Symphonie Nr. 7 in E-Dur von Anton Bruckner schwangen bei der Erinnerung mit. Und eine Frau, die diesen Mann nie geliebt hatte, aber so tat, als würde sie sich um ihn sorgen, die Wirkung ihrer Schauspielerei auf die Tochter aus den Augenwinkeln kontrollierend.

»Ja, ja«, sagte Hablik, der es etwas distanzlos fand, daß diese völlig fremde Frau plötzlich von ihrem Vater redete. Sie wirkte auf einmal wieder abwesend und verwirrt, hing irgendwelchen Erinnerungen nach.

»Mein Vater«, Stella lächelte, »war ein Mann, der immer getanzt hat. Am offenen Fenster, wenn es Sommer war wie jetzt, dann hat er oft Schallplatten aufgelegt und alleine getanzt. Auch als er schwächer geworden war. Mit niemand als mit sich selbst. Walzer von Strauß und Lehàr. Welch elegante Bewegungen! Obwohl es nicht die Musik war, an der er gearbeitet hat, hat er immer zu Walzern getanzt.« Stella brach ab, versank wieder in sich selbst.

Hablik fühlte sich zu Bemerkungen über seine Mutter veranlaßt, die wenig lebenslustige Frau des Oberlandesgerichtsrats Friedrich Hablik, die Frau, die er bisher am meisten bewundert hatte. »Sie hat nie getanzt. Nur beim Juristenball. Aber dort ist ja nur ausgesuchtes Publikum.« Daß Friedrich Hablik je getanzt haben könnte, war ausgeschlossen. Nicht weil er ein sturer Jurist gewesen war, sondern weil Habliks Vater im Rollstuhl gesessen hatte.

»Sind deine Eltern tot?« fragte er.

»Mein Vater liegt auf dem Friedhof, und meine Mutter ist für mich gestorben.«

Hablik, der eine Chance sah, die Kurve weg von dem düsteren Thema Tod zu kriegen, fragte mit einem Lächeln: »Aber deine Mutter lebt doch noch?« Er erhielt keine Antwort. Die Gedanken der jungen Frau waren ganz woanders.

Stella schwieg ziemlich lange und widmete sich nun ihrer Umgebung. Ein großes Zimmer, dessen Wände mit schwarzen Regalen zugestellt waren. Bücher, überall Bücher. Jedes von ihnen trug einen roten, beschrifteten Aufkleber auf dem Rücken. Auf einem Ehrenplatz, mitten im größten Regal, standen vier billige Pokale. Verchromt, Marmorimitation als Fuß. Über die Trophäen war eine rot-weiße Schärpe dekoriert. Daneben lagen zwei Boxhandschuhe, dicke Dinger, wie sie Amateure im Kampf benutzen. Sie waren rot mit weißer Trefferfläche und hatten gelbe Bünde und altmodische Schnürsenkel. Dunkle Spuren von altem Blut auf dem linken der beiden. An der Seite stand die Marke »Berg.« Das Zimmer war spartanisch eingerichtet. Schreibtisch, Sessel, Fernseher, Videorecorder. Ein billiger Teppichboden in diffusem Grün. Nichts paßte in Farbe und Stil richtig zueinander. Aber Stella war das egal. Sie dachte an Dieter.

»Könnte ich mal telefonieren?« fragte sie. »Ich muß den Dieter anrufen. Damit er sich keine Sorgen macht.«

Dieter? Klar, daß es im Leben einer solchen Frau einen Mann gibt! Habliks Illusionen stürzten zusammen.

»Dort steht das Telefon.«

Der Stimmungsumschwung kam plötzlich. »Nein, das ist doch keine gute Idee«, sagte sie dann. Hablik schaute irritiert. »Ich bräuchte jetzt was zu trinken. Irgend etwas für den Kreislauf«, setzte sie hinzu.

»Bleib' besser beim Tee, Tee ist auch gut für den Kreislauf«, sagte Hablik, der an die Beule an ihrem Kopf dachte.

»Du bist verletzt. Das muß man untersuchen. In einer Klinik.«

Bei dem Wort Klinik schrak Stella zusammen. »Nein«, sagte sie tonlos und schüttelte sich.

Verlegenes Schweigen. Sie tastete über die Beule. Die Berührung schmerzte.

Dann ließ sie sich nach hinten auf die breite Couch sinken und starrte an die Decke. Autos hupten unten auf der Straße. Sie spürte, daß sie ihr Zeitgefühl noch nicht wiedererlangt hatte. Sie schloß die Augen. Als sie sie wieder öffnete, blickte sie in das Gesicht des Mannes, in dessen Wohnung sie sich wiedergefunden hatte.

»Wo kommt das Blut her?« Hablik zeigte auf die Bluse, nahm aber sofort verlegen den Finger wieder zurück. Stella setzte sich auf und sah mit überraschtem Blick an sich herunter. Tatsächlich, kleine Blutflecke. Klein, bräunlich, mit dunklem, scharfem Rand. Niemand hatte versucht, sie wegzuwischen. Stella kniff die Augen zusammen, versuchte hinter dem Schleier einen Zipfel Erinnerung zu erhaschen. »Ich weiß nicht«, sagte sie glaubwürdig.

Hablik, der die Gelegenheit nutzte, um das Sternbild der Blutflecken genauer zu inspizieren: »Das wird vor kurzem gewesen sein.«

In der Ferne hörte man flirrende Sirenen. »Hm, Blut?« Sie tastete nach der Beule, die auf ihrem Hinterkopf schmerzte.

»Nein, von da ist es nicht«, sagte Hablik. »Ich hab' schon nachgesehen.« Er trat an einen Zettelkasten, ließ routiniert die Blätter durch die Finger laufen, merkte sich eine Zahl, dann trat er an ein Regal, fuhr mit dem Zeigefinger suchend über Buchrücken, stoppte, zog einen Band heraus und ging unters Licht. Er blätterte, las.

»Vielleicht Nasenbluten?« Habliks Zeigefinger klopfte auf eine Stelle in dem Buch. »Wäre typisch für eine Gehirnerschütterung, steht hier.«

Stella blickte sich um. Ihre flache Lacklederhandtasche lag vor ihren Füßen. Sie hob sie auf, fand sie seltsam schwer. Sie öffnete den Verschluß. Obenauf ein blutiges Taschentuch.

»Hoppla«, sagte sie verblüfft.

»Da haben wir's«, sagte Hablik und klappte mit einem kleinen Knall das Buch zu. »Eine Comotio.«

Stella starrte nicht auf das Taschentuch, sondern auf eine Pistole, die sie darunter fand. Sie versuchte, schnell die Handtasche zu schließen, doch Hablik war schon neben sie getreten, folgte ihrem Blick.

»Was ist das?« Er verfiel plötzlich in einen barschen Verhörston, den er sich als Richter angewöhnt hatte.

»Eine Pistole«, sagte Stella lahm.

»So!«

»Frag mich bloß nicht, woher das Ding kommt. Ich könnt' jetzt wirklich was zu trinken vertragen.« Stella schloß resolut die Handtasche und sagte: »Was richtiges für den Kreislauf, mein' ich.«

Sie lächelte dabei, so wie sie immer lächelte, wenn sie etwas von Männern wollte. Dann verschwand sie im Bad.

Hablik trank nie zu Hause und wußte deshalb nicht, ob er in seiner Wohnung etwas für den Kreislauf finden würde. Doch bevor er zu suchen begann, öffnete er die Handtasche und legte vorsichtig mit dem blutverschmierten Taschentuch die Waffe auf ein unbenutztes Blatt Papier.

Vom Bad her sagte Stella: »Ich muß die Blutflecken rausmachen.« Die Tür hatte sie halb offengelassen. Wasser lief.

Im Kühlschrank fand sich eine Flasche Trollinger. Rotwein, der schon seit Monaten dort lag. Geschenk der Geschäftsstelle zu seinem Geburtstag. Hablik kehrte mit zwei Gläsern und der Flasche zurück. Auf der Kante seines Bettsofas lag der schwarze Seidenrock und das elegante Jackett, davor standen Damenschuhe.

Hablik bekam einen trockenen Hals. Er schluckte, entschloß sich, einen kleinen Blick ins Bad zu wagen. Da stand sie in einem seiner Hemden, einem hellblau-dunkelblau gestreiften, das er gestern mit der Hand gewaschen und zum Trocknen im Bad aufgehängt hatte. Sie drehte ihm den Rücken zu und bearbeitete ihre Bluse im Waschbecken. Sie hatte schlanke Beine. Lang und schlank und weiß.

Er goß die Gläser voll und hob bewundernd Jackett und Rock und roch daran. Welch ein Duft! Er schloß genießerisch die Augen.

»*Coco Chanel*«, kommentierte Stella, die auf nackten Sohlen unbemerkt eingetreten war. Hablik ließ das Jackett fallen, als habe er in der Tasche eine Schlange entdeckt. Stella hob eines der beiden Gläser und prostete Hablik zu. Ein tiefer Schluck – und sie verschwand wieder im Bad.

Hablik begann zu träumen. Da ging er seit Jahren durch die Stadt, nichts passierte. Er hatte sich den Kopf zerbrochen, wie er am besten eine Frau ansprechen könnte. Sich Worte zurechtgelegt, Anzeigentexte aufgesetzt, die er nie abgeschickt hatte. – Und dann läuft einem so ein Geschöpf zu, wie eine edle Katze. Keine normale Frau, eine Göttin, dachte Hablik. Ob er sich eine solche Frau leisten könnte?

»Was bist du von Beruf?« fragte er.

»Architektin«, antwortete Stella. »Genau gesagt, Studentin. Ich mußte wegen der Klinik abbrechen. Bin wahrscheinlich beurlaubt oder so.«

Architekten verdienen gut, dachte Hablik. Und jemandem ein Studium zu finanzieren, traute er sich zu. Er versuchte die Gedanken zu verscheuchen, die aus dieser kleinen Nachtaffäre eine Staatsaktion in seinem Leben machten. Und was kam dann? Mein Gott, welchem Mann gefällt eine so hübsche junge Frau nicht? Und außerdem gab es da offensichtlich noch den ominösen Dieter. Er rief:

»Wer ist eigentlich dieser Dieter?«

Wasser plätscherte.

»Was?« rief Stella.

»Nichts«, antwortete Hablik.

Stellas Kopf erschien in der Tür zum Bad. Sie hatte sich die Haare gewaschen und einen Turban aus Frottiertüchern auf dem Kopf. Als sie Habliks überraschten Blick sah, fragte sie:

»Du hast doch damit kein Problem, wenn ich dein Bad benutze?«

Er sagte rasch: »Natürlich nicht!«

Stella frottierte sich die Haare. »Was hast du gefragt?«

Hablik gab sich einen Ruck. »Wer ist eigentlich dieser Dieter?« wiederholte er.

Sie verschwand, ohne seine Frage beantwortet zu haben, wieder im Bad. Wasser lief. Er hörte sie werkeln. Dann rief sie: »Als echter Mann hast du doch sicher keinen Haarfestiger.«

»Doch.« Hablik hatte Haarfestiger, weil er stolz auf seine Collegeboyfrisur war, die er sorgfältig pflegte. Er hätte sich bis heute abend eher auf die Zunge gebissen, bevor er gegenüber einer Frau eingeräumt hätte, so etwas zu benutzen. Aber Stella ... dachte er träumerisch und ging ins Bad, um ihn aus dem Schrank zu holen. Weil Stella Hablik nicht rauswarf, blieb er, verschränkte die Arme, drückte sich schüchtern in eine Ecke und sah zu, wie sie den Turban löste, die Frisur schüttelte, sich durch einen Vorhang nasser Haare im Spiegel musterte, um dann energisch mit dem Festiger zu hantieren.

Leichthin sagte sie dazwischen: »Du fragst wegen dem Dieter?«

»Es geht mich ja eigentlich nichts ...«

»Doch, doch! Du bist mein Retter, heute nacht, da mußt du alles über die Frau wissen, die du gerettet hast.«

»Naja, Retter, ich weiß nicht ...«

»Die haben mich entmündigt. Unter Betreuung, sagt man jetzt.«

Hablik sah nicht sehr intelligent aus, wie er jetzt Stella anstarrte. Die hielt seinen Blick aus. »Du denkst dir, jetzt habe ich mir so eine Irre eingefangen – was?«

»Nein, nein!« Hablik hatte seine Fassung wiedergewonnen. »Seit wann unter Betreuung und in welchem Umfang?«

»Jetzt sind's irgendwann drei Jahre.«

»Und wer ist dieser Dieter?«

»Mein amtlicher Betreuer.«

»Der hat dich unter Betreuung stellen lassen?«

»Der war immer dagegen. Der Dieter ist o.k.«

»Aha. Wie heißt er genau?«

»Soilent, Dieter Soilent«, gab Stella zurück.

Hablik ging hinaus in sein Wohn- und Schlafzimmer. Er notierte heimlich den Namen. Sein Namensgedächtnis war nicht besonders gut. »Und dieser Soilent, wieso ist der ausgewählt worden?«

Wieder war Stella auf leisen Sohlen erschienen. Sie trat hinter Hablik und schaute ihm über die Schulter. Ihre Haare berührten seine Wange. Hablik erstarrte. Er atmete tief durch die Nase. Wieder dieser Duft!

»Du? Du machst doch keinen Streß, oder?«

Hablik beantwortete die Frage nicht. Er hatte das strenge Ich-bin-im-Dienst-Gesicht aufgesetzt.

»Wer oder was ist Dieter Soilent?«

»Der Dieter war der beste Freund von meinem Vater. Er war immer nett zu mir. Und nach dem Tod von meinem Papa ist es mir ziemlich dreckig gegangen. Depressionen. Ich bin nicht mehr aus dem Bett gekommen, hab' nichts gegessen. Ich war runter auf zweiundvierzig Kilo bei einmetereinundsiebzig. Naja. Dann einmal Pulsadern, zweimal Tabletten. Irgendwann haben sie mich in so eine Klinik gebracht. Und das war auch am Anfang ganz okay so. Dort haben sie sich viel Mühe gegeben. Aber als es mir nach einem Dreivierteljahr besser ging, hab' ich erfahren, daß ich entmündigt worden bin.«

»Von wem?«

»Von irgendeinem Gericht«, sagte Stella.

In Habliks Vorstellungswelt gab es nicht »irgendein« Gericht. »Wer hat wann und wo den Antrag gestellt?« fragte er.

»Geht das nicht automatisch?« Stella war verwundert.

»Aber ich bitte dich, doch nur, wenn jemand ersichtlich debil oder gewalttätig ist.«

»Komisch.« Stella lächelte Hablik an. Ein strahlendes, offenes Lächeln. »Ich bin doch nicht debil oder gewalttätig, oder?«

»Natürlich nicht.« Richter Hablik hatte sich schon längst auf ihre Seite geschlagen. Für jeden, der gegen Stella war, konnte das böse enden.

»Der Dieter hat immer gesagt, er kämpft darum, daß ich raus kann. Er fightet, hat er gesagt.« Wieder dieses Lächeln. »Und jetzt bin ich ja draußen. Jedenfalls vorläufig.«

Hablik stand auf und ging zum Regal, um einen Kommentar zu Rate zu ziehen. Betreuungen fielen nicht ins Strafrecht, sondern ins Familienrecht, wo sich Hablik nicht so gut auskannte. Er fragte: »Willst du nicht Herrn Soilent anrufen und sagen, wo du bist, vielleicht vermißt er dich.«

»Nein, ich glaube, das ist keine gute Idee.«

Hablik sah Stella irritiert an, doch dann fesselte ihn die Wunderwelt des aufgeschlagenen Kommentars. Juristische Kommentare – kleingedruckt auf extrem dünnem Papier – eine Fülle einschlägigen Wissens. Was sie nicht enthielten, durfte der Jurist dann mit eigener Argumentationskraft überbrücken. Hablik vertiefte sich in den Text. Sehr merkwürdig, man hielt doch keine offensichtlich gesunde Frau in einer Klinik gefangen. Aber wer weiß?

Außer flüchtigen Kontakten zu seinen bedauerlicherweise oft so zynischen Kollegen hatte er privat kaum Freunde oder Bekannte. Hablik war ein Einsiedler, umgeben von strafrechtlichen Fachbüchern und Kommentaren, einschlägigen Zeitschriften und Entscheidungssammlungen zu deutschem und internationalem Strafrecht. Deswegen war ihm dieser Soilent sofort suspekt. Wenn der Mann Augen im Kopf hatte, konnte er nicht übersehen, wie hübsch die Tochter seines verstorbenen Freundes war. Schließlich kann man Einweisungen manipulieren. Soilent, so ein geiler alter Bock wie der Gaeli? Hablik witterte kriminelle Machenschaften.

»Und der Soilent, hat der irgendwas davon, daß er dein Betreuer ist?« fragte Hablik mißtrauisch.

»Nee. Er sagt immer, er kümmert sich um mich, weil er es meinem Vater versprochen hat.«

Ein erfahrener Richter versteht, vorsichtig auch in kniffligen Zonen zu forschen: »Und sexuell, ist da was gelaufen zwischen dem Dieter und dir?«

Die Frage verwirrte Stella: »Wie, sexuell?«

»Ich meine, wenn – also, ist es zum Austausch von Zärtlichkeiten oder zum Geschlechtsverkehr gekommen?«

»Der Dieter und ich?«

»Ja.«

Erst prustete sie los, dann zügelte sie sich. »Das geht dich eigentlich nichts an, oder?«

Hablik durchschaute die Sache sofort. Natürlich war da was. Sonst hätte sie doch einfach »nein« sagen können. Er mußte wegschauen, weil Stellas graugrüne Augen ihn ruhig und forschend betrachteten.

»Gefall' ich dir? Bist du scharf auf mich?«

Hablik begann zu schwitzen, fühlte sich durchschaut, ausgezogen bis auf die schicke, knallenge Hom-Unterhose, die ihm so gut stand. Gleichzeitig kroch giftgrüne Eifersucht auf diesen Soilent in ihm hoch. Also doch! Trotzig wie ein Schüler ließ er die Frage unbeantwortet.

Stella legte den Kopf in den Nacken, ihr betäubender Duft umwehte Hablik. Sie lachte fröhlich. »Sag' schon, daß du scharf bist auf mich. Ist doch nichts dabei.«

Hablik wurde feuerrot. Er hätte sich deswegen ohrfeigen können. Stella nahm seinen Kopf in beide Hände, lächelte ihn an. »Wir Frauen wollen doch, daß uns Männer bestürmen.«

Das war ein Ton, der Hablik vollends aus der Fassung brachte. Mühsam kehrte er zum Thema zurück: »Hat dieser Dieter dich sozusagen in sexueller Abhängigkeit ...« Er stockte.

Stella lachte wieder. Sie strich sich mit sicherem Griff die Haare aus dem Gesicht. »Nein. Im Gegenteil. In der Klinik ist absolut nichts gelaufen.« Sie stieß Hablik ein wenig in die Seite und strahlte ihn an. »Das war nichts für eine Frau. Verstehst du, Hablik?« Sie fügte mit leiser Stimme hinzu: »Du denkst nur an eines, raus aus der Klinik. Jeden Tag derselbe Fraß. Dieser Gestank. Dieses Geschrei in der Nacht. Verpißte Windeln von Erwachsenen morgens auf dem Flurboden. Und dann diese grauen, schweigenden Gestalten, die nicht verrückt sind, aber trotzdem dort leben müssen. Der Park mit den hohen Mauern. Oben auf den Mauerkronen bunte Scherben. Die Kleider! Kein Leben.«

Hablik zuckte zurück und sagte ernsthaft: »Ich kümmere mich um die Betreuung. Da wird sich schnell einiges ändern, glaub mir.«

Stellas Gesicht fror ein. »Bloß nicht«, sagte sie schnell. »In meinem Leben wimmelt es nur so von Männern, die meine Angelegenheiten regeln wollen. Ich werde selber tun, was notwendig ist.«

»Stella, ich bin Richter. Ich habe Einfluß. Wenn du einen Anwalt nimmst, weißt du, was das kosten kann? Betrüger, die meisten. Nein, nein, es ist besser, wenn ich das übernehme.« Entschlossen strich er sich eine Strähne aus der Stirn und sah Stella an, hielt aber ihren Blick nicht aus.

Stella kam näher. Wieder dieser Duft! Sie ballte die

Fäuste. Wie ein Boxer. Und sie schlug zu. Ansatzlos. Mitten auf Habliks Brust. Bang, das tat zwar nicht furchtbar weh, aber Hablik war verblüfft. Ihn irritierte, daß ihm für einen Sekundenbruchteil obszöne Gedanken durch den Kopf flackerten. Er blickte auf. Sie fixierte ihn immer noch. Die geballten Fäuste hielt sie in Hüfthöhe. Wie Muhammed Ali.

Paff, wie vom Bogen geschossen kam eine linke Gerade angeflogen. Mitten ins Gesicht gezielt. Weil Habliks Reflexe in Ordnung waren, wich er mit einer knappen Bewegung aus.

»Du hast gehört, Hablik«, sagte sie kalt, »daß ich es hasse, wenn Männer sich um mich kümmern wie eine Glucke. Wenn du meinst, wir können das mit der Betreuung irgendwie rückgängig machen, dann nehmen wir einen Anwalt. Ist das klar?«

Hablik schimpfte noch ein wenig auf die Advokaten, spürte aber, daß Stella diesen Ton nicht mochte, und lenkte ein. Gut, ein Anwalt, wenn's unbedingt sein muß. Wahrscheinlich würde ohnehin kein Weg daran vorbeiführen, weil nur ein Anwalt einen förmlichen Antrag beim Familiengericht stellen durfte.

»Wenn dir was an mir liegt, darfst du mich nie bevormunden«, insistierte Stella. »Männer machen oft diesen Fehler. Sie wollen uns damit nur abhängig machen.«

»Ja«, sagte Hablik.

Stella rückte ein wenig näher. »Für ein Frau gibt es tausend gute Gründe, mit einem Mann Liebe zu machen. Ein schlechter Grund ist Abhängigkeit. Ich hasse Abhängigkeit. Wenn du mit jemand schlafen willst, dann suche nach einem der tausend guten Gründe, okay?«

Hablik war verwirrt. Er flüchtete sich in eine Sachfrage: »Und du weißt definitiv nicht, wie du aus der Klinik geflohen bist?«

Stella schüttelte den Kopf. Sie streichelte sein Gesicht. Seine Wangen waren stoppelig. Sie raunte, wie sehr sie stoppelige Männerwangen mochte. Ihre Lippen berührten seine, forschten, wie vorhin. Ihre Zunge war herrlich. Hablik schloß die Augen. Er räusperte sich beim Küssen.

Als Stella deswegen losprustete, ließ er sofort resigniert die Hände von ihren Hüften gleiten.

»Willst du, daß wir miteinander schlafen? Deswegen brauchst du doch nicht so hektisch zu sein!«

In Habliks Kopf begann es wieder zu kreisen. Er war es gewöhnt, alles in Begriffe zu fassen, zu erklären. Er fand nicht den richtigen Anfang.

Stella küßte ihn noch einmal, begann sein Hemd aufzuknöpfen, am Knoten seines Schlipses zu nesteln. »Und um mich kümmern mußt du dich schon deswegen nicht, weil der Dieter das tut.«

Dieser verdammte Dieter!

So, jetzt war das Hemd offen. Hablik zeigte sich nicht gerne mit nacktem Oberkörper, weil er sich schämte, keine Haare auf der Brust zu haben. Er drehte sich von Stella weg, als sie begann, seine glatte Brust zu streicheln. Sie redete in demselben unbekümmerten Ton weiter:

»Mein Gott, ich muß ja aussehen.« Sie fuhr sich mit flüchtigen Bewegungen durch die inzwischen halbtrockenen Haare. »Aber das macht dir bestimmt nichts aus.«

Hablik deckte mit offenem Hemd sein Bett ab.

»Ja, komm, wir legen uns hin«, sagte Stella und ließ ihr Hemd fallen. Nackt trat sie an den nur noch flach atmenden Hablik heran, stellte sich auf die Zehenspitzen und gab ihm einen keuschen Kuß auf die Nasenspitze.

»Es macht dir doch nichts, wenn wir heute nacht nicht miteinander schlafen. Es ist schon so spät. Wir heben uns das einfach für später auf. Dann ist es viel, viel schöner. Ich freu mich drauf.«

Freitag, 9. August 1996

Zwei Stunden später, als die Vögel in den Straßenbäumen ihren Morgenlärm begannen und die Briefkastendeckel klapperten, weil die Zeitung eingeworfen wurde, drehte sich Hablik vorsichtig herum und betrachtete die langgestreckte Fremde neben sich im Bett. Sie lag auf dem Bauch, den Kopf seitlich von ihm weggedreht. Er beobachtete die leichte Bewegung des Oberkörpers beim Atmen. Unter der glatten Haut konnte man ihre Rippen zählen. Er hielt ganz vorsichtig seine Hand über ihre Hüfte. Langsam senkte er sie, bis er Stellas von der Morgenbrise kühle Haut berührte. Sie schnurrte, ohne aufzuwachen. Tief und unschuldig wie ein Kind, dachte Hablik.

Er stand leise auf, nahm die Tasche, die schwere Pistole und das verblutete Taschentuch mit einem Stück Papier von seinem Schreibtisch und verschloß alles in einer Schublade. Sicher ist sicher. Er machte sich Sorgen, obwohl sie es ihm verboten hatte.

Der Eingang zu Abels Büro lag noch im Schatten. Die Tür stand sperrangelweit auf. Vor der Realschule schräg gegenüber wartete ein junges Mädchen mit blondierten Haaren und schwarzem BH unter einem rosa T-Shirt. Es rauchte und weinte.

Abel genoß den jungen Tag und sprengte Wasser aus einem Plastikeimer auf den Asphalt. Sein weißes Hemd stand am Hals offen. Die Ärmel hatte er hochgekrempelt. Seine schwarzen Anzughosen verliehen ihm zusammen mit dem weißen Hemd etwas Sportlich-Seriöses – wäre er nicht barfuß gewesen.

Abel kniff die Augen zu und starrte zu dem Mädchen hinüber. Er versuchte ihr Alter zu schätzen. Warum heulte sie? Liebeskummer? Schlechte Noten? Sie sah nicht aus, als würde sie wegen schlechter Noten heulen. Aber wie sehen heute Mädchen aus, die wegen schlechter Noten heulen? Abel grübelte und kühlte seine linke Hand im Wasser. So ein Quatsch, sagte er sich. Mitten in den Ferien weint niemand wegen Zeugnissen.

Abel betupfte sich die Stirn mit Wasser und verteilte den Rest vor den Stufen seiner Kanzleiwohnung. Vergnügt und ziemlich falsch pfiff er »*Toujours l'Amour*«. Er blickte die Fassade hoch. Langsam deckte der Großstadtstaub die hellen Umrisse der ehemaligen Leuchtreklame zu. Fräulein Ensle war entweder verreist oder gestorben, denn erstaunlicherweise blieben ihre Fenster geschlossen. Den ganzen Morgen kein Pavarotti? Abel wäre es nicht recht, wenn seine Nachbarin tot in ihrem Bett läge. Er fürchtete aber einen langen Vortrag über die Situation der Poesie in unserer schlechten Welt und beschloß, nicht bei ihr zu klingeln. Sicher war sie in der Stadtbibliothek, um die Bibliothekarinnen zu terrorisieren. Oder sie war beim Metzger.

»An einem hellen Sommermorgen sterben die Leute nicht«, verscheuchte er den Gedanken an den Tod. Vor seinen Füßen schob sich eine giftgrüne Raupe über den feuchtstaubigen Asphalt. Abel ging in die Knie, um die groteske Bewegung zu studieren. Die Raupe zog den Körper zusammen, bildete einen enormen Buckel wie eine kleine Brücke, dann schob sie sich um die halbe Länge ihres Leibes nach vorne. Seitlich war sie gelb gezackt und hatte winzige schwarze Warzen an der Unterseite. In der Kanzlei schellte das Telefon. Abel ließ sich nicht stören. Erst noch der Raupe zusehen. Soviel Zeit muß sein. Erst als Paul Schmitz bedrohlich knurrte, drehte er sich um und stand auf.

Vor ihm stand der Richter Hablik. Er wirkte steif, war bleich. Das Telefon hörte auf zu läuten. Flott gekleidet, der Hablik, dachte Abel. Leichte Sommerhose mit Bügelfalte, hellblaues Hemd, dunkelblauer Strickschlips, Socken und Sandalen, das Cordjackett über dem Arm. Seine Augen verdeckte eine enorme Sonnenbrille mit verspiegelten Gläsern. Abel nahm den Hund am Halsband und grinste ungläubig, denn neben Hablik stand die junge Frau von gestern aus dem Billardcafé. Abels Interesse war geweckt. Wie Hablik trug sie eine große Sonnenbrille. Abels Blick glitt neugierig über ihre Figur.

»Dürfen wir eintreten?« fragte Hablik ohne Gruß.

»Ungern«, sagte Abel wahrheitsgemäß, »es ist noch nicht geöffnet.«

»Kann ich mir denken«, sagte Hablik. Trotz seines fast distanzierten Verhältnisses zur Kollegenschaft hatte er mitbekommen, daß der Rechtsanwalt Abel ein Bohemien war, der nie vor zehn oder elf Uhr telefonisch zu erreichen ist. Im Sommer manchmal sogar erst ab zwölf. Hablik fügte entschlossen hinzu: »Das ist so was wie ein Notfall.«

Abel seufzte. Mit einer knappen Geste zeigte er schließlich doch auf die offene Tür. Sie traten ein. Abel sperrte seinen Hund in die Küche und vergaß die Schuhe anzuziehen. Der Richter nestelte ein paar Notizzettel heraus, faltete sie auseinander, legte sie auf den mit Akten, Gebührentabellen und Schriftstücken übersäten Schreibtisch. Die junge Frau studierte Abel, sie hatte ihn aus dem Bistro nur vage in Erinnerung.

»Was für ein Notfall?« fragte Abel.

Hablik mochte nicht, wie Stella den Anwalt ansah. Er tippte auf seine Notizen.

»Es geht um eine Betreuung.«

»Das ist doch kein Notfall.«

»Normalerweise nicht, aber ...«

Betreuungssachen betrafen meist alte Menschen, verrückte, unverbesserliche Querulanten, vor denen sich ihre Umgebung nicht anders schützen konnte, als sie unter Kuratel zu stellen. »Eine unrechtmäßige Anordnung muß sofort aufgehoben werden.« Abel nickte. Wenn es um eine Art staatlich verfügte Freiheitsberaubung ging, das war schon was anderes.

Trotzdem kam bei ihm keine rechte Begeisterung auf. Betreuungssachen waren unter Anwälten gefürchtet. Geringe Gebühren, viel Arbeit und Ärger. Abel ging's nicht ums Geld, aber er hatte keine Lust auf irgendeinen tobsüchtigen alten Onkel dieses Richters. Einen solchen Fall abzulehnen, die Freiheit nahm er sich. »Bin überlastet.«

Hablik antwortete: »Es ist justizbekannt, daß Sie nicht überlastet sind, Herr Rechtsanwalt.«

Diese Bemerkung ärgerte Abel. »Was immer Sie vorhaben, machen Sie's doch selbst. Sie wissen doch sonst auch alles besser«, knurrte er in der Hoffnung, Grobheiten würden den unerfreulichen Besuch in der Morgenstunde abkürzen, ohne daß er deutlicher zu werden brauchte. Hablik biß die Zähne zusammen, steckte den Hieb weg wie ein guter Boxer, rückte nur kurz unschlüssig an seiner Sonnenbrille.

»Sie müssen ...«

»Nix muß ich«, sagte Abel freundlich. »Erinnern Sie sich nicht an gestern?«

»Doch, aber als Anwalt sind Sie verpflichtet ...«

»Sie täuschen sich.«

»Gestern Zoff im Gericht und heute ... Nee, ehrlich nicht!« Abel verschränkte die Arme.

»Komm, wir gehen.« Die Frau stand plötzlich auf. »Irgendeinen finden wir schon.«

Abel nickte entspannt. So, der Tag war gerettet. An der Tür blieb er stehen und schaute dem langen, breitschultrigen Richter und der zierlichen Frau nach, wie sie im Schatten der Häuserzeile entlanggingen, Hand in Hand.

Er wollte sich gerade herumdrehen, um für sich und Jane, die noch auf der Bank war, einen Kaffee zu machen, da bemerkte er, daß Hablik stehenblieb. Die beiden wechselten scheinbar erregt Worte. Hablik ließ die Hand seiner Begleiterin los. Er gestikulierte. Abel verstand nicht, warum sich die beiden zankten. Schließlich kam das Pärchen zurück, trat unaufgefordert ein und setzte sich auf die Besucherstühle vor Abels Schreibtisch.

»Man muß beim Familiengericht einen Antrag stellen, um Stellas Betreuung aufheben zu lassen«, sagte Hablik nach einem Seitenblick auf seine Begleiterin. Er legte die Hand auf die Schulter der Frau, damit Abel wußte, wer gemeint war.

Stellas Betreuung? Darauf wäre Abel nie gekommen. Sie sah nicht im entferntesten so aus, als hätte sie ein Problem. Ihr Blick wirkte klar, sie schien die Initiative ergriffen zu haben. Wie kam so jemand dazu, entmündigt zu werden? Abel sträubte sich, aber die Sache begann ihn zu interessieren. Und die junge Frau interessierte ihn schon seit dem ersten Blick.

»Laß gut sein, Hablik, ich kann schon selber ...«, sagte die Frau und wandte sich an den Anwalt. »Wie gesagt, es geht um mich«, erklärte sie. »Beim Familiengericht braucht man einen Anwalt. Man muß sich vertreten lassen. Einer muß es doch machen.«

»Korrekt.« Abel leistete noch ein wenig Widerstand. »Bloß, ich bin nicht der ganz große Fuchs im Familienrecht.«

»Sie sollten sich schämen, Herr Abel«, fuhr Stella zu ihm gewandt in fast liebenswürdigem Ton fort. »Herr

Hablik respektiert Sie, weil Sie sich immer sehr gut einarbeiten, einer von wenigen sind, die auch mal mit ihm für Ihre Mandanten streiten.«

Und einer der wenigen, die ihn nicht verarschen, dachte Abel. Aber davon wird er dir nichts erzählen. Natürlich fühlte er sich auch ein wenig geschmeichelt, weil sie aussprach, worauf er auch stolz war. Laut sagte er: »Auf den Arm nehmen kann ich mich allein.«

»Wir gehen. Ich hab' doch gesagt ...« Abel wütend fixierend, zerrte Hablik seine Begleiterin vom Stuhl hoch. Ruppig machte sich Stella los und schrie Hablik plötzlich an: »Nein, ich mache das nicht länger mit! Wir haben jetzt schon bei sechs Anwälten angerufen, und überall sind wir abgeblitzt.« Und zu Abel gewandt rief sie zornig: »Kommen Sie sich eigentlich gut vor?«

»Nein«, sagte Abel nach kurzem Überlegen. »Entschuldigung. – Okay, bringen wir's hinter uns. Prozeßkostenhilfe?« Abel fischte routiniert ein Formular aus einer Schublade, mit dem minderbemittelte Bürger Hilfe für die Honorare und Gebühren beantragen konnten.

Hablik gab sich einen Ruck, sagte: »Ich zahle die Rechnung, wenn nicht die Staatskasse dafür aufkommen muß, weil eine rechtswidrige Anordnung ergangen ist«, und kramte erneut die Zettel aus seiner Jackentasche.

»Strenggenommen müssen wir erst einmal prüfen, ob sie mir überhaupt eine Vollmacht erteilen kann«, warf Abel ein, zog aus einer anderen Schublade eine Vollmacht hervor und versuchte das Eselsohr des Formulars zu glätten.

Hablik war präpariert. Er spulte ab, was er sich früh am Morgen in der Gerichtsbibliothek angelesen hatte. Das Oberlandesgericht Schleswig hatte entschieden, daß es bei der Wirksamkeit eines Anwaltsmandats für die Aufhebung einer Betreuung auf den natürlichen und nicht den rechtsgeschäftlichen Willen im engeren Sinne ankomme, zitierte er. »Sonst kann man ja jeden Versuch einer Selbstbefreiung aus der Psychiatrie mit formalem Kleinkram abschmettern«, höhnte Hablik. Abel dachte an einen Prozeß, der einem Klienten vierzehn Monate ohne Bewährung bei Richter Hablik eingebracht hatte, weil der Angeklagte sich über ein paar aus seiner Sicht lästige Formalitäten hinweggesetzt hatte. Hablik ließ sich nicht bremsen. Und je nach dem Ergebnis der fälligen Recherchen, fuhr er fort, könne man mit Aussicht auf Erfolg gegen die verantwortliche Person eine Anzeige erstatten.

Blickwechsel mit Stella, die leicht den Kopf zu schütteln schien. »Aber vorher müssen alle Fakten auf den Tisch. Sie wissen selbst, wie schlampig die bei der Staatsanwaltschaft sind, die tun nichts von selbst. Da ist es am besten, man ermittelt selber«, knurrte er, zitierte den Paragraphen für Freiheitsberaubung und sah Abel um kollegialen Beifall heischend an.

Abel wußte aus Erfahrung, daß das, was die Mandanten einem Anwalt im ersten Gespräch schildern, immer sehr plausibel klingt. In keinem einzigen Fall blieben Abel bisher im Laufe der Fallbearbeitung Zweifel erspart. Wie oft hatten sich die schlüssigen Geschichten vor Gericht schlicht nicht beweisen lassen oder waren Phantasieprodukte und im schlechtesten Fall Lügen. Gerade weil sich Hablik so engagierte, schien Abel Vorsicht angebracht. Er begann die Personalien der jungen Frau aufzunehmen und kritzelte Notizen mit einem Bleistiftstummel auf Konzeptpapier. Stella erzählte von Depressionen, einem jahrelangen Klinikaufenthalt. »Aber jetzt ist Schluß, mir geht's wieder gut.«

Violinenklänge drangen von draußen herein. Schwollen zu einem Dröhnen an. Eine winzige Kunstpause, die Abel inzwischen gut kannte, und Luciano Pavarottis Stimme setzte ein.

»Gott sei Dank, sie ist nicht gestorben«, murmelte Abel und schrieb weiter.

»Wie bitte?« fragte Hablik.

»Heiß, heute«, sagte Abel. Dann erklärte er, daß er versuchen werde, beim Familiengericht kurzfristig eine Entscheidung zu bekommen, aber fürchte, das Gericht werde auf einem Gutachten bestehen. »Und außerdem, bald ist Wochenende. Wie sieht's aus mit den Ärzten, die Sie in der Klinik behandelt haben?« fragte er Stella.

»Alles potentielle Mitangeklagte«, ging Hablik nicht sehr sachlich dazwischen. Stella zuckte mit den Schultern. Luciano schmetterte *»Lungi da lei ... de' miei bollenti spiriti«*, und Abel warf einen verzweifelten Blick zur Decke hinauf.

»Unabhängige Gutachter sind besser, aber so eine Untersuchung dauert«, sagte Abel. Außerdem brauche man die Krankengeschichte. »Wo bleiben Sie solange, bis die Untersuchungen abgeschlossen sind?«

»Egal«, sagte Hablik in schroffem Ton, und Stella schaute ihn prüfend von der Seite an.

»Doch nicht etwa bei Ihnen, Herr Hablik?« provozierte Abel. »Eine entmündigte Frau auf der Flucht zu beherbergen ist ja strafrechtlich nicht unproblematisch.« Hablik hob die Schultern, und Stella sah weg. »*Mir* sollten Sie es trotzdem sagen, nur damit ich weiß, wie ich Sie erreichen kann.« Was Abel sagte, war nicht ganz von der Hand zu weisen. Aber Hablik hatte sich entschlossen, keine Kompromisse zu machen. »Frau Telago wird einen strafrechtlich unproblematischen Aufenthaltsort wählen. Rufen Sie ganz einfach *mich* an«, sagte Hablik.

Beide erwähnten den Namen Dieter Soilent nicht, das hatten sie – aus unterschiedlichen Gründen – vereinbart.

Dieter Soilent donnerte aufgebracht den Telefonhörer auf die Gabel. Er war Steuerberater und arbeitete für die besten Kreise der Stadt. Was diesem Bereichsleiter bei der Oberfinanzdirektion einfiel! Soilent hatte schon zwei Außenprüfungen im Büro und sollte noch eine Anschlußprüfung für eine GmbH dazu bekommen. Einfach so durchziehen, als ob das nichts wäre. Zur Urlaubszeit!

Und dann noch die Sache mit Stella. Verflucht!

Ihm schien, als würde eine Welle des Unglücks, grau und schwer wie Beton, über seinem Haupt zusammenschlagen und ihn unter sich begraben.

Sein Atem stockte, seine Augen weiteten sich vor Schreck. Extrasystolen! Er griff sich ans Herz, ließ sich in seinen ledergepolsterten *Miller Chair* zurückfallen und betete zu Gott, daß sich der Puls normalisieren möge. Nicht sterben! Jedenfalls nicht jetzt schon. Kalter Schweiß benetzte seine Stirn. Die Haare klebten feucht an der grauweißen Stirn. Sein Gebet wurde erhört, der Rhythmus seines Herzschlages pendelte sich wieder ein, von gelegentlichen Unregelmäßigkeiten abgesehen.

Soilent nahm die goldene Brille ab. Der elegante Raum um ihn herum wirkte jetzt verschwommen. Mit zwei Fingern massierte er die Nasenwurzel und versuchte sich weiter zu beruhigen. Einatmen, ruhig ausatmen. Und wieder einatmen ... Soilent, den markanten Kopf nach vorne gebeugt, das Kinn auf der Brust ruhend, horchte in sich hinein. Der Herzschlag galoppierte wieder los, Soilent riß die Augen auf. Seine Hand tastete rasch zu einer Schreibtischschublade und förderte mit leisem Zittern eine kleine Dose aus Jade hervor, aus der er eine kleine grüne Pille nahm, die er hastig schluckte. Besorgt blickte er in die Dose, zählte, was ihm an Beruhigungsmitteln verblieben war. Zu wenig fürs Wochenende.

Als es ihm nach Minuten endlich besserging, drückte er eine Taste seines Sprechgerätes und bat seine Vorzimmerdame, sich noch heute um Rezept und Nachschub zu kümmern. Er stand auf und straffte seine einhundertsiebzig Zentimeter. Soilent gehörte zu den Männern, die gerne größer erscheinen, als sie sind. Er achtete auch strikt auf seine Figur, was ihn bei all dem Streß viel Kraft kostete. Nur daß er Raucher war, half ihm ein wenig bei den wechselnden Diätkuren.

Soilent hatte einen Cäsarenkopf, ein kantiges Profil mit einem schmalen Schnurrbart. Insgeheim wollte er aussehen wie David Niven, was ihm gelegentlich durchaus gelang. Er hatte eine distinguiert-britische Eckigkeit in der Bewegung, selbst wenn er so niedergeschlagen war wie jetzt. Er bearbeitete nervös die Sprechtaste. »Wann kommt endlich der Rintfleisch?«

»Gerade eingetroffen«, flötete seine Sekretärin. »Und das Medikament wäre auch schon im Haus.«

»Schicken Sie ihn doch herein ... Und keine Gespräche mehr. Auf keinen Fall.«

Soilent wußte, daß es einige Augenblicke dauern würde, bis der Besucher vom Wartezimmer am Ende des Flurs bis zu seiner gepolsterten Tür kommen würde. Er nutzte die Pause, um sich den Schweiß von der Stirn zu tupfen und zu konzentrieren. Mit den Fingern der Linken kontrollierte er den Puls an der Halsschlagader. Rasch, aber Gott sei Dank regelmäßig. Er widerstand dem Zwang, auf seinem Computerterminal herumzuklimpern und noch schnell Akten und Gewinn-und-Verlust-Rechnungen auf seinem polierten Schreibtisch herumzuschieben. Kein Wunder, daß die Pumpe rattert, dachte Soilent, wenn man eine ganze Nacht kein Auge zugetan hat. Mit Mitte fünfzig merkt man den Streß deutlicher als vor zehn Jahren.

Er flüsterte selbstbeschwörend: »Stella wird nichts zugestoßen sein. Bestimmt nicht! Ganz bestimmt!« Höchstens, daß sie sich irgendwo mit einem Mann herumtrieb. Dieser Gedanke hätte ihn gestern noch vor Eifersucht wütend gemacht. Jetzt war es ihm egal. Hatte er nicht gerade wieder den Tod in seiner Brust gespürt?

Wenn nur die Pistole nicht fehlen würde. Eine schwere Heckler & Koch. Soilent schauderte. Nicht nur, weil er keinen Waffenschein besaß, ja noch nicht einmal eine Waffenbesitzkarte. Stella und die Pistole, das war ein explosives Gemisch! Die Klimaanlage rauschte. Er ließ seitlich die Arme über die Sessellehne hängen. Die Kühle des Raumes wurde ihm bewußt. Fast fröstelte er. Die grell von der flimmernden Vormittagssonne beschienene Jugendstilfassade gegenüber füllte sein Panoramafenster aus und erschien wie auf einer Filmleinwand. Soilent setzte die Brille auf und bereitete ein Lächeln vor. Doch es verrutschte.

Seine Sekretärin klopfte und trat mit einem Herrn ein, der sich mit Rintfleisch vorstellte und Soilent eine Visitenkarte gab. Die Vorzimmerdame winkte und rief mit einer Fröhlichkeit, die Soilent durch Mark und Bein ging: »Tschühüs, und frohes Wochenend'.« Sie sagte immer »Wochenend'«, wie »'Wochenend' und Sonnenschein'« – auch Mandanten gegenüber. Wie Soilent das haßte.

»Nehmen Sie doch Platz, Herr Rintfleisch«, bot er dem Gast einen Stuhl am Besuchertisch an. Der Mann schüttelte den Kopf, sah sich flink um und taxierte die Einrichtung, die Gemälde schwäbischer Impressionisten, ein Zügel, sogar ein Landenberger. Soilent las die schlichte, sachliche Visitenkarte, die einen Marcus Rintfleisch vorstellte. Adresse, Telefon, Fax. Nicht der geringste Hinweis darauf, daß dieser Mann ein »Schnüffler« war.

Rintfleisch war äußerlich die Belanglosigkeit in Person. Mittleres Alter, mittlere Größe, mittlere Statur. Das Gesicht mit seiner gelblichen Haut wirkte grämlich. Ein

Mann, den man ansehen und sofort wieder vergessen konnte.

»Ich suche eine Frau. Sie ist mein Mündel. Ihr Name ist Laura Telago. Freunde nennen sie Stella. Hier, ein Bild«, sagte Soilent.

»Wann und wo zum letzten Mal gesehen?« fragte der Detektiv. Keine Bemerkung über die außergewöhnliche Attraktivität des jungen Gesichtes auf dem Foto. Es zeigte Stella, auf einem Studiofoto. Nur Gesicht und nackte Schultern. Große Augen, die den Betrachter forschend ansahen.

»Gestern abend, etwa um zwanzig Uhr.«

»Wo?«

»Bei mir zu Hause.«

»In welcher inneren und äußeren Verfassung?« Die Frage kam emotionslos. Rintfleisch sah seinen Klienten nicht an, blickte auf die Spitzen seiner braunen Schuhe. Er machte keine Notizen. Er ließ die Hände herabhängen und zuckte hie und da mit den Fingern. Nur wenn er hustete, was trocken und hart klang, krümmte er den ganzen Oberkörper.

Soilent fühlte sich in der Gesellschaft dieses Mannes unwohl. Er dachte intensiv darüber nach, wieviel er diesem Rintfleisch anvertrauen könnte. Schließlich war ihm der Mann von einem seiner rotarischen Freunden wärmstens empfohlen worden. Rintfleisch wiederholte die Frage. Soilent rang mit sich.

»Sie denken darüber nach, ob Sie mir alles sagen sollen«, begann Rintfleisch wieder mit seiner gleichförmigen Stimme. »Das ist zu Beginn einer Geschäftsbeziehung mit einem Detektiv normal. Ich möchte Sie nicht drängen, aber es erleichtert mir die Arbeit, wenn ich optimal informiert bin. Ihnen spart das Zeit und Geld.«

»So, so, Zeit und Geld«, wiederholte Soilent nachdenklich. Beides waren wichtige Argumente in seinem

Leben. »Wie ist es mit Ihrer Diskretion, Herr Rintfleisch?« bohrte Soilent nach.

»Ach, wissen Sie ...«, sagte Rintfleisch. Zum erstenmal blickte er seinem Auftraggeber in die Augen. Soilent erschrak fast über den harten Blick. Rintfleischs Mund verzog sich zu so etwas wie einem Lächeln. »Ich rauche nicht, ich trinke nicht, und ich plaudere nicht.«

Soilent entschloß sich zu einer kleinen Beichte.

Er berichtete, wie er vor drei Tagen Stella aus einer Klinik namens Seelenfrieden am Bodensee abgeholt hatte, erzählte, daß sie die Freiheit genossen hatte wie ein kleines Kind, das zum erstenmal den Garten der Eltern verläßt.

»Was ist das für eine Klinik?« fragte Rintfleisch. Soilent beschrieb den Ort mit »eine Art Rehaeinrichtung.«

»War was Sexuelles zwischen Ihnen und Frau Telago?« fragte Rintfleisch.

»Das ist doch absurd«, fuhr Soilent hoch. »Wie kommen Sie überhaupt ...?«

»Erfahrung.« Rintfleisch musterte unauffällig seinen Klienten und dann das Foto der verschwundenen Dame. Schließlich verschränkte er die Arme hinter dem Rücken und vertiefte sich in die Betrachtung seiner Fußspitzen.

Soilent schilderte die letzten Tage mit Stella, die voll Neugier und Dankbarkeit die wiedergewonnene Freiheit genossen habe.

»Sie müssen wissen, daß Frau Telago eine langwierige Depression durchgemacht hat, eine Krankheit, die ich meinem schlimmsten Feind nicht wünsche.«

»Noch nicht einmal der Steuerfahndung?« witzelte Rintfleisch völlig unerwartet, lachte heiser, hustete. Dann war der Anfall von Humor vorbei.

»Nein, Herr Rintfleisch, der Laie stellt sich das Verhältnis eines Steuerberaters zu den Fiskalbehörden in der Regel falsch vor«, knurrte Soilent. Er versuchte sich nicht unnötig aufzuregen, weil er einen neuen Anfall fürchtete.

»Stella hat zudem eine Art Klaustrophobie. Es kommt vor, daß sie ganz plötzlich raus muß, wie getrieben ist. Und so ist es passiert. Donnerstag abend gegen halb neun. Einfach abgehauen. Tja. Und ich bin ihr amtlicher Betreuer.« Soilent rückte an seiner Krawatte.

»In welcher Verfassung war sie?«

»Diese Platzangst eben.«

»Ist so was schon häufiger passiert, ohne daß Sie einen Detektiv eingeschaltet haben?«

»Ja«, gab Soilent zu. »Da war sie aber jedesmal nach drei oder vier Stunden zurück.«

»Ist sie im Sinne des Gesetzes eine hilflose Person?«

»Eben nicht«, rief Soilent. »Sonst könnte man sie ja durch die Polizei suchen lassen.«

»Sie haben recht.« Rintfleisch sah seinem Klienten an, daß er nicht im Traum daran dachte, die Polizei einzuschalten. Selbst wenn diese Frau Telago eine hilflose Person im Sinne des Gesetzes gewesen wäre.

»Wie gesagt, verschwunden«, sagte Soilent, legte eine Kunstpause ein und sah Rintfleisch an, ohne Blickkontakt zu dessen grauen Augen zu bekommen. »Das Dumme ist nur, Herr Rintfleisch, sie hat meine Heckler & Koch dabei.«

»Wie kam Frau Telago in den Besitz einer solchen Waffe?«

»Ich weiß es nicht. Ich weiß es schlicht nicht. Das ist die Wahrheit. Die Pistole ist weg. Nur sie kann sie haben. Denken Sie daran, wenn Sie nach ihr suchen. Machen Sie sich sofort an die Arbeit. Wie hoch ist Ihr Tagessatz, wieviel Spesen verlangen Sie?«

»Wie stellen Sie sich das vor, Herr Soilent?« fragte dagegen Rintfleisch. »Wie soll ich eine Frau und eine

Heckler & Koch in einer Region mit etwa zweieinhalb Millionen Einwohnern finden? Falls sie sich überhaupt noch im mittleren Neckarraum aufhält. Die vermißte Person ist soeben aus einer Nervenklinik entlassen. Hat sie Freunde?«

»Nein. Schon länger nicht mehr.«

»Haben Sie irgend einen Anhaltspunkt, wo sie sich aufhalten könnte?«

»Nein. – Soll das heißen, daß Sie den Job nicht annehmen, Herr Rintfleisch?« ächzte Soilent.

»Hören Sie, ich lebe von der Schnüffelei. Tagessatz fünfhundert Mark, Spesen auf Abrechnung«, antwortete Rintfleisch mit seiner gleichbleibend ruhigen Stimme. »Ohne einen vernünftigen Anhaltspunkt kann ich mich nicht ›an die Arbeit machen‹, wie Sie vorschlagen, Herr Soilent. Ich habe einen ganz anderen Vorschlag, den Sie ...« Rintfleisch sah auf seine digitale Armbanduhr, eine ebenso aufwendige wie geschmacklose Konstruktion mit etwa zehn verschiedenen Druckknöpfen, »noch heute realisieren könnten, Herr Soilent, ohne daß ich mir Plattfüße holen muß.«

Nach Habliks Meinung war Stuttgart eine der schönsten Städte überhaupt. Das lag auch daran, daß Hablik, in Tettnang, nahe dem Bodensee, geboren und in Ravensburg aufgewachsen, noch nicht allzu viele Städte gesehen hatte.

Er hatte mit Stella einen Spaziergang auf die Uhlandshöhe im Osten der Stadt gemacht. Nun stand er wie ein Kapitän auf seiner Brücke am Geländer eines Aussichtspunktes vor der Sternwarte. Von hier hatte man einen Blick auf die Industrieanlagen, Gaskessel und Daimler Benz, Neckarhafen und jenseits des Flusses die Grabkapelle auf dem Württemberg; alles eingehüllt in den trägen Dunst eines heißen Sommertages.

Hablik ging durch eine Grünanlage mit schattigen Bäumen zu einem anderen Panoramablick. Hier deutete er nach Westen auf das Zentrum mit Schloß, Bahnhof und einer autobahnartigen Betonschneise, die die City von den Wohnbereichen abschnitt.

»Da, das ist meine Stadt!« sagte Hablik.

Stella lehnte sich an seine Brust, spürte den regelmäßigen Atem, fühlte die Wärme seiner Haut unter dem Hemd. Jetzt schwitzte er zum Glück nicht. Heute morgen im Bett war er klitschnaß gewesen, als er bewegungslos und leise schnarchend neben ihr im Bett gelegen hatte. Eigentlich roch er gut. Und es war schön, daß ein männliches Wesen da war, schlicht nur so da war und leise schnarchte und gut roch. Stella erinnerte sich an einen amerikanischen Song in irgendeinem deutschen Film: Da sang eine Frau *»It's So Nice To Have A Man Around The House«*. Die große Liebe ist manchmal viel zu anstrengend, sagte Stella leise zu sich selbst.

»Wie bitte?«

»Nichts.«

Hablik überlegte kurz, was der Einwurf sollte, dann sprach er über die Architektur der Innenstadt vor dem Krieg in der Annahme, eine Architekturstudentin wäre für das Thema trotz 34 Grad im Schatten zu begeistern. Stella genoß diesen Mann und seinen Körper. Sie genoß, daß er sie nicht bedrängte, obwohl er bestimmt ziemlich scharf auf sie war. Wenn er redete, klang seine Stimme merkwürdig hohl. Stella fühlte sich bei ihm geborgen. Der Augenblick allein zählte.

»Stella, ich weiß, ich soll dich nicht bevormunden, und wir haben auch einen Anwalt eingeschaltet.«

»Alles okay«, sagte sie.

»Ich sage das nicht, weil ich dich bemuttern will«,

baute Hablik vor, »sondern weil du mich interessierst. Ich will dich auch nicht abhängig machen, jedenfalls nicht so, wie du denkst, zumal wir heute nacht ja fast schon zusammen ...«

»Komm, sag schon, was los ist. Es ist ja nicht strafbar, wenn sich ein Mann um sein Mädchen kümmert, oder?«

»Was ist mit diesem Soilent?«

»Nichts.«

»Wovon wird das alles bezahlt, die Klinik und so? Dafür muß doch jemand das Geld haben.«

»Ich«, sagte Stella. »Geerbt von meinem Vater.«

»Aha. Viel?«

»Komm, sei so gut, ich bitte dich«, Stella hob vorwurfsvoll den Kopf von seiner Brust. Hablik war es peinlich, sie nach ihren finanziellen Verhältnissen gefragt zu haben. Das Thema ließ ihn trotzdem nicht los.

»Dann verwaltet dein amtlicher Betreuer auch das Geld für dich.« Mehr Feststellung als Frage.

»Klar.«

»Und deswegen«, Hablik machte die Geste des Geldzählens, »deswegen hält er dich unter Kuratel, dein Dieter?«

»Der Dieter?« Stella lachte wie über einen guten Witz, »der hat selber Geld genug. Du müßtest mal sehen, wie der lebt, Habli. Anders als du und ich.« Hablik zog die Mundwinkel herunter. »Ich mein' das nicht so. Du lebst prima. Und ich kenne viele, die mit so einem Typ wie dem Dieter nie tauschen würden, ehrlich. Aber ich sag' dir, der braucht nichts von mir. Nee, der Dieter ist einfach nur anständig. Der beste Freund von meinem Vater.«

»Aha«, knurrte Hablik. Daß es Menschen gab, die einfach nur anständig waren, wollte ihm nicht in den Kopf.

Stella spürte Habliks Skepsis und meinte: »Was der

braucht, holt er sich von seinen reichen Klienten. Ich habe noch nie einen Menschen gesehen, der so einfach Geld macht. Wie Dagobert Duck.«

»Wer?« fragte Hablik und wischte sich den Schweiß von der Stirn. Er war nicht so vertraut mit den Familienverhältnissen der Entenhausener.

»Onkel Dagobert, Donald Ducks Onkel.«

»Ach so«, brummte Hablik.

»Nee. Nicht richtig viel Geld. Kein Vermögen jedenfalls.«

»Du weißt es nicht genau?«

»Nein.« Stellas Lächeln war entwaffnend.

»Vielleicht hat er gar kein echtes Interesse daran, daß du draußen lebst, dein Dieter«, sagte Hablik spitz.

Stellas Geduld war zu Ende. Sie funkelte ihn zornig an. »Hör endlich auf mit dem Geld, ja? Der Dieter ist okay.«

Hablik gab nicht nach. »Da ist doch was!«

Sie lenkte ein: »Also gut, er ist hinter mir her.« Also doch Sex, triumphierte Hablik, allerdings nicht ohne Bitterkeit. »Auf mich sind öfter mal Männer scharf. Das ist zwar Scheiße, aber ...«

Ging das gegen ihn, überlegte Hablik.

Er sprach es aus: »Er ist dein Liebhaber?«

»Wäre er gern, aber da läuft nichts. Trotzdem nervt er. Wie du gerade übrigens.«

Plötzlich fühlte Stella ungeniert bei Hablik nach, ob vielleicht eine kleine Erektion als Reaktion auf ihre Worte zu spüren wäre. Hablik erschrak, klemmte die Beine zusammen und sagte auf schwäbisch: »Doch nit hier, hier verkehret d' Kollege.«

Stella lachte leise und stieß dabei die Luft durch die Nase aus. »Die arbeiten doch alle, da kommt bestimmt keiner«, sagte sie und wiederholte den kundigen Griff.

Sonny Hablik war scheinbar nicht für diese spontane Zärtlichkeit zu haben.

Stella ließ ihre Finger jetzt bei sich, weil sie ihn nicht wirklich ärgern wollte. Sie ahnte nicht, daß Hablik dieses Aussichtsplätzchen am Rande eines schattigen kleinen Parks durchaus mit Absicht angesteuert hatte.

Nur zu gerne hätte der so oft gefrozzelte Richter Hablik, der Einzelgänger, es erlebt, daß ihn Kollegen neidisch musterten, weil der Vorstand den Dr. Hablik mit einer unglaublich attraktiven Erscheinung im Arm im schattigen Park angetroffen hatte. Hablik sah auf die Uhr. Es war noch nicht die Stunde des Amtsgerichtsvorstands. Der machte üblicherweise erst später seine Mittagspause.

Sonny schlug vor, eine Partie Minigolf zu spielen. Stella, träge vor Müdigkeit und Hitze, lächelte ihn an, sagte nicht, daß sie Minigolf haßte, weil das der einzige Zeitvertreib im Freien in der Klinik gewesen war. Sie fand es rührend, wie er sich um sie bemühte, den Tag mit ihr verbrachte, wo er doch eigentlich hätte arbeiten müssen, wie er ihr beim Frühstück erzählt hatte.

Abel mußte sich sputen, daß er hinüber zum Amtsgericht für Strafsachen kam, wo er einen gewissen Jonas Ellwein zu verteidigen hatte. Wieder bei Hablik. Der war zwar Jugendrichter, vertrat aber in der Urlaubszeit häufiger andere Kollegen, weil er einer der wenigen war, der nicht an die Schulferien gebunden war. Abel war sehr gespannt, wie der Richter sich verhalten würde, nachdem man sich ein wenig nähergekommen war. Vielleicht die Dienst-ist-Dienst-Nummer abziehen? Das sähe ihm ähnlich: den Angeklagten besonders hart ranzunehmen, damit ja niemand sagen konnte, Hablik sei aus Rücksichtnahme seinem Anwalt gegenüber mild gewesen. *Seinem* Anwalt, wie sich das bei Hablik anhört, dachte Abel.

Ellwein. Ein kleiner Fisch. Student der Luft- und Raumfahrttechnik, früher Bafög, heute Gelegenheitsjobs. Zimmer unter dem Dach in einem sanierungsreifen Altbau neben dem *Kaufhof.* Tausend Pläne im Kopf, aber schon im achtzehnten Fachsemester. Kein Klo im Zimmer, kein Klo auf der Treppe. Normalerweise pflegte Ellwein ins Waschbecken zu pinkeln, und zwar, wie er betonte, bei laufendem Wasserstrahl. Und fürs Grobe ging er zum Kaufhaus oder in der Uni.

Bloß wenn eine Schöne sein Nachtlager teilte, dann schämte sich der Ellwein, ins Waschbecken zu pinkeln. »Weil, Mädels sind immer so pingelig«, hatte er Abel erklärt.

Die vom Kaufhaus hätten wahrscheinlich nichts dagegen gehabt, hätte Ellwein den notwendigen Ausflug zu für Studenten nachtschlafender Stunde um 9 Uhr 30 nicht auch dazu benutzt, ein brauchbares Frühstück, bestehend aus Eiern, Schinken, Marmelade, Hörnchen, Rollmops und Magerjoghurt (Ellwein achtete auf die Figur) in der Lebensmittelabteilung zusammenzuklauen. Die exakte Computeraufstellung der Beute, einschließlich Preis und Verfallsdatum, war der Anklageschrift beigefügt. Er klaute allerdings nur, wenn er Damenbesuch hatte, sonst war Ellwein dem ganzen Aufwand, besonders wegen des langen Wegs durch den Servicebereich, über den Zuliefererhof und um den Block herum, eher abgeneigt. Das hatte er Abel bei seinem ersten Besuch in der Kanzlei ehrenwörtlich versichert.

Die illegale Frühstücksbeschaffung ging lange gut. Bis man Ellwein systematisch beobachtete und nun wegen vier Diebstählen, tatmehrheitlich begangen, zur Anklage brachte, nachdem er sich, mangels finanzieller

Masse, geweigert hatte, eine beträchtliche Bearbeitungsgebühr an die Sicherheitsleute vom *Kaufhof* zu entrichten. Nun kam alles viel teurer. Ellwein bereute ehrlich und hatte bei der ersten Konsultation Abel erklärt: »Diese Frau war das nicht wert.« Abel verzichtete auf Bitten seines Mandanten darauf, die junge Dame als Zeugin zu laden. Weiß der Teufel, was das Mädchen alles auftischen würde, dachte Abel. Das Verständnis jedes Richter für die galante Motivlage des Täters dürfte gering sein. Das Habliks ganz besonders. Deswegen hatte Abel seine Verteidigungsstrategie auf den Mythos vom Bettelstudenten zugeschnitten und die alten Bafög-Bescheide seines Klienten eingepackt. Immerhin waren zwölf seiner achtzehn Semester öffentlich gefördert worden, und Ellwein schleppte eine beträchtliche Darlehensschuld mit sich herum.

Abel blätterte im Gehen in der Akten, um den Bescheid zu finden. Er bog um die Ecke und sah den bedrückten Ellwein vor dem Verhandlungszimmer stehen.

»Scheiße mit Senf, ich hätte diese Geschichte gerne hinter mich gebracht«, sagte Ellwein und zeigte auf den Terminzettel, der eine handschriftliche Notiz enthielt.

Termin wegen Erkrankung des zust. Richters vertagt.
Neue Ldg. wird zugest.

Abel knurrte. »Der Sack hätte doch heute morgen ein Wort sagen können.«

»Ist er denn nicht krank?« fragte Ellwein.

»So halb und halb«, log Abel im Interesse des Ansehens der Justiz.

Ellwein sah seinen Anwalt prüfend an. »Und jetzt?« fragte er.

» ... haben Sie noch ein paar Tage Zeit zu jobben, um mein Honorar zu bezahlen«, sagte Abel freundlich.

»Und noch was, was macht die Suche nach Zimmer mit Klo?«

»Schlecht«, sagte Ellwein und schüttelte die rechte Hand, als habe er sich verbrannt. »Ich möchte eine Fünfzimmerwohnung anmieten. Mir ist da was angeboten worden, ordentliche Lage, mit Blick über die Stadt. Ich will eine WG aufziehen.«

»Weit genug vom Kaufhaus weg?« fragte Abel.

Ellwein grinste. »Keine Angst, momentan habe ich keine Freundin.«

Die Minigolfpartie endete nach verhältnismäßig kurzer Zeit mit einem Debakel für den ungeübten Hablik. Stella schlug ihn dank ihrer in all den Klinikjahren ausgefeilten Technik.

Beim Verlassen der Grünanlage nahm sich Hablik ein Herz und faßte Stella um die Hüften, strahlte ihr ins Gesicht, als sehe er sie mit ganz neuen Augen.

Stella lachte leise und streifte ihm die Locke aus der Stirn. Neben sich hörte sie eine asthmatische Altmännerstimme: »Guten Tag, Herr Kollege.«

»Guten Tag«, antwortete Hablik. Ein winziger, grauhaariger Mann in einem Sommeranzug stand vor den beiden, lüpfte den geflochtenen Strohhut und sah Stella neugierig an.

»Guten Tag, gnädige Frau.«

Stella, die immer noch den schwarzen langen Rock trug, fühlte sich unter dem prüfenden Blick unpassend gekleidet. Eilig stellte Hablik vor: »Frau Telago, eine gute Bekannte von mir, und das ist unser Amtsgerichtsvorstand, Herr Behle.« Hablik drückte Stella noch fester an sich.

»Angenehm.«

»Freut mich.«

Behle ließ Stella nicht aus den Augen. Das mit der »guten Bekannten« war ganz offensichtlich Auslegungssache. Er lächelte dünn und wünschte noch einen angenehmen Tag. Als er außer Hörweite war, fragte Stella, sich aus Habliks Griff windend: »Kriegst du denn keine Probleme, weil du heute schwänzt?«

»Ach wo«, antwortete Hablik fast übermütig. »Wir Richter sind unabhängig. Ich brauche mich nicht zu rechtfertigen.« Er jubilierte innerlich. Stella spürte das. »Wer hat eigentlich mehr Macht, ein Richter oder ein Anwalt?« fragte sie.

»Wie, Macht?« fragte Hablik verdutzt zurück.

»Wer kann einem mehr helfen, wenn man Probleme hat? Sagen wir, einer hat was ziemlich verbockt?«

Keine leichte Frage. Wenn ein Richter einen Fall entscheidet, hat er seine Spielräume. Aber im Grunde ist er ans Gesetz gebunden, und Rechtsbeugung kommt in Deutschland selten vor.

»Also hat ein Anwalt mehr Macht?«

»Nein, er entscheidet nicht.«

Abel nutzte die Zeit, nachdem der Prozeß gegen Ellwein ausgefallen war, um sich bei der Geschäftsstelle der Präsidentenkammer des Landgerichts nach dem Grund für die Zuweisung der Referendarin Porcius zu erkundigen.

Wie am frühen Freitagnachmittag im Sommer üblich, war die Geschäftsstelle fast ausgestorben. Mürrische Behandlung all jener, die das Vorwochenende zu stören beabsichtigten, war garantiert. Abel war vorsichtig wie ein Pfadfinder, der sich an ein feindliches Lagerfeuer schleicht. Er überraschte die Geschäftsstellenbeamtin bei dem Versuch, ihr ehrwürdiges Äußeres etwas jugendlicher zu gestalten, lächelte und machte ein fadenscheiniges Kompliment. Einen Streit vom Zaun zu brechen lag ihm fern, er wurde dennoch mißverstanden und ziemlich schlecht behandelt.

»Es steht Ihnen frei, sich beim Herrn Präsidenten zu beschweren«, sagte die Beamtin sehr distanziert. Abel winkte ab. Er hatte keine Lust, mit dem Präsidenten zu reden, und versicherte, notfalls bilde er die Referendarin auch aus, aber halt nur notfalls. Dann fragte er: »Warum gerade ich?« Eine Frage, die sich täglich viele Menschen in schwierigeren Situationen stellen.

»Alphabet«, knurrte die Beamtin und schraubte den pinkfarbenen Lippenstift zu.

»Schon wieder«, entfuhr es Abel. Er hatte fast nur schlechte Erfahrungen mit dem »A« als Anfangsbuchstaben.

Mit unverhülltem Sarkasmus sagte die Beamtin: »Außerdem schätzt der Herr Präsident *Sie* ganz besonders.« Abel war vor vier Jahren mit einer Dienstaufsichtsbeschwerde gegen den Präsidenten beim Justizministerium durchgekommen. So was kommt selten vor und hinterläßt Spuren in einer Gerichtspräsidentenseele.

»Erfreulich zu hören«, sagte Abel.

»Die Frau Referendarin gilt als schwierig und renitent«, fügte die Beamtin mit unverhohlener Schadenfreude hinzu und knipste ihre Handtasche zu. »Sie können sich ja wieder beim JM beschweren, Herr Rechtsanwalt.«

Abel ging endlich seine Runde Boule spielen, bevor er den Termin mit der Familienrichterin Tagwerker hatte, die laut Geschäftsordnung für Betreuungen zuständig war.

Es ist ein verdammt blödes Gefühl, wenn man einen kraftvollen Anlauf nimmt – und kurz bevor man auf die Tür prallt, reißt sie jemand von innen auf.

Genau dieses Gefühl stellte sich bei Abel ein, als er, einen flammenden Schriftsatz in Händen, bei der Richterin Tagwerker auftauchte, mit ihr plauderte, um sie für das eilige Gesuch um Aufhebung der Betreuung einer Mandantin positiv zu stimmen, und ihr schon entlockt hatte, daß sie »eigentlich im Grunde genommen im Zweifel immer für die Befreiung dieser – ganz unter uns gesagt – armen Irren« sei, weil diese doch oft so »rührend harmlos« seien. Als Abel das Terrain für vorbereitet hielt, legte er der Richterin den Schriftsatz auf den Tisch und lächelte verbindlich. Routiniert überflog Frau Tagwerker den Antrag. Als sie den Namen der Mandantin las, meinte sie verwundert, daß der Betreuungsbeschluß in Sachen Laura Telago schon am Montag dieser Woche aufgehoben worden sei; worum Abel jetzt noch einkomme?

Abel versuchte sein Erstaunen zu kaschieren und rettete sich in Floskeln.

Frau Tagwerker forschte: »Gibt es Probleme?«

»Probleme? Nein!«

»Ich werde Laura Telago in drei Monaten wieder persönlich vorladen, weil ich mir ein Bild machen will, wie sie die neue Situation bewältigt.«

»Klar.«

»Ich habe sie mir vor vier Wochen schon einmal angesehen. Da wirkte sie ein wenig steif, war aber alles in allem in Ordnung. Sie ist immer ein Grenzfall gewesen«, fuhr die Richterin fort und setzte ihre Lesebrille auf, um Abels Schriftsatz genauer zu studieren, den der Anwalt ihr sanft, aber bestimmt wieder wegzog. Familienrichter müssen, wie es heißt, von Amts wegen ermitteln, wenn sich Anhaltspunkte ergeben, daß eine Entscheidung unrichtig war. Immerhin geht es ja bei der Betreuung auch um Belange der öffentlichen Ordnung. Ein anwaltlicher Antrag auf Aufhebung einer Betreuung könnte bei einer gerade vor wenigen Tagen in den Stand der Mündigkeit zurückversetzten Frau als erneutes Zeichen der Wirrnis gedeutet werden. Deswegen fragte Frau Tagwerker irritiert: »Ihre Mandantin muß doch wissen, daß ich gerade vor vier Tagen den Betreuungsbeschluß aufgehoben habe, oder nicht? Wirkte sie verwirrt, besonders unruhig, oder hat sie gesagt, daß sie Stimmen hört?«

Abel hätte gerne zweideutig geantwortet, daß Stella auf Habliks Stimme hörte oder so etwas Ähnliches, aber das wäre Parteiverrat gewesen. Folglich ging er nicht auf die Frage ein, murmelte etwas von Arbeitsüberlastung und nahm den Fehler auf seine kräftigen Schultern.

»Das mit Laura ist seltsam«, sinnierte die Richterin. »Ich kümmere mich schon seit einiger Zeit um den Fall.«

»Ach ja?« Abel wollte eigentlich fort, weil seine Mission erfüllt war. Aber Jane sagte nicht zu unrecht, daß er manchmal neugierig war wie eine junge Katze.

»Wußten Sie eigentlich, daß sie richtige Millionärin ist?«

»Was?« fragte Abel verblüfft, er hatte noch nie das Glück gehabt, eine richtige Millionärin als Mandantin zu haben. »Wieviel?« fragte er und rieb Daumen und Zeigefinger aneinander.

»Herr Rechtsanwalt!« Richterin Tagwerker warf Abel über den Rand ihrer Lesebrille einen warnenden Blick zu, dann sagte sie: »Über drei Millionen. Soviel kann sich unsereiner sowieso nicht vorstellen.«

Abel nickte. »Alles redlich erarbeitet und doch noch so jung?«

»Geerbt.«

»In der Klapsmühle?« Abel fing sich noch einen schrägen Blick der Richterin ein.

»Das Geld spielt in dem Fall keine Rolle. Nach dem Tod ihres Vaters wurde sie manisch-depressiv«, fuhr Frau Tagwerker fort. »Sie können ja die Gerichtsakten mitnehmen, wenn Sie ...«

»Manisch-depressiv, deswegen wird man doch nicht gleich in die Betreuung genommen, oder?«

»Da hat es vor Jahren eine wilde Phase gegeben. Sie warf scheinbar völlig außer Kontrolle das Geld mit vollen Händen aus dem Fenster und hielt sich Männer, meist irgendwelche schrägen Typen. Harte Kerls, Asphaltcowboys, Surfertypen, Rocker, Männer, von denen die meisten Frauen träumen. – Sie hielt sich diese Jungs einfach mit ihrem Geld.«

»Aha.« Man sah Abel an, daß er sich spontan fragte, ob die Familienrichterin Tagwerker, die aussah wie Simone Signoret in ihren weniger guten Jahren, auch solche Träume hatte.

»Drogen?«

»Soviel ich weiß, nein; sie hat in einem Jahr fast eine Million durchgebracht.« Frau Tagwerker unterbrach sich, riß mit einer schwungvollen Geste die Brille von der Nase und sah Abel fasziniert an. »Das muß man sich mal vorstellen, eine Million!« Sie zog einen Taschenrechner herüber und tippte etwas ein. »Das sind 2.602,74 Mark pro Tag, gerundet, nicht nur an den Werktagen. Dabei war sie nicht ständig auf Achse. In den depressiven Phasen schloß sie sich in ihrem verdunkelten Apartment ein und vegetierte dahin. Verdoppeln wir den Tagessatz, dann hat sie, wenn sie manisch war, rund fünfzwo alle 24 Stunden rausgeworfen. Das muß man auch erst mal schaffen.«

»Von wem haben Sie das?«

»Von ihrem Steuerberater. Ein gewisser Soilent. Macht einen tüchtigen, korrekten Eindruck. Seine Abrechnungen ...«

»Wie, Abrechnungen?«

»Er war der Betreuer. Und er hat ihr Vermögen verwaltet ... Also die Abrechnungen, die lassen darauf schließen, daß er sich intensiv um das Vermögen gekümmert hat. Sie, da kenne ich ganz andere Fälle. Neulich haben wir in einer Betreuungssache sogar Zwangsmittel gegen den Vermögensverwalter androhen müssen, als ...«

»Zurück zu Laura Telago«, drängte Abel und sah auf die Uhr. »Wer hat die Aufhebung beantragt?«

»Ich habe Herrn Soilent nahegelegt, schriftlich bei mir eine Aufhebung von Amts wegen anzuregen. Tja«, Frau Tagwerker lächelte, »Sie sehen, Geld spielt bei mir keine Rolle. – Nein, im Ernst, die Gutachten der Klinik, die ich jährlich angefordert habe, haben mir nicht mehr ausgereicht. Was da gesagt wurde, war ziemlich stereotyp. Deswegen habe ich mal nachgefaßt. Ich habe da so ein paar Kandidaten auf meiner ganz persönlichen Liste.« Frau Tagwerker kramte unter ihrer Schreibtischunterlage. »Einige davon sind in derselben Klinik. Die Klinik lebt von ihren gutbetuchten Patienten. Ich denke mir, daß die deswegen ihre Klienten nicht so gerne ziehen lassen. Das ist wie bei den Anwälten, oder?«

»Aber Frau Tagwerker!« murmelte Abel. Die Richterin zuckte mit den Achseln.

»Wissen Sie, wenn ich mit meinen Irren zu tun habe, denke ich immer an den Film *Einer flog übers Kuckucksnest.*« Frau Tagwerker schloß einen kurzen Moment die Augen. Liebevoll setzte sie hinzu: »Ich will nicht, daß es meinen Irren so geht wie Jack im *Kuckucksnest.*«

»Ja, ja«, murmelte Abel.

»Ich will nicht, daß die Leute irgendwelchen Weißkitteln einfach so ausgeliefert sind. Deswegen frage ich oft nach, auch bei Laura Telago. Und schon kam Bewegung in die Sache«, sagte die Richterin nicht ohne Stolz.

»Das heißt, die Gutachten wurden positiver für sie?«

»Nein, nein«, strahlte Frau Tagwerker, »aber der Soilent hat gemeint, daß er die Verantwortung für Laura übernehmen kann, und dem hat die Klinik nicht widersprochen.« Die Richterin senkte die Stimme, obwohl niemand zuhören konnte: »Ausflippen darf mir die Laura Telago aber nicht. Dem Klinikdirektor ist der Abschied von ihr schwergefallen.« Frau Tagwerker lächelte böse und machte die Geste des Geldzählens.

»Nichts für ungut wegen meines Antrags«, sagte Abel. »Alles meine Schuld. Überarbeitet, wie's halt so ist ... Wissen Sie, Frau Telago kam in Begleitung eines sehr seriösen Juristen in meine Kanzlei. Ich denke, daß sich der Mann aufspielen wollte und ihr vielleicht was vorgemacht hat, weil so ein Beschluß ja noch nicht rechtskräftig ist. Ich hätte die Akten anfordern sollen, bevor ich ...« Abel zerriß schnell den Schriftsatz, steckte die Schnipsel in die Jackentasche und verabschiedete sich.

Die Nacht war schon längst hereingebrochen, und Hablik ging in seinem Zimmer wie ein Tiger auf und ab. Mit einem leisen Seufzen warf er einen Blick Richtung Schlafcouch. Ein Fremder hätte im Dunkeln nur einen Haufen türkisfarbener, weich fließender Laken erkannt und erst bei näherem Hinsehen festgestellt, daß dort regungslos ein Mensch lag. Stella hatte sich eingeigelt. Trotz der Hitze war sie zugedeckt bis fast über den Kopf. Nur ein paar Strähnen ihres Ponys schauten heraus. Die farbige Bettwäsche war neu, denn Stella hatte am Nachmittag noch einige Dinge eingekauft, die in Habliks Junggesellenhaushalt fehlten oder nicht in dem Zustand waren, wie sie sie sich wünschte. Darunter auch Bettwäsche. Nicht weiß, sondern türkis, ein glänzender Stoff, der sich kühl und sehr glatt anfühlte.

Sie schlief wie ein Murmeltier. Hablik hatte sich den Ablauf des Abends anders vorgestellt. Schön essen. Ein wenig auf der Königstraße flanieren. Oder Kino. Oder beides. Hablik war anspruchslos, was das Ausgehen betraf. Doch plötzlich hatte Stella diese bohrenden Kopfschmerzen bekommen. Sie mußte duschen, einen Eistee trinken. Hablik, der nie Tabletten nahm, war extra noch in die Apotheke gegangen, um Aspirin zu kaufen.

Als er heimkam und vorsichtig die Tür öffnete, lag sie schon zusammengerollt unter den Laken. Zuerst hatte er gelesen. Dann war er auf die Idee gekommen, daß Stella vielleicht das Bewußtsein verloren haben könnte. Erschrocken hatte er sich dem Bündel genähert. Sie lag regungslos. Ein Schreck hatte ihn durchzuckt. Vielleicht hatte sie eine verspätete Hirnblutung. Das konnte bei einem Schlag auf den Kopf durchaus vorkommen! Womöglich liegt eine Tote auf deiner Couch, fuhr es ihm durch den Kopf. Gerade hatte ihn noch der Amtsgerichtsvorstand mit ihr gesehen. Und dann plötzlich tot. Verdammt!

Hablik hatte an einem Körperteil gerüttelt, das er unter den Laken für eine Schulter hielt, aber es war das Knie gewesen. Stellas dunkle Stimme hatte etwas gemurmelt. Hablik hatte nur die Worte »Schlafen lassen ... Licht aus ...« verstanden. Ein Stein war ihm vom Herzen gefallen, und er war auf Zehenspitzen zum Lichtschalter geschlichen.

Nur noch von der Straße fiel Licht in die Wohnung. Bald gewöhnten sich seine Augen an die Dunkelheit. Er saß fast eine Stunde regungslos in seinem Arbeitssessel und dachte über sein Leben und Stella nach. Wie so oft hatte er sich spontan für einen Menschen entschieden und war damit automatisch gegen alle eingestellt, die diesem möglicherweise Schwierigkeiten machen könnten. Hablik beschäftigte sich ausführlich mit der Rolle des Dieter Soilent. Den ganzen Tag über hatte er die Blutspuren an Stellas Kleidung verdrängt. Und erst die Pistole! Darüber war den ganzen Tag kein Wort gefallen.

Nachdem er lange so dagesessen hatte, vergewisserte er sich zum erstenmal, daß Taschentuch und Waffe noch in der Schublade lagen, wo er sie deponiert hatte. Einen Augenblick war er in Versuchung, das blutige Taschentuch verschwinden zu lassen. Aber er wußte zu gut, daß das Unterdrücken von eventuellen Beweismitteln einen Richter den Kopf kosten kann.

Hablik hatte, seit er am Morgen neben Stella wieder halbwegs nüchtern aufgewacht war, befürchtet, dieser Traum könne sich plötzlich auflösen, überblendet werden von einer Wirklichkeit, die er nur zu gut kannte. Tägliches Einerlei und jede Menge Menschen; aber alle auf Distanz. Nun plötzlich eine Frau, die sich auf ihn einließ. Ohne viel zu fragen. Warum sollte *er* über die Pistole reden? Sie hatte zugeschlagen. Wahrscheinlich hatte Stella diesem Soilent eine verpaßt.

Nein, es hatte keinen Zweck, sich heute mit diesem ganzen Kram zu beschäftigen. Sicher macht er sich nur unnötige Gedanken.

Aber nun zu Soilent! Er holte das Telefonbuch, trat ans Fenster und entzifferte im Zwielicht die Einträge für Soilent.

Soilent, Dieter, Steuerberater und vereidigter Buchprüfer, Gellertstr. 6, Büro: Werfmershalde 15.

Hablik notierte alles auf einem Zettel, einschließlich Telefon- und Faxnummern. Dann schaltete er den Fernseher ein, drehte den Ton ganz leise und wollte sich noch einen Western reinziehen. Doch daraus wurde nichts, weil er schon nach einer halben Stunde einschlief. So bekam Hablik nicht mit, daß Stella mit offenen Augen, starr wie eine Statue, noch lange Zeit wach lag. Nur gelegentlich bewegte sie fast unmerklich die Lippen.

Samstag, 10. August 1996

Ein klarer, heißer Morgen war angebrochen, und es war Samstag, was Abel ganz besonders genoß.

Eine westliche Brise umfächelte die Häuser und kämmte das Hellgrün der Straßenbäume. Es roch nach einer Mälzerei im Talkessel. Die Stadt brummte emsig wie eine Hummel. Höchsttemperatur um die 30 Grad. Nicht so drückend wie die vergangenen Tage, Quellbewölkung erst am späteren Sonntagnachmittag, verkündete das *Radio für den wilden Süden* pünktlich zur halben Stunde. Und es schien, als strahle die Moderatorin mit dem Himmel um die Wette.

Abel saß im Schatten an einem Bistrotisch vor seinem Billardcafé und stippte ein Croissant in eine Tasse Milchkaffee. Ihn umgab ein Stilleben von Frühstücksutensilien: aufgeschlagenes Ei in postmodern-buntem Eierbecher, ein Joghurtbecher, in der Hitze zerlaufende Butter auf einem Tellerchen, Reste von Schinken und Parmesan, ein Zipfelchen Salami, Tomate mit Gurkendekoration, Holzstäbchen, die zu einem Rollmops gehört hatten.

Abel gähnte und las die Sportseite. Nichts außer Tennis. Abel interessierte sich für Fußball und nicht für Tennis. Die Bundesliga hatte Pause. Ferien! Er hatte dieses Jahr noch nicht den Dreh gefunden, abzuhauen. Vielleicht nächste Woche? Jane könnte alle wesentlichen Dinge erledigen. Unterschriften könnte ein Kollege leisten. Jane hatte ihren Urlaub schon hinter sich. Mit einer ihrer besten Freundinnen. Es mußte wohl ein Erfolg gewesen sein, weil danach einige Herren, die Abel noch nicht kannte, angerufen hatten.

Jane! Abel seufzte.

Sie war zehn Jahre jünger als Abel, blond, zierlich. Ein klarer Verstand paarte sich bei ihr mit einem präzisen Instinkt, wenn es um Menschen und deren Stärken und Schwächen ging. Wer im Anwaltsmilieu arbeitet, profitiert von so einer Begabung sehr, denn die eigenen Mandanten pflegen ihre positiven Eigenschaften herauszustellen; die Gegner (nicht nur die Staatsanwaltschaft) beleuchten ausschließlich die Flecken auf der Weste und die dunklen Seiten der Persönlichkeit. Da ist es nützlich, wenn man eine Spürnase für Charaktere hat. Bei Abel war diese Begabung nicht so ausgeprägt, und er verließ sich gerne auf Jane.

Wenn eine so kluge und begabte Frau wie Jane Karriere gemacht hätte, hätte es niemanden gewundert. Mandanten fragten sie oft, warum sie »nur« als Anwaltsgehilfin arbeitete. Dann schützte Jane Selbstbewußtsein vor, so als sei es ihr völlig egal, daß sie kein Jurastudium absolviert hatte. Janes Eltern hielten nichts von Abiturienten und von Universitätsabsolventen schon gar nichts. Die mittlere Reife war das Maximum, was der Vater, ein Betonbauer, finanzierte. Jane war sozusagen auf eigene Gefahr Anwaltsgehilfin in der Kanzlei Abel geworden. Dort blieb sie fünf Jahre, nachdem sie von der Anwaltskammer ihren Gehilfenbrief ausgehändigt bekommen hatte. Als Jahrgangsbeste bekam sie reichlich Angebote aus anderen Kanzleien. Aber der Abelsche Laden gefiel ihr, denn ihr Chef gab ihr die Freiheiten, die sie brauchte. Er nahm sie nicht nur ernst und fragte zunehmend nach ihrem Rat, zwischen den beiden entwickelte sich ein sehr enges, freundschaftliches Verhältnis. Manchmal schien es Jane, als wäre sie in Abel verliebt. Und manchmal schien es Abel, als wäre er in Jane verliebt. Aber immer geschah es zur falschen Zeit. Entweder hatte Abel gerade eine neue Favoritin, oder Jane fand die Augen eines Mannes hinreißend, was meist der Anfang einer Beziehung war.

So war es ihr auch mit Hubert Lippich ergangen, dem Geschäftsführer einer kleinen Computerfirma. Ein vierschrötiger Mann, ohne Charme, so wollte es auf den ersten Blick erscheinen. Aber ein gutmütiger, treuer und geduldiger Freund, so wie die Männer fürs Leben zu sein haben.

Als Jane Lippichs Geliebte wurde, hatte er eine Frau und zwei Kinder, die er nach langem Hin und Her verließ, um Jane zu heiraten. Anfangs förderte er sie nach Kräften, unterstützte sie, als sie das Abitur nachmachte, bestärkte sie, als sie erwog, Jura zu studieren. Noch vor der Hochzeit hatte er mit Abel gesprochen und um Verständnis für Janes berufliche Pläne gebeten. Aber nach einigen Jahren war die Beziehung Lippich/Jane am Ende.

Die Scheidung fiel gerade in die Zeit der Examensvorbereitung. Vor lauter Nervosität und Unsicherheit versagte Jane. Bis heute hatte sie noch den zweiten Versuch offen, denn nachdem sie das Ergebnis der schriftlichen Prüfung erhalten hatte – die Post war zusammen mit dem Scheidungsurteil gekommen –, ging sie zu Abel, eigentlich nur, um sich bei ihm auszuweinen. Sie hatte nie daran gedacht, ihn um einen Job zu bitten, doch ihre Nachfolgerin hatte ihn gerade ein paar Tage zuvor sitzenlassen. Wegen eines Mannes, wie Abel sarkastisch bemerkte.

So blieb Jane an jenem Morgen gleich da und machte sich dann daran, das Chaos zu lichten, das Abel in der knappen Woche ohne Sekretärin angerichtet hatte.

Am Abend tranken sie einen Riesling und dann noch einen. In dieser Nacht hätte weiß Gott was zwischen den beiden passieren können, jedenfalls aus Janes Sicht, wenn Abel nicht gerade diese heftige Affäre mit einer Amerikanerin namens Mandy gehabt hätte.

So wurde sie im Laufe der Zeit mehr Partnerin als Angestellte. Zwar teilten sie nicht die Erlöse, doch mehrere Monate im Jahr verdiente Jane mehr als Abel, der sich selbst – nicht ganz zu Unrecht – als einen der arbeitsscheuesten Advokaten in der schaffigen Stadt Stuttgart bezeichnete.

Wenn Jane verliebt war, dann redete sie immer wie ein Wasserfall. Momentan war sie verliebt. Abel wußte nicht, in wen, aber das war nur eine Frage der Zeit, bis sie damit herausrücken würde. Meistens zuerst mit einer Beschreibung der Augen. »Weißt du, Jean, er hat so wache Augen.«

Wie sie wohl über seine Augen sprach? Ob sie je mit einer ihrer Freundinnen darüber geredet hatte? Er mußte sich Jane aus dem Kopf schlagen. Für eine dauerhafte Beziehung waren sie beide nicht geschaffen.

Abel starrte über den Zeitungsrand hinweg und geriet ins Träumen: Mit einer Frau die Tage genießen, irgendwo an der Küste; Sommersonne, Wellengeplätscher. Einen kleinen Weißen gegen Mittag im Schatten der Platanen auf einem Boulevard in Antibes. Die eingehende Lektüre des *Nice Matin*. Fast lustvoll eine Belanglosigkeit nach der nächsten zur Kenntnis nehmen, Probleme der anderen, Stoff fürs Vergessen – und erst auf Seite neun die Weltpolitik und auf Seite dreizehn die Bundesligaergebnisse vom ersten Spieltag am Dienstag: Moenkenglad / Munic 2:3, Hambourg / Fribourg 0:1 und so weiter.

Zehn oder vierzehn Tage langsam in die Welt der noch unbekannten Frau hineintasten. Ihre Biographie erkunden, ihre Haare streicheln, ihre Haut, ihren Geruch wahrnehmen ...

Sarah kam polternd aus dem Bistro auf die Straße und riß ihn aus seinen Tagträumen, um Vogelmist von den anderen Tischen zu wischen. Als sie Abel mit der

Zeitung sah, fragte sie: »Du, Elsässer, wie heißt eigentlich dein Justizneurotiker vom Donnerstag?«

»Was?« fragte Abel, der nicht hingehört hatte, weil er von Liebe in einem kleinen Hotel in der Hitze eines provencalischen Sommernachmittages träumte.

Sarah kam näher, fuhr mit dem Handrücken unter der heuschnupfentriefenden Nase entlang und raschelte mit ihren vom Scheuerwasser roten Fingern in Abels Zeitung herum. Der Anwalt schaute unwillig hoch. Schließlich hatte Sarah gefunden, wonach sie suchte. Wortlos zeigte sie auf eine Anzeige, etwa fünfzehn Zentimeter hoch, mitten im Veranstaltungsteil plaziert. Ein Foto der Frau, die Abel aus der Klinik für psychisch Kranke hätte holen sollen, wenn sie nicht schon längst durch die Familienrichterin Tagwerker befreit worden wäre. Darunter der Text:

Ich bitte um Informationen (auch vertraulich), wo sich diese Frau befindet. Finde ich sie aufgrund sachdienlicher Hinweise, zahle ich 5.000,– DM. Rufen Sie mich an (0711/2621324) oder faxen Sie (0711/282788) oder besuchen Sie mich: Marcus Rintfleisch, Stuttgart, Böheimstr. 146.

Aha! Sie wurde also gesucht. Kein Name, keine nähere Personenbeschreibung. Und die Dame ist mit unserem Richter unterwegs. Seltsam, seltsam.

Sarah wußte sofort Bescheid, als sie Abels verdutztes Gesicht sah. Fünftausend Mark waren für eine Studentin der Betriebswirtschaft eine Menge Geld. Sie drängte: »Was is' mit dem Justizneurotiker?«

Abel war aus Prinzip gegen jede Denunziation. »Er ist einer von *vielen* Justizneurotikern.«

»Komm, sei kein Frosch, und sag mir den Namen. Mann, fünf Mille! Wir teilen«, bettelte Sarah. Ohne Erfolg. Abel verschanzte sich hinter den Tennisnachrichten, die ihn nicht interessierten. Sarah ging zum

Telefon und suchte die Nummer der Justizzentrale heraus.

»Da nimmt am Samstag keiner ab«, rief Abel.

Er konnte sich nicht mehr auf die Zeitung konzentrieren, blätterte lustlos, fand stets wieder zurück zu dieser Anzeige und bestellte noch ein Fünf-Minuten-Ei. Paul Schmitz, den er am Laternenmast angebunden hatte, wedelte aus unerfindlichen Gründen, schließlich hatte Abel kein Signal zum Aufbruch gegeben. Im Gegenteil, er lehnte sich zurück, blinzelte in den hellen Himmel und überlegte, was jemand dazu veranlaßt haben könnte, eine vergleichsweise teure Anzeige aufzugeben, um Stella zu suchen. Der Name des Schnüfflers Rintfleisch war in Justizkreisen hinreichend bekannt. Da mußte es einen Hintermann geben. Hablik? Nein. Soilent? Oder war es jemand völlig anderes? Aber warum die Belohnung?

Hablik betrachtete die schlafende junge Frau, die nun am Morgen quer über seine Ausziehcouch gestreckt lag, nackt, nur dürftig von den Tüchern verhüllt.

Gestern nachmittag hatten sie in der Stadt noch einen kleinen Stapel Slips für Stella gekauft und zwei Seidenhemdchen. Hablik hatte bezahlt – wie den ganzen Tag. Jetzt noch lagen die Dessous in den Tüten seitlich unter dem Sofa. Hablik zupfte daran. Weil ein Fuß des Ausklappteils auf der Verpackung stand, konnte er die Wäsche nicht bergen, um ihr einen Platz in seinem Kleiderschrank im Flur zu geben, wo er heute schon in aller Herrgottsfrühe für Stella ein Fach freigeräumt hatte.

Stella räkelte sich und drehte sich mit einem leisen Seufzer auf die Seite, um weiterzuschlafen. Hablik beobachtete ihre Bewegungen mit halb zugekniffenen Augen. Die vor ihm liegende junge Frau erregte ihn außerordentlich.

In der vergangenen Nacht hatte sich nichts abgespielt. Auch nicht, als er von Kreuzschmerzen geplagt aufgewacht und vom Sessel ins Bett zu Stella gewechselt war. In der Hitze der Nacht hatte er unter der gemeinsamen Decke lange keine Ruhe gefunden. Auf dem Nachttisch lag ein fabrikverpacktes Kondom, das er, als Stella schon schlief, ganz unauffällig dort deponiert hatte. Hatte sie nicht gesagt: Wir genießen es beim ersten Mal? Du und ich. So richtig genießen. Jedenfalls war das so zu verstehen, oder?

Vielleicht nach dem Frühstück? überlegte Hablik beim Händewaschen und begab sich in seine kleine Küche. Die Morgensonne schien grell auf die Fensterbank. Von unten drang das Geräusch spielender Kinder herauf. Ein Mopedmotor knatterte los. Hablik versuchte sich an einem Frühstück der Sonderklasse – soweit das seine Vorräte zuließen. Eier? Sollte er weiche Eier machen? Er drehte sie unschlüssig in der Hand.

Plötzlich gackerte es hinter seinem Rücken. Laut und deutlich. Er fuhr zusammen und zermatschte im Reflex die beiden Frühstückseier in der Hand.

»Stella!« rief er erschrocken. Sie starrte auf Habliks Hand und die daraus hervorquellende Mischung aus Dotter, Eiweiß und Schale und lachte. Nackt, wie sie war, lehnte sie sich an ihn und schüttete sich aus vor Lachen.

Er drehte sich eisig zum Spülbecken, um seine Hände zu reinigen. Stella schluckte und sagte: »Entschuldigung! Ich habe dich mit den Eiern in der Hand gesehen, da habe ich gedacht ...« Sie prustete noch einmal los.

Hablik sah sie streng an. Stella wurde ernst. Sie versuchte es jedenfalls.

»Ein Justizneurotiker soll er sein.« Sarah sah Rintfleisch auffordernd an und wirkte gehetzt, weil ihr Chef im Billardkaffee sowieso schon ein Affentheater gemacht hatte, als sie mitten im Morgengeschäft eine halbe Stunde wegwollte. Aber es ging um eine Menge Kohle!

»Und der Abel, der Anwalt, wir nennen ihn Elsässer, der kennt ihn natürlich. Mir kann er nichts vormachen. Ich habe es in seinen Augen gesehen, daß er ihn kennt. Und außerdem die Sache mit dem Schampus! Da frage ich mich als intelligente Frau, warum tut er so, ich meine den Abel. Warum sagt er nicht klipp und klar, das ist der Soundso, wenn da nichts dahintersteckt? – Oder hat *er* sich schon hier bei Ihnen gemeldet?«

»Justizneurotiker?« fragte Rintfleisch nachdenklich. »Einen Namen haben Sie nicht?«

»Sorry, nein, aber ich habe gedacht ...«

Rintfleisch kannte sich in der Szene gut aus. Justizneurotiker? Hm. Auf zwei oder drei Namen paßte die eher vage Beschreibung der Serviererin.

Rintfleisch nickte. Er saß aufrecht hinter einem einfachen Behördenschreibtisch aus Stahlrohr mit plastiküberzogener Platte. Beige und schwarz. Leer bis auf eine Schreibunterlage. Auf einem Aktenbock mit Rollen standen ein schnurloses Telefon und ein Faxgerät. Der Stuhl erfüllte die ergonomischen Anforderungen für Menschen mit Kreuzschmerzen. Das Zimmer war winzig und außer zwei Besucherstühlen leer wie eine Zelle.

»Justizneurotiker, das kann mich weiterbringen, muß aber nicht«, sagte Rintfleisch; sein Gesicht verriet nicht, wie er die Nachricht einschätzte.

»Gut«, sagte Sarah und dachte an das Geld. »War vor mir schon jemand da, ich meine, einer, der einen Tip in Richtung auf den Justizneurotiker gegeben hat?«

»Nein.«

»Auch nicht der Elsässer ... äh, der Abel?« Sarah traute dem Frieden nicht.

»Nein.«

»Dann krieg ich die Belohnung?«

Das Faxgerät neben Rintfleisch piepste vor sich hin, ohne daß der Privatdetektiv auch nur mit der Wimper gezuckt oder Neugier gezeigt hätte.

»Nein. Jetzt noch nicht. Ich brauche den Namen und muß erst den Mann ausfindig machen«, sagte Rintfleisch. »Selbst dann ist ja immer noch nicht klar, ob die Person, die ich suche, bei ihm ist.«

»So wie die sich angesehen haben, können Sie Gift drauf nehmen«, sagte Sarah und sprang auf. »Ich bleibe dran, Herr Rintfleisch. Legen Sie das Geld schon raus«, trompetete sie und verließ das Büro.

»Du hast schon sooo viel bezahlt«, sagte Stella und schmiegte sich kurz und ziemlich heftig an den großen Mann, der mit ihr durch das Gewühl auf der Stuttgarter Königsstraße schlenderte. Sie zupfte an ihren Kleidern. »Und lauter so schöne Sachen. Der Rock ist wunderbar bequem und kühl. Und das Unterhemdchen kann man bei der Hitze gut als Top dazu tragen.«

Hablik, dessen rechte Hand auf Stellas Hüfte ruhte, spielte mit dem Stückchen Stoff, das er über dem Rockbund ertastete. Das Top fand er besonders aufregend – andere Männer allerdings auch. Hablik warf unter seiner verspiegelten Sonnenbrille für die Vorbeigehenden unsichtbar strenge Blicke auf die männliche Konkurrenz und war innerlich ganz zerrissen, ob er stolz oder eifersüchtig sein sollte.

Kleiner Tagtraum des Dr. Eduard Hablik, nur so ganz flüchtig: Eine ganze Prozession von Justizbediensteten, Richterkollegen, Staatsanwälten und Anwälten, an ihm vorüberziehend. An der Spitze der Amtsgerichtsvorstand, der tief den Strohhut zieht, dann folgen die zwei Giftschachteln Pfaefflin und Reuter-Imbeck von der Staatsanwaltschaft und die Rux-Ausserboden von der Kammer für Handelssachen. Mittendrin Abel. Ja, gerade der, mit seinen angeblich so interessanten Damenbekanntschaften. Dann ein Peleton grauer Kollegen. Und der Muellerschön! Und Scheurer, der jetzt Beisitzer beim Landgericht war. Beinahe hätte er den Landgerichtspräsidenten, diesen Karrieristen, vergessen. – Alle, wirklich alle, werfen dem Paar bewundernde, beneidende, eifersüchtige, jedenfalls bedeutungsschwangere Blicke zu. Und die Rux putzt sich die Brille und giftet, wie bei den Präsidiumssitzungen, halblaut mit dem Präsidenten herum. Hablik, der Mann mit der wundervollsten Frau von Stuttgart!

Plopp, der Tagtraum war vorüber. Wieder gaffte ein Familienvater in Shorts, der seine Blagen an den Händen führte, Stella auf den Busen. Das fand Hablik ziemlich lästig.

Er hatte eine genaue Vorstellung davon, wie seine Traumfrau aussehen sollte: Schwarzer Mini und weiße Stiefel und ein Seidentop mit nichts drunter!

Weiße Stiefel hatte Stella ebenso spontan wie rigoros abgelehnt. Über Fußbekleidung hatte sie ihre eigenen Ansichten. Beispielsweise hatte sie Hablik geraten, auf seine Socken zu verzichten und barfuß in den Sandalen zu gehen. Also hatte er sich von Stella überreden lassen, wenngleich er Socken für hygienischer hielt.

»Vergiß den Mini«, sagte Stella, genauso rigoros wie in Sachen weiße Stiefel. »Es ist jetzt genug Geld rausgeschmissen worden.«

Das enttäuschte Hablik sehr. Er tat ein wenig eingeschnappt. Schließlich hatte er im Kaufhaus einen Stretchmini für neunundfünfzigachtzig erspäht. Nein, Stella wollte nicht.

Hablik, der überschlägig zusammengezählt hatte, daß die ersten Tage mit Stella ihn – Champagner eingeschlossen – ein halbes Monatseinkommen gekostet hatten, war nicht dagegen zu sparen. So stimmte er freudig zu, als sie vorschlug, als Mittagessen einen Döner zu verspeisen. Sie aßen in der schattigen Ecke nahe des Durchgangs zum Schillerplatz vor der knallbunt dekorierten Auslage eines Reisebüros. Die ganze Welt lag vor ihnen ausgebreitet: Frisco und Bali, Sydney und Las Palmas, St. Moritz und Moskau. Last-minute-Angebote warben, jahreszeitlich etwas verspätet, für die Mitternachtssonne im finnischen Ivalo, oder aktueller für die Kanaren, die Karibik, das Erzgebirge, Straßburg, Prag, die Krim – und für Nizza.

»Guck mal, Nizza«, sagte Stella beim Kauen und wischte sich mit der Serviette über den Mund, so daß Dönersoße und Lippenstift abgingen. »Du wirst es nicht glauben, aber ich war noch nie dort. Mein Vater hat oft davon geredet.«

Hablik kannte Nizza auch noch nicht. Genaugenommen war ein Gerichtstrip nach New York seine bisher einzige Fernreise gewesen. Mit seinen Eltern war er meistens nach Österreich gefahren. Ferien auf dem Bauernhof, am Attersee im Salzkammergut, wo sich Habliks Vater, der verstorbene Oberlandesgerichtsrat Friedrich Hablik, mit seinem Rollstuhl stets sehr wohl gefühlt hatte. Bis zum letzten Sommer war Hablik dem Stammquartier seiner Eltern treu geblieben. Für dieses Jahr hatte er sich noch nicht entschieden.

»Da, guck,« sagte Stella, »last minute, einhundertvierundachtzig Mark, zwei Plätze, Flug, eine Übernachtung mit Frühstück, Citytour.« Sie zappelte vor Aufregung. »Komm, wir gehen hinein und erkundigen uns. Nur mal so. Unverbindlich.«

Hablik folgte seiner neuen Freundin nicht ohne Zögern, einerseits wegen des erst halb verspeisten Döner in seiner Hand, andererseits, weil er instinktiv befürchtete, wieder zur Kasse gebeten zu werden. Und das mit Nizza war, anders als der Mini, nun wirklich nicht seine Idee gewesen.

Die Nachfrage im Reisebüro ergab, aus Habliks Sicht bedauerlicherweise, keine Einwände gegen das Angebot. Solide Fluglinie, kleines Hotel in Strandnähe. Abflug heute mittag, 13.40 Uhr. Stuttgart Flughafen. Very last minute. Daher der Preis. Rückkehr Sonntagnachmittag. Also morgen. Das Paar verließ, begleitet von den prüfenden Blicken des Reisebüroangestellten, den Laden.

Vor der Tür zog Stella Hablik auf die Seite. Sie stellte sich auf die Zehenspitzen und nahm seinen Kopf in beide Hände, sie blickte ihm in die Augen, strahlte. »O Habli«, sagte sie zärtlich und einschmeichelnd, »wie ich das verfluche, daß ich gerade kein Geld dabei habe.«

»Habli«, knurrte er. Warum sagte sie nie »Sonny«?

»Ich wollte ja die Handtasche mitnehmen, aber du nicht.«

Die Tasche mit den Blutflecken, dem besudelten Taschentuch und der schweren Pistole lag in der gut verschlossenen Schublade.

Stella bohrte weiter: »Ich wollte dich nämlich einladen. Wie toll das in Nizza sein muß! Promenade des Anglais, der Hafen, die Altstadt. Und Monaco ist nicht weit und Cannes! Was machen wir jetzt?«

Hablik wandte sich ab, denn er fühlte sich ausgebeutet und befürchtete, jetzt werde Stella darauf beharren, daß er auch noch einen Kurztrip für zwei Personen nach Nizza finanzieren sollte, nur weil ihr gerade so diese Idee in den Kopf kam und sie kein Geld dabei hatte.

»Du«, sagte Stella, wie einer plötzlichen Eingebung folgend, »ich hab' doch ein bißchen Geld. Von meinem Papa.«

»Schon.«

»Der Dieter kümmert sich drum, weißt du.«

»Ja, ja«, sagte Hablik skeptisch. »Weiß man, was der damit gemacht hat?«

»Komm, der Dieter ist doch Steuerberater, der kennt sich aus mit der Kohle«, sagte Stella in besänftigendem Ton. »Nein, ich hab' ‚ne Idee. Du leihst mir einen Tausender. Und ich lad' dich ein. Los, sei kein Frosch. Es war meine Idee, hörst du?« Sie strahlte vor Glück.

Hablik schaute zweifelnd. »Vielleicht fahren wir besser auf die Schwäbische Alb und machen ein Picknick. Das Wetter ist doch Klasse. Wer weiß, da unten ...«

»Mensch, wenn wir auf die Alb düsen, das kostet *auch* Geld. Da verfährst du mehr Sprit als der Flug kostet – *very last minute*, weißt du, wieviel die Reisebüros drauflegen bei so einem Angebot?« Hablik richtete seinen Blick in die Ferne.

»Ein kleines Hotel in Strandnähe, steht hier. Zwei oder sogar drei Sterne hat's.« Stella wies auf das Plakat im Schaufenster. »Ich geb' dir einen Schuldschein, damit das juristisch auch gedeckt ist ...«

Naja, dachte Hablik, wenn das so ist ... »Nein«, Hablik nestelte seine Geldbörse aus der Hosentasche. »Schuldschein brauche ich nicht«, sagte er großzügig. »Vertrauenssache!«

Deswegen bezahlte er die Reise nach Nizza mit einem Scheck und ließ sich zur Verrechnung mit seinem Guthaben bei Stella die Quittung geben. Inzwischen freute er sich auch und hatte es eilig, denn bis zum Start der Maschine blieben nur noch knapp drei Stunden. *Very last minute.*

»Was Sie getan haben, ist weder besonders originell, noch entspricht es anwaltlicher Sorgfalt«, sagte der Detektiv Rintfleisch zu Abel. Er hatte nur eine gute Viertelstunde warten müssen, bis der Anwalt mit beschwingten Schritten um die Ecke gekommen war, einige Einkaufstüten in der Hand. Jetzt standen sich die beiden Männer gegenüber und taxierten sich mit Blicken.

»Möchte mal wissen, was Sie das angeht«, knurrte Abel.

»Ich suche Laura Telago.«

»Das steht ja in der Zeitung.«

Emotionslos bohrte Rintfleisch weiter: »Ein erfahrener Anwalt wie Sie, Herr Abel, reicht keinen Antrag auf Aufhebung der Betreuung ein, wenn seine Mandantin nicht mehr unter behördlicher Kuratel steht, wenn ich das mal so ausdrücken darf.«

Auskunft wollte und konnte Abel nicht geben. Er fragte sich ja selbst, was hinter dem seltsamen Auftrag des Richters Hablik und seiner Freundin steckte und versuchte nun seinerseits, den Detektiv auszuquetschen: »Mich würde interessieren, woher Sie von meinem Antrag wissen?«

Achselzucken.

Abel dachte nach, dann sagte er grinsend: »Schöne Leistung! Und das am Samstagmorgen. Bei unserer Justiz!«

Wieder Achselzucken.

Es war ja bekannt, daß Rintfleisch regelmäßig in der Informationsbörse Nummer eins, nämlich der Justizkantine, verkehrte. Da lernte man zwar nicht die Richterin

Tagwerker kennen, weil die einen verfeinerten Geschmack hatte, traf aber vielleicht die eine oder andere Hilfskraft. Und auch am Samstag ließen sich Kontakte aktivieren. Abel konnte sich lebhaft das gehässige Kollegengeschwätz vorstellen: »Stell dir vor, der Abel reicht bei der Tagwerker einen vollkommen sinnlosen Antrag ein. Hat der's jetzt nötig, seinen Mandanten wegen so einem Unfug eine Rechnung zu schicken?«

Rintfleisch nahm den Faden wieder auf. »Anwälte haben auch so was wie eine Fürsorgepflicht für ihre Mandanten. Jetzt stelle ich mir mal vor, daß Sie genau wissen, was Sie tun. Ein Irrtum über die Sachlage halte ich für ausgeschlossen, auch wenn Sie der Frau Tagwerker gegenüber was von Überarbeitung gesagt haben sollen.«

»Egal wie, es war mein Fehler«, sagte Abel, dem nicht recht war, daß sich der Schnüffler mit seinen Gedanken auf dem richtigen Weg befand.

Rintfleisch blieb stur. »Irrtum über die Sachlage halte ich bei Ihnen für ausgeschlossen, Herr Abel«, wiederholte er. »Daraus folgt: Frau Telago hat Sie falsch informiert. Das kann zweierlei Ursachen haben. Nummer eins: Sie versucht, Sie persönlich lächerlich zu machen. Und die halbe Justiz lacht inzwischen über diesen Fall.«

»So'n Quatsch!«

»Ein Mann wie Sie ist nicht überall beliebt, Herr Abel. Aber warum soll sie sich über Sie lustig machen? Bleibt für mich nur Nummer zwei: Die junge Dame ist bedauerlicherweise wieder einmal so verwirrt, daß sie über ihre eigenen Verhältnisse nicht Bescheid weiß.«

Da Abel eine ähnliche Theorie in Betracht gezogen hatte, vertiefte er den Punkt nicht. Und zwar aus genau den Gründen, die Rintfleisch nun aufzählte: »Wenn Frau Telago aber in einem Verwirrungszustand ist, dann braucht sie Hilfe. Schnelle Hilfe. Personen, die vereiteln, daß ihr geholfen wird, haben unter Umständen strafrechtliche Konsequenzen zu befürchten. Gehören diese Personen im weitesten Sinne zur Justiz, könnte das zusätzliche Folgen haben. Erinnern Sie sich an Ihren Kollegen Michael Gahoger?«

Natürlich kannte Abel Gahoger, einen Mann, der sich unter dubiosen Umständen mit einer psychisch kranken Mandantin eingelassen und deswegen seine Anwaltszulassung verloren hatte.

Dieser Rintfleisch begann ihm den Tag zu versauen. »Bei ganz scharfem Hinsehen erkennt man in den Fällen gewisse Unterschiede. Man muß aber ganz genau hingucken«, sagte Abel in kaltem Ton.

»Sagen Sie mir in Ihrem ureigensten Interesse, wo sich Stella aufhält«, fuhr der Detektiv unbeirrt fort.

»Keine Ahnung«, antwortete Abel wahrheitsgemäß und: »Guten Tag, Herr Rintfleisch.« Er schob den verdutzten Detektiv an den Schultern von seiner Tür weg und betrat die Kanzlei.

Das mit der unterlassenen Hilfeleistung ist völliger Unsinn, sinnierte Abel. Diese Stella war völlig in Ordnung. Und befand sie sich nicht in richterlichen Händen und damit unter bester Aufsicht? Nach Abels Meinung hatte der clevere Detektiv eine dritte Möglichkeit vergessen: Was, wenn seine Mandantin und auch Hablik nicht die geringste Ahnung hatten, daß die Betreuung aufgehoben war?

Abel wußte keine Antwort und rief laut das Wort »Futter.« Wenn Schmitz dieses Zauberwort hörte, machte er jedesmal einen Lärm wie ein Rudel Wildpferde. So war es auch an diesem Samstag. Abel ging in die Küche, um einen Napf mit Fleisch und Haferflocken zu richten.

Die Vorbereitung der Reise führte in Habliks Wohnung zu erheblichem Tohuwabohu. Genaugenommen war Hablik völlig überfordert mit der Entscheidung, was er einpacken sollte. Stella riß Schubladen auf, warf alles heraus, sortierte Habliks Wäsche auf dem Fußboden.

»Zu so einer Reise paßt eigentlich nur die Zahnbürste als Gepäck, nimmt dir ein Beispiel an mir. Und ich bin eine Frau.« Stella rotierte wie ein Wirbelwind.

Hablik zweifelte insgeheim schon längst wieder an dem Entschluß, nach Nizza zu fliegen, aber Stellas Freude, ihre überdrehte Aufgeregtheit, steckte ihn an, riß ihn mit. So was gehört schlicht zu einer Superfrau, dachte er, als er sich überfordert ein paar Minuten auf der Toilette einschloß, gleichzeitig fiebernd, daß man den Flieger nicht versäume. Diese Spontaneität, diese Wildheit, so sind sie, die Klassefrauen.

»Also doch nur der kleine Koffer?«

»Ja«, rief er durch die verschlossene Klotür.

Er wusch sich mit Sorgfalt die Hände, obwohl dazu kein Anlaß bestand, und kehrte zurück ins Chaos. Kleiner Koffer, okay. Aber wohin dann mit den Schminksachen, die Stella noch schnell gekauft hatte? Strahlend, breitbeinig wie ein General auf dem Schlachtfeld, zwischen all den Sachen, die auf der ungemachten Bettcouch verstreut lagen, stand Stella da.

»Wenn man die Pistole aus der Handtasche nimmt, paßt die Kosmetik rein«, sagte sie. »Wo ist eigentlich meine Handtasche?«

»Mein Gott, die Waffe«, sagte Hablik erschrocken.

Trotz der ganzen Hetzerei mußte er dafür sorgen, daß dieses gefährliche Stück in Sicherheit kam. Stella hatte keine Waffenbesitzkarte und er auch nicht. Hablik beschloß, auf dem Weg zum Flugplatz noch schnell im Gericht vorbeizufahren, um die Waffe in seinem Amtszimmer einzuschließen. Dort war sie sicher. Wer sucht schon im Zimmer eines Jugendrichters nach einer geladenen Pistole?

Hablik holte die Tasche aus der Schublade. Stella öffnete sie, warf lässig die Waffe auf den Tisch, zerknüllte das Taschentuch und schleuderte es in den Papierkorb. Hablik starrte das Corpus delicti an.

»Ich wasch' aus der Handtasche gerade noch meine Blutflecken raus, ja?« Damit verschwand sie im Bad.

Meine Blutflecken, hatte sie gesagt. Also doch kein Corpus delicti. Hablik nahm schnell das blutverschmierte Taschentuch aus dem Papierkorb und spülte es im Klo hinunter. Alles klar. Das war dann sicher keine Beweismittelunterdrückung. Aber die schwere Heckler & Koch lag immer noch wie ein Menetekel auf dem Schreibtisch.

»Auf, Habli, komm, es ist Zeit«, drängte Stella. Und Hablik mußte es sich schweren Herzens verkneifen, noch rasch aufzuräumen. Der Gedanke, in eine unaufgeräumte Wohnung zurückzukehren, widerstrebte ihm zutiefst. Normalerweise störte ihn schon ein achtlos schräg auf dem Schreibtisch vergessener Kuli, wenn er, nach Hause kommend, die Tür aufschloß und sein Blick durch die Wohnung streifte. Und morgen abend würde er in eine zumindest in dieser Wohnung nie dagewesene Unordnung zurückkehren. Hablik beunruhigte das.

Sarah hatte um zwölf Uhr Schluß und machte sich sofort auf den Weg zum Amtsgericht am Neckartor. Ein modernes, neues und ihr etwas unübersichtlich erscheinendes Gebäude, das in einem Hinterhof lag. Sie irrte herum in der Hoffnung, irgendwo einen Hausmeister oder Bereitschaftsdienst zu finden, der ihr Auskünfte über den Justizneurotiker geben könnte. Ein prickelnder Jagdeifer hatte sie gepackt. Es wäre doch gelacht, wenn man diesen Menschen nicht ausfindig machen könnte! Die Befürchtung, irgend jemand könne ihr zuvorkommen und diesem Herrn Rintfleisch den Namen des Mannes mitteilen, verlieh ihr Flügel.

Endlich, der Eingang! Versperrt. Aber durch die Scheibe sah Sarah eine Putzfrau mit einer Bohnermaschine. Sarah hämmerte mit den Fäusten ans Glas. Vergebens. Die Putzfrau wollte oder konnte sie nicht hören. Sie verschwand langsam, die rotierenden Besen hinter sich herziehend, im Hintergrund der Halle. Sarah hätte heulen können. Sie setzte sich auf die Stufen in den Schatten und schrieb innerlich die fünftausend Mark ab. Wie gut hätte sie das Geld gebrauchen können!

Fast hätte sie den blauen Kadett übersehen. Aber das Auto kam so schnell herangeschossen und bremste so scharf ab, daß Sarah schon wegen des Geräuschs erschrak und sich zu der torähnlichen Durchfahrt umsah. Sie traute ihren Augen nicht, als sie den Typen, den sie suchte, im Laufschritt mit einem in Zeitung eingewickelten Gegenstand in der Hand zum Eingang rennen sah, wo er aufschloß und sofort verschwand. Sarah erhob sich, ging auf den Kadett zu, dem der Mann entstiegen war. Die Sonne spiegelte in der Frontscheibe, so daß sie näher herantreten mußte, als sie eigentlich für gut hielt.

Sarah ging vorbei, tat unauffällig. Da war noch jemand im Auto! Das Gesicht aus der Anzeige! Da war sie also, die Gesuchte. Eindeutig die Frau, mit der der Justizneurotiker den Schampus getrunken hatte. Schließlich hatte Sarah einen Blick für so etwas. Die Frau saß auf dem Beifahrersitz und starrte in den verstellten Rückspiegel. Mit zeitlupenartigen Bewegungen zog sie sich die Lippen nach, rieb sie lasziv aufeinander, um die Farbe zu verteilen und fuhr sich danach mit einer Bürste durch die Haare, zwirbelte kunstvoll den Pony richtig in Form. Sarah, die schon seit Jahren Shampoo um Shampoo gegen trockene Haare durchprobierte, haßte in diesem Moment die Frau mit dem tollen Pagenschnitt, riß sich los und tat, als schlendere sie weiter.

Da war der Typ schon wieder. Er spurtete förmlich zurück zum Auto, riß die Tür auf, gab schon Gas, bevor er richtig saß. Mit kreischenden Reifen fuhr der Wagen davon.

»So, so, auf der Flucht«, murmelte Sarah. »Wenn mir da bloß keiner dazwischengefunkt hat.« Sie kramte hastig gehend in der Tasche nach ihrer Telefonkarte und der Nummer dieses Herrn Rintfleisch, memorierte gleichzeitig die Autonummer: »S – UN 3982«, um sie in einem dicken kunstledergebundenen Kalender zu notieren.

Als sich vor einigen Jahren eine gewisse MedicoSana GmbH, gemeinnützig und trotzdem sehr marktorientiert-dynamisch, für den Erwerb der Anstalt für Gemütskrankheiten *Seelenfrieden* unweit des Bodensees interessiert hatte, war man der Ansicht, daß der seit Jahrzehnten gebräuchliche Name der Krankenanstalt eher für einen Friedhof taugte. Der Name war der Anstalt in der alten Abtei kurz vor den napoleonischen Kriegen von einem Hohenzollernsproß verliehen worden. Die Werbeagentur, die die süddeutschen Aktivitäten der MedicoSana GmbH begleitete, war aber dagegen, den antiquierten Namen *Seelenfrieden* auszutauschen.

Generationen von Depressiven, Paranoikern, Schizophrenen und Schizoiden, Psychopathen und Neurotikern hatten in der inzwischen teilweise säkularisierten Abtei zu Sankt Maximin mehr oder weniger still gelitten. Nie war jemand spektakulär ausgebrochen und hatte Unheil angerichtet. Das Haus hatte seit langem einen soliden Ruf als Seelenfrieden im wahren Sinne des Wortes. Und jene, die die Kranken dort eingeliefert hatten, waren zufrieden und bereit, durch hohe Pflegesätze zur Finanzierung der Anstalt beizutragen.

Der Klerus, der sich zunächst der Pflegeaufgabe im Seelenfrieden für Gottes Lohn angenommen hatte, gab das gute Werk auf, weil dem Orden der Nachwuchs fehlte und man die Kompetenzstreitereien zwischen den Ärzten und den Ordensschwestern leid war. So übernahm der damals noch sehr junge Chefarzt, Neurochirurg und Psychiater, Professor Dr. Carl Schubert, die Klinik als Eigentümer und baute sie mit erheblichen Krediten zu einem Zentrum für die operative und konservative Behandlung von Störungen der Geistestätigkeit aus.

Die alte Abtei zu St. Maximin war kein modriges Gemäuer, durch dessen Flure und Gelasse die Stimmen geschundener und gefesselter Irrer hallten. Sie war vielmehr ein Schmuckstück des oberschwäbischen Barock, entworfen von Balthasar Neumann. Die Mauern bestanden aus hellem, fast rosa wirkendem Sandstein, die Fenster waren harmonisch gegliedert und öffneten die Innenräume weit für das weiche Licht des Voralpenlandes. Die Dächer leuchteten in einem satten Rot, der Turm der Klosterkirche ragte breit, aber ohne Schwere, aus dem Komplex der zu einem offenen Viereck gruppierten Hauptgebäude. Nur die hohe Mauer, die in den dreißiger Jahren um das gesamte Grundstück gezogen worden war und als einziger Teil des Bauwerks häßlich und grau wirkte, erinnerte daran, daß hier auch Menschen betreut wurden, die wegen ihrer Geisteskrankheit und aufgrund gerichtlicher Entscheidung nicht in Freiheit leben konnten.

Weil die vermißte Stella zu den Insassen – oder besser gesagt: Patienten – der Klinik gezählt hatte, lenkte der Steuerberater und ehemalige amtliche Betreuer Dieter Soilent voller Sorge seinen Mercedes über oberschwäbische Landstraßen, um sich mit Professor Schubert zu beraten. Soilent hatte keinen Sinn für die prächtige Landschaft. Gelbe Kornfelder, smaragdgrüne Waldstücke auf den Hügelrücken, fette Wiesen, Bachläufe, gesäumt von Pappeln. Hügelrücken, die wie eine grüne Brandung gegen den im Dunst liegenden Albtrauf anbrandeten. Und die tief unter blauem Himmel dahinziehenden Wolken! Wie auf den Bildern der schwäbischen Impressionisten, die Soilent so liebte. Trotzdem, keine Resonanz in der Seele des Steuerberaters. Soilent konzentrierte sich auf die Gespräche, die er beim Fahren von seinem Autotelefon aus führte. Er hielt Kontakt zu Rintfleisch, erreichte, daß die Oberschwester ihren Chef, den Professor Schubert, zwischen zwei samstäglichen Therapiestunden mit Privatpatienten auf den bevorstehenden Besuch von Soilent vorbereitete, und vertröstete einen Mandanten, der seine Belege nicht fand, obwohl er sie für die am Montag beginnende Außenprüfung dringend brauchte, wenn er nicht vollends in die Hände der Steuerfahndung fallen wollte.

Endlich kam Soilent in St. Maximin an, rollte in den ebenso unauffällig wie perfekt abgeschirmten Innenhof. Ein Pförtner in weißem Kittel kümmerte sich um den Mercedes, Soilent eilte zu seinem Gespräch mit dem Professor.

»Carl, ich mache und tue und finde sie nicht«, sagte Soilent statt einer Begrüßung.

Der Chefarzt wurde blaß. Carl Schubert war, inzwischen Mitte fünfzig, ein langer, vierschrötig wirkender Oberschwabe mit imponierender Glatze. »Du weißt, was man bei ihr beherzigen muß«, knurrte er.

»Ja, aber ich kann nichts dafür, daß sie fort ist, ehrlich.«

»Nach allem, was ich in diesem Fall erlebt habe, glaube ich dir nicht, Dieter«, meinte Schubert kühl, schob die Hände flach in die Taschen seines weißen Kittels. Er war so unruhig, daß er es auf dem breiten Ledersessel hinter seinem Mahagonischreibtisch nicht aushielt und an das vergitterte Fenster trat, um auf den Bodensee zu schauen.

Laut Soilents Bericht war nach der Entlassung alles gut gelaufen, ganz normal bis Mittwochabend. Soilent wußte, daß diese Schilderung eher kursorisch war. Aber was ging es Carl Schubert an, daß Stella in den ersten Stunden so freundlich und anschmiegsam war, wie er sie noch nie erlebt hatte. Zu ihm! Das hätte den Professor nur zu Rückschlüssen verleitet, die Soilent gerne vermeiden wollte. Wie schroff Stella reagierte, als er versprach, ihr unter die Arme zu greifen, sich um sie zu kümmern – darüber sprach Soilent. So kannte man sie.

Soilent nahm den Faden erst zu dem Zeitpunkt wieder auf, als Stella, die noch Rekonvaleszente, sich aus seiner Obhut fast gewaltsam befreite, um »auf die Piste zu gehen«, wie sie sich ausdrückte: Nachmittags Friseur, Kleider, Schuhe ... Und was sie ab Mitternacht unternommen hatte, war Soilent nicht bekannt, weil sie ihm schlicht abgehauen war, nachdem er mit ihr ein gutes Lokal verlassen hatte und sie nach Hause fahren wollte.

»Alkohol?«

»Nein.«

»Bei dir soll es keinen Wein zum Essen gegeben haben?«

Soilent fuhr hoch: »Nicht für Stella mit den hundert Medikamenten, die du ihr verschreibst.«

»Weiter!«

Soilent schilderte sich als den besorgt Wartenden,

den Beschützer, den Mann, der dem sterbenden Vater Stellas auf dem Totenbett versprochen hatte, sich lebenslang um das schwierige Mädchen zu kümmern.

»Er war mein bester Freund!«

Der Chefarzt widmete ihm einen langen, prüfenden Blick. »Das klingt nicht sehr überzeugend.«

Soilent funkelte den Arzt wütend an: »Stella war ein böses Kind. Schon als kleines Mädchen war sie komisch. Nur ihr Vater hat sie wie blind vergöttert. Genetisch muß das von der Mutter kommen. Nie und nimmer vom Vater.«

Der Professor reagierte ärgerlich: »Laß die Mutter aus dem Spiel. Genetisch ist bei dem Mädchen alles in Ordnung. Nur eben hirnorganisch nicht... Wir waren bei Mittwochnacht.«

Soilent stockte, weil er sich noch nicht klar war, wie er den Hergang schildern sollte. Schließlich fuhr er fort: »Sie kam spät nach Hause. Morgens gegen fünf.«

»Das ist früh für ihre Verhältnisse«, knurrte der Chefarzt sarkastisch.

»Mein Gott, sie war ja schon lange nicht mehr auf der Piste«, beruhigte Soilent.

»Hatte sie getrunken?«

»Nein – aber ich«, gestand Soilent. »Ich war einfach wütend, verstehst du. Statt mir zu sagen, wo sie war, blieb sie verstockt. Ich habe ja schließlich Verantwortung ihr gegenüber.« Schubert winkte ab. Soilent hob die Stimme, als ob er sich selbst überzeugen müßte. »Sie machte freche Bemerkungen. Sie lachte mich aus. Sie gebrauchte Ausdrücke. Ihre Sprache ist in deiner Klinik verroht.«

Schubert reagierte nicht.

»Dann hat sie sich hingelegt und bis halb sieben abends geschlafen.«

Schubert trat auf Soilent zu, beugte sich zu ihm herunter, sein Gesicht kam näher. »Der Streit war am Donnerstagabend?«

»Ja. Sie schlief den ganzen langen Tag. Und ich? Ich konnte kaum arbeiten, so habe ich mir den Kopf zerbrochen«, sagte Soilent. »Und dabei habe ich weiß Gott genug nervöse Klienten im Augenblick.«

»Aber dann kamst du nach Hause, und da ging's los.«

»In etwa.«

Schubert blieb am Ball: »Und dann gab ein Wort das andere, bis sie türenschlagend ging, war es so?«

»Nicht ganz.«

»Soso.«

»Sie wollte natürlich sofort wieder weg. Es ist wie ein Zwang bei ihr. Eine typische Zwangshaltung. Du machst dir keine Vorstellungen.«

Schubert wollte schlicht wissen, was geschehen war. »Was hast du unternommen, um sie daran zu hindern, daß sie deine Wohnung verläßt?«

»Das ist das Problem«, meinte Soilent kleinlaut. Die Erinnerung an diese Szene brachte sein Herz trotz der grünen Pillen wieder ins Stolpern. Er drehte sich halb von Schubert weg, tat, als wolle er etwas aus der Jackentasche holen, preßte die Hand auf die Brust, bis der Spuk einigermaßen vorbei war. Dann erzählte er von der Heckler & Koch, ohne auf die Waffenscheinfrage einzugehen, sprach davon, wie er, voller Wut, Stella mit Waffengewalt in ihr Bett und zur Ruhe hatte zwingen wollen. Nicht in sein eigenes, sondern in das, das er für Stella reserviert hatte. Ein Ostzimmer mit einer heiteren Atmosphäre, geräumig, kühl im Sommer und mit einem Kamin, der im Winter für Geborgenheit sorgte.

»Du hast Waffengewalt angewendet«, stellte Schubert kalt fest.

»Ich glaube, jetzt ...«

»Wie soll ich das sonst nennen?«

Soilent brüllte: »Nenne es, wie du willst, jedenfalls ist sie fort.«

»*Wie* ist sie geflohen?«

Soilent begann auf- und abzugehen, was Schubert nicht mochte, weil das *sein* Privileg war. Soilent wußte genau, es war seine Schuld, daß Stella den ganzen Tag nicht aufgestanden war und deswegen ihre sedierenden Medikamente nicht genommen hatte. Auf einmal war sie am Donnerstagabend wieder aus dem Stand auf hundertachtzig. Für die Pillen war es zu spät gewesen.

»Und du warst auf dem Kongreß! Das nennst du also ›kümmern‹«?

Soilents Herz raste und stolperte wieder. Er brüllte den verdutzten Arzt an: »Selbst wenn ich dabeigestanden und zugeschaut hätte, wie die Pillen in ihrem Mund verschwinden, wer hätte garantiert, daß dieses Biest sie auch hinunterschluckt?«

Ein prüfender Blick traf Soilent. »Willst *du* was zur Beruhigung?« fragte Schubert.

»Bemühe dich nicht.« Soilent wischte sich über die Stirn.

»Zurück zum Mittwoch. Ich habe zwar die Dosis reduziert, aber so ein Ausfall – das paßt nicht ins Bild einer medikamentös genau eingestellten Patientin, die nach dem Gerichtsbeschluß in unserer besonderen Obhut ist.«

»Am Mittwochabend hat sie vor dem Restaurantbesuch die Dosis geschluckt«, entgegnete Soilent.

»Hm.«

»Und Donnerstagabend hat sie auf einmal wieder getobt. Ansatzlos.«

»Manische Phase«, murmelte der Arzt. »Auslöser?«

»Ich habe versucht sie zu beruhigen und sie in den Arm genommen. Nichts hat auf einen Ausbruch hingedeutet.«

An Schuberts Gesicht war abzulesen, was er von der Schilderung hielt.

Soilent erklärte schnell, daß er sich nicht anders zu helfen gewußt habe, als Stella mit dem Pistolenknauf niederzuschlagen, weil sie ihn tätlich angegriffen habe. »Sie hat mir in die Eier getreten«, schrie er in plötzlicher Wut. »Da habe ich nach ihr geschlagen und sie am Hinterkopf getroffen. Sie fiel hin und blutete aus der Nase. Sie rührte sich nicht mehr.«

»Puls? Atmung?« fragte Schubert.

Soilent sehr leise: »Ich habe noch nie in meinem Leben einen Toten gesehen. Bei Stellas Vater bin ich rechtzeitig gegangen, und bei meinem Onkel Theodor hätte ich den Leichnam im Sarg anschauen sollen. Ich habe es nicht geschafft. Ich bin kein Arzt. Für euch ist das der Alltag.«

»Zur Sache, Dieter«, mahnte Schubert.

»Leichen!« Soilent bekreuzigte sich. »Wundert es dich, daß ich die leblos am Boden liegende, blutende Stella für tot hielt?« Rasch fügte er hinzu: »Ich hab' die Pistole fallen lassen und bin vor Schreck fortgerannt. Was mir alles durch den Kopf gerast ist. Und dann kam noch das mit meiner Pumpe.«

»Extrasystolen?«

Soilent nickte. »Ich habe meine Medikamente gebraucht und wußte doch nicht, was machen. Stella tot. Weißt du, was das für uns bedeutet?«

»Gewiß doch.«

»Also! Ich habe meine Medikamente geholt.«

»Und als du zurückkamst, war Stella nicht mehr da?«

»So ist es.«

»Und die Pistole?«

Soilent schüttelte den Kopf und atmete schwer.

Ein paar flüchtige Federwolken zogen vom Meer zu den Seealpen. Der Himmel war blau. Über dem kahlen Massiv nordöstlich von Nizza mit seinen braunen und weißgrauen Flanken zerstreute sich die Bewölkung.

In dem kleinen Hotelgarten, der an eine hohe Bruchsteinmauer grenzte, lärmten Zikaden in Zypressen und Ölbäumen. Ein Rasensprenger spie in pulsierendem Strahl Wasser, fast bis zu den weißen Sandsteinplatten am Rande eines türkis flimmernden Swimmingpools. Weiße und rote Oleanderbüsche, beladen mit Blüten, nickten, wenn der Wasserstrahl sie traf. Lavendel und Rosmarin, ebenfalls vom kühlen Strahl übergossen, verströmten Duftschwaden. Es war heißer als in Deutschland, aber trockener, besser auszuhalten.

Habliks Blick auf die Berge wurde von zwei weißen glatten Fassaden begrenzt, in die fugenlos dunkelviolette Glasflächen eingelassen waren. Die Rückseite von zwei Villen, die so modernistisch wirkten wie die großen teuren Yachten im Hafen von Antibes, an dem Stella und Hablik vorbeigekommen waren, weil sie vom Flughafen nicht die richtige Ausfahrt erwischt hatten.

Er stand in der prallen Sonne auf dem Balkon des kleinen Hotels, besah sich in Ruhe alles und hielt die langen Arme auf dem Rücken verschränkt. Daß diese Last-minute-Reise einwandfrei war, das stand für Hablik schon jetzt fest. Denn, dem offiziellen Anschlagzettel des *Syndicat d'Initiative* auf der Innenseite der Tür (mit Stempel und Unterschrift) hatte er mit Befriedigung entnommen, daß das kleine Zimmer mit separatem Bad, Balkon und – aus Habliks Sicht leider – zwei getrennten Betten normalerweise für eine Nacht mehr kostete als diese ganze Reise. Es roch verführerisch sauber nach Olivenseife und frisch gestärkten Bezügen.

Hablik ließ das mediterrane Klima auf sich wirken. Das helle Licht des Nachmittags brannte in seinen Augen. Er setzte seine Sonnenbrille auf und befahl sich, die Atmosphäre zu genießen.

Stella trat auf nackten Sohlen hinter ihn, so daß er sie kaum wahrgenommen hätte, wäre da nicht das neue Parfüm gewesen, das sie neben zwei Stangen Zigaretten im *Duty Free Shop* in aller Eile erstanden hatte. Sie umfing seine Brust von hinten und legte ihre Wange auf seinen Rücken. Er spürte ihren warmen Körper. Er fühlte, wie sie summte. Es war ein französisches Chanson, das er zwar kannte, dessen Text er aber genausowenig wußte wie den Titel.

Er machte sich behutsam frei und drehte sich langsam um. Während er noch sein Jackett anhatte, war Stella fast nackt. Sie trug nur einen weißen Tanga. Ein Gutachter hatte Hablik in einem Verfahren einmal erklärt, daß der Tanga deswegen so beliebt war, weil der hohe Schnitt die Beine einer Frau optisch verlängerte. Er fand, daß Stella die optische Verlängerung ihrer Beine nicht nötig hatte. Ihre Beine waren unendlich lang.

Hablik hatte so seine Schwierigkeiten, den Körper einer nackten Frau zu betrachten. Er war sich unsicher, ob Stella nicht doch durch die verspiegelten Gläser seiner Brille beobachten konnte, wie sein Blick an ihrem stattlichen Busen klebte.

»Mein neues Feuerzeug«, sagte Stella und schnippte mit dem Daumen, so als hätte sie eines in der Hand. Zwischen ihren Lippen baumelte eine Zigarette. *Gitanes.* Weil sie beschlossen hatte, daß zu einem Trip an die Côte d'Azur eine ordentliche Zigarette gehörte, hatte sie plötzlich *Gitanes* zu rauchen begonnen. »Ich kapiere nicht, warum es nicht in meiner Handtasche ist. Ich hab' es doch am Flughafen dort reingesteckt. Oder kannst du dich erinnern, ob ich es unten beim Einchecken liegenlassen habe? Ich verleg' noch mal meinen Kopf.«

»Hier sind Streichhölzer vom Hotel«, sagte Hablik und deutete auf den Glastisch am Fenster.

Stella wurde ernst: »Du, Habli, ich will keine Streichhölzer benutzen. Im Zündkopf von den Dingern ist jede Menge Gift, Phosphor und so, verstehst du? Der Lungenkrebs bei Rauchern kommt nicht von den Zigaretten, der kommt von den Streichhölzern. Das weiß nur kaum jemand. Aber es ist so. Und ich will keinen Lungenkrebs.« Stellas Hand legte sich flach auf ihren Busen. »Habli, sei ein Darling, frag an der Rezeption, ob meins daliegt. Und wenn nicht, bitte, bitte, sei so gut und hol mir noch ein Feuerzeug, es muß nichts Verrücktes sein und schon gar nichts Teures, nur so 'n Plastikding. Gibt's an jedem Kiosk.«

Sie ging zurück ins Zimmer, stellte sich vor dem großen Spiegel, der gegenüber der beiden Betten an der Wand hing, auf, preßte die Fersen zusammen, reckte sich, drückte das Kreuz durch und betrachtete ihren Körper mit skeptisch gerunzelter Stirn, während Hablik in seinen Taschen nach Geld kramte, um ein Feuerzeug zu besorgen.

»Siehst du, wie eklig bleich ich bin?« sagte Stella mehr zu sich selbst. Sie zog den Tanga an der Seite herunter und trat noch näher an den Spiegel. »Da, keine Spur von einem weißen Streifen unter der Hose. Widerlich.« Sie legte den Kopf schief und vertiefte ihre Betrachtung. Sie kniff in ihren Oberschenkel und drehte sich noch ein Stück weiter zum Spiegel. Dann setzte sie anerkennend dazu: »Aber auch keine Spur von Zellulitis.« Sie gab sich einen Klaps auf den Po, lächelte und zwinkerte ihrem Spiegelbild zu.

Hablik ging ein Feuerzeug kaufen.

Eine gravitätisch pendelnde Hängematte, oben schmal und unten sackartig verbreitert. Nur ein nacktes Männerbein ragte heraus. Die Zehen an dem Fuß, der zu dem Männerbein gehörte, bewegten sich gelegentlich. Paul Schmitz saß seitlich an dem einen Baum, der als Befestigung für die Hängematte diente, und beäugte mit schiefgelegtem Kopf und so weit hochgezogenen Ohren, daß die Haare darauf pinselartig abstanden, mit großer Aufmerksamkeit dieses Schauspiel. Denn zwischen den Zehen klemmte ein Stück Emmentaler Käse.

»Hep«, rief nach geraumer Zeit eine Stimme aus der Hängematte. Schmitz' Ohren streckten sich noch ein Stückchen höher. Das Käsestück flog im hohen Bogen davon. Der Hund schnappte den Bissen virtuos aus der Luft, verschlang ihn und setzte sich wieder an denselben Platz, ohne den Fuß aus dem Auge zu lassen, der verschwand, irgendwo in der pendelnden Hängematte ein Stück Emmentaler aufgabelte und sich wieder hinausreckte.

Die Person in der Hängematte pfiff – übrigens jämmerlich falsch – *»The Continuing Story of Bungalow Bill«* und kurz danach *»While My Guitar Gently Weeps«*. Der Hund ignorierte das Gepfeife und hetzte hinter dem nächsten Stück Käse her, das hoch über seinen Kopf geflogen kam.

Fräulein Ensle, die Pfeifen haßte, hatte schon geraume Zeit von ihrem Balkon unmittelbar über der Kanzlei aus beobachtet, wie der Rechtsanwalt aus dem Erdgeschoß den Samstagnachmittag zu verbringen geruhte: in Badeshorts in der Hängematte im Schatten zweier Buchen, die Hörer eines Discman auf den Ohren, Käse kauend und einen leichten Weißen süffelnd.

So was gefiel ihr. Trotzdem, es paßte ihr nicht, daß der Hund nur Augen für seinen Herrn hatte. Sie ging zum Kühlschrank, holte ein Stück Schlund, um Paul

Schmitz vom Käse abzulenken. Sie tat dies aus purer Bosheit. Und sie fühlte sich gut dabei.

Als sie wieder auf den Balkon schlurfte, um hinunterzuäugen, sah sie einen schlanken Herrn mit glatten brünetten Haaren. Er trug einen leichten blauen Sommeranzug von bestem Schnitt, ein weißes Hemd und eine rötliche Krawatte. In den Händen hielt er eine umfangreiche Samstagszeitung.

Fräulein Ensle warf einen Brocken Schlund. Schmitz reagierte sofort. Der junge Mann sah zu ihr hinauf. Die Ensle fand, daß er irgendwie affig aussah. Der gute Eindruck, den sein Habitus anfänglich auf sie gemacht hatte, relativierte sich stark. Zumal dieser Mann nicht grüßte. Er verzog keine Miene, als die zweite Portion Schlund vom Balkon herunterklatschte, ohne daß Abel reagiert hätte.

Der dritte Schlundbrocken traf Abel auf den Bauch. Das war ein Versehen. Fräulein Ensle zuckte sofort zurück und versteckte sich hinter ihren Geranien. Abel nahm die Ohrstöpsel ab und starrte hoch, anklagend den unappetitlichen Fleischfetzen hochhaltend.

Sehr lange, schmale und sorgfältig manikürte Finger nahmen Abel den Schlundbrocken aus der Hand. Schmitz hechtete nach dem Bissen, und Abel drehte sich wütend herum.

»Was soll ...« sagte er, als er den jungen Herrn hinter seiner Hängematte stehen sah.

»Herr Abel, wie ich annehme?«

»Ja.«

»Herr Abel«, sagte der junge Herr mit einer wohlklingenden Stimme. »Ich bin George.« Die Stimme sprach den Vornamen englisch aus. Sie setzte hinzu: »George Porcius, Ihre neue Referendarin.«

Wer im *Hirschen* zu Ouwen so gut bekannt war wie der Chefarzt Schubert, der bekam das Jagdzimmer zur freien Verfügung, auch wenn er sich zum Lunch nur mit einer Kleinigkeit beschied und nicht das ganze mächtige Menü verspeiste, mit dem der Besitzer und dessen langjähriger Lebensgefährte, der Koch, schon seit Jahren hofften, wichtige Gastrokritiker anlocken zu können.

Der Wirt ließ es sich nicht nehmen, den Professor und Herrn Soilent, ebenfalls bestens bekannt, persönlich mit allen Zeichen der Aufmerksamkeit und der Aufregung ins Jagdzimmer zu geleiten und nach umständlichen Empfehlungen und Erörterungen von Spezialitäten die Bestellungen aufzunehmen.

Ihn irritierte allerdings, daß beide Herren so kurz angebunden waren. Er merkte, daß er ins Leere redete, war ein wenig eingeschnappt, eilte dennoch dienstfertig von dannen und ließ die Herren in dem geweihgeschmückten Séparée allein.

Schubert hatte im Erker Platz genommen. Die Sonne schien auf die Wand hinter ihm. Die bunten Butzenscheiben der halbgeöffneten Fenster warfen bizarre Lichtmuster auf die grüne Jagdtapete. Soilent ließ sich im Halbschatten des Gastzimmers am anderen Ende des Tisches nieder und stützte den Kopf in die Hände. Von draußen roch es nach frisch geschnittenem Heu. Die beiden Herren nippten an Mineralwassergläsern und schwiegen.

Endlich sagte Soilent: »Ehrlich gesagt, ich habe Angst.«

»Daß deinem Engel etwas passiert?« fragte Schubert und lächelte ironisch. Er spitzte die Lippen und führte das Wasserglas zum Mund. Er schlürfte die kühle Flüssigkeit und schloß die Augen, als habe er es mit einem Spitzenwein zu tun. »Erst müssen wir sie wieder einfangen.«

»Das schaffen wir.«

»Sicher?«

»Ja, dieser Rintfleisch soll ein sehr tüchtiger Mann sein.« Soilent sah Schubert lange an. »Ja, ich habe Angst, daß meinem Engel was passiert.«

»Aber da gibt's doch kein Risiko, mein Lieber. So kann es nicht mehr weitergehen. Keiner von uns kann mit dieser ständigen Unsicherheit leben«, sagte der Arzt und malte mit der Fingerspitze unsichtbare Muster auf den Tisch. »Und keiner will sie umbringen, deine Stella.« Schubert lachte kurz.

»Deine Stella, deine Stella!« schnaubte Soilent.

»Ja, deine Stella. Ich weiß, daß du sie liebst. Das geht doch schon seit einem Jahr so, oder?«

Soilent hob den Kopf, strich mit einer souveränen Geste die Haare aus der Stirn. »Na und?« fragte er. »Sie ist volljährig, nicht?«

»Sie war entmündigt, du warst ihr amtlicher Betreuer. – Und du hast mit ihr geschlafen.«

»Unfug!«

Schubert legte die Fingerspitzen aneinander und sah seinen Begleiter mit dem Psychiaterblick an. Soilent wich aus und nahm aus Verlegenheit einen tiefen Schluck. Schubert ließ ihn austrinken, dann sagte er: »Das weiß ich von Stella.«

»Das kann sie nicht behauptet haben«, knurrte Soilent. »Schön wär's.«

»Doch, sie hat. Und was sie sagt, stimmt. Wir können ruhig darüber sprechen.«

»Aha, du bist bereit, deine Schweigepflicht zu brechen? Interessant! Meinst du, das ermuntert mich, Vertrauen in deine Pläne zu bekommen«, sagte Soilent spitz.

»Ein Vormund, der mit seinem Mündel schläft!« Eine gewisse Empörung schwang in Schuberts Stimme mit. »Das hat für mich etwas Inzestuöses. Ich weiß nicht, wie man so was juristisch nennt. Vom Standpunkt des Analytikers aus gesehen ist das Inzest.«

»*Wann* soll ich denn mit ihr geschlafen haben?«

»Bei mir draußen in Seelenfrieden, wenn du sie besucht hast.«

»Lüge!« zischte Soilent.

»Der kultivierte Herr Soilent hat sich mindestens dreimal im Krankenzimmer an seinem Mündel vergangen. So kurz mal zwischen Arbeitstherapie und Mittagessen. Ruckzuck.«

Das war zuviel!

»So? Und wie nennt man den Beischlaf des Psychiaters, des Hohen Priesters von Seelenfrieden, mit seiner Patientin?« Soilent stützte sich mit den Fäusten auf den Tisch und starrte Schubert kampflustig an.

Schubert lachte kurz auf. Der Wirt öffnete die Tür zum Jagdzimmer einen Spalt und fragte, ob er gebraucht werde. Unwirsche Handbewegungen brachten ihn dazu, die Tür unverzüglich wieder zu schließen. Schubert zog mit beiden Händen die Revers seines Jacketts glatt und starrte Soilent tadelnd an. »Dummes Geschwätz!« Soilent kochte. Er kam nicht dazu, etwas zu erwidern, denn wieder wurde die Tür geöffnet. Der Wirt und eine Eskorte sorgfältig ausgesuchter junger Männer, zu viele angesichts der geringen Bestellung, trugen die bestellten Kalbsrückenmedaillons vom jungen Hörirind auf Speckstreifen in Rahm an grüner Sauce mit handgeschabten Spätzle und Hegnauer Preiselbeerkompott auf.

Schubert und Soilent aßen schweigend, weil der Wirt am Tisch geblieben war, um ihnen die Zeit mit Plaudereien über die Krise in der Qualitätsgastronomie zu vertreiben, ohne zu spüren, wie er störte.

»Bitte«, sagte Schubert schließlich zum Wirt, »wenn

Sie uns ein wenig allein lassen. Sie wissen ja, die ärztlichen Pflichten.«

Soilent, kaum allein mit Schubert, platzte heraus: »Es ist bekannt, daß sich Patientinnen immer wieder in ihre Seelendoktoren verlieben. Das sagte schon Freud, nicht wahr? Aber Verhältnisse dürft ihr mit euren Patientinnen nicht eingehen, und wenn sie euch noch so gut gefallen.«

Schubert ignorierte diese Beschuldigung. Er säbelte an seinem Hörirind herum und lächelte tiefgründig. Was brachte es, wenn er Soilent davon zu überzeugen versuchte, daß nichts von den Vorwürfen Stellas gegen ihn als Persönlichkeit und Arzt der Wahrheit entsprach?

»Stella hat mir erzählt, daß du der verklemmteste Liebhaber gewesen bist, den sie je erlebt hat. ›Ein Psychiater und *so* verklemmt‹, das waren Stellas Worte, Carl.«

Schubert fuhr hoch und warf das Besteck auf den Tisch. »Ich verbiete dir, so mit mir zu sprechen, Dieter«, zischte er.

Soilent genoß den Treffer. Jetzt war er obenauf und aß genüßlich. Aus den Augenwinkeln beobachtete er, wie Schubert wieder Platz nahm und versuchte, sich in den Griff zu kriegen. Soilent grübelte, was den Professor mehr aufgebracht hatte: daß er als einer der Liebhaber Stellas galt oder deren Urteil über seine Liebhaberqualitäten?

»Ich bin enttäuscht«, sagte Schubert verbittert.

»Was regst du dich auf?« lenkte Soilent ein. »*Ich* sage doch nichts. Wer im Glashaus sitzt ..., du kennst das ja.«

»Wir alle sind Opfer«, sagte Schubert fast flüsternd, »Opfer von Stellas Erotik. Keiner kann was dafür. Du hast recht, ein Psychiater darf nicht mit seiner Patientin schlafen. Nur deswegen habe ich sie nie berührt.«

Soilent sah ihn nur an.

»Sie ist ein krankes Mädchen. Deswegen müssen wir

uns endlich zu einer radikalen Lösung durchringen, mein Lieber. Denke nur an diese Richterin Tagwerker mit ihren sozialromantischen Vorstellungen.«

Soilent nickte düster. Er kannte die Richterin Tagwerker.

»Und was macht Stella in diesen Minuten, was richtet sie wieder für Unheil an?« fügte Schubert hinzu.

»Außerdem: Sie kann ihre Klappe nicht halten«, sagte Soilent.

Schubert nickte. »Fast jedem hat sie gleich als erstes die Geschichte mit ihrem Vater aufgetischt. Kannst du dich noch an diese Affäre zweiundneunzig erinnern, als sie ihre wilde Zeit hatte, mit dem IBM-Manager? Er hat die Polizei eingeschaltet, weil Stella verbreitet hat, ich hätte ihrem Vater vor dem Tod noch eine Insulininjektion verabreicht, und sie hätte dabei zugesehen?«

»Das hat sich doch regeln lassen«, brummte Soilent, »manchmal glaube ich, daß du auch ein bißchen paranoide Züge entwickelst. Das mit der Spritze war ja nicht erfunden.«

»Aber kein Insulin!« rief Schubert.

»Keine Panik. Sie findet ja nicht jedesmal sofort einen Mann, der auf sie reinfällt.« Soilent schob bedächtig den letzten Bissen in den Mund. Er versuchte, sich ebenfalls zu beruhigen. »Zumal sie mit mir ein sehr schönes Erlebnis hatte.«

Der Chefarzt sah Soilent wie ein Rabe von seitlich unten an und lächelte säuerlich. Etwas spitz sagte er: »Willst du wissen, wie sie dich als Liebhaber einschätzt?«- Das hatte rausgemußt.

Soilent federte ab: »Das mit dem schönen Erlebnis war nicht sexuell gemeint. Nachdem ich sie abgeholt hatte, waren wir in Tübingen essen. Hervorragend! Ich bin der einzige Mensch, der wirklich sensibel mit Stella umgeht.«

Schubert ließ nicht locker: »... wie sie dich einschätzt als Liebhaber? Soll ich dir sagen, wie ...«

Soilent gab sich einen Ruck. »Realistisch, denke ich, erste Bundesliga, Mittelfeld«, sagte er, um einer von Schubert aus Rache erfundenen Beurteilung, die nur schlechter ausfallen würde, zuvorzukommen. Er strich sich die Haare aus dem Gesicht, konnte es sich nicht verkneifen, Schubert anzusehen, um die Wirkung seiner Worte auszukosten.

»Amateurliga! Ich verstehe nicht viel von Fußball, aber ich glaube, es hatte was mit ›Amateur‹ zu tun.«

Das Personal kam, räumte ab. Beide warteten, bis sie wieder allein waren.

Soilent sah ihn an: »Und wenn deine – Behandlung, sagen wir mal, schiefgeht? Ein Kunstfehler kann ja jedem mal passieren.«

Soilent starrte Schubert in die Augen. Jeder hielt den fixierenden Blick des anderen lange aus, bevor beide wie auf Kommando die Lider senkten.

»Nein, es wird nicht schiefgehen. Ein Eingriff in ein Gehirn ist nie ohne Risiko, aber mit der modernen Lasertechnik sind die Risiken überschaubar. Und ich bin ein erfahrener Neurochirurg. Du wirst sehen, sie wird ihre Wildheit verlieren, sie wird sozusagen braver, ohne daß sie alle ihre guten Eigenschaften verliert.«

»Sicher?«

»Ja.« Das kam ohne jedes ›Wenn‹ und ›Aber‹ heraus.

»Erst müssen wir sie aber finden. Und dann mußt du dich bereithalten«, sagte Soilent.

»Sicher doch, Tag und Nacht«, sagte Schubert ernst und erhob sich, um an die Tür zu gehen und die Rechnung zu bestellen.

Sarah hatte Rintfleisch in seinem Büro erreicht und ihm erzählt, was sie gesehen hatte. Rintfleisch, der wußte, daß ein Kompliment zur richtigen Zeit nicht schaden konnte, sagte: »Sie haben eine erstaunliche Präzision in Ihren Beobachtungen. Was glauben Sie, wie alt er ist?«

»Weiß nicht, Mitte dreißig vielleicht.«

Rintfleisch nickte. Er war inzwischen fast sicher, was die Identität des Mannes betraf, doch das ging die Informantin nichts an.

»Hier, die Autonummer.« Sarah schob einen Zettel über den Tisch.

Da war die Bestätigung: der Jugendrichter Dr. Eduard Hablik! Für Rintfleisch war es wichtig festzuhalten, daß Stella sich mit diesem Hablik herumtrieb. Und auf das eigenartige Intermezzo Samstagmittag im Amtsgericht konnte er sich keinen Reim machen. Eine Flucht, wie die Informantin behauptet? Möglicherweise hatte Hablik etwas vergessen und war deswegen noch so eilig ins Gericht gerannt. Aber wer oder was setzte ihn unter Zeitdruck?

Sarah kam erneut auf die Belohnung zu sprechen.

»Ich werde bei meinem Auftraggeber ein gutes Wort einlegen«, sagte Rintfleisch und relativierte sofort wieder. »Einen Namen haben Sie mir ja nicht nennen können.«

»Aber sonst schon einiges, besonders die Autonummer«, sagte Sarah patzig. Rintfleisch nickte.

»Ich halte Sie auf dem laufenden.«

»Wie?«

»Ich rufe Sie an.«

Sarah gab Rintfleisch beide Telefonnummern, die private und die vom Bistro. Er entließ Sarah, um sofort Soilents Handy anzurufen.

Rintfleisch sagte ohne große Eingangsfloskeln: »Dieser Mann ist Strafrichter. Er heißt Hablik. Neurotiker hat ihn dieser Anwalt Abel offen genannt, weil Hablik bei seinen Urteilen ziemlich unberechenbar ist. Ein Einzelgänger, der sich von seinen Kollegen absondert. Kann manchmal sehr schwierig sein. Soll Schwierigkeiten mit Frauen haben.«

Am anderen Ende der Leitung hörte Rintfleisch ein kurzes Stöhnen. Er fragte: »Wie bitte, Herr Soilent?«

»Nichts, fahren Sie fort.«

»Manchmal ist dieser Richter Hablik wütend wie ein Racheengel, dann spricht er Ganoven frei, daß sich jeder wundert. Meistens kommen Frauen bei ihm übrigens gut weg. Ich mußte erst neulich bei ihm aussagen. Er hat mir keinen Glauben geschenkt, weil ein Privatdetektiv nach deutschem Recht kein anerkanntes Berufsbild darstellt und deswegen für ihn schon von vornherein suspekt ist. Das ist Richter Hablik.«

»Und dieser Mann hat Stella!« seufzte Soilent am anderen Ende der Leitung.

»Herr Hablik soll sich auf der Flucht befinden, so sagt jedenfalls die Gewährsfrau. Sie hat eine befriedigend bis gut ausgeprägte Beobachtungsgabe. Ihre Beschreibung von Herrn Hablik stimmt. Hablik könnte aber auch nur etwas vergessen haben. Jedenfalls muß er unter Zeitdruck gestanden haben, als er etwas aus dem Gericht geholt hat, was er offenbar verbergen wollte, denn er hatte eine Zeitung drumgewickelt.«

»Zeitdruck?« Soilent hustete vor Aufregung, »Vor wem oder was fliehen die beiden? Was will er verbergen?«

»Das weiß ich nicht. Ich könnte mir aber vorstellen, daß unsere Anzeige das Pärchen in Aufregung versetzt hat.«

»Scheißanzeige«, fluchte Soilent. »Ich habe mir gleich gedacht ...«

»Sehen Sie das Ganze doch positiv«, sagte Rintfleisch ruhig. »Ohne die Anzeige hätten wir nicht den geringsten Hinweis auf Stella. Mit einem Richter, zumal einem solchen, wird sie nicht weit fliehen.«

»Bleiben Sie bloß an diesem Hablik dran!« rief Soilent. Er überlegte rasch, ob er einen Hinweis geben sollte. »Stella sucht sich immer Männer aus, die etwas unsicher sind.«

»Spielt sie mit ihnen?«

»So kann man sagen.«

Rintfleisch wechselte das Thema und sagte: »Eigentlich ist die ausgelobte Summe zur Zahlung fällig, nachdem ich den Mann auf die Beschreibung der Informantin hin erkannt habe und ihn anhand des amtlichen Kennzeichens identifizieren konnte. Ich wollte Ihnen aber nicht in der Entscheidung vorgreifen.«

Soilent zögerte kurz, dann sagte er: »Zahlen Sie. Wir dürfen uns nicht kleinlich zeigen. Ich brauche aber eine steuerlich abzugsfähige Quittung, und die Mehrwertsteuer ist im Betrag enthalten.«

»Mir wäre es lieber, Sie würden den Text der Quittung vorformulieren«, antwortete Rintfleisch.

Stella und Hablik lagen nebeneinander auf dem Bauch auf einer kleinen Felsplatte, die sich knapp über dem Meeresspiegel nach Westen neigte. Beide ließen ihr Kinn auf den gefalteten Händen ruhen und sahen hinüber auf eine kleine Bucht am Cap d'Antibes mit der Plage de la Garoupe, die von Sonnenschirmen gesäumt war. Dahinter stieg ein lichter Pinienwald an, durchsetzt mit den weißen und ockerfarbenen Villen der Reichen. Den Hügel krönte ein Leuchtturm. Sein Hut war rot. Die Abendsonne zeichnete schon lange Schatten.

Es war angenehm, gekühlt vom Meereswasser faul

vor sich hinzutrocknen und den Strand zu betrachten. Dort spielte sich ein Leben ab, wie es Hablik in seinen Urteilen als »mondän« zu bezeichnen pflegte, wenn er über die Taten von Betrügern räsonierte oder über den Lebenswandel von Hochstaplern.

Schöne Menschen in gepflegter Umgebung, hatte er schon beim ersten Vorbeigehen konstatiert. Hablik wäre gerne zu einem der sorgsam hergerichteten Strände hinuntergegangen und hätte so getan, als gehörten er und Stella dazu.

Von den Felsen aus gesehen, wirkte der Strand wie auf einer Dutzendpostkarte. Der hellgelbe Sand und die auf ihm verstreuten Felsen waren in Streifen eingeteilt, von denen jeder mit jeweils einheitlichen Schirmen gespickt war, wie ein Kuchen bei einer Kinderparty. Hier rot, dort blau und weiß, weiter hinten orange. Unter den Schirmen lagen Matratzen, in gleichen Farben bezogen.

Die Plages hießen »Le Rocher«, »La Godille«, »La petite Plage«, »Plage Joseph«, und der größte Zipfel Sand nannte sich »Plage Keller«. Überall wimmelte es von Menschen. Vorhin, als Hablik mit Stella oberhalb vorbeigegangen war, hatte er die Eintrittspreise studieren können. 65 Franc die Matratze einschließlich Parasol. Und das für einen Tag und eine Person! Draußen auf den Felsen war der Eintritt glücklicherweise frei. Die Wagenkolonnen, die bis zum Chemin des Contrabandiers hinauf parkten, gaben Auskunft darüber, daß hier das bessere Publikum verkehrte, dem solche Beträge nichts ausmachen. Leute, denen schon immer Habliks Mißtrauen gegolten hatte.

Er stellte Betrachtungen darüber an, wie viele gesuchte Straftäter im Netz zappeln würden, wenn sich die französische Polizei an diesem paradiesischen Strand zu einer Razzia entschließen würde. Zu einem überzeugenden Ergebnis kam er nicht, deswegen lauschte er schließlich nur noch dem trägen Rascheln und Rumpeln der Wellen an den weißen Felsbrocken seitlich von ihnen.

Stella hatte von Habliks Gedanken nichts bemerkt. Sie redete über alles mögliche, plötzlich wurde sie ernst und sprach von ihrem verstorbenen Vater.

»Warum denkst du *jetzt* an deinen Vater?« fragte Hablik.

»Er hat einmal in Antibes, im Hof vor dem Picasso-Museum, ein Konzert gegeben, als er noch jung und gesund war. Es muß ein Traum gewesen sein. Später wollte er immer hierher zurückkommen. Es hat aber nicht mehr geklappt.«

Hablik wandte den Kopf zur Seite und betrachtete ihr Profil. Stella kümmerte sich nicht darum und redete weiter in Richtung des offenen Meeres.

»Warum gibt der liebe Gott den einen ein Herz wie ein Dampfhammer. Und andere kriegen ein Herz wie ein nasser Schwamm, daß sie sterben müssen, wenn die anderen noch nicht mal dran denken, daß irgendwann mal Schluß ist?«

»Wie?« fragte Hablik eher unaufmerksam. Er fand, daß Stella ein wunderbares Profil besaß. Am besten gefielen ihm die kleine Nase, die Lippen und die hohe Stirn – also praktisch alles.

Stella sagte: »Manchmal wünsch' ich mir, knallbumm, und es wäre aus gewesen. Aber so ...« Stella ließ den Satz unvollendet.

»Aber was, so ...?« fragte Hablik höflichkeitshalber.

»Der Tod ist so ein Dreckwichser«, sagte Stella. »Ich bilde mir ein, daß ich ihn schon ein paarmal gesehen habe. Er sieht aus wie ein Buchhalter und schleicht rum und fummelt an den Leuten. Hast du schon mal gespürt, wie sich der Tod in deiner Nähe rumtreibt?«

»Nicht so direkt, nicht so körperlich«, sagte Hablik. Ihm wäre ein anderes Gesprächsthema lieber gewesen.

»Ich schon. In der Klinik öfter, und damals, als mein Vater gestorben ist. Er hat immer gesagt, daß er im November fort muß. Der November war der Monat, den er am meisten gehaßt hat. Er hat sich wie ein Kind auf Weihnachten gefreut. Für ihn ist Ende November jedesmal ein neues Jahr angebrochen.«

»Ist er dann im November gestorben?«

»Nein, im April.« Stella sah Hablik lächelnd an. Keine Träne. Sie war mit dem Tod ihres Vaters fertig geworden und konnte darüber reden. Daß sie niedergedrückt war, trotz des Lächelns, sah Hablik ihr an.

Stella fuhr fort. »Der April war der Lieblingsmonat von meinem Papa. Und er hat recht, es ist die schönste Zeit. Du mußt mal genau aufpassen im April. Weißt du, wie er die Menschen ausschaltet?« fragte sie.

»Wer?«

»Der Tod, das Arschloch.«

»Nein.«

»Er streicht dir über die Augen, so.« Stellas warme trockene Hand glitt über Habliks Stirn. Sehr widerwillig schloß er die Augen und spürte, wie sie mit zwei Fingern auf seine Augäpfel drückte. Sie lachte, als er zurückzuckte. »Brauchst keine Angst zu haben, Hablik. Ich bin nicht der Tod. Der lacht nie und ist kalt wie das Meer im Winter.« Plötzlich war sie wieder sehr ernst. »Wenn er dich ausgelöscht hat, gibt er dir einen neuen Namen.«

»Stella, du spinnst«, brummte Hablik gutmütig.

Es entstand eine lange Pause. Eine Yacht, die in der Bucht vor Anker gelegen hatte, drehte mit einem langen Hupton ab und nahm Fahrt aufs offene Meer. Von ihrem Deck wehte Walzermusik und Lachen herüber.

»So was darfst du nie sagen. Nie, hörst du?« flüsterte Stella. Ihre Augen waren weit offen, und sie kam auf ihn zu, bis sich die Nasenspitzen fast berührten. »Über niemand darf man sagen, daß er spinnt. Auch nicht im Spaß. Ich habe in dieser Klinik zu viele von den angeblichen Spinnern gesehen. Seltsam und merkwürdig waren einige, aber trotzdem ...« Sie begann Hablik sehr behutsam auf die Lippen zu küssen.

Er zog ohne Vorwarnung ihren Kopf zu sich und erwiderte ihren Kuß.

»Das hört sich schon besser an«, murmelte Stella undeutlich und biß Hablik auf die Zunge, daß ihm ein »Verdammt« entfuhr.

»Und was ist eigentlich mit deiner Mutter?« fragte Hablik, nachdem er wieder zu Atem gekommen war. Keine Reaktion. Nur um das Gespräch am Laufen zu halten, setzte Hablik dazu: »Lebt sie noch? Hat sie dich besucht?« Stella starrte durch Hablik hindurch, das Thema kam bei ihr nicht an.

»Meine Mutter ist eine sehr nette Frau, die viel für mich getan hat«, sagte Stella nach langer Pause. Kein bissiger Unterton. Um das Thema zu beenden, küßte sie ihn noch einmal, wälzte sich auf den Rücken und starrte in den blaßblauen Spätnachmittagshimmel hinauf. Ihr nackter Busen hob und senkte sich im Rhythmus des ruhigen Atems.

»Würdest du jetzt sterben wollen? Jetzt in diesem Moment, wo's gerade so schön ist?«

»Nein, das wäre vielleicht ein Kitsch«, sagte Hablik.

»Egal, ich schon«, sagte Stella. »Das alte Arschloch soll kommen und mir einen neuen Namen geben.«

»Lieber nicht, du wirst noch gebraucht.« Hablik fand das Gespräch ziemlich seltsam. Nicht richtig unheimlich, aber solche schwarzen Gedanken bei einem so jungen Geschöpf! Und die Geheimnistuerei mit der Mutter. Hablik versuchte Stella aufzumuntern und lästerte über einen Schwimmer, der mit hochgerecktem Kopf schwamm, um sein Toupet nicht zu benetzen, ohne zu merken, daß die verschönernde Kopfbedeckung bedenklich verrutscht war. Doch Stella war nicht zu erheitern.

»Ich ahne, welchen Namen er mir geben wird.«

»Du hast's sowieso mit den Namen. Mal Laura, mal Stella.«

Stella bekam wieder diesen sehr ernsthaften Ton: »In der Klinik hat der Schubert, das war mein Doktor, gesagt, das wäre so, weil ich keine Identität gefunden habe. Das merken die Leute und geben dir einen anderen Namen.« Stella lachte wie über einen guten Witz. »Ich und keine Identität. Ich bin Stella, das böse Kind.« Sie funkelte Hablik an, wie der böse Wolf die Kinder anfunkelt. Dann perlte ihr Lachen wieder hervor. »Aber mit dem Tod wird man ja jemand anderes. Und dann kriegt man einen frischen Namen. Ist doch logisch!«

Hablik haßte Gespräche über Krankheit und Tod, weil seine greisen Eltern immer davon geredet hatten, wenn er sie früher alle halbe Jahre mal besucht hatte. Geschwätz alter Leute, das nichts zu bedeuten hat. Stella konnte sehen, daß er damit nicht klar kam. Aber sie fuhr fort: »Mich wird er Jenny nennen.«

»Warum Jenny?«

»Frag' *mich* doch nicht!«

Weil Stella bislang nur sehr ausweichend über die Gründe ihrer Internierung in der Klinik gesprochen hatte, nutzte Hablik nun die zerbrechliche Stimmung, in der sie war, um mehr zu erfahren. Obwohl er felsenfest davon überzeugt war, daß der Klinikaufenthalt im strafrechtlichen Sinne eine einzige Freiheitsberaubung war und er die Verantwortlichen schon noch kriegen würde, interessierten ihn natürlich die Details.

Er fragte behutsam, und Stella antwortete ohne Zögern:

»Mir ist es nach dem Tod von meinem Vater so was

von schlecht gegangen. Ich kann dir nicht sagen, wie ich drauf war.«

»Depressionen?«

»Und wie. Ich habe meinen Vater geliebt.« Ein warmes Lächeln. »Das kommt bei Mädchen manchmal vor. Und ich weiß aus der Therapie, daß das eigentlich ganz in Ordnung ist. Man darf es nur nicht übertreiben.«

»Und dann bist du endgültig zusammengebrochen?«

»Klinik Seelenfrieden am Bodensee. Bis zweiundneunzig. Da bin ich rausgekommen. Studienplatz. Junge, ich sag' dir, das war ein schönes Jahr. Aber dreiundneunzig war ich wieder am Bodensee. Ausgerechnet im April.«

»Wieder Depressionen?«

»Wenn dir einer nur mal was Genaues sagen könnte. Der eine sagt so und der andere anders.« Hablik kannte das von seinen Gerichtsgutachtern und der Art und Weise, wie die Anwälte die Gutachten interpretierten. Er nickte. Stella redete aufgeregt weiter. »Ich bin jetzt wieder ganz die Alte, verstehst du! Ich weiß genau, was mich krank gemacht hat. Und ich kann damit umgehen. Deswegen hat mich der Dieter diese Woche endlich aus der Klapsmühle holen dürfen. Versuchshalber. Alles hat prima geklappt.«

»Naja, das mit dem Blut und der Pistole ist ja noch nicht geklärt. Aber darüber reden wir am Montag. Jetzt genießen wir erst mal.«

Stellas Gesicht verriet, daß sie gerade nicht zum Genießen aufgelegt war. Sie sprach weiter: »Seit vorhin erinnere ich mich wieder, Habli. Ich wollte dir sagen, daß ich alles wieder klar da habe.« Sie tippte sich an die Stirn. Hablik war nun doch sehr gespannt. »Der Dieter hat mich mit der Pistole geschlagen, weil er mich daran hindern wollte, aus dem Haus zu gehen.«

»Donnerwetter«, fuhr es Hablik heraus. Also doch

krimineller Hintergrund. Einige Paragraphen blitzten in seinem Kopf auf.

Stella zeigte auf ihre Beule. »Ich hab' aus der Nase geblutet.«

»Kein gutes Zeichen«, sagte Hablik.

»Als ich aufwachte, war er weg. Ich hab' die Pistole genommen, damit nicht noch was passiert. So gut es ging, hab' ich das Blut weggewischt.«

»Na, *den* kriegen wir.«

»Nein, nein.« Stella schüttelte den Kopf und lächelte. »Ich will nicht, daß ihm was geschieht, weil ihm die Nerven durchgegangen sind. Das ist mir auch schon passiert. Man darf die Menschen nicht so leicht verurteilen.« Hablik brummte etwas Unverständliches. »Er ist immer so gut zu mir gewesen. Die Leute am Bodensee auch. Aber manchmal meinen sie halt noch, sie müssen mich wie ein rohes Ei behandeln. Dabei geht's mir wieder prima. Und der Dieter frißt mir aus der Hand, wenn ich will«, setzte sie selbstbewußt hinzu. »Und unser Doc in Seelenfrieden sowieso.«

»War da was zwischen euch?«

Stella lachte wieder laut auf und winkte ab.

Hablik war bereit, ihr zu glauben.

»Reden wir am Montag weiter«, sagte Stella leise und begann Habliks Haare zu streicheln. Das tat ihm gut. Sie hatte recht. Am Montag würde er sich Zeit nehmen, und dann ...

Die Strandgeräusche, die trägen Wellen und die sinkende Sonne schlugen ihn wieder in Bann. Er drehte den Kopf seewärts und beobachtete Möwen. Stella massierte zärtlich seinen Nacken.

»Jetzt geht's mir gut, Hablik. *Das* ist wichtig! Du weißt nicht, wie gut es mir geht.«

Hablik sah noch einmal verstohlen zu ihr hinüber. Sie weinte nun lautlos und nagte an den Lippen, bemerkte seinen Blick, wischte sich schnell übers Gesicht und versuchte ein Lächeln, das zur Grimasse mißlang. Dann wandte sie den Kopf ab und sah hinüber zum Strand.

Hablik blieb regungslos auf dem Bauch liegen, schwieg, blinzelte, kniff die Augen ein wenig zu, spürte die Abendsonne warm auf der Haut, lauschte den Wellen und den Strandgeräuschen. Und langsam dämmerte er in einen leichten Schlaf hinüber.

Gegen 20 Uhr war es Rintfleisch leid, sich die Beine in den Bauch zu stehen. Er verließ seinen Observierungspunkt hinter einem Lieferwagen schräg gegenüber vom Haus, in dem Hablik wohnte, um in das Bistro zu gehen. So wie Rintfleisch den Richter Hablik einschätzte, dürfte dieser seltener in solchen Lokalen verkehren. Auch die tagsüber in der Nachbarschaft gesammelten Erkenntnisse zeichneten von Hablik das Bild eines ebenso stillen wie anonymen Einzelgängers, über dessen Gewohnheiten oder gar Verbleib nach der möglichen Flucht mit Stella niemand etwas zu sagen wußte. Aber vielleicht brachte Stella ihn dazu, noch einmal das Bistro aufzusuchen, in dem der Anwalt Abel Stammgast war.

Rintfleisch setzte sich an einen leeren Tisch am Straßenrand in die Abendsonne und bestellte bei Sarah ein Ginger Ale. Sie brachte ihm das Getränk und sah ihn forschend von der Seite an. Rintfleisch strapazierte ihre Geduld. Erst nach geraumer Zeit stand er auf und schlenderte zur Toilette, in deren Vorraum Sarah ihn abpaßte, als er sich die Hände wusch.

Rintfleisch sagte: »Sie erhalten die Belohnung. Mein Klient wird Ihnen eine vorformulierte Quittung zustellen, die er bittet zu unterschreiben.«

»Ich unterschreibe alles«, posaunte Sarah und lächelte glücklich über die Aussicht, einen Batzen Geld zu bekommen.

»Ist Herr Abel da?« fragte Rintfleisch.

»Nein, aber der kommt noch, da können Sie Gift drauf nehmen.«

In Seelenfrieden sprach Professor Schubert mit seinen Oberärzten den OP-Plan für die nächste Woche durch. Der junge Dr. Lucas hatte Wochenenddienst. Er war für den operativen Bereich verantwortlich. Frau Windgassen, die so was wie die erste Oberärztin war, kümmerte sich um den therapeutischen Sektor.

Auch kleine Klinken sind heute für kompliziertere Eingriffe ausgestattet. Und seit kommerzielle Betreiber das Sagen haben, wurde auch in die OP-Ausstattung ordentlich investiert. Schubert hatte inzwischen eine gute OP-Crew zusammen. Lucas gehörte dazu. Er war jung, sehr begabt, und Schubert überließ ihm viel. Frau Windgassen war ohnehin die graue Eminenz des Hauses. Eine gepflegte Dame von Mitte vierzig oder etwas darüber. Schubert konnte seinen wissenschaftlichen Neigungen mehr nachgehen als leitende Ärzte in anderen Kliniken. Und er nutzte die Spielräume aus.

»Aber Stella, das mache ich selbst«, sagte Schubert beiläufig.

Es war normal, daß der Chef die Privatpatienten operierte. In den letzten Jahren hatte er sich aber immer häufiger in den Bereich von Diagnostik und Psychotherapie zurückgezogen. Trotzdem blieb er, nach Meinung seines Oberarztes, ein guter Operateur. Unklar war in diesem Fall scheinbar nur, warum die Patientin überhaupt auf den OP-Tisch kommen sollte.

»Ich denke, Stella geht es gut?«

»Aber sie hat wieder diese bohrenden Kopfschmerzen. Der Herr Soilent hat angerufen«, warf Frau Windgassen ein.

Schubert fügte hinzu: »Wir haben bei ihr eine Zyste festgestellt. Klein, nicht weiter auffällig. Und ich überlege mir, ob es nicht besser ist, die Zyste zu lasern. Ist ja kein Aufwand.«

»Sicher nicht.«

»Wir könnten doch gegen Ende der kommenden Woche ...«

»Ja.«

»Bitte alles vorbereiten.« Professor Schubert wandte sich dem nächsten Fall zu. Er sprach über diesen Patienten mit seinem OP-Oberarzt genauso emotionsfrei und professionell wie über Stella.

Wie vom Blitz getroffen fuhr Hablik auf.

Zuerst wußte er nicht, wo er war. Eine Bucht, das Meer? Ach ja! Plage de la Garoupe, last minute, Nizza – und Stella. Hablik war wieder einigermaßen im Bilde. Er fröstelte von einem leichten Sonnenbrand und der Abendkühle. Stella? Die Bucht war übergossen mit rotem Licht. Die Sonne schwamm tief am Himmel im Dunst des Meeres und der fernen Buschfeuer des Esterelgebirges, knapp über dem Schattenriß des Kaps. Im Gegenlicht wirkte die Landschaft fast schwarz, fast unwirtlich. Die Plages leerten sich.

Stella war verschwunden.

Nur wenige, fast schon verdunstete feuchte Flecken auf dem Fels zeugten noch davon, daß da ein menschlicher Körper gelegen hatte. Hablik sah sich um. Nirgends war sie zu sehen. Auch die wenigen Sachen, die sie bei sich gehabt hatte, waren weg. Hablik war noch zu verschlafen, als daß er sich aufgeregt hätte, doch er spürte, wie langsam Unruhe in ihm aufstieg. Er traute sich nicht, laut zu rufen. Viele Menschen pilgerten auf dem schmalen Weg entlang, der zu den Parkplätzen am Chemin des Contrabandiers führte. Stella war nicht unter ihnen. Hablik streckte sich, um über ein Gebüsch in eine Ecke der Bucht zu blicken, die man nicht sofort einsehen konnte. Nichts. Schwamm sie noch einmal? Nein! Keiner der wenigen Köpfe auf der dunklen Wasseroberfläche gehörte zu Stella.

Habliks Unruhe wuchs.

»Wissen Sie, wohin Stella mit Herrn Hablik gefahren ist?« fragte Rintfleisch von hinten her.

Abel, der halb über dem Billardtisch lag und mit einem zugekniffenen Auge die Zweierkugel über die Weiße anvisierte, drehte den Kopf und sah Rintfleisch ins Gesicht. Woher wußte dieser Schnüffler von einem Zusammenhang zwischen seiner Mandantin und Hablik?

»Bin ich ein Auskunftsbüro?« fragte Abel.

»Nein«, antwortete Rintfleisch.

Abel stieß und versenkte die Kugel. Dann widmete er sich dem Mann. »Ich habe Ihren Beruf auch eine Zeitlang ausgeübt«, sagte Abel. »Deswegen achte ich Ihre Arbeit, aber ich denunziere niemanden.«

Rintfleisch hustete. »Liegt was an, weswegen man die beiden denunzieren könnte?«

Abel schwor sich, vorsichtiger zu sein. Er antwortete nicht und ging in die Knie, um die Dreierkugel, die er als nächste spielen wollte, genau studieren zu können.

»Stella ist ein Problemfall. Wir sind bemüht, die Sache diskret zu behandeln«, sagte Rintfleisch.

Abel klopfte auf den Busch. »Ein gewisser Soilent und Sie?«

»Diskretion.«

»Da sehen Sie.« Abel kam wieder hoch, bugsierte die Dreier mit Vorbande ins rechte obere Loch. Die weiße Kugel lief länger, als er geplant hatte. Er musterte die neue Situation auf dem Tuch. Rintfleisch wartete auf eine Antwort.

»Damals als Schnüffler habe ich meinen Job auch selber machen müssen. Sie haben sicher Verständnis dafür, daß ich weiterspiele«, sagte Abel. »Wenn Sie gehen und sich darum kümmern, wohin meine Mandantin gefahren ist, habe ich nichts dagegen.«

»Selbstverständlich.« Rintfleisch blieb und wartete, bis Abel das Tuch leergespielt hatte, dann sagte er: »Herr Abel, Sie können mir vertrauen. Ich könnte mir vorstellen, daß mein Auftraggeber für eine sachdienliche Information mehr ausgibt als die zunächst ausgelobte Summe von fünftausend Mark.«

Abel stellte das Queue an die Wand, zahlte und ging, ohne ein weiteres Wort zu verlieren, schräg beäugt von Sarah. Am liebsten hätte er dieser Kröte den gereckten Mittelfinger gezeigt. Inzwischen war ja klar, woher Rintfleisch seine Informationen haben mußte.

Hablik war auf der Suche nach Stella. Er hastete die höher gelegene Straße hinter den Restaurants entlang und reckte den Hals nach ihr. Ihm schien es nicht ratsam, unten am Wasser entlangzugehen, weil er Ärger mit den Grundstücksbesitzern fürchtete. Von der Wasserlinie hätte man allerdings viel besser die Restaurants inspizieren können.

Er war in großer Aufregung, seit er entdeckt hatte,

daß Stella den Schlüssel des kleinen Leihwagens mitgenommen hatte, den beide am Flughafen gemietet hatten. Ob sie ausgerastet war? Manischer oder depressiver Schub? Sie hatte so komisch über den Tod gesprochen.

Stella als hilflose Person im Sinne des Gesetzes an der Côte d'Azur, und er, ein deutscher Richter, war gewissermaßen schuld daran. Unterlassene Hilfeleistung wäre das mindeste. Er würde in einem solchen Fall keine Gnade mit einem Angeklagten kennen. Ihm brach der Schweiß aus.

Ein Gelächter. Stellas Stimme? Hablik hatte fast schon das Ende der Bucht erreicht, die Stelle, wo die Straße zur Küstenroute am Cap entlang nach Antibes ansteigt. Stellas Stimme! Sie sagte ziemlich laut:

»Das Toupet, – comme un chapeau, compris?« Kurzes Gelächter. »Das kleidet einen Mann oberflächlich, tötet aber den Sex. Un toupet c'est la fin de l'amour, vraiement. Hein! Ich kenne keine Frau, die Glatzen anstößig findet. Je ne connais aucune femme qui a des problèmes avec un tête chauve.«

Schweigen.

Eine Baritonstimme sagte: »Ouh, Graham, don't worry, come on, have another drink.«

Eine rotweiße Markise und Töpfe mit Mittagsblumen, Geranien und Oleander versperrten die Sicht zu der Bar des Strandes mit dem Namen »Le Rocher«. Zwei junge Männer, braun wie Mestizen, flitzten auf einem Holzplateau, das ins Meer hinausgebaut war, herum und sammelten Matratzen und Parasols ein. Im Restaurant saßen zwei weißgekleidete ältere Paare und spielten Bridge. Drei Jungen sprangen vom Holzplateau ins Meer.

Wer da mit Stella sprach, war für Hablik nicht zu erkennen, soviel er auch den Hals reckte. Auch dort, wo ein Mann mit Dreitagebart und Locken saß und stoisch auf einem Laptop klimperte, war sie nicht zu sehen. Erst als Hablik sich auf das Mäuerchen stellte, erspähte er hinter der rotweißen Markise zwei schlanke sonnengerötete Frauenbeine, die offenbar Stella gehörten, umgeben von einer beachtlichen Ansammlung männlicher Beine teilweise in hellen Hosen, teilweise nackt, barfuß oder in Sandalen steckend.

Hablik stieg die Treppe hinab. Verblüfft stellte er fest, daß niemand Eintritt verlangte. Der Mann, den er schwimmen gesehen hatte, kam ihm mit so voller Haarpracht, wie sie sonst nur der Chorleiter Gotthilf Fischer besitzt, entgegengestampft. Er machte ein beleidigtes Gesicht, drängte Hablik rüde auf die Seite und eilte davon.

Mit jedem Schritt, den Hablik näher kam, gewahrte er mehr von der Gruppe, die sich um Stella gebildet hatte. Ellenbogen, Champagnergläser in den Händen. Noch bevor er Köpfe und Gesichter erkennen konnte, hörte er Stellas übermütige Stimme: »Ah, da kommt Hablik. Sonny, voilà.«

Die Männer drehten sich zu ihm. Gesichter tauchten unter der Markise auf. Sie wirkten so interessiert-aufmerksam wie die Gästeschar bei der Ankunft eines bekannten *enfant térrible* auf einer Party des Vereins der Richter und Staatsanwälte.

Gott sei Dank, sie hat wenigstens ihr Oberteil wieder an, durchzuckte es Hablik, der den Anblick der straffen Oberweite seiner Schutzbefohlenen nicht jedermann gönnte.

Vier Herren waren es, die Stella Gesellschaft leisteten. Hablik fand, sie lächelten zu heuchlerisch, um ihn wirklich willkommen zu heißen. Stella stellte sie im schnellen Wechsel französisch und deutsch vor: Da gab es einen gewissen Reginald, von Beruf Tauchlehrer und ehemaliger Major der Rheinarmee Ihrer Majestät; ein korpulenter Mann mit eng zusammenstehenden Augen und karottengelb gefärbter Igelfrisur. Freddy, ein Deutscher aus der Filmwirtschaft mit einem Tick im linken Augenlid. Jean-Michel wurde als Zahnarzt aus Lille eingeführt, und Roland, ein Anwalt aus Frankfurt, der noch ein wenig größer als Hablik war, erheblich breitere Schultern hatte und am Körper nahezu vollständig behaart war.

Bloß Graham, so hörte Hablik, sei eben gegangen.

Jean-Michel schwenkte eine fast geleerte Champagnerflasche. Er offerierte Hablik einen Drink. Hablik nahm nach Zögern an. Er versuchte mit Stella tuscheln, wollte möglichst gleich gehen, denn das Abendessen wartete im Hotel. Er hatte Hunger, und das Essen war bezahlt. Doch Stella glitt davon. Hablik nippte an dem Champagnerkelch. Er fühlte sich deplaziert.

Der Major rückte gefährlich in Richtung Stella vor. Mit seiner Baritonstimme lud er zu einem Tauchkurs in den Felsen vor dem Cap ein. Er erwähnte beiläufig bedeutende Rabatte. Stella bedankte sich mit einer vertraulichen Geste; sie legte die Hand auf seine Brust und sah ihm in die Augen.

Jean-Michel benutzte die Gelegenheit, als Stella kurz danach austrank, um sofort nachzuschenken und den Major abzudrängen, ein Manöver, das deswegen mißlang, weil es Stella zu nah an Roland schob, der die Gelegenheit nutzte, mit ihr anzustoßen, ihr tief in die Augen zu sehen und sie mit einem breiten Lachen an sich zu drücken. Stella lachte mit, schmiegte sich für einen kurzen Augenblick an den Anwalt, dann entzog sie sich unauffällig den Tentakelarmen Rolands und sagte:

»Ihr seid alle so nett zu einem Mädchen, das hier völlig fremd ist.«

»Klaro.«

»That's natural.«

»Les macs là, ce sont les dragueures dangereux, mademoiselle«, warnte Jean-Michel, um Stella wieder in seine Nähe zu ziehen.

»Okay, ich muß mich erkenntlich zeigen«, sagte Stella fröhlich, enterte die Bar, schob den Barman zur Seite und schnappte sich einige Schnapsflaschen vom Regal.

»Ich mix euch einen«, und sie begann den Inhalt verschiedener Flaschen zusammenzuschütten.

Freddy erzählte, daß man heute keine attraktiven jungen Schauspielerinnen mehr bekam, keine mit wirklich interessanten und schönen Gesichtern, »weil die alle Models werden, wegen dem schnellen Geld«. Eine Greta Garbo wäre heute Covermodel für die *Vogue*. »Dabei verdient man beim Film mehr – allerdings eher langfristig«, sagte Freddy listig. »Deswegen sucht der Film heute oft vergeblich hübsche Gesichter. Da gibt's noch viele Chancen.«

Hablik fand den Blick, den Freddy seiner Stella zuwarf, anstößig. Er schwieg aber eisern und lieferte sich bohrenden Eifersuchtsgefühlen aus, während Stella unter den bewundernden Blicken, die auf ihrem Oberteil klebten, heftig den Schwenker schüttelte. Sie erklärte, daß sie mit fünf eine schwere Alkoholikerin gewesen sei, »das ist in unserer Familie ganz normal. Mein Psychiater hat das nie begriffen. Ich wollte aber nur diese rosa Drinks. – So!«

Stella öffnete den Shaker und goß eine rosa Flüssigkeit in eine Champagnerschale. Die Herren machten Augen.

»Stella, wir trinken das hier noch aus, dann gehen wir«, sagte Hablik gepreßt.

»Ich habe nach der Pubertät viel probiert, um von den rosa Drinks wegzukommen«, sagte Stella, ohne auf Habliks Vorschlag zu antworten, aber nicht ohne ihm ein langes Lächeln geschenkt zu haben. »Ich habe Aspirin in der Pfeife geraucht. Der Dieter hat gesagt, ich soll indische Marihuana-Tabletten nehmen. – Die gibt's tatsächlich.« Hablik registrierte verdrossen, daß Stella auch mit wildfremden Männern sofort über diesen Soilent gesprochen haben mußte. »Oder die Ecstasypillen, die mit dem Schlumpfopa drauf.« Stella nippte an der Flüssigkeit, nickte und begann sechs auf dem Tresen stehende Gläser zu füllen, während der Barman die Flaschen einzeln in der Hand wog und jede Menge Bons aus der Kasse klingeln ließ. »Von diesen indischen Tabletten wird man nur albern und sexuell ziemlich unvorsichtig«, verriet Stella mit einem halben Lächeln.

Der Major, der dem in deutsch geführten Gespräch einigermaßen folgen konnte, machte »Hö, hö«.

»Und wißt Ihr, was hilft?« fragte Stella und verteilte die Gläser mit rosa Inhalt.

»Nee.«

»Quoi? Elle parle de sa sexualitée?«

»Keine Ahnung.«

»Non.« Das war der Barmann. »Was hilft denn?«

»What?«

»Ich weiß es auch nicht«, sagte Stella und hob das Glas. Die vier Herren ebenfalls. Hablik machte spitze Lippen und nahm erst jetzt den Drink in die Hand.

»Prost« und förmlich »Prosit«, auf deutsch, Stella zu Ehren.

»Aber es wird mit der Zeit langweilig, dann läßt die Sucht nach den rosa Drinks nach.« Stella strahlte alle reihum an. Man lächelte ihr zu und nickte im Kreise.

»Noch mal Prost!«

Stella rief fröhlich: »Runter mit dem Zeugs.« Jeder nahm einen tiefen Schluck.

Der Zahnarzt und der Anwalt mußten sofort ziemlich heftig husten. Der Tauchlehrermajor behielt als einziger einigermaßen die Contenance, er pustete nur die Backen auf und rieb sich die Nasenflügel, um ein Niesen zu unterdrücken. Sein Mund und die Augen näßten unverzüglich. Er sagte: »Ouh, gosh.«

Freddy setzte den Drink ab und würgte, bevor er hüstelte. Sein Tick beschleunigte die Zuckfrequenz.

Hablik spürte das scharfe Brennen auf den Lippen und am Zahnfleisch, weil er nur beleidigt genippt hatte. Er hatte spontan den Eindruck, Stella habe die Anwesenden mit Schwefelsäure vergiften wollen. Er ließ das Glas sinken.

»Ouh, gosh«, wiederholte der Major, als er wieder richtig zu Atem kam. Seine Augen waren bemerkenswert rot. Der lange Roland klopfte sich mit der flachen Hand auf den Hinterkopf. Dann griff der Major sehr selbstsicher und wieder lächelnd, obwohl die Wimpern noch tränenumflort waren, mit einer schnellen Geste nach Stellas Glas und sagte:

»Ouh, Darling, Stella, daß wir mussen auf das alten Trick hereingeflogen sein. Wie hast du der Tabasco in unsere Glaser gemackt?«

»Let's change the glasses.«

Der Tauchmajor nickte. Stellas Augen schlossen sich zum Schlitz. Sie hob sein Glas. Der Major brauchte für Stellas halbvolles Glas nur einen einzigen Schluck. Er stellte es ab, bekam einen starren Blick und griff sich sofort an die Gurgel. Er mußte sich setzen, und es dauerte mehr als zwei Minuten, bis er wieder ein »Ouh gosh«, herausbrachte. Sein Bariton klang dabei ziemlich heiser.

Stella kippte die rosa Flüssigkeit hinunter wie Wasser. Ihre Zunge erschien rot und lebendig zwischen den Lippen und wanderte hin und her.

Hablik war es mulmig geworden. Er empfand den Drink als Körperverletzung und suchte nach einem plausiblen Grund, Stella zum Gehen zu bewegen, bevor jemand die Gendarmerie rief. Das war nicht nötig, weil die Herren, allesamt tadellose Gentlemen, beschlossen, mit Champagner nachzuspülen. Sie sahen Stella jetzt mit anderen Augen an. – Durchaus nicht weniger begehrlich.

Der Schampus kam, und Stella lächelte: »Hoch die Tassen, Amigos.«

Seit Roland von Stella gehört hatte, daß Hablik Richter am Amtsgericht war, duzte er ihn und sagte Dinge über Richter, die Hablik haßte. Er redete ihn nur noch mit »Euer Ehren« an und beteuerte, seit Menschengedenken nicht mehr vor einem Amtsgericht und schon gar nicht in Strafsachen aufgetreten zu sein.

Roland war Wirtschaftsanwalt und bildete sich ziemlich viel darauf ein, daß er zu der Kategorie Dienstleister zählte, von der der alte Burda gesagt hatte: »Anwalt wird man nicht, Anwälte hält man sich«, ein Zitat, das Hablik selbst gegenüber Advokaten mit Genuß benutzte. Er probierte zweimal, Roland mit Sarkasmus aus der Fassung zu bringen, was ohne Erfolg blieb. Schließlich erzählte Hablik ihm einen gehässigen Witz über Anwälte in den USA.

»Sagt der eine Forscher, wir dürfen keine Ratten mehr für unsere Versuche nehmen. Fragt der andere Forscher, warum nicht? Sagt der eine Forscher: Tierschutz. Kein Problem, sagt der andere Forscher. Nehmen wir Anwälte. Um die kümmert sich der Tierschutz nicht, und ...«

Roland fiel Hablik grinsend ins Wort: »... und außerdem haben sie dieselben Eigenschaften wie Ratten. – So'n Bart, Euer Ehren.« Rolands Hand säbelte etwa in Leistengegend herum, um die Länge zu demonstrieren. Hablik ärgerte sich, weil Roland erklärte, daß Witze, die in Frankfurt schon längst als Oldies abgewrackt waren, in Stuttgart Hits seien.

Roland lud Hablik ein, mit ihm im klimatisierten Jaguar durch die Haarnadelkurven zu dem Bergnest zu fahren, wo man in ein Restaurant einkehren wollte. »Euer Ehren, damit du auch mal in 'nem ordentlichen Auto fahren kannst.« Hablik lehnte ab. Es schien, als habe Stella nichts von der Frotzelei am Rande bemerkt. Zwei der Herren wurden inzwischen von ihren kunstvoll ausgemergelten Damen flankiert, die sich umständlich in den weißlackierten Kabinen hergerichtet hatten und an dem Parforceflirt ihrer Männer nicht den geringsten Anstoß zu nehmen schienen. Der Major hatte eine spanische Freundin, fast einen Kopf größer als er, ein knochiges dunkles Wesen, tiefbraun und schweigsam wie eine Ordensfrau. Jean-Michels Gattin war ein Blondchen, voller weißer Rüschen klein und quirlig, das unentwegt zum Aufbruch in das Bergrestaurant drängte. Sie verschwand als erste und, für Hablik völlig unvorhergesehen, mit Stella in einem Porsche Cabriolet.

Stella genoß die Fahrt. Beim Chauffieren redete das Blondchen unentwegt über Männer und darüber, daß die Emanzipation erst dann Wirklichkeit werde, wenn die Frauen – und zwar auch die jungen – den von dieser Machomeute genährten Mythos der »besonderen Ausstrahlung« von Männern über vierzig zerstörten. Sie donnerte redend und gestikulierend über die enge Gebirgsstraße, während ihr entgegenkommende Fahrzeuge panisch auswichen. In dem offenen Dodge des Majors folgte der Rest der Gesellschaft, viel geruhsamer.

Roland ging »noch schnell mal die Haare nachgelen«.

Und plötzlich stand Hablik alleine da, seine nasse Badehose in einem feuchten Handtuch eingerollt in der Hand, paralysiert, weil er nicht wußte, wie er Stella folgen sollte und weil er sich doch den ersten gemeinsamen Urlaubsabend ganz anders vorgestellt hatte. Als er auf einem weißen Glastellerchen – immer noch unbezahlt – die Rechnung für die rosa Drinks erspähte, rutschte ihm das Herz in die Hose.

Stella hatte bestellt, das wußte Hablik genau. Stella war fort und er ihr Begleiter. Stella lebte im Augenblick faktisch auf seine Kosten. Hablik begann trotz der angenehmen Abendkühle zu schwitzen. Der Barman machte Schluß und hängte abschließbare Holzverschläge vor den Tresen, die mit schweren Eisenbeschlägen versehen waren. Er richtete einige französische Worte an Hablik, die dieser nicht verstehen konnte, und schob das weiße Glastellerchen ein wenig weiter in seine Richtung. Inzwischen dämmerte es violett über der sommerlichen Bucht.

Plötzlich hörte Hablik hinter sich ein Geräusch. Roland kam aus einer der Kabinen, einen Matchsack von Blanc Bleu über die Schulter werfend. Er grinste kurz herüber. Sein Blick streifte die Rechnung. Er klappte den zusammengefalteten Zettel mit dem kleinen Finger auf.

»Ach du liebe Zeit, Euer Ehren, das ist aber ein Haufen Holz, was die Kleine da zusammengemixt hat«, sagte er und lachte. »Teuer, so 'ne Frau, was? – Das übernehme ich. Das ist ein Heimspiel. – Sur m'addition, Pierre«, sagte er zu dem Barmann und dann zu Hablik: »Du kannst dich ja später mal revanchieren. Kommst du mit?«

Nur die blanke Angst, Stella an irgendeinen dieser Männer, insbesondere diesen Anwalt zu verlieren, veranlaßte Hablik dazu, der kleinen Gesellschaft zu folgen. So kam es, daß er, immer noch das feuchte Handtuch auf dem Schoß, doch in dem klimatisierten Jaguar des Frankfurter Wirtschaftsanwalts durch die Kehren der engen Straße zu dem Bergnest hinaufglitt.

Statt in dem komfortablen kleinen Hotel in Nizza, wie erträumt, oder in einer preiswerten und guten provencalischen Dorfgaststätte fand sich Hablik in einem Restaurant einer Kategorie wieder, die er allerhöchstens im Rahmen eines gerichtsamtlichen Ortsaugenscheins betreten hätte. Es befand sich in einem trutzigen Gemäuer auf einer Felsnase, die dem ersten Massiv der Seealpen vorgelagert war, hoch über dem Flüßchen Loup, das hier aus einer imposanten Schlucht hervortrat. Auf mehreren großzügigen Terrassen war ein gepflegter Barockgarten zu Füßen eines Schlosses angelegt. Hier tafelte man an damastgedeckten Tischen mit silbernem Besteck, die mehrfach geschwungenen nächtlich glitzernden Ufer der Engelsbucht zwischen Cap d'Antibes und Cap Ferrat zu Füßen, über sich und den alten Ölbäumen nur noch der schwarze Nachthimmel.

Hablik war am Eingang des Restaurants, noch diesseits der schweren Holzportale, bockig stehen geblieben. Die Kosten der einfachsten Mahlzeit für eine Person dürften nach seiner – zutreffenden – Schätzung ein Vielfaches der Menüpreise in dem nicht gerade billigen Strandlokal *Le Rocher* kosten. Und schon die schienen Hablik weiß Gott gesalzen. Nein, das mußte man nicht mitmachen, nicht als normaler Mitteleuropäer und Mensch mit einem redlichen Einkommen, nicht, wenn man Hablik hieß.

Roland sah sich kurz nach Hablik um, dann betrat er achselzuckend das in gelblichem Licht strahlende Foyer des Schlosses. Hablik blieb zurück und ging ein wenig auf dem Parkplatz innerhalb der Schloßmauern spazieren, sah nach, ob sein Handtuch noch auf dem Beifahrersitz des Jaguars lag, okay, es lag da, fühlte sich plötzlich vom Wächter der Wagen peinlich genau beobachtet und trat hinaus auf die Bergstraße. Im fahlen Licht der Scheinwerfer eines Lieferwagens konnte er die

Namen der Favoriten der letzten Tour de France lesen, auf den Asphalt in ungelenken Lettern mit weißer Farbe gepinselt. Ein blau-weißes Straßenschild gab die Entfernung zum nächsten Dorf Pont du Loup mit 12 km an.

Und weil Hablik fürchtete, daß es um diese Zeit von dort kein öffentliches Verkehrsmittel ans Cap geben werde, wo der Mietwagen stand, und weil er nun doch Hunger hatte, beschloß er, das Leben zu genießen und im Schloß einen kleinen Imbiß einzunehmen. Außerdem machte es ihn ganz verrückt, daß er nicht wußte, was die Männer mit Stella anstellten. Er trat ein, wich mißtrauisch einem Livrierten aus, der ihn auf Deutsch nach seinen Wünschen fragte, und trat auf die erste der Terrassen hinaus.

Auch Hablik war zunächst gefangen von dem atemberaubenden Ausblick.

Gläserklingen, Besteckklappern, Gespräche, Lachen. Niemand beachtete ihn. Er ging schüchtern an einigen Tischen vorbei. Endlich! Ganz vorne, unmittelbar an der Felskante saßen Stella und ihre neuen Freunde, erkannten ihn und winkten. Sie begrüßten ihn lautstark wie einen alten Kameraden und redeten unmittelbar danach weiter. Er setzte sich und studierte den Tisch, der übersät war von den Überresten diverser Muscheln, Austern, Taschenkrebse und Hummer. Das alles lag zwischen erlesenem Porzellan, geschliffenen Gläsern. *Vinaigrette*klecksen auf dem Damast, Butterflecken und Toastkrümeln.

Das Blondchen rief den Ober, der herbeieilte, um für Hablik aufzutragen und Weißwein zu kredenzen, ohne daß man nach seinen Getränkewünschen gefragt hätte. Getrunken wird, was auf den Tisch kommt. Hablik hatte nur Augen für Stella, die neben diesem Roland saß und tat, als ob sie ihn anhimmle. Sie ließ sich mit

Austern füttern und schüttete sich fast aus über die nach Habliks Meinung billigen Witze des Advokaten. Roland trank und trank, und Hablik berechnete stumm den Promillegrad des etwa 110 Kilo schweren, einsfünfundneunzig großen Mannes. Er dachte an die vielen engen Kurven – und wünschte sich und diesem Ekel von Fahrer eine rechtzeitige Alkoholkontrolle.

Wenn Hablik sein Glas ausgetrunken hatte, wurde sofort nachgeschenkt. Die Unterhaltung lief an ihm vorbei. Blondchen hatte ihm drei Austern und eine Handvoll roher Miesmuscheln auf den Teller geschubst, dazu gestoßenes Eis und etwas Zitrone. Hablik schnüffelte an den Austern. Sie rochen wie Seewasser und sonst nichts. Er stieß mit einer Gabel in das Fleisch und erzeugte ein Glibbern. Ihn schauderte. Weil er Hunger hatte, aß er Brot und Butter. Die Tischgespräche waren banal; Getratsche, Alltagskram, Witzchen. Man kicherte beschwipst, während man nebenbei Austern schlürfte und Hummerbeine mit Zangen knackte, süffelte und an Teilen von Krustentieren lutschte.

Hablik hatte sich früher schon mehrfach ausgemalt, wie er, sollte es dafür je einen Anlaß geben, ein Festessen genießen würde. Er würde schweigend essen, Bissen um Bissen auskosten, um die Erinnerung daran möglichst genau konservieren zu können. Klar, hier an diesem Tisch in einer mediterranen Indigonacht hätte so ein Mahl stattfinden können. Aber was diese Menschen boten, war nicht nach Habliks Geschmack. Sie waren laut, oberflächlich, aßen mit den Fingern, schmatzten und schlürften. In Habliks Festmahlvisionen spielten Gespräche über klassische Kultur, Philosophie, Jurisprudenz und Politik, besonnen geführt, eine wesentliche Rolle.

Die Kellner servierten ab und waren dabei sehr fröhlich. Über die vollständig bekleckerte Tischwäsche grämte sich anscheinend niemand. Der zweite Gang bestand aus Roastbeef, Entrecôte, Lammkoteletts und Geflügel, je nach Wunsch.

Freddy, der wenigstens gelegentlich ein Wort an Hablik richtete, erklärte: »Das ist wieder typisch, Frust de Langoust', nach so viel Eiweiß macht der Magen einfach dicht. Du kriegst nichts mehr runter«, schob seine schön angerichteten Lammkoteletts zur Seite und sah Hablik zu, der mit gutem Appetit sein Entrecôte vertilgte. Im übrigen trank Freddy und wischte an seinem Auge herum, das den Tick nie verlor. Das Dessert kam, Käse, Früchte, Kaffee, Digestif, Liköre. In dieser Abteilung entwickelte die Abendgesellschaft wieder neuen Elan. Freddy allen voran.

Hablik, mit den Gebräuchen des Gastlandes nicht vertraut, hatte schon geraume Zeit gerätselt, was er beim Zahlen dem Oberkellner in den Schreibblock diktieren sollte, hatte sich dann entschlossen, ein Entrecôte anzugeben und sonst nichts. Die Austern und Muscheln hatte ihm die Blonde abgegeben, und vom Dessert hatte er nichts gekostet, standhaft die von Freddy angebotenen Bissen verschmäht. Ach ja, und eine Flasche Weißen würde er auch noch übernehmen.

Zu Habliks Verblüffung setzte sich Stella plötzlich zu Freddy. Hablik hatte schon längst alle Hoffnung aufgegeben und war zunehmend in Melancholie verfallen. Kein Wölkchen hatte scheinbar die traute Zweisamkeit zwischen Roland und Stella getrübt – da war dem Erfolgsanwalt der schöne Vogel plötzlich fortgeflattert: zu Freddy mit dem Tick. Roland war sichtlich eingeschnappt. Das gefiel Hablik jetzt wieder. Und sein Herz schlug noch höher, als Stella, zur Toilette gehend, sich schnell bückte, an seinem Ohr herumzüngelte und ihm zuflüsterte: »Du bist doch der einzige richtige Mann hier, Habli.« Von diesem Moment ab wartete Hablik wieder voller Zuversicht und machte ungeduldig Pläne für den Rest der Nacht.

Dann, nach zwölf, sollte gezahlt werden. Hablik zückte seine Geldbörse, um seinen Anteil zu entrichten. Stella, die Habliks entschlossene Geste falsch interpretierte, griff über den Tisch, legte die Hand auf seine Börse und sagte: »Kommt nicht in Frage, daß du das alles übernimmst, Habli. *Ich* bin jetzt dran.«

Es folgte ein eher formaler Streit um die Rechnung, denn Roland und der Zahnarzt legten nicht ganz ernstzunehmenden Protest ein, dem Hablik erschrocken folgte, weil sich Stella gegen geringe Widerstände durchsetzte. Auch wohlhabende Menschen lassen sich gerne einladen. »Also komm – venez les copins«, sagte Stella resolut und ließ sich das als Minischatztruhe sinnfällig ausgebildete Kästchen geben, in dem die Rechnung präsentiert wurde. Sie warf einen fachmännischen Blick hinein und schob das Kästchen an Hablik weiter, mit dem Bemerken, er solle das mal kurz vorstrecken.

Stella schuldete Hablik inzwischen schon 834 Mark. Und jetzt noch diese Rechnung! Das überzog weit den vereinbarten Rahmen von 1000 Mark. Hablik starrte geradeaus in ein Oleandergebüsch, dessen weiße Blüten matt in der Dunkelheit schimmerten. Das Gespräch am Tisch schleppte sich hin, wie ihm schien. Er sah verstohlen in ungeduldige Gesichter. Man wollte aufbrechen, andererseits Hablik nicht drängen. Das wäre nicht höflich gewesen. Hablik öffnete die Schatztruhe, um endlich einen Blick auf das Rechnungsformular zu werfen. Zuerst war er verblüfft, einigermaßen positiv überrascht, denn in seiner Verwirrung hielt er den Betrag für jene Währung, die er im Ausland bisher gewohnt war, nämlich österreichische Schillinge. Das wären gerade mal 1.300 Mark gewesen.

Doch dann versetzte ihm die Erkenntnis einen

Schock. »Um Himmels Willen«, entfuhr es ihm. »Dreitausend Mark für ein Nachtessen.«

»Komm, Habli, mach jetzt, gib ihm einen Scheck«, drängte Stella, »du bekommst's von mir, wenn wir in Stuttgart sind.« Jetzt wurde die Sache auch noch peinlich, denn Hablik sah den Oberkellner neben sich stehen, ungemütlich mit dem weißen Tuch fächeln und, wie ihm schien, irgendwie dringlich dreinschauen.

Hablik fühlte sich wie unter einer kalten Dusche, nüchtern und fröstelig, als er den Scheck auf 3.300 DM ausschrieb, weil Stella darauf bestand, daß ein anständiges Trinkgeld dazugerechnet wurde. Er kam sich in diesem Augenblick wie ausgeraubt vor, denn er war sicher, daß er weder die rund 10.000 Francs noch die offenen 834 Mark zurückbekommen würde.

Abel, zurückgekehrt vom Bistro, stand, die Hände in die Hosentaschen vergraben, an seiner offenen Küchentür und sah hinaus in den Hinterhof mit den haushoch geschossenen Bäumen. Er hatte den ganzen Tag schon Hummeln im Hintern. Es hielt ihn weder zu Hause noch in der Stadt. Seit Minuten war das Operngedröhne verstummt. Ihm schien, als erhole sich nun die Nacht. Ohne nach dem Schalter zu sehen, löschte er das Licht. Eine Grille begann ein schüchternes Lied. Fast alle Fenster in den umliegenden Fassaden waren dunkel. Schmitz hechelte in der Hitze und flohte sich fiepend, wenn er zu Atem kam. »Laß das«, sagte Abel. Der Hund quiekte weiter und ging nach einem Gähnen schließlich wieder ins Hecheln über. Er verzog sich in die Kanzlei, wo es kühler zu sein schien.

»Mir fällt der Himmel auf den Kopf«, sagte Abel hinter seinem Hund her. Nach einer nachdenklichen Pause setze er hinzu: »Hängt man allein rum, fällt einem der Himmel auf den Kopf, sind die anderen da, gehen sie einem auf den Keks.« Schmitz reagierte nicht.

Abel ging in die Küche und holte ein futuristisches, schnurloses Telefon aus durchsichtigem Plastik, mit dem er immer nur sehr kurz telefonieren konnte, weil es in einem verbotenen Frequenzbereich arbeitete. Die Telekom suchte schon seit Monaten nach Betreibern dieser Geräte – in Abels Fall erfolglos. Wegen der Telekom hatte er kein schlechtes Gewissen. Abel wählte und wartete. Eine leise Frauenstimme meldete sich mit dem bürgerlichen Namen Brüderle. Der Akzent klang amerikanisch. »Oh, Mandy«, sagte Abel freudig. »Haste Lust auf ein Weizenbier?«

Kühl die Frage: »Wer spricht?«

»Jean Abel.«

»Jean? Mein Gott, wie lange haben wir uns nicht gesehen.«

»Ein Weizen in Ehren ...« Zögern am anderen Ende. Dieser ziemlich banale Reim war einmal ein Codewort in einer heftigen Beziehung gewesen. Ähnlich wie »blaue Stunde« oder »über Land fahren«.

»Ja, ein Weizenbier in Ehren ...«, wiederholte die leise amerikanische Stimme, und es hörte sich an, als würde sich ein kleines Lachen anschließen. Dann eine Pause. »Theoretisch schon, Jean«, antwortete Mandy unschlüssig. »Aber meine drei Süßen haben eine Sommergrippe.«

»Soll dein Mann drauf aufpassen. Hätte ich auch gemacht, wenn du mich geheiratet hättest. Komm, wir machen die Erinnerungskiste auf, suchen uns die schönsten Stücke aus und beschreiben sie«, lockte Abel. »Ich kann nicht so lange telefonieren.«

»Jean, mein Mann ist bei einer Sitzung.«

»Der wird eine andere haben«, sagte Abel und lachte. Es klang auch in seinen Ohren ziemlich blöde. Mandy schwieg eine ganze Weile. Abel fragte: »Hallo? Bist du noch dran?«

»Ja.«

»Soll ich zu dir kommen? Ich verunreinige weder einen von euren teuren Persern noch euer Bett – nur ein paar kleine Sentimentalitäten. Ehrenwort!«

»Nein.« Beide schwiegen. Mandy sagte: »Jetzt haben wir seit fast einem Jahr nicht mehr miteinander gesprochen, und wir streiten sofort wieder.«

»Ich streite mich nicht, ich hätt' es nur schön gefunden, wenn ...« Nach einer Pause fügte er leise hinzu: »Du, Mandy, ich hab' 'nen Moralischen. Im Moment läuft ziemlich viel an mir vorbei.« Er starrte hinauf in den Nachthimmel über dem Geviert seines Hinterhofs und verfolgte die Lichter eines Jets. Da drinsitzen, das wär's, ging ihm durch den Kopf, egal, wo der Flieger hingeht. Hamburg, Rom, Madrid, Buenos Aires. Rom wäre gut. Abel kannte da wen. In Madrid auch und in Paris sowieso. Er wartete auf eine Antwort. Mandy schwieg. Er dachte an die Telekom und die Suchtrupps mit den Antennen auf den Autos, die neuerdings auch in Feriennächten patrouillierten.

»Mandy«, sagte er, »was ist mit dir? Geht's dir gut, hoffentlich bist du glücklich?«

Es schien Abel, als höre er Mandy schniefen. Auch Sommergrippe? Er dachte daran, aufzulegen und von seinem Kanzleiapparat noch einmal anzurufen, auch wenn er dann im stickigen Büro sitzen mußte. »Hat dich eins von den Kleinen angesteckt?« fragte er. Erst an ihrer Stimme merkte er, daß sie weinte. »Ich bin wieder schwanger. Mir ist wie jedesmal speiübel.«

»Laß es wegmachen«, sagte Abel so behutsam wie möglich.

»Ich kann nicht. Ich bring's nicht über mich.«

»Oh Mandy«, flüsterte Abel. »Vielleicht hätten wir zwei – ich meine, die Streitereien, das war eine Sache, aber die Versöhnungen ...«, Abel lächelte. »Ich hätte dich nicht zu einer Gebärmaschine gemacht. Mein Gott, Mandy. Du bist so jung, so clever, so schön. Du hast doch selber Geld genug. Warum mußtest du dazu einen noch reicheren Kerl haben?«

»Verdammt noch mal, weil ich ihn liebe«, schrie Mandy plötzlich ins Telefon, »und weil du ...« Eine lange Pause entstand.

Lange sagte keiner was. Dann knackte es in der Leitung. Mandy hatte aufgelegt. Abel drückte die Rufwiederholung, besetzt. Noch einmal. Wieder besetzt. Abel legte das Gerät auf die Konsole und verzog sich in die Hängematte, um in den Himmel hinaufzustarren.

Als er später mit dem Hund auf die Straße trat, patrouillierte ein Antennenauto im Schrittempo vorbei. Abel machte eine obszöne Geste hinter dem Fahrzeug her.

»Komm, Hablik, das ist doch keine Lebensart, sich ständig von fremden Leuten aushalten zu lassen«, rief Stella aufgebracht.

»Aber wenn du dich von mir aushalten läßt, *das* ist Lebensart«, wendete Hablik wütend ein.

»Du hast kein Format, Mann. Guck' dir den Roland an, das ist doch auch nur Jurist, und was hat der für 'ne Eleganz, der Junge.« Stella versuchte Hablik zu übertönen. Jemand klopfte an die Wand, und auf dem Flur rief eine weibliche Stimme sehr akzentuiert »du calme s.v.p.«, denn die beiden stritten schon länger in stetig wachsender Lautstärke. Hablik schloß rasch die Balkontür des Hotelzimmers. Er zwang sich zu Disziplin!

»Stella, bitte hör mir jetzt mal zu …« Es gelang Hablik nicht, den Satz zu vollenden.

»Du kannst mir doch nicht den Abend versauen und allen Ernstes behaupten, daß du die Restaurantrechnung nicht zahlen willst«, schrie Stella.

»Du hast gesagt«, Hablik bemühte sich erfolgreich, Stella wörtlich zu zitieren, »›kommt nicht in Frage, daß du das alles übernimmst. Ich bin jetzt dran.‹«

Stella geriet noch mehr außer sich: »Dann geh doch hin zu deinem Kollegen Roland oder zu Freddy und bettle die an. *Die* haben Format, da redet keiner von solchen Peanuts.« Stella nahm die Rechnung, die bisher wie ein Menetekel auf dem leeren Glastisch gelegen hatte, und zerriß sie in kleine Schnipsel, bevor Hablik bei ihr war und sie mit einem schmerzenden Griff davon abhielt, das Papier förmlich zu atomisieren.

»Du kannst mich ja verklagen, du Knicker, du schwäbischer«, sagte Stella eiskalt, warf die Papierschnipsel in die Luft, von wo sie wie dünner Schnee zu Boden rieselten, und verschwand im Bad, schloß sich ein und begann zu heulen. Hablik sank auf sein Bett und zitterte vor ohnmächtiger Wut. Noch nie hatte er eine Frau geschlagen, aber bei Stella war er nahe daran. Hablik warf sich auf die Seite, vergrub das Gesicht in den Händen und war dermaßen unglücklich, daß es in der Magengrube zog.

Sie rief aus dem Bad nach Handtüchern. Hablik schrak hoch. Mein Gott, die Handtücher, fuhr es ihm durch den Kopf. Seines lag, zusammen mit der Badehose, noch immer auf dem Beifahrersitz des Jaguar. Und es war verboten, Hotelhandtücher mit ans Meer zu nehmen, wie in mehreren Sprachen an der Rezeption zu lesen war. Er hatte es Stella dreimal gesagt.

»Wo ist deins?« rief Hablik.

»Irgendwo am Strand vielleicht. Und fang bloß nicht

an, wegen so was Terror zu machen. Sag mir lieber, wie ich mich abtrocknen soll?« scholl es aus dem Badezimmer.

»Das ist mir scheißegal«, brüllte Hablik plötzlich los und verlor jede Geduld, weil ihm schlagartig klar wurde, daß er zu allem anderen noch zwei Hotelhandtücher würde bezahlen müssen.

Stella erschien. Sie trug das Unterhemd, das Hablik für sich für den Sonntag eingepackt hatte. Es war mit feuchten Flecken übersät. Hocherhobenen Hauptes schritt sie an ihm vorbei, ihn keines Blickes würdigend, und legte sich in das Bett am Fenster. Sie löschte das Licht. Hablik bewegte sich lange nicht. Er starrte an die Decke und registrierte, wie sich seine Augen an die Dunkelheit gewöhnten und die leichten Lichtreflexe des kleinen Schwimmbads im Hotelgarten wahrnahmen. Der Lärm der Küstenstraße schlug immer aufdringlicher und störender an sein Ohr. Die Luft stand, es war heiß im Zimmer. Hablik war nun hellwach.

»Und denk bloß nicht, daß du jetzt zu mir unter die Decke kommen kannst, um gut Wetter zu machen. Ich habe heute keine Lust auf einen Spießer«, sagte Stella in die Dunkelheit hinein, als er sich bewegte.

Abel tanzte in einer lausigen Griechenkneipe Sirtaki nach dem abgedroschenen Hit von Mikis Theodorakis. Er fühlte sich wie Anthony Quinn in diesem Uraltstreifen in Schwarzweiß mit dem *Boß* und der Hure *Bouboulina*. Er träumte sich schwindlig. Und deswegen kam es ihm vor, als tanze er an einem einsamen Strand in Kreta in der Hitze der Mittagssonne barfuß im makellos weißen Sand.

Die Leute in der Kneipe wunderten sich über den

großgewachsenen Mann, der, die Arme weit ausgebreitet, vor der Musikbox herumtobte. Seine mit grauen Fäden durchzogenen Haare hingen schweißverklebt in die Stirn. Es sah nicht schlecht aus, wie Abel Sirtaki tanzte, auch wenn er im Augenblick ziemlich zu war. Drei Studenten, skatspielend, blickten mit gerunzelter Stirn jedesmal auf, wenn Abel an ihren Tisch stieß.

Der Wirt kümmerte sich nicht und trank Jägermeister mit einem Rosenverkäufer, der sich die wunden Füße kühlte und die Schuhe ausgezogen hatte. Ein ältliches Pärchen knutschte in der Ecke, rauchte in den Pausen, schwieg, hustete und knutschte wieder. Die Musik brach ab. Abel tanzte ins Off und bockelte an den Skatspielertisch.

»Isses jetzt endlich gut, ja?« fragte einer der Studenten in den Raum und wandte sich an seinen Mitspieler. »Zwanzig hab' ich – und die Null, meine Herren.«

Abel setzte sich in eine Ecke, schwitzend, schwer atmend, denn die Alexis-Sorbas-Sirtaki-Nummer strengte mächtig an. Er bestellte noch ein Weizen und grübelte, warum ausgerechnet ihm die Welt, die Götter, die Höheren Mächte oder weiß Gott wer so feindlich gesonnen waren. Dabei ging es ihm gar nicht schlecht. Er war jetzt gerade fünfzig. Er fühlte in melancholischen Stunden, wie an diesem Abend, das Altern gefährlich nahen. Keine konkreten Anhaltspunkte, nur so halt. Aber dafür um so heftiger. Mancher schaffte noch nicht mal die Fünfzig, versuchte er sich beim Weißbier zu sagen. Klar, aber was half ihm das.

Es gibt genügend Menschen, die gerne irgend was Wichtiges wären, und sei es nur Reserveoffizier bei den Fallschirmjägern. Einige Fallschirmjägerreserveoffiziere träumten früher davon, den Mut zur Wehrdienstverweigerung zu haben. Das Abitur hätten wieder andere gerne, vielleicht sogar wäre der eine oder andere gerne Anwalt geworden; Anwälte, die als Angestellte eines Bosses täglich zwölf Stunden knechteten und von der eigenen Kanzlei, von der Freiheit träumten, einen Mandanten fortschicken zu dürfen, dessen Interessen sie bei Licht besehen nicht vertreten wollten, träumten vom eigenen Büro.

Abel war ehemaliger Fallschirmjägerleutnant, hatte später den Wehrdienst verweigert, hatte Abi, war Anwalt, selbständig, keiner redete ihm rein. Keiner außer Jane, Mandanten und Richter und Staatsanwälte und Fräulein Ensle – doch an Tagen wie heute packten ihn Unzufriedenheit und Selbstmitleid.

Mandy! Und dann noch heute morgen das Schreiben seiner verdammten Bank, die ihm die Zinsen für den Kontokorrentkredit über 250.000 Mark raufgesetzt hatte! Warum machte er auch am Wochenende Post auf! Diese Schulden! Und nie bekam er einen Fuß auf den Boden. Im Sommer schon gar nicht. Alle waren in Urlaub. Niemand zahlte. Und dann noch die Sache mit Hablik und seiner Schönen. Pah, was ging es Abel an, wenn die Kollegen über seine unfreiwillig komische Einlage bei der Tagwerkerin lachten? Diese Tratscherei in der Justizkantine konnte einem sowieso auf den Sack gehen.

Andere Anwälte machten Karriere. Abel besaß weder Geld noch Einfluß. Er schaffte es schlicht nie, von jenen besseren Kreisen empfohlen zu werden, die noch bereit waren, für Rat und Beistand richtig Geld auszugeben, obwohl seine Erfolge sich sehen lassen konnten. Die anderen hatten Vitamin B und wurden rumempfohlen. Abel nicht. Die anderen tanzten ja auch nicht in Kneipen Sirtaki, sondern sprachen bei einem gesetzten Essen höflich mit der Gattin eines Mandanten darüber, wo man Chanelkleider billiger bekam. Die anderen gaben höfliche Antworten und lästerten nicht über die verkitschte Einrichtung und erzählten der Tischdame keine Witze über schwäbische Unternehmergattinnen. Abel hatte ja auch nicht jene stromlinienförmige politische Meinung aus der Zwielichtzone zwischen den Parteiprogrammen von CSU und F.D.P., die dafür sorgen, daß der schwäbische Mittelständler einen engagiert.

»Scheiß' drauf«, Abel schlug mit der flachen Hand auf den Tisch, so daß das knutschende Pärchen zusammenzuckte und die Skatspieler die Stirn runzelten. So besoffen war er schon lange nicht mehr gewesen!

Warum sollten Leute mit Geld ausgerechnet *ihn* empfehlen? Er war faul, sanguinisch, ein passionierter Hängemattenlieger. Er trug keinen feinen Zwirn wie die toughen Kollegen, sein Haar eignete sich nicht für einen Messerschnitt, und das typische Aufblendlicht hatte er auch nicht in der Visage, sobald sich ein Mensch näherte, der nach Geld roch. Warum ausgerechnet Abel?

Bloß weil er beißen konnte wie Salzsäure?

Was er sich in Stunden düsterer Stimmung wie heute nie eingestand, war, daß die toughen Kollegen mit Geld und Einfluß und Empfehlungen manchmal davon träumten, so zu sein wie er: faul, sanguinisch, passionierter Hängemattenlieger. Dabei machten sich die Kollegen Erfolgsanwälte nur ein ziemlich unscharfes Bild von Abel, ein Bild, das geprägt war von den eigenen Illusionen.

Abel, der Sohn des Deserteurs Jakob Abel, eines Selbstmörders und dessen abgearbeiteter elsässischer Frau mit dem schönen Vornamen Yvonne, gab sich mit einer gewissen Hingebung seinem Moralischen hin. Seine Seele weinte. Tat auch mal gut. Zu einem richtigen Durchhänger gehört, daß ein Mann an seine Mutter denkt. Abel dachte an seine Mutter. Verdammt noch mal, er wußte noch nicht einmal, ob sie nicht inzwischen ihr Grab auf dem Friedhof aufgelassen hatten, weil Abel die Grabmiete für 1996/97 immer noch nicht bezahlt hatte. Er kramte seine Brieftasche und einen Bleistiftstummel heraus, machte sich eine Notiz und wischte die Gedanken an seine Mutter weg. Er warf noch einmal Geld für eine Runde Theodorakis in die Musicbox, tanzte nicht, sondern träumte davon, zu sein wie der Alexis Sorbas, natürlich der Alexis Sorbas im Film und nicht der arme kretische Wicht, den Kazantzakis zum Vorbild für seine Figur genommen hat. Denn der war in Wirklichkeit nur ... aber lassen wir das, ... das Stück war schnell zu Ende.

Abel warf Geld für eine Menge Weizenbiere auf den Tresen und ging. Er beschloß, den bald anbrechenden Morgen zu verschlafen. Er beschloß, in Zukunft nicht mehr so viel zu saufen. Er beschloß, sich endlich nach einer Frau fürs Leben umzusehen. Er beschloß, kaum daß er die Kneipentür ins Schloß geworfen hatte und ihm Mandy einfiel, die Hände für immer von den Frauen zu lassen.

Sonntag, 11. August 1996

An diesem Morgen lag das Meer an der französischen Südküste wie flüssiges Silber unter einem dunstigen Sommerhimmel, in dem die Sonne, ein blendend heller Stern, schwamm. Die Fahnen an der Uferpromenade hingen schlaff von den weißen Masten herunter. Der Strand war fast leer. In der Bucht kreuzten einige Boote, eines davon zog an einem Fallschirm eine Frau hinter sich her. Mäßiger Verkehr rollte auf der Küstenstraße. Strandbesucher kreuzten auf, grüngesäumte Flechtmatten und Baguettes unter dem Arm, nach einem optimalen Platz Ausschau haltend.

Hablik saß auf den feuchten Steinen am Wasser und warf Kiesel ins Meer. Kaum einer sprang mehr als dreimal über die glitzernde Wasseroberfläche, bevor er von der See geschluckt wurde. Hablik fühlte sich nicht wohl, weil er allein war, unter der drückenden Hitze litt, kein frisches Unterhemd zum Anziehen besaß und weil er nicht wußte, wie er mit Stella umgehen sollte. Sie hatte nicht mit ihm gefrühstückt, sondern war schon früh aufgebrochen, ohne daß er aufgewacht war. Hablik hatte einen Zettel gefunden, der auf dem Glastisch mitten im Konfetti der Rechnung lag.

Hablidarling,
ich hab's mir überlegt. Mir tut's irre leid, daß wir uns gestritten haben. Ich mag Dich doch so! Kein Witz. Und mit Männern, die ich liebe, muß ich manchmal auch streiten. Jeder hat so seine Macken. Verzeihst Du mir? Heute im Morgengrauen wäre ich zur Versöhnung gerne zu Dir ins Bett gekuschelt, aber Du hast so fest geschla-

fen. Ich hab's nicht übers Herz gebracht, Dich zu wecken. Ich mag's gerne morgens. Die Männer sind immer so voller Leidenschaft, wenn sie aufwachen. Ist das bei Dir auch so? Du mußt es mir unbedingt erzählen.
Oder zeigen!!!!!
Schade eigentlich!
Aber wir haben noch soooo viel Zeit.
Ich hab' mir außerdem überlegt, ich zahle natürlich die Rechnung. Beim Dieter hab' ich noch ein paar Mark offen. Bestimmt, Du kriegst Dein Geld.
Ich fahr schnell rüber ans Cap und hole den Mietwagen und die Handtücher und gehe Tschüßsagen. Wir sehen uns kurz nach zwölf im Hotel?!
Ich mag Dich!
Stella

Hablik las am Meer sitzend den Brief zum siebten oder achten Mal. Er kam sich vor wie ein Spießer und ein Geizhals. Schriftlich hatte sie es ihm gegeben, daß sie die Rechnung übernehmen wollte. Das hätte er nie und nimmer für möglich gehalten. Nach so einem Krach wie in der Nacht müßten doch Busenfreunde zu Erzfeinden werden und harmonische Ehen zerbrechen. Aber Stella wollte sich versöhnen. Welch eine Frau! Und er hatte geschlafen wie ein Roß, womöglich auf dem Rücken gelegen und geschnarcht, während Stella nackt und warm vor seinem Bett gestanden und ihn beobachtet hatte.

Ein gellender Pfiff.

Hablik pflegte nicht auf Pfiffe zu reagieren. Noch ein Pfiff. Er drehte sich nun trotzdem neugierig um und sah oben am Geländer der Uferpromenade Stella stehen, die gerade noch einmal durch die Finger pfiff und ihm fröhlich mit dem Handtuch zuwinkte. Hablik stand auf. Stella kam auf ihn zugeflogen – und küßte ihn lange, unendlich lange. Hablik begann bunte Kreise zu sehen, als Stellas Hand verstohlen an seiner Hose herumtastete. Und als sie spürte, daß bei Hablik ziemlich tote Hose war, wegen der Hitze und dem Streß, küßte sie ihn noch leidenschaftlicher und liebkoste ihn mitten auf der Uferpromenade. Hablik kippte vor Aufregung fast um.

»Gehen wir noch schnell ins Hotel?« fragte Hablik heiser und erwartungsfroh.

»Hab' schon ausgecheckt. Es ist nach zwölf«, sagte Stella nüchtern. »Wir müssen uns beeilen, wenn wir noch einen Stadtbummel machen wollen.«

Also beeilte sich Hablik.

Allerdings aus dem Stadtbummel wurde nichts, denn Stella hatte den Hotelschlüssel in der Handtasche vergessen. Sie fuhren zurück und gaben ihn ab.

Auf der zweiten Fahrt in die Stadt, auf der Höhe des Hotels *Negresco*, fiel Stella ein, daß sie ihre Uhr im Hotelzimmer liegenlassen hatte. Noch mal zurück, wieder zum Hotel. Man suchte gemeinsam mit dem Zimmermädchen, dann mit dem Mann vom Empfang. Nichts! Stella behauptete, daß eine Uhr nicht schlicht vom Erdboden verschwinden könne, was der Realität entsprach. Es war nur eine Swatch, schön und gut, bloß das Modell war nicht mehr lieferbar. »Man weiß, wie wertvoll so 'ne Swatch werden kann, wenn sie nicht mehr lieferbar ist«, klagte Stella.

»Madame war doch am Strand, ob Madame nicht dort die Uhr abgelegt hat?« fragte der Rezeptionschef.

»Gottchen, ja«, sagte Stella erleichtert.

Es war kurz vor eins. Stella bestand darauf, noch einmal zum Cap zu fahren, um die Uhr zu holen. Telefonieren und Roland oder Freddy zu bitten, die Uhr in einen Umschlag zu stecken und nach Deutschland zu schicken, war angesichts der möglichen Wertsteigerung nicht akzeptabel. »Du ahnst nicht, wieviel heute bei der Post geklaut wird«, erklärte Stella.

Hablik fuhr wie ein Wilder, es ging nicht mehr um einen Bummel über den Marché aux Fleurs, es ging um die rechtzeitige Abfertigung des Heimfluges. Bei einer Last-minute-Reise bekam man nichts ersetzt, wenn man seine Maschine versäumte. Hablik raste wie ein Bulle aus L.A., der Drogendealer jagt, fürchtete gleichzeitig, daß die Polizei ihm ziemliche Schwierigkeiten machen würde, wenn er in eine Radarfalle geriet.

Hablik hatte Glück und Stella auch, denn die Uhr ruhte immer noch auf einem der kleinen weißen Plastiktischchen, die zwischen den Liegen auf dem großen Lattenrost standen. An der Bar traf Stella Freddy und Monsieur Servant mit seinem Blondchen. Sie tranken Milchkaffee und Champagner und lasen schweigend *Bild am Sonntag* und *Nice Matin.* Ein rothaariger Junge kletterte auf den Barhockern herum und bestellte Eis für sich und seine blonde Schwester, die, wie eine Diva in ein Handtuch gewickelt, verstohlen zwei halbwüchsige Jungs beobachtete, die ihre Windsurfer zu Wasser brachten. Stella nippte noch ein wenig Champagner für den Kreislauf, verteilte reihum Bisous, auch bei den Kindern, und verabschiedete sich wortreich.

Hablik zappelte und sah auf die Uhr. Noch eine Stunde bis zum Abflug. Und der Verkehr nahm nach der Mittagszeit beängstigend zu.

Endlich war Stella soweit und begab sich mit freundlichen Bemerkungen über »diese ungemein reizenden Leute« zu dem kleinen Mietwagen. »Weißte was, Hablik«, sagte sie, als dieser mit kreischenden Reifen startete. »Wir gucken, ob wir nächstes Weekend noch mal ein Last-minute hier runter kriegen. Ich lad' dich wieder ein, echt! Das wär doch super. Freddy ist bestimmt noch da und die reizenden Leute mit der blonden Tochter und dem Jungen mit den roten Haaren. Die machen sowieso den ganzen Sommer hier Urlaub. Tausende lassen so Leute hier liegen während einer Saison.«

Hablik antwortete nicht, er fuhr verbissen. Stau auf der Küstenstraße. Er wich auf die N 7 aus. Stau vor der Ampel in Cagnes sur Mer. Hablik versuchte – völlig ortsunkundig – eine Abkürzung in die ungefähre Richtung, wo er den Flughafen vermutete. Die Richtung erwies sich als richtig, indes, der Weg endete in einer Sackgasse unmittelbar vor der Uferstraße, auf der der Verkehr flüssig rollte. Verkehrsberuhigung in Südfrankreich! Hablik hätte schreien können.

»Weißt du, wo die Tickets sind?« fragte Stella, als Hablik rangierte, um zu wenden. Achtunddreißig Minuten vor Abflug.

»Die müssen in deiner Tasche sein.«

»Sind sie nicht.«

»Sieh nach«, sagte Hablik panisch. Seine Stimme zitterte. »Such sie bitte bei dir.«

»Ich brauch' nicht nachzusehen. Da sind sie nicht«, sagte Stella eingeschnappt. »Du tust immer, als ob ich so blöd wär', daß ich alles liegen laß'. Ich hab' schon mit meiner Mutter jedesmal einen solchen Krach gehabt, weil ich es hasse, wenn jemand ...«

»Such die Tickets«, brüllte Hablik und drängelte sich bei Gelb rechts in eine Schlange hupender Autos.

»Fahr nicht wie ein Idiot«, fauchte Stella. Sie löste den Gurt, kniete sich hin und beugte sich tief zum Rücksitz, um das Gepäck zu durchwühlen. Dabei bot sie drei südfranzösischen Yuppies in einem Cabriolet, das ihnen folgte, einen so ergiebigen Einblick, daß die Herren johlten und der Fahrer hupte, was Hablik falsch interpretierte und auf seinen nervösen Fahrstil bezog. Er gab Gas, überholte lebensgefährlich, rammte dabei fast einen englischen Caravan. Doch die Verfolger ließen sich nicht abschütteln. Noch dreißig Minuten bis zum Abflug. Der Anhänger des Engländers schwänzelte bedrohlich.

»Da, bitte, was sag' ich denn«, triumphierte Stella und hielt Hablik die Tickets vors Gesicht, daß dieser einen Augenblick nichts sehen konnte und erschrocken bremste. »In deinem Jackett, Euer Ehren«, sagte Stella.

»Wenn du noch ein einziges Mal ›Euer Ehren‹ zu mir sagst, dann ...«, fuhr Hablik hoch.

»In *deiner* Jacke, nicht in *meiner* Handtasche.« Stella setzte sich, schnallte sich an und verschränkte trotzig die Arme. Die südfranzösischen Yuppies überholten Hablik und winkten und riefen Stella liebenswürdige Bemerkungen auf Französisch zu. Stella, die verstand, was die Herren meinten, winkte zurück. Hablik kapierte nicht, warum Stella winkte. Er bog ab. Noch zwei Kilometer bis zum Flughafen.

Vierundzwanzig Minuten vor Abflug.

Abel ließ sich nicht anmerken, daß er vor Kopfschmerzen schier einging. Trotz drei Aspirin wummerte jeder Pulsschlag hinter seinen Schläfen wie ein Gewitter.

»Ich kann mir nicht vorstellen, warum Sie zu mir kommen«, sagte Dieter Soilent und sah seinem Gegenüber ins Gesicht. Ein Mann um die fünfzig, schwer, sein genaues Alter zu schätzen. Das ironische Lächeln in dem schmalen Gesicht mit einem kurzgeschorenen Bart störte Soilent und die grünen Augen, die mitlächelten, als der Mann sagte: »Ihnen kann geholfen werden.«

»Bitte!« Eine streng gemeinte Aufforderung, endlich zur Sache zu kommen. »Bitte, Herr Abend.«

Abel zog seine Brieftasche aus dem Jackett, klappte sie auf und entnahm einen Ausriß aus dem Anzeigenteil.

Er tippte auf Stellas Porträt, sah zu Soilent hinüber und beobachtete dessen Reaktion.

»Ach das«, Soilent fächelte mit der Hand, »was wollen Sie damit, Herr Abend? Ich habe damit nichts zu tun. Natürlich habe ich diese Anzeige in der Zeitung gesehen. Da steht doch die Adresse von einem gewissen Rintfleisch drunter. Einprägsamer Name, Rintfleisch.«

»Herr Rintfleisch hat mich zu Ihnen geschickt«, log Abel. Psychologische Kampfführung.

Soilent wurde nun wirklich ungehalten. »Das kann nicht sein.«

»Doch. Stichwort Stella.«

Soilent gab auf. Er echauffierte sich: »Das ist ja nun die Höhe, ich habe ihm doch gesagt, er soll mich aus dieser Anzeigengeschichte heraushalten.«

»Hat er auch, Herr Soilent«, lächelte Abel. Er klappte die Brieftasche wieder zu und ließ sie in seinem Jackett verschwinden. »Ich weiß aus anderer Quelle, daß Sie mit dem Fall Laura Telago zu tun haben. Nicht böse sein auf den tüchtigen Herrn Rintfleisch. Es war mir wichtig, daß Sie mir Ihre Verbindung zu dem Privatdetektiv bestätigen.«

»Sind Sie von der Polizei, Herr Abend?« fragte Soilent schnell und griff sich wie beiläufig an die Kehle, um die er einen sehr geschmackvollen Seidenschal trug.

»Ich bin Anwalt.«

»Wessen Anwalt?«

»Laura Telagos Anwalt.«

»Stella? Die kann doch keinen Anwalt haben, davon wüßte ich.«

»Doch. Ich habe eine Vollmacht.« Abels Hand ging wieder in Richtung Brieftasche.

»So, Vollmacht?« Soilent dachte an Donnerstagabend. Ihm wurde mulmig. »Kommen Sie, Herr Abend«, sagte er und ließ Abel eintreten, die schwere Eichentür schwang lautlos ins Schloß.

»Darf ich vorgehen?« Abel nickte und folgte dem Mann im eleganten Kimono, unter dem spindeldürre Beine hervorkamen, die in weißen Socken und wuchtigen Basketballschuhen im Design der *Chicago Red Bulls* steckten. Der Weg der beiden Männer führte durch ein kahles Vestibül, dessen eine Wand mit einem besonders prächtigen Landenberger geschmückt war. Ufer des Bodensees, Herbst, Sonne in milchigem Dunst. In der Mitte des Raumes schwang auf einem Marmorsockel eine bronzene Engelfigur von Barlach drohend ihr Schwert.

Abel war, als müsse er der unversöhnlichen Wucht der expressionistischen Plastik ausweichen. Er folgte dem Steuerberater in einen in makellosem Weiß gehaltenen Flur. Der Boden war mit schwarzem Teppichboden bedeckt. Durch das Wohnzimmer von beachtlicher Größe betraten die beiden Männer die Terrasse.

»Bitte Platz zu nehmen«, sagte Soilent und deutete auf weiße Gartenmöbel im friesischen Stil, die einen für eine Person reichlich gedeckten Frühstückstisch umstanden. Ein breiter weißer Sonnenschirm spannte sich über die Sitzgruppe, obwohl die Sonne noch nicht durch den sommerlichen Morgendunst gedrungen war. Auf dem Rasen liefen Beregnungsanlagen und sorgten für künstlich kühlende Feuchtigkeit und für einen waldähnlichen Geruch, denn auch die Gehölze, die das Anwesen zur Nachbarschaft teilweise abschirmten, trieften im Sprühregen.

Es war schwül. Abel wischte sich den Schweiß von der schmerzenden Stirn. Gerne hätte er etwas getrunken.

»Stella, kommen wir zu Stella«, sagte Soilent und begann sich ein Brot zu schmieren, ohne Abel zu fragen, ob er ihn zu einem Getränk oder einem Imbiß einladen könne.

»Tja«, begann Abel, »Sie lassen meine Mandantin suchen. Warum?«

»Wozu hat sie sich einen Anwalt genommen?«

Abel waren Gegenfragen gleichgültig. Er erklärte, daß er durch das Anwaltsgeheimnis an der Beantwortung der Frage gehindert sei, daß es aber bei dem ihm übertragenen Mandat um kein großes Problem gehe. Der Fall sei fast schon geklärt, soviel könne er sagen. »Geklärt oder erledigt?« wollte Soilent wissen.

»Beides.«

Dem Steuerberater fiel ein Stein vom Herzen. Also ging es um irgendeinen Banalkram, Stella hatte Flausen im Kopf. Abel wiederholte seine Frage.

»Stella ist eine schwerkranke Frau«, sagte Soilent.

»Dieser Eindruck drängt sich mir nicht auf.«

»Sie ist geschickt, sie verdeckt ihr Leiden. Es ist psychischer Natur.«

»Aber der Betreuungsbeschluß wurde aufgehoben«, klopfte Abel auf den Busch.

»Aha, aus dieser Ecke weht der Wind. Was hat sie Ihnen vorgemacht? Was ist? Fühlt sie sich von mir schlecht behandelt?« Abel zuckte mit den Schultern. Soilent verlor plötzlich seine Sicherheit. Ging es doch um Donnerstagabend? Er brauste auf. »Meint sie etwa, Ansprüche stellen zu können?«

Abel fiel auf, daß Soilent ihm nicht mehr in die Augen sah, und zog es vor, nicht zu antworten.

»Ich will nur ihr Bestes, Herr Abend«, sagte Soilent. Er beruhigte sich und öffnete ein Glas Joghurt. »Nur ihr Bestes. Ich war ein Freund der Familie. Ich habe ihrem Vater auf dem Sterbebett versprechen müssen, daß ich mich um seine geliebte Stella kümmere. Das war ein Verhältnis, dieser Vater und seine Tochter. Ein Herz und eine Seele, Herr Abend. Mir hat er damit was aufgebunden, das sage ich Ihnen. Was meinen Sie, was mich das schöne Kind schon Geld gekostet hat?« Abel sah sich um. Er fürchtete, daß er den Steuerberater Soilent wegen der getätigten Ausgaben nicht bedauern würde. »Sie hat doch selbst genug davon«, sagte Abel.

»Wovon?«

»Geld.«

»Denken Sie an Ihr Honorar?« Das klang geringschätzig, nur Winkeladvokaten dachten zuerst an ihr Honorar. Nach den Standesrichtlinien ging es einem Anwalt vorrangig um die Sache selbst und deren rechtswissenschaftliche Bezüge.

Abel sagte sehr verbindlich und lächelnd: »Ja, natürlich.« Das war nicht die Wahrheit, sollte aber Soilent beruhigen. Soilent kniff die Augen zusammen, er wußte nicht, ob der Mann, der da an seinem Frühstückstisch saß und die Beine bequem übereinandergeschlagen hatte, ihn auf den Arm nahm. In seinen Kreisen gab niemand zu, daß es ihm ums Geld ging. Er wischte sich den Mund mit einer Damastserviette und nahm eine ägyptische Zigarette, klopfte sie auf den Handrücken und zündete sie mit einem Streichholz aus einem Briefchen mit dem Werbeaufdruck eines Hotels an. Er hüstelte, zog die Mundwinkel nach unten und sagte: »Naja, unsere Stella ist eine schwerkranke junge Frau, Herr Abend.« Er unterbrach sich, lächelte und fragte mit öliger Stimme: »Ich habe vergessen zu fragen: Doktor Abend oder ...«

»Nur ganz einfach Abel«, sagte Abel.

»O Verzeihung, ich wollte nicht – Herr Abel.« Soilent machte ein bedauerndes Gesicht. Routine. »Sie rauchen?«

Abel schüttelte den Kopf. »Ich bin ein berüchtigter Kaffeesäufer«, sagte er, weil er Durst hatte.

»Verzeihung, Kaffee ist keiner da, ich trinke nur Tee.« Soilent nutzte die Gelegenheit, umständlich über

Teesorten zu referieren, während er eine Tasse aus dem Wohnzimmer holte, um Abel einzuschenken. Dann blieb er unschlüssig vor ihm stehen. Er sagte: »Ich würde *doch* gerne mal die Vollmacht von unserer Stella sehen, Herr Abel.«

»Kein Problem.« Abel händigte Soilent das Papier aus, der es mißtrauisch mit der Lesebrille prüfte. »Sie sagen *unsere* Stella?«

Ein kleines Zucken um Soilents Augen verriet den Treffer. Soilent lachte und sagte: »Nur so eine Redensart, noch aus den Tagen, als die Familie Telago glücklich war.«

Abel schwieg und wartete, daß der Steuerberater ihm die Vollmacht zurückgab.

»Wozu brauchen Sie Informationen über Stella? Die kann sie Ihnen doch selber geben?« fragte Soilent schließlich.

»Sie ist verschwunden. Auch ich weiß nicht, weshalb.«

Soilent zuckte mit den Schultern. »Wie Sie wissen, steht sie ja nicht mehr unter Kuratel. Sie ist eine freie Frau in einem freien Land.«

»Trotzdem, sie weiß nach allem Anschein nichts von ihrer Freiheit. Und ich halte es für meine Pflicht, ihr mitzuteilen, daß die Betreuung schon einige Zeit aufgehoben ist. So eine Information ist doch von großer Wichtigkeit, finden Sie nicht? Ich habe zu viel Phantasie – war schon in der Schule ein Problem, diese Phantasie ...« Abel lächelte undurchsichtig. Er fuhr sich durch die Haare und setzte hinzu: »Krause Haare, krauser Sinn, Herr Soilent.« Soilent nickte ernst. So was Ähnliches hatte er sich schon gedacht. Und Abel: »Diese Phantasie gaukelt mir vor: Eine junge Frau flieht gehetzt von der Vorstellung, daß alle Welt sie sucht, um sie wieder in die Anstalt zu bringen. Also, die Information, ob man nun entlassen ist oder nicht, ist doch wirklich von großer Wichtigkeit, oder?«

»Unbedingt.« Soilent löschte die halbgerauchte Zigarette, faßte Abel scharf ins Auge, dann begann er zu sprechen. »Ich weiß es zu schätzen, wenn Sie sich so für Ihre Mandantin einsetzen. Als Steuerberater weiß ich, was man seinen Klienten schuldet. Sie haben theoretisch recht, wenn Sie sagen, Stella müßte den Beschluß des Gerichts zur Kenntnis erhalten.«

»Aber praktisch gesehen?«

»Ich suche überall Verbündete für Stella. Überall, Herr Abel. Deswegen werden Sie von mir auch einige Details hören, die den Schluß nahelegen, daß der Gerichtsbeschluß nicht gut für Stella ist. – Wie Sie sicher festgestellt haben, ist Stella eine außergewöhnlich hübsche junge Frau. Sie hat Charme, ja ein fast provozierendes offenes Wesen, was von manchen unserer Geschlechtsgenossen mißdeutet wird.«

»HWG?« fragte Abel dazwischen.

»Wie bitte?«

»Häufig wechselnder Geschlechtsverkehr, Juristendeutsch.«

»Nein. Stella ist wahrscheinlich noch unberührt.«

»Oh!«

»Ja. Sie läßt sich ausnehmen. Männern, die sie zu lieben glaubt, wirft sie das Geld in unglaublichen Mengen hinterher. Hier zum Beispiel ...« Soilent stand auf und ging in das Wohnzimmer, wo auf einem großen Schreibtisch Berge von Akten und Papier lagen. Er kramte herum und kam mit einigen Unterlagen und einem langen Additionsstreifen zurück. Über die Lesebrille schielend, sagte er zu Abel:

»In einem Fall, den ich gerade steuerlich abgeschlossen habe, hat sie einem Liebhaber Darlehen, Bar- und Sachzuwendungen von sage und schreibe 504.678,99

Mark gegeben. Sie hat Pfandbriefe und Inhaberschuldverschreibungen mit guten Renditen aufgelöst, wahllos. In viereinhalb Monaten. Mitte zweiundneunzig. Das war nur *ein* Fall. – Keinerlei Geschlechtsverkehr übrigens. Nur Geld!«

»Es ist ihr eigenes Geld. Sie haben vorhin gesagt, wir leben in einem Land, das sich frei nennt, jedenfalls in bezug aufs Geldausgeben stimmt das ja.«

»Sie haben recht, Herr Abel.« Soilent ließ sich in den Friesensessel fallen. »Doch dann gibt es andere Männer, die sie scheinbar nicht liebt; was weiß ich, was sie an denen findet? Sie kann selbst nicht sagen, weshalb sie diese Männer ausbeutet, ach was, aussaugt bis aufs Blut. Sie hat in ihrem kurzen Leben zwei Ehen ruiniert und die Männer in den Bankrott getrieben. In einem der Fälle ist es einem Kollegen von Ihnen, Herrn Dr. Zimmerling«, Abel nickte, er kannte diesen Kollegen, »gelungen, eine Schadenersatzklage der Bank des betreffenden Herrn über 380.000,– Mark abweisen zu lassen. – Gewinnen Sie mal in solch einer Größenordnung einen Prozeß gegen eine Bank!« Das war in der Tat schwierig. »So«, fuhr Soilent fort, »einem anderen Mann hat sie einen Bausparvertrag, eine Lebensversicherung und sein gesamtes Bargeld abgeluchst. Als das in sechs Wochen in einem Schweizer Wintersportort verbraucht war, hat dieser Unglücksrabe einen persönlichen Kredit von Hunderttausend aufgenommen, und Stella hat das Geld in einer Nacht in Gstaad verspielt.« Soilent machte ein verbittertes Gesicht. »Und unter Männern kann man noch folgendes hinzufügen: In dieser Nacht hat Stella mit ihm angeblich zum ersten und einzigen Mal geschlafen. – Aus Mitleid, wie sie mir erzählt hat. Stellen Sie sich vor, aus Mitleid. Alles Lüge, denn sie ist auch aus dieser Beziehung unberührt hervorgegangen.«

»Warum?«

»Stella ist in Wirklichkeit eine Maulhure.«

»Es geht mich ja nichts an, aber ich glaube den Mythos von der Jungfrau nicht.«

»Sie haben recht, es geht Sie nichts an.« Das saß. Doch Abel ließ nicht locker: »Wir sind doch nicht ohne Grund auf das Thema gekommen.«

»Sie sollen sehen, daß Stella eine kranke Frau ist. Diese eigenartigen Männerbeziehungen sind in hohem Maße neurotisch, sagt ihr Arzt.«

Abel hatte seinen Notizblock aus der Tasche gezogen und notierte mit emotionslosem Gesicht die Fakten. »Und dieser Mann in Gstaad ist erst zu sich gekommen, als der letzte Pfennig rausgeworfen war.« Abel hatte Mitleid mit dem Mann, noch bevor er hörte, daß der arme Wurm zu seiner Familie zurückgekehrt war, von seiner Frau wieder aufgenommen wurde und heute zusammen mit ihr Tag und Nacht arbeitet, um den Kredit zurückzuzahlen und seine drei Kinder durchzubringen.

»Ich halte Stella in dieser Beziehung für gemeingefährlich. Ihr Arzt sagt: manisch mit schizoiden Komponenten. Wissen Sie was?«

»Was?«

»Ich kannte Stella schon als kleines Kind. Ich glaube nicht an die Beschwörungsrituale unserer Seelenklempner. Sie ist böse, von Natur aus gefährlich und böse. Sie verstellt sich, sie wickelt jeden um den Finger, den sie um den Finger wickeln will.« Mit leiser Stimme setzte Soilent hinzu: »Mich eingeschlossen. Wieviel Geld habe ich schon in dieses Biest gesteckt.«

»Schläft sie mit Ihnen auch nur aus Mitleid?« Abel sprach in sachlichem Ton und sah nicht von seinem Notizblock auf.

»Nein«, sagte Soilent in scharfem Ton. »Ich schlafe nicht mit meinem Mündel.«

»War nur so 'ne Idee«, sagte Abel.

»Verstehen Sie doch, Herr Abel, dieser Beschluß des Gerichts ist Unsinn. Diese liberalen Richter heutzutage glauben, daß sie solchen Menschen einen Gefallen tun, wenn sie sie ihrem Schicksal überlassen. Die Frau Tagwerker ist auch so eine. Eine Traumtänzerin ist sie. Stellas Arzt und ich haben seit der Zwangseinweisung vor vier Jahren mehrfach fest an ihre Genesung geglaubt. Immer wieder haben wir mit Stella kurzzeitig in der Freiheit experimentiert. Die Ergebnisse kennen Sie jetzt. Wir sind, ehrlich gesagt, froh, daß uns keiner der Betroffenen gerichtlich in Anspruch genommen hat, der Professor und ich. – Soll ich *nicht* nach diesem armen Menschen suchen, Herr Abel?«

Abel, der sich immer schwertat, an das Gute im Menschen zu glauben, fragte beharrlich: »Oder gibt es andere Gründe?«

Soilent sagte in sehr ernstem Ton: »Ich bin ihr amtlicher Betreuer. Und ich fühle mich verantwortlich, auch wenn diese Frau Tagwerker die gerichtlichen Maßnahmen zur Unterbringung aufhebt. Helfen Sie mir bei der Suche nach Stella! Ziehen wir doch am selben Strang.«

»Wenn es die Interessen meiner Mandantin zulassen«, antwortete Abel distanziert. Er fühlte sich, nach dem, was er gehört hatte, allerdings nicht gut dabei.

Hablik löste sich sanft aus Stellas Armen, um den Kadett in der Nähe seiner Wohnung einzuparken.

Im fast leeren Flugzeug hatten sich die beiden nach einem kurzen und belanglosen Streit bei der Gepäckabfertigung versöhnt und gleich verschärft geküßt. Ganz schön atemberaubend, dachte Hablik und genoß noch einmal diesen eigentümlichen Geschmack, den lange Küsse an sich haben, jene Melange aus Lippenstift, Parfüm und trocknendem Speichel. Seine schmalen Hände hatten mit der Akribie eines Krippenfigurenschnitzers das Terrain zwischen Stellas Beinen erkundet. Feucht und sehr warm.

Beim erstenmal paßte der Kadett nicht in die Parklücke. Hablik stülpte die Oberlippe hoch, sog die Luft ein und genoß. Ein zweiter Einparkversuch. Und immer noch dieser Kußgeruch.

»Du siehst aus wie ein Känguruh, bevor es beißt«, sagte Stella mit einem fachmännischen Seitenblick, während sie *Dutyfree*-Artikel in eine Plastiktüte packte.

Hablik antwortete nicht, er dachte an die Zärtlichkeiten während des Fluges und an das erotische, ja sogar unanständige Zeug, das Stella beim Landeanflug in seine heißen Ohren geflüstert hatte. Er freute sich tierisch auf einen späten Nachmittag der Liebe, während er mit der Stoßstange den Wagen hinter sich anbockelte, ohne zu überlegen, ob er nun wegen Unfallflucht warten müßte. Endlich zu Hause! Stuttgart! Und dann noch Stella, die sich streckte, als hätte sie wohlig geschlafen.

Ein schwarzer Mercedes glitt heran, hielt geschmeidig neben Stellas Tür. Hablik zog die Stirn kraus. Ein Mann federte aus der Limousine wie Kai aus der Kiste, riß die Autotür auf. Seine Hand packte roh ihren Arm und zerrte sie aus dem Wagen, so daß sie fast auf das Pflaster stürzte.

»Dieter«, stammelte Stella verblüfft, »wo kommst du her?«

»Egal«, sagte Soilent. »Du gehst mit.«

Hablik war blitzschnell aus dem Kadett heraus und baute sich vor Soilent auf. »Sie denkt nicht daran«, schnauzte er.

»Was will *der* denn?« fragte Soilent Stella. »Ist das der Justizneurotiker, den du dir diesmal zugelegt hast?«

»Justizneurotiker?« Hablik schnappte vor Wut nach Luft.

»Dieter, halt's Maul«, sagte Stella und machte sich rüde los. Ihr Jeanshemd riß an einer Naht ein. Hablik zog sie an sich und legte den Arm um sie. Soilent trat zu und traf Hablik am Schienbein. Der steckte das weg, fühlte sich wie der junge d'Artagnan, funkelte Soilent an und sagte: »Stella und ich sind verlobt.«

Soilent lachte schallend, richtete zuerst mit einer flüchtigen Bewegung seine Frisur und stemmte dann die Fäuste in die Hüften. »Glückwunsch. Wieviel hat sie Ihnen denn schon aus der Tasche geluchst?«

Hablik erbleichte. »Wie?«

Stella wand sich aus der Umarmung und keifte plötzlich los: »Ich sag dir, du sollst dein ungewaschenes Maul halten, Dieter.« Sie schlug mit ihrer Handtasche nach Soilent. Im Haus gegenüber trat eine alte Frau neugierig an die offenen Fenster und stellte mit der Fernbedienung den Fernseher leiser. Stella war kaum zu bremsen in ihrem Zorn. Sie drosch auf Soilent ein. Der wich ihr nun aus und machte ein verärgertes Gesicht. Mit gesenkter Stimme sagte er blitzschnell, bevor Hablik sich wieder in das Handgemenge einmischen konnte: »Schrei nur so rum, Stella, dann holt jemand die Polizei und ... ein Wort ...«

»Leck mich am Arsch, sag' ich dir!«

»Was?« Hablik hatte nur Bruchstücke verstanden.

»Sie halten sich da raus!«

»Stella!«

»Kleines!«

Soilent ruderte herum, weil Hablik ihn am Schlaffittchen gepackt hatte und hin und her zerrte. Soilent begann zu keuchen.

»Soll ich den Carl rufen? Oder soll *sie* kommen?« schrie Soilent. Stella zuckte zusammen, ihr Gesicht verlor den aggressiven Ausdruck. Hablik sah Stella verblüfft an. Soilent nutzte das aus. »Außerdem haben wir einen Detektiv engagiert. Selbst wenn du tausendmal mit dem Herrn hier abhaust, wir finden dich. Carl war dafür, mit der Polizei zu reden. Das wird nur viel schlimmer.«

»Was wird viel schlimmer? Was schlimmer wird, will ich wissen?« brüllte Hablik. »Ist das eine Drohung?«

Neben der neugierigen Nachbarin erschien der Kopf ihres Mannes. Die beiden sprachen nicht, sondern versuchten genau mitzubekommen, was unten auf der Straße ablief.

»Nur zu Stellas Bestem ...«, fauchte Soilent.

»Da lach' ich ja!«

»Was tun wir, wenn sie ernst macht?« zischte Soilent so, daß Hablik ihn nicht verstehen konnte. Stella senkte den Kopf wie eine Büßerin.

»Es ist doch Sonntag, da arbeitet Carl doch gar nicht«, sagte sie und räusperte sich.

Hablik stand zwischen Soilent und Stella. Der um mehr als einen Kopf kleinere Soilent griff nach Stella, die sich nicht mehr wehrte. Hablik versuchte das zu verhindern. Noch mal ein Handgemenge. Hablik hätte kurzen Prozeß machen und mit seiner Linken Frieden stiften können. Aber Boxer und Richter werden zur Rechenschaft gezogen, wenn sie privat in Faustkämpfe verwickelt sind. Endlich gelang es ihm, den Steuerberater wegzuschubsen. »Verpiß dich!« Solche Worte waren noch nie über die Lippen des Richters gekommen, aber er war vollkommen außer sich.

»Geschenkt«, knurrte Soilent, er griff sich an die Brust. Sein Herzschlag blieb erstaunlich stabil. Ein kurzes Grinsen, als er sah, wie Stella auf ihn zukam und Hablik zur Seite schob.

»Du machst einen Fehler, wenn du sie warten läßt,

Stella«, sagte Soilent in fast ruhigem Tonfall. »Noch kann ich sie überzeugen. Soll ich hingehen und sagen, daß Carl dich suchen lassen muß?«

Hablik blieb die Spucke weg. Wie Stella sich verändert hatte! Sie wirkte unvermittelt wie eine Puppe, starr und abwesend. Er schien plötzlich Luft für sie.

»Nein«, antwortete Stella leise. »Ich bin doch da. Ich wollte doch gar nicht abhauen. Bestimmt, Dieter. War nur'n Ausflug. Du kennst mich doch. Und neulich abends, das war doch nur Spaß.«

»Klar«, knurrte Soilent. »Spaß!«

Stella drehte sich zu Hablik um, legte ihre warme, jetzt schweißfeuchte Hand auf seine Wange und flüsterte: »Es war schön, wunderschön. Mann, wie toll wäre dieser Nachmittag geworden. Ich hab' mich so darauf gefreut. Aber ich muß erst 'ne Sache mit dem Dieter klären. Der hat irgendwie ein Recht drauf. Verstehst du, Hablik? Ich geh' mit dem Dieter und klär' das. Dann komm' ich zu dir, Hablik. Und ich sag' nie wieder ›Euer Ehren‹ zu dir.«

»Stella!«

»Wir sind verlobt, Hablik, denk dran«, sagte Stella und liebkoste noch einmal seine Wangen. Sie drückte beide Daumen und zwinkerte ihm zu.

Hablik trat zurück, sah auf den Boden und boxte mit der rechten Hand in die linke. Er spürte, wie machtlos er war.

Soilent beobachtete den Vorgang mit großer Ruhe, so als habe er so etwas schon öfter mitgemacht. Nicht der geringste Ausdruck von Triumph gegenüber Hablik stand in seinem Gesicht, als er wortlos mit Stella deren wenige Habseligkeiten aus dem Kofferraum und vom Rücksitz räumte.

Soilent tastete das Gepäck unauffällig nach seiner Pistole ab.

Hablik stand neben seinem Auto, dessen Kofferraum und Türen sperrangelweit offen waren, und sah dem eleganten Mercedes des Steuerberaters Soilent nach, der die Straße hinunterglitt und Stella entführte. Dann schloß er behutsam alle Autotüren und rief den beiden alten Leutchen, die heruntergafften, zu, daß es nichts zu glotzen gab.

»Alles voller Blut«, stöhnte Hablik. Sein Kopf kam hoch. Er schüttelte sich vor Entsetzen und krallte sich mit beiden Händen in Abels Unterarm. Das linke Jochbein war verpflastert, die Region um das Auge stark geschwollen und blau unterlaufen. Hablik schien aber keine Schmerzen zu spüren. Er starrte mit aufgerissenen Augen dem Anwalt ins Gesicht. »Blut, Blut – das stinkt so.« Abel schob den langen Mann von sich. Dessen verkrampfte Finger hinterließen auf Abels weißem Hemd Spuren von schwarzer Farbe, wie sie die Polizei zur Dokumentation von Fingerabdrücken benutzt.

Es war Sonntag gegen zweiundzwanzig Uhr. Abel war telefonisch benachrichtigt worden, daß ihn der Amtsrichter Hablik, derzeit in der Dorotheenstraße in polizeilichem Gewahrsam, dringend zu sprechen wünsche. Weil Abel an eine Komplikation mit seiner Mandantin dachte – Frau Tagwerker hatte ausdrücklich gesagt, daß nichts mehr passieren dürfe –, hatte er sich noch einmal aus der Hängematte gestemmt und war zur Polizei gefahren. Wie sich herausstellte, gab es kein Problem mit Stella; es gab ein Problem mit Hablik. Der junge Bereitschaftsstaatsanwalt war noch ziemlich unerfahren und hatte den Anwalt aufgeregt in groben Zügen ins Bild gesetzt.

»Blut von diesem Mann«, präzisierte Hablik.

»Von welchem Mann?«

Hablik versuchte sich zu konzentrieren. Er flüsterte: »dem Mann«.

»Sein Name?«

»Soilent.« Hablik stand auf. »Ist doch klar. Er hat sie doch entführt.«

»Entführt?«

»Ja, und zwar auf der Straße vor meiner Wohnung.«

»Hm.« Diesbezüglich hatte Abel vom Staatsanwalt eine andere Version gehört, nach der Stella freiwillig ihrem ehemaligen amtlichen Betreuer gefolgt war.

»War Soilent verletzt?«

»Hier, das ganze Blut!« Hablik zeigte die Blutspuren auf dem Hemd, das er heute morgen in Nizza frisch angezogen hatte. Bisher hatte er keine Gelegenheit gehabt, es zu wechseln.

»Haben *Sie* ihn so schwer verletzt, daß er geblutet hat?« Abel konnte stoisch und mit großer Geduld fragen, wenn er sich in einen wichtigen Sachverhalt hineinfinden mußte.

»Ich weiß nicht ... Also, von mir hat er auch was abbekommen ... Aber er hat schon stark geblutet, als ich gekommen bin. Hier ...« Hablik deutete demonstrierend auf seinen Unterarm. »Platzwunde, vielleicht Schlagader.«

»Also muß ihn Stella geschlagen haben.«

»Warum Stella?« Hablik fuhr wütend hoch. Er duldete keine Angriffe auf die Frau, mit der er verlobt war.

»Sonst war niemand in Soilents Wohnung. Er, Stella, Sie.«

»Er kann sich auch selbst verletzt haben.«

Abels Seitenblick zeigte, wie skeptisch er war. Er kam zu einer für eine eventuelle Verteidigung essentiellen Frage: »Was haben Sie bei der Polizei ausgesagt, Herr Hablik?«

Hablik hustete, versuchte sich zu konzentrieren, fuhr sich mehrmals durch die Haare. »Ein Verhör haben diese Polizisten mit mir durchgezogen, wie ich es noch nie mit einem Angeklagten gemacht habe, ehrlich!«

Abel zuckte mit den Schultern. »Aussage verweigert?«

»Ja. Trotzdem haben sie zu dritt auf mich eingeredet, permanent. Geredet und geredet. Wie Hirnwäsche!« Hablik räusperte sich, sah sich um. »Gibt's hier irgendwo Wasser?«

»Ja.« Abel zeigte mit einer Drehung seines Kopfes zu dem Waschbecken an der Wand der Durchgangszelle.

Hablik brüllte plötzlich: »Sie, da wird ein Lügengebäude aufgebaut. Die sehen Zusammenhänge, wo keine sind.« Er ging und trank vom Hahn, spülte noch den Mund ausführlich nach, gurgelte, spie den Rest in den Abfluß und kam zurück. Abel schwieg. Die beiden saßen sich jetzt an einem Tisch gegenüber. Die Zelle wurde von einer grellen Neonröhre erhellt. Es war heiß und stickig.

»Und Stella?« fragte Abel, ohne Hablik aus dem Auge zu lassen.

Hablik legte den Kopf auf die verschränkten Unterarme. Abel gefiel nicht, wie dieser Mann weinte. Aber man kann sich seine Mandanten nicht aussuchen. Die meisten sind nicht besonders sympathisch, sagte sich Abel. Er haßte es, wenn Männer in bedrängten Situationen zu heulen begannen. Hablik hätte sich besser nicht so gehen lassen. Bei einem Richter dachte man immer, daß er souveräner sein müßte.

»Stella ist doch unschuldig.« Hablik hob nicht den Kopf. »Unschuldig«, wimmerte er in seine Armbeuge. Abel beobachtete den Rücken des Mannes, der sich zusammenzog und zuckte. Nicht selten kann ein Verteidiger daraus Kapital schlagen, wenn der Mandant unmittelbar nach der Tat sehr verwirrt ist.

»Welcher Tag ist heute?«

Keine Antwort. Hablik starrte vor sich hin, und seine Lippen bewegten sich.

»Welcher Tag heute ist, will ich wissen!« Abels Stimme hatte einen scharfen Klang angenommen. Er redete lauter als gewöhnlich, so wie man mit Schwerhörigen sprach.

»Ich bin nicht verwirrt«, sagte Hablik, statt zu antworten. »Dieser Soilent, dieses Schwein ...« Er starrte Abel an, seine Gesichtsmuskeln zeigten, daß möglicherweise wieder ein Ausbruch bevorstand. »Sie hat auch geblutet.«

»Aha«, sagte Abel. »Aber das Blut an Ihnen stammt von Soilent?«

»Ja.« Hablik bekam sich in den Griff. Okay, dachte Abel, er ist ansprechbar und den Verhältnissen entsprechend orientiert. Wenn er anfangs unter Schock gestanden hatte, dann klang das jetzt ab. »Was war mit Stella?«

»Stella!« Hablik starrte an Abel vorbei auf die Glasbausteine in der Wand, die tags grünliches Aquariumslicht in die Zelle ließen.

Abel schlug mit der flachen Hand auf den Tisch. Es war schwül hier drinnen, es stank nach Gefängnis, und es war spät. Draußen wartete der Bereitschaftsstaatsanwalt, mit dem Abel noch ein paar Dinge klären mußte. Und dazu war es unabdingbar notwendig, daß er von seinem Mandanten über den Sachverhalt informiert wurde. Abel brüllte Hablik fast an: »Jetzt konzentrieren Sie sich mal und sagen mir eins nach dem anderen, was passiert ist.«

So konnte ein Anwalt dem Hablik nicht kommen. Er fauchte zurück: »Erst will *ich* wissen, was passiert ist. Daß die Polizei im Verhör ihren Informationsvorsprung ausnutzt, das ist normal. Von meinem Anwalt kann ich aber verlangen, daß ich ins Bild gesetzt werde.« Endlich schien Hablik wieder zu sich zu kommen. Abel faßte sein Gegenüber ins Auge.

»Soilent ist schwer verletzt. Akute Lebensgefahr.«

»Sauber«, entfuhr es Hablik mit einem befriedigten Unterton. »Wodurch?«

Abel war dieser Unterton nicht entgangen. Er sah Hablik prüfend an. »Schweres Hirntrauma. Der Bereitschaftsstaatsanwalt meint, durch einen Schlag mit einer Pistole, die am Tatort gefunden wurde. Zudem noch ziemlicher Blutverlust.«

»Und Stella?«

»Stella, Stella!« knurrte Abel ärgerlich. »Sie ist in eine Klinik gekommen. Nach meinen letzten Informationen hat sie eine Gehirnerschütterung, mehrere Prellungen und Hautabschürfungen. Lebensgefahr besteht keine.«

»In dieselbe Klinik?«

Die Leute haben manchmal Fragen! »Ja.«

»Kann ich sie sehen?«

»Wie denn?« Abels Hand umschrieb die Zelle.

Nach einem langen Blick meinte Hablik: »Mensch, Abel, Sie müssen mich da raushauen, wie Sie den Geali bei mir rausgeboxt haben.«

Abel zögerte, bevor er fragte: »Den Geali haben Sie für einen Täter gehalten. Und wie ist das bei Ihnen?«

»Ich bin nicht schuld!« schrie Hablik plötzlich. Er erschrak über seinen Ton und zog den Kopf ein wenig ein. Er starrte auf seine Finger, an denen immer noch die Spuren von Tinte und Blut klebten. Ein Lächeln, das Verbindlichkeit signalisieren sollte, huschte über sein Gesicht.

»Nicht schuld sein und nicht der Täter sein ist zweierlei, wie wir als Juristen sehr genau wissen«, sagte Abel kühl.

»Was man mir vorwerfen könnte, wenn ich was getan hätte«, Hablik fuchtelte erregt vor Abels Gesicht herum, »ich sage ausdrücklich ›wenn‹! Also, was man mir vorwerfen könnte, wäre eine schwere Körperverletzung. Das rechtfertigt weder diese Behandlung hier noch den Aufwand, den man in diesem Fall treibt. Und ein Verteidiger hat knallhart die Rechte seines Mandanten zu wahren.« Weil Abel schwieg, bellte Hablik: »Ich bin ja bestimmt manchmal ein harter Hund als Richter, aber ich würde nicht im Traum einen nach einer informatorischen Befragung wegen Körperverletzung einfach einsperren. Ich glaube, die spinnen.«

»Der Staatsanwalt redet nicht von Körperverletzung, er redet von versuchtem Totschlag, Herr Hablik«, sagte Abel nüchtern. »Und noch ist der Soilent nicht über den Berg. Wenn er stirbt, dann ermitteln die wegen vollendetem Totschlag oder Mord. Sie kennen das ja.«

Da nickte Hablik. Er wußte, daß man den Kollegen allerlei zutrauen durfte; und wenn es nur darum ging, daß niemand sagen konnte: »Eine Krähe hackt der anderen kein Auge aus.«

»Haben Sie den Soilent so verdammt zusammengeschlagen?«

»Nein.« Die Antwort kam klar und ohne jedes Zögern. Abel glaubte diesem Mann. Hablik stand auf und sah Abel lange in die Augen, bevor er sich noch einmal räusperte und an das Waschbecken trat. Dort drehte er den Hahn so stark auf, daß es spritzte. Er trank wieder, hielt den verschwitzten Kopf unter den Strahl. In einer Blechbüchse fand Hablik Handwaschpaste und reinigte seine Finger von der Fingerprintfarbe. Dabei sagte er: »Es war Nothilfe. Klassischer Fall. Klare Struktur. Der Soilent hat Stella gegen ihren Willen zu sich verschleppt. Das kann man als Geiselnahme oder Entführung werten. Ich mußte doch meiner Freundin helfen, oder?«

»Andere holen die Polizei.«

»Die Polizei? Damit ein Tatbestand geschaffen wird, daß dieser Soilent Stella sofort wieder in die Klinik einweisen lassen kann. Nein, das habe ich nicht riskieren wollen.«

»Sind Sie spontan hinterhergefahren?«

»Nein, ich hab' mir die Sache noch überlegt, hab' mit mir gerungen.«

Ist strafverschärfend, dachte Abel. Er hat sich einen Tatplan zurechtgelegt, wird später sein Richter sagen, wenn es zur Anklage kommen sollte. Als könne er Gedanken lesen, fügte Hablik hinzu: »Der Entschluß, die Pistole zu holen und hinzufahren, ist dann aber völlig spontan gekommen.« Er berichtete, daß er – nach dem Entschluß – ins Amtsgericht gefahren sei, um die Pistole zu holen.

»Pistole?«

Hablik schilderte den Hintergrund. Vor dem Gericht habe ihn ein Mann angesprochen, als er in sein Auto steigen wollte. Er habe nicht geantwortet, sondern sei auf dem schnellsten Weg zu Soilent gefahren, dessen Adresse er von Stella wußte. Dort habe er schon von der Straße aus Streit gehört. Die Tür sei nur angelehnt gewesen. Er habe sie aufgestoßen, sei hineingegangen und habe sofort gesehen, daß eine handgreifliche Auseinandersetzung im Gang war.

»Soilent hat auf die arme Stella mit einer Tischlampe aus Stahl und Glas eingedroschen. Der Lampenschirm war schon zerbrochen. Eine hochgefährliche Waffe. Und getreten hat er sie. Hier in die Seite, wo die kurzen Rippen sind.«

Abel, der die Verhältnisse in Soilents Wohnung kannte, fragte nach: »Von der Tür kann man doch nicht in den Wohnraum sehen?«

»Ich bin dem Krach und dem Geschrei nachgelaufen. Also, ich sehe Stella gekrümmt am Boden liegen. Soilent brüllt sie an, daß sie eine verdammte Hure sei, schlägt und tritt sie. Und ich schreie ihn an. Er reagiert nicht. Was soll ich da machen? Also, ich halte ihm die Pistole vor das Gesicht, Finger am Abzug und schreie: ›Halt, hören Sie auf. Lassen Sie Stella in Ruhe.‹ Und er hört nicht auf.« Was Hablik nun sagte, hatte einen verzweifelten Unterton: »Aber ich habe gedacht, ich kann doch nicht einfach auf diesen Mann schießen!«

»Nein, das ist nicht so einfach, im Normalfall«, sagte Abel. Aber er wußte, daß es verdammt leicht passieren kann, wenn kein Normalfall vorliegt, wenn einem die Nerven durchgehen. Und alles, was er momentan über die Sache wußte, deutete darauf hin, daß alle Beteiligten an diesem Sonntagnachmittag unter Hochspannung gestanden hatten.

»Er hat aber nicht aufgehört. Ich hab' ihn noch mal angebrüllt. Wieder nichts. Da habe ich versucht, auf die Beine zu zielen, und abgedrückt.«

»Und?«

»Das Ding war nicht geladen. Es war entsichert, aber nicht geladen. Nur ›klick‹ und nichts.« Hablik schüttelte den Kopf. »Ich habe wohl die Waffe angestarrt und deswegen nicht gesehen, wie Soilent mit der Stehlampe auch nach mir geschlagen hat. Ich hab' nur einen Schatten gesehen und dann nur Funken. Das Ding hat mich fast umgehauen. Gestürzt bin ich aber, weil ich praktisch über meine eigenen Beine gefallen bin. Ich kenn' das vom Ring. Du kriegst eine ohne richtige Wirkung, und du verhaspelst dich mit den Beinen und schlägst lang hin.«

Abel zeigte auf das verpflasterte Jochbein und sagte, daß das schon ein bißchen nach Wirkung aussähe.

»Das habe ich erst abbekommen, als ich wieder fast auf den Beinen war. Ich bin nämlich sofort wieder hoch. Doch so klein der ist, der ist flink und hat 'nen harten

Schlag. Kurz und hart. Der zweite Treffer war voll drin. Und mit den scharfen Kanten von dem zerbrochenen Glas. Der ist wie ein Berserker auf mich los. Stella am Boden, sie hat sich gekrümmt. Und ich denke noch, da ziehst du seine Aufmerksamkeit auf dich, dann läßt er Stella in Ruhe. Einmal hab' ich beinahe die Lampe zu fassen gekriegt. Aber hier ...« Hablik zeigte auf ein Pflaster an seiner rechten Hand, das durchgeblutet war. »Jedenfalls bin ich rückwärts den Flur runter und er mir nach. An der Tür denke ich, wenn ich ihn draußen habe, da ist mehr Platz, da versuch' ich noch mal, die Lampe zu packen. Aber er hat mich an der Tür ausgetrickst. Er hat sie zugeschmissen, statt mir zu folgen.«

Abel hakte nach: »Haben Sie probiert, wieder ins Haus zu kommen?«

»Klar. Ich habe an der Tür gerüttelt. Und da war dann plötzlich dieser Mann, der mich vor dem Gericht angesprochen hatte. Inzwischen ist mir eingefallen, daß der Mann bei mir schon mal als Zeuge war.«

Abel nickte. Das stimmte mit den bisherigen Erhebungen überein. Hablik war vor der Villa des Steuerberaters Soilent auf den Detektiv Rintfleisch getroffen. Abel fragte zur Sicherheit noch mal nach: »Nachdem Sie das Haus verlassen hatten und Soilent zurückgeblieben war, müssen er und Stella definitiv allein gewesen sein.«

»Richtig.«

»Und Soilent hat nicht am Kopf geblutet, als Sie ihn zuletzt gesehen haben?«

»Mit Sicherheit nicht. Nur am Handgelenk. Das aber heftig.« Hablik dämmerte, weswegen Abel noch einmal nachfragte. Er brüllte wütend: »Aber Stella kann ihn doch nicht auf den Kopf geschlagen haben. Die hatte doch die Pistole nicht. Stella lag am Boden und krümmte sich vor Schmerzen.«

»Hatten Sie die Pistole dabei, als Sie raus sind?«

»Nein. Sie ist mir aus der Hand gefallen, als ich den ersten Treffer mit der Lampe abbekommen habe.«

»Die Pistole lag am Boden, wie Stella?«

Hablik sah Abel wütend an. »Was wollen Sie damit sagen?«

»Nichts. War nur 'ne Feststellung. Wer außer Stella oder Ihnen kommt für den Schlag in Frage?«

»Ich weiß es nicht«, schrie Hablik. Abel blickte den Mann prüfend an, sah das wutverzerrte, zerschlagene Gesicht, die Haare, die auf der nassen Stirn klebten, den nervösen Blick. »Ich will, daß sich mein Verteidiger auf meine Seite stellt! Und zwar klipp und klar.«

»Ich weiß noch nicht, ob ich Sie verteidigen kann«, sagte Abel sachlich.

»Wie?«

»Bislang vertrete ich Stella. Und wie es aussieht, könnte es Konflikte geben.«

»Warum sind Sie dann überhaupt gekommen?«

»Ich hatte keine Ahnung, worum es geht. Ich weiß noch nicht, ob ich Ihr Mandat übernehme«, sagte Abel und ging zur Tür, um zu klopfen. »Vielleicht geht's, vielleicht auch nicht. Interessenkonflikte sind für keinen gut. Man wird sehen. Vielleicht ist es besser, wir finden für Sie einen anderen Kollegen, und ich vertrete Frau Telago.«

»Stella ist völlig unschuldig. Das kann ich jederzeit bezeugen. Da gibt es nichts zu vertreten.« Ein langer Blick von Abel sagte, wie hoch er eine Entlastungsaussage des Richters Hablik im Moment einschätzte.

Draußen rasselte ein Polizist vom Nachtdienst mit den Schlüsseln. »Jedenfalls bleiben Sie momentan dabei, daß Sie die Aussage verweigern.«

»Ich will raus hier«, brüllte Hablik, Verzweiflung in der Stimme. Die Tür öffnete sich einen Spalt.

»Ich rede mit dem Staatsanwalt«, sagte Abel.

Hablik war in einer höchst unangenehmen Situation. Man beschuldigte ihn zwar noch keines konkreten Delikts, aber es stand fest, daß der Amtsrichter Dr. Eduard Hablik vom Jugendreferat, der zur Verdachtsperson geworden war, gegen 19 Uhr 30 von der Besatzung eines Streifenwagens vor der Villa des Steuerberaters Soilent angetroffen wurde, nachdem Nachbarn die Polizei wegen ruhestörenden Lärms alarmiert hatten.

Aus Sicht des jungen Bereitschaftsstaatsanwalts, der auf Abel gewartet und inzwischen einen genaueren Überblick hatte, ergab sich folgender Sachverhalt: Hablik, der sich ausweisen konnte, machte einen verwirrten, kaum ansprechbaren Eindruck. Er hatte mit einem gewissen Marcus Rintfleisch erregt diskutiert, herumgebrüllt, wie ein Zeuge aussagte. An den Händen und Kleidern des Richters klebte frisches Blut. Als ihn der Streifenwagenführer um den Ausweis bat und höflich fragte, ob er etwas mit dem Lärm in der Villa zu tun habe, fuhr er ihn an: »Sie halten jetzt erst mal den Mund und warten, bis ich Sie frage.«

»Ist das Blut an Ihren Händen?« fragte der Polizeiobermeister weiter, der sich von dem Befehlston nicht aus der Ruhe bringen ließ.

»Ja«, antwortete Hablik, wandte sich Rintfleisch zu und schrie noch einmal, daß er nicht von einer Privatperson belästigt zu werden wünsche, egal, ob er Detektiv sei oder nicht. Dann zuckte er herum, als habe er erst jetzt realisiert, daß die Polizei gekommen war. Er starrte den Beamten an und stieß hervor: »Schnell, gehen Sie da rein. Tür aufbrechen. Sonst passiert etwas Furchtbares. Er muß eine Pistole haben. Und Stella liegt am Boden und kann sich nicht wehren.« Der Polizeihauptmeister sagte in Bierruhe zu seinem Kollegen: »Geh' schnell rein, Horst, und schau dich um.«

Horst, der noch »Beamter zur Anstellung« war, rüttelte an der Tür. Die war ins Schloß gefallen. Er schaltete sofort, flankte über den Jägerzaun am Hauseck und sprintete durch den Garten in die Villa, während der Streifenführer darauf achtete, daß Hablik sich nicht plötzlich entfernte.

»Obacht, Waffe«, rief er dem Jüngeren noch nach.

Horst zog im Laufen seine Walther. Sicherte sie an der Verandatür und verschwand im Wohnzimmer. Kampfspuren, aber keine Personen. Er trat in den Flur mit seinen weißen Wänden und dem schwarzen Teppichboden. Dort stolperte er beinahe über Soilent und mußte sich sofort übergeben, ein Umstand, der wegen der sommerlichen Hitze die Spurensicherer in den folgenden Stunden massiv gegen ihn aufbrachte. Der Beamte wäre fast auf den vollständig bekleideten Körper eines etwa 55jährigen Mannes getreten, der auf dem Bauch lag, mit flächigen Blutantragungen am Schädel, auf der Schulter und am Oberkörper, sowie eine größere Blutlache in der Beckengegend. Am Handgelenk des Mannes pulsierte Blut aus einer Wunde, deren Größe man auf den ersten Blick nicht einschätzen konnte.

Der junge Polizist hatte noch nie so eine Blutsauerei gesehen, wie er sich ausdrückte. Deswegen hatte er sich übergeben müssen. Obwohl ihm beinahe die Beine versagten, schrie er nach seinem Kollegen und öffnete die Haustür. Der Streifenführer tat nach einem Blick in den Flur das Richtige, brachte zuerst den Verletzten in die stabile Seitenlage und rief dann den Notarzt. Der fand den Mann noch lebend vor, schaffte es, trotz erheblichen Blutverlusts wegen eines Schnitts in der Arterie am Handgelenk den Kreislauf zu stabilisieren, und transportierte ihn in die Chirurgische Notaufnahme des Katharinenhospitals.

Vor den Türen und in den Fenstern der umliegenden Häuser erschienen Menschen, die herüberstarrten und miteinander flüsterten.

Horst, der jüngere Polizist, übernahm, grüngesichtig, wie er noch war, die Beaufsichtigung des blutbesudelten Herrn Hablik. Der wie zufällig anwesende Rintfleisch, der sich als Privatdetektiv ausgab, folgte dem Streifenführer in die Villa.

Sie traten ein und fanden im Flur neben all dem Blut auf halbem Weg in das Wohnzimmer eine Stehlampe, Glasschirm und Glühbirne zerbrochen. Das Kabel war aus der Steckdose gerissen. Auch hier überall Blutspuren.

Und dort, wo der Verletzte gelegen hatte, entdeckte Rintfleisch eine Pistole, halb unter einem Sideboard. »Nicht anrühren«, sagte der Polizist. Rintfleisch nickte stoisch. Beiden schien, als klappe im Obergeschoß leise eine Tür zu. Der Streifenführer ging nach oben und sah sich um. Er fand niemanden und kam zurück.

Sie gingen vorsichtig weiter, um möglichst keine Spuren zu vernichten. Im Wohnzimmer heftige Kampfspuren, aber kein Mensch. Das war Sache der Spurensicherung.

»Sonst niemand da?« fragte der Polizeihauptmeister Rintfleisch, als ob der dabeigewesen wäre. »Der Mann da draußen hat von einer Frau gesprochen, die am Boden liegt und sich nicht wehren kann.«

Rintfleisch hatte das auch gehört und rief: »Hallo, ist da wer?«

Keine Antwort.

Erst im Schafzimmer trafen sie auf die junge Frau. Sie lag auf dem Bett, ebenfalls blutbesudelt, auf dem Bauch, vollständig angezogen. Sie bewegte sich nicht, als der Streifenführer sie anstieß. Ihre Hand fühlte sich kalt an. Er ließ die Frau liegen, wie sie war, und ging rückwärts hinaus.

»Scheiße«, sagte er zu Rintfleisch. »Er hat sie totgeschlagen.«

»Wer?«

»Einer von den beiden Idioten«, antwortete der Polizist, der schon mehrfach zu Familientragödien gerufen worden war, bei denen Männer Amok gelaufen waren.

Nachdem der heftig blutende Mann abtransportiert war, kümmerte sich der Notarzt schließlich um die Frau im Schlafzimmer. So wie der Polizeibeamte das geschildert hatte, mußte man nur noch schnell den Tod feststellen. Doch glücklicherweise war die Frau nicht einmal schwer verletzt, befand sich aber in einer Art Schockzustand und war völlig apathisch. Beim Abtasten des Kopfes entdeckte der Mediziner eine Beule am Hinterkopf. »Verdacht auf Comotio«, sagte er und rief einen zweiten Krankenwagen.

Die Identität der jungen Frau war zu diesem Zeitpunkt noch nicht geklärt. Der Amtsrichter Hablik, der sich immer noch vor dem Haus aufhielt, konnte aber sachdienliche Hinweise geben, bevor ihn die Kriminalbereitschaft in einem Dienstwagen zu einer informatorischen Anhörung über die Vorgänge durch ein Spalier von Gaffern ins Polizeipräsidium fuhr.

Da Abel noch nicht wußte, ob er Hablik verteidigen konnte oder wollte, ließ er den jungen Staatsanwalt reden, ohne die Frage seiner Vollmacht zu vertiefen. Er wollte ja Hablik keine Schwierigkeiten bereiten. Und solange der Staatsanwalt nicht fragte ... »Wenn morgen die ersten Befunde aus der Kriminaltechnik vorliegen, sehen wir weiter«, schloß der Staatsanwalt.

Abel verlangte, daß Hablik bis dahin freigelassen wurde. »Er hat einen festen Wohnsitz, ist Richter, da gibt's kein Problem.«

Der junge Staatsanwalt schüttelte den Kopf. Menschen, die so spontan die Aussage verweigern und lediglich beteuern, sie seien unschuldig, und gleichzeitig die abstrakte Behauptung aufstellen, in Nothilfe gehandelt zu haben, traute der Staatsanwalt prinzipiell nicht über den Weg. Das galt auch für einen Kollegen. »Auch einem Amtsrichter kann im Falle eines Anfangsverdachts auf versuchten Totschlag oder vielleicht sogar versuchten Mord eine Nacht in polizeilichem Gewahrsam zugemutet werden, wenn er nicht bereit ist, die Karten auf den Tisch zu legen«, ließ der Staatsanwalt Abel wissen. »Wenn Sie wollen, können Sie ja Rechtsmittel einlegen.«

Rechtsmittel in der Nacht von Sonntag auf Montag! »Das ist nicht fair«, sagte Abel wütend.

»Ich häng' mir kein Problem ans Bein, wenn ich Bereitschaft hab'. Der Abteilungsleiter sieht morgen sowieso alles ganz anders. Oder meinen Sie, die Kleine war's?« fragte der Staatsanwalt spitz.

»Vielleicht kriegen Sie Probleme, weil Sie mit Kanonen auf Spatzen schießen.«

»Reißen Sie nur nicht so den Mund auf.« Der herzliche Ton, wie er zwischen einem Staatsanwalt und einem Verteidiger herrscht.

Eigentlich war verabredet gewesen, daß Soilent und Schubert engsten telefonischen Kontakt halten. Doch es kam ein Notfall dazwischen. Ein depressiver Patient hatte versucht, sich zu erhängen. Er war rechtzeitig gefunden und reanimiert worden. Der Chefarzt mußte in einem solchen Fall sofort gerufen werden. Als er in seine Wohnung zurückkam, stellte er fest, daß er in der Hektik vergessen hatte, den Anrufbeantworter anzustellen. Sofort versuchte er Soilent zu erreichen. Niemand meldete sich. Es war 20.40 Uhr.

Die Frauen und Männer von der Spurensicherung

waren auch nur Menschen und versuchten einigermaßen geregelte Arbeitszeiten einzuhalten. Deshalb klingelte das Telefon in Dieter Soilents Wohnung ebenso laut wie lange und vergeblich. Die Fenster waren verschlossen, die Türen verriegelt, und auf den Falzen klebten amtliche Siegel der Staatsanwaltschaft. Am Montagmorgen würde man weitersehen. Soilents Handy, das bei den Asservaten lag, meldete, daß der Teilnehmer vorübergehend nicht erreichbar war.

Schubert vergrub sich – am Bodensee unangenehm weit vom Schuß – in einen Designersessel und grübelte, weshalb Soilent nicht anrief und sein Handy abgestellt hatte.

Er befürchtete, daß Stella wieder ausgerissen war, nachdem Soilent kurz durchgerufen hatte, daß er sie vor der Wohnung dieses Richters eingefangen hatte. Aber warum, Himmel noch mal, hatte Soilent sein Handy nicht an? Schubert war sich sicher, daß er grob fahrlässig handelte, wenn er Stella und Dieter Soilent weiterhin miteinander allein ließ. Aber hatte nicht das Gericht, sozusagen auf eigene Initiative, die Verantwortung aus seinen Händen genommen?

Schubert goß sich noch etwas Mineralwasser nach und starrte auf den dunklen See. Auf der Schweizer Seite, ganz in der Ferne, waren Lichter zu erkennen. Eine bunte Strichellinie gehörte zur Dekoration eines Seefestes. Später, gegen Mitternacht, würden die strahlenden Sträuße eines Feuerwerks die Seesommernacht erhellen. Trotzdem: Die Tage wurden kürzer, die Nächte kühler, bald würde der abendliche Dunst die Lichtpunkte schlucken und später der Herbstnebel alles oft tagelang in graue Watte hüllen. Immer wieder und mit wachsender Wut drückte er die Wahlwiederholungstaste seines Telefons. Irgendwann mußte doch dieser Mensch entweder sein Handy einschalten oder nach Hause kommen.

Als es schließlich kurz vor elf war und damit, wie der Psychiater wußte, die richtige Zeit für Stella, um in die Kneipen zu ziehen, hielt es ihn nicht mehr in der Ruhe und Abgeschiedenheit seiner Behausung am Bodensee. Er kippte den Rest des Mineralwassers in die Geranien vor dem Fenster, schloß es, nahm seinen Autoschlüssel und ging.

Sonntagabend ist in Stuttgart fast alles geschlossen, Kirchen, sogar Kneipen. Auch Abels Billardcafé. Sonst wäre er jetzt, nachdem er das Polizeigebäude verlassen hatte, in sein Bistro gegangen. Abel hatte für seine Verhältnisse – zumal am Sonntag – mehr als genug gearbeitet. Und nun war alles zu.

Der Anwalt näherte sich gähnend seiner Kanzlei und überlegte, ob er zum Ausspannen mit dem Hund noch eine Runde durch die nächtlichen Straßen im Osten drehen sollte. Dem Hund würde es guttun und ihm auch. Ein warmer Nachtwind wehte zwischen den Häusern und ließ ihn den Mief der Durchgangszelle bei der Polizei allmählich vergessen. Statt im Zigarettenqualm des Bistros einen zu heben, noch etwas die Füße vertreten. Abel fand die Idee gut, er pfiff *Yellow Submarine* und kramte in der Tasche nach seinem Schlüssel.

Als er näher kam, sah er neben den drei Stufen, die zum Eingang seiner Kanzlei hinaufführten, im Dämmerlicht der Straßenlaterne eine Gestalt an der Wand kauern. Sie verharrte regungslos, die Knie angezogen, den Kopf zwischen die Arme gepreßt und die Hände gefaltet. Neugierig trat Abel näher. Es war Stella, die den Blick hob, als sie Schritte hörte. Sie sagte nichts, blieb sitzen, starrte nur hoch, so daß Abel in die Knie gehen mußte, um ihr Gesicht näher studieren zu können. Es war tränenüberströmt. Ihr Kinn zuckte. Als Abel mit der Hand vorsichtig die Schulter der jungen Frau berührte, schluchzte sie laut auf. Abel glaubte, die Worte »Mein Dieter ist tot, er ist gestorben« zu verstehen.

Er sagte wahrheitsgemäß: »Nein, er lebt.« Daß es eng für Soilent werden würde, erwähnte er nicht.

»Aber er stirbt, ich weiß es«, flüsterte die junge Frau und wischte sich mit dem Handrücken über die feuchte Nase.

Abel redete beruhigend auf sie ein, schaffte es, daß sie sich aufrappelte und mit ihm ins Büro ging. Stella entschuldigte sich in lahmen Worten dafür, daß sie den Anwalt nachts belästigte. »Und wie ich aussehe!« Ein Blick in den Spiegel hinter dem Kleiderständer. Flüchtig fuhr sie sich durch die Haare. »Aber zum Dieter nach Hause kann ich nicht. Das ganze Blut dort.« Sie schüttelte sich vor Ekel. »Und zum Hablik – nein! Nie!«

Als sie Abels Wohnzimmer betraten, stand Paul Schmitz schwanzwedelnd und sich streckend hinter der Tür. Er bellte nicht und wirkte nicht aggressiv. Eher wie ein Teddybär und völlig verschlafen. Stella, die den Hund ja bei ihrem ersten Besuch schon gesehen hatte, reagierte dennoch völlig überdreht; sie schrie auf, preßte sich mit dem Rücken an die Wand. Abel lockte seinen Köter mit einem getrockneten Schweinsohr in den Garten und band ihn an einer Buche fest.

»Der Hund ist angebunden. Keine Angst«, sagte er. Es dauerte fast fünf Minuten, ehe Stella mit tastenden Schritten den Platz neben der Tür verließ.

Sie schwiegen lang. Stella lag inzwischen halb ausgestreckt auf der Couch unter den offenen Fenstern, Abel saß an seinem Tisch. Den Kopf in beide Hände gestützt, starrte er das Mädchen an. Es war inzwischen fast dunkel im Büro. Nur die Schreibtischlampe verbreitete warmes Licht. Abel wartete darauf, daß Stella zu sprechen begann. Als sie zum drittenmal um ein Glas Wein bat, überhörte Abel seine innere Stimme, die ihn davor warnte, Stella mit ihren völlig zerrütteten Nerven, die seine Mandantin und obendrein eine wichtige Zeugin war, Alkohol zu geben. Er zog eine Flasche von dem spritzigen '95er Riesling auf, brachte zwei Gläser mit grünem Stiel aus der Küche. Stella nippte. Endlich sagte sie: »Hablik hat meinen Dieter totgeschlagen.« Diese Feststellung traf sie mit emotionslosem Gesicht.

Abel wartete, ob Stella etwas ergänzen würde. Nichts geschah. »Warum?«

Es dauerte, bis Stella sagte: »Alles Eifersucht!«

»Er ist einfach so gekommen und sofort aggressiv geworden?« Er sagte Stella nicht, daß er mit Hablik und dem Staatsanwalt gesprochen hatte.

»Nee.« Das klang gedehnt. Abel wartete. Stella fügte hinzu: »Zwischen dem Dieter und mir hat es geknallt, weißt du?«

»Nein, weiß ich nicht.«

»Der Dieter hat mich verdroschen.«

»Hm.«

»Ich habe eigentlich nicht weggedurft. Schon gar nicht nach Nizza. Und schon gar nicht mit einem Mann.«

»Der Dieter und Sie, sind Sie ein Paar?«

Stella schüttelte den Kopf. »Der Dieter meint, daß er mich wie ein rohes Ei behandeln muß. Aber ich laß mir das nicht gefallen. Okay? Der bildet sich sowieso zuviel ein. Ein Wort gab das andere. Und dann habe ich die Tischlampe genommen und hab' mich gewehrt, weil er mir eine runtergehauen hat. Und ich laß mir keine mehr runterhauen. Schon gar nicht vom Dieter.«

»Aha.«

»Aber trotzdem ist das nur unsere Sache. Die vom Dieter und mir.«

»Jetzt nicht mehr.«

Stella nickte betreten. Das war ihr klar. »Aber bei Hablik war das Eifersucht. Bloß weil der Dieter mir viel bedeutet. Dabei hab' ich nichts gemacht, daß der Hablik sich was einbilden könnte wegen mir. Er hat sofort gebrüllt, der Hablik, und da hört einer wie der Dieter doch gar nicht hin. Und dann sofort zielen und abdrücken! Aber da waren zum Glück keine Patronen drin oder weiß ich was, jedenfalls hat es nur ›Klick‹ gemacht, und da hat dann Hablik draufgedroschen, weißt du, einfach so ausgeholt und draufgedroschen, so voller Wut, daß es den Dieter sofort umgeschmissen hat. Der hat sowieso schon geblutet wie ein Schwein. Doch der Schlag mit der Knarre, das war der Rest für ihn.«

Abel studierte das Gesicht seiner Gesprächspartnerin. Er konnte ihre Züge nur schemenhaft erkennen und war darauf angewiesen, exakt auf ihre Stimmlage zu hören. Erzählte ihm jemand da eine Geschichte, oder sagte sie die Wahrheit? Hablik hatte vorhin in der Zelle sehr glaubhaft gewirkt. Und Hablik behauptete, daß Soilent nach einem Handgemenge ihn, den Eindringling, mit der beschädigten Tischlampe verjagt habe, nachdem er, Hablik, versucht habe, auf Soilent zu schießen, um Stella vor dessen Angriffen zu schützen. Unstreitig war also, daß Soilent, warum auch immer, Stella angegriffen hatte. Soilent hatte aber nach Hablik Version kein Loch im Kopf gehabt, als der Richter fluchtartig das Haus verließ. Und daß Hablik nicht noch einmal hineingegangen war, schien erwiesen. Außerdem war die Tür ja ins Schloß gefallen. Eines war sicher: Hablik hatte vor dem Haus die Pistole nicht mehr bei sich. Das hatten der Streifenwagenführer und auch Rintfleisch bestätigt.

»Wohin genau hat Hablik den Soilent mit der Waffe geschlagen?«

Stella zeigte auf ihren Kopf, zwischen Ohr und Schläfe.

»Und die Pistole?«

»Hat er danach sofort hingeschmissen.«

»Hm.«

Stella fuhr fort: »Dann bin ich irgendwie zusammengeklappt, ich hab' es nicht ausgehalten. Wer hält denn so was aus?«

»Sie sind also ...«

Stella unterbrach Abel. »Sei bitte so gut und sag' Stella zu mir. Ich krieg' sowieso heute kaum noch was auf die Reihe.«

»Ist schon okay«, sagte Abel.

Eine kurze Pause entstand. Abel hatte erwartet, daß die junge Frau in kräftigen Schlucken trinken würde, weil sich ihre Bitte nach Wein angehört hatte, als sei sie von Alkohol abhängig. Aber sie nippte nur gelegentlich. Abel nutzte die Pause, um ein wenig nachzuschenken – sich mehr als Stella. Er ließ sich wieder in seinen Stuhl fallen, schwang die Beine auf den Tisch und wippte gemächlich.

Alles würde gut zusammenpassen, wenn Hablik gestanden hätte, Soilent niedergeschlagen zu haben. Mit Nothilfe käme er juristisch glatt heraus. Er selbst hatte doch den Begriff benutzt. Auch Stella ließ keinen Zweifel daran, daß Soilent sie heftig verprügelt hatte. Jedes Gericht erkennt auf Freispruch, wenn ein Mann in einer solchen Situation einer Frau hilft, selbst bei schweren Folgen. Das Ganze wäre eine glatte Sache. Staatsanwälte lieben glatte Sachverhalte. Richter auch. Warum sollte ein erfahrener Justizfuchs wie Hablik leugnen, mit der Waffe zugeschlagen zu haben?

Doch Habliks Aussage, die geprägt war von einem hohen Grad von Emotionalität, lautete anders. Warum beharrte er auf seiner Version? Weil es die Wahrheit war, und er hoffte, daß sich die Wahrheit durchsetzen würde? Ein Richter und so naiv?

Soilent war nach Habliks Darstellung der aggressivere. War es da nicht plausibel, daß Hablik den Polizisten aufgefordert hatte einzuschreiten, um Stella zu retten? Aber genauso unstreitig hatte Hablik das nicht spontan gesagt. Hatte er nicht zuerst dem Polizisten den Mund verboten? Der Zeuge Rintfleisch billigte Hablik zu, hochgradig verwirrt gewesen zu sein. Auf Abel hatte er einen insgesamt orientierten Eindruck gemacht.

Aber wenn man Habliks Darstellung glaubte und Stellas Aussage als Produkt ihrer überspannten Phantasie nahm, wer war dann der Täter? Stella? War das alles zusammengelogen? Eine kalte Lüge einer verwirrten Frau?

Wer sonst kam für die Tat in Frage? Der bei Polizei und Justiz so unendlich beliebte große Unbekannte? Lächerlich! Außerdem beschuldigte Stella klipp und klar den Richter Hablik. »War noch jemand in der Villa?« fragte Abel.

Stella starrte ihn kurz an, dann sagte sie: »Nein, bestimmt nicht!«

»Sicher?« Abel war aufgefallen, daß sie einen winzigen Augenblick gezögert hatte.

»Nein.«

Abel nippte am Glas und grübelte. Oder war das, was Hablik vor Abel bei der Polizei aufgeführt hatte, nichts als eine billige Schmierentragödie? Abel hätte gerne Jane bei beiden Gesprächen dabei gehabt. Seismographisch registrierte sie falsche Zwischentöne, sie roch den Braten normalerweise früher als er und hörte jeden falschen Zungenschlag. Aber Jane war nicht da. Abel konzentrierte sich auf das, was Stella sagte.

»Der Hablik ist ein Spinner, ein verrückter Hund, einer, der jeder Frau über kurz oder lang richtig auf den Wecker geht«, sagte Stella.

Abel versuchte zu klären, was am Abend der ersten

Begegnung geschehen war. Hablik hatte Andeutungen gemacht, wie er in den Besitz der Pistole gekommen war. Doch es schien, als wolle sich Stella nicht damit auseinandersetzen. Sie schoß sich immer mehr auf Hablik ein. »So ein Mann *muß* ja eifersüchtig sein, bei dem hält es keine Frau aus. Und damit er nicht die Schuld bei sich selber suchen muß, so verkorkst, wie der ist, denkt er, daß immer die anderen Männer kommen und ihm die Frau wegnehmen, wenn er mal eine hat. Deswegen die Eifersucht.«

Es war schon etwas dran, wie Stella Hablik und sein Verhältnis zu Frauen schilderte. Klar, daß so einer ausrasten konnte, wenn eine so attraktive und temperamentvolle junge Frau ihn in ihren Bann schlug. So wie Stella nun auf seinem Sofa saß, viel entspannter als am Anfang, ein Bein angezogen, die Arme locker darumgeschlungen, das Kinn auf den Knien, die Haare teils ins Gesicht hängend, teils nach hinten geworfen ... Ihre dunkle Stimme ... Abel stellte fest, daß er innerlich für sie Partei ergriff. Er ermahnte sich zur Objektivität und nahm einen tiefen Schluck. Die Frage aber, wen er von beiden vertreten würde, Hablik oder Stella, war entschieden. Er hoffte nur, daß ihr behördliche Nachstellungen erspart bleiben würden. Abel unterbrach ihre Schilderungen nicht mehr mit Nachfragen, sondern ließ sie sprechen und beobachtete ihre Gesten und lauschte dem, was sie im Ton tiefster Überzeugung sagte.

»Ich bin kein Mädchen, das man auf der Straße ansprechen kann. Aber in dem Fall ... Du weißt ja, daß ich mit dem Dieter am Donnerstag einen ziemlichen Krach gehabt hab'. Es sind die Fetzen geflogen. Ich wollte eigentlich nicht mehr zu ihm zurück. Und dann läßt du dich halt auf der Straße ansprechen, denkst dir nichts dabei, wenn dich einer auf ein Glas Schampus einlädt in ein Café. Und es war auch wirklich alles harmlos, und der Hablik ist auf den ersten Blick kein schlechter Kerl, und man kann doch einem Richter vertrauen? Oder nicht?« Abel nickte. Daß es Richter gab, denen Abel keine zwei Zentimeter weit trauen würde, das stand auf einem anderen Blatt.

»Und daß ich mit ihm gleich nach Hause bin ...« Abel war gespannt, was jetzt kommen würde. »Ich weiß, das war Mist. Aber er hat versprochen, daß er brav ist.«

»Und, war er brav?« Eigentlich ging das Abel nichts an. Er dachte aber an die angebliche Unberührtheit seiner Klientin.

»Klar«, sagte Stella, und es klang sehr selbstbewußt, als sie hinzufügte: »Auch bei einem Kerl zu Hause, da bestimm' schon *ich*, ob was geht oder nicht.« Sie stand auf, kam zu Abel herüber und setzte sich auf die Schreibtischkante, unweit von Abels Füßen. Ihr Gesicht kam nun in die Nähe des Scheins der Tischlampe. Zum ersten Mal sah er wieder ihre Augen. Sie leuchteten unangenehm, hell, wie Milchglas.

»Irgendwie fand ich ihn ganz süß.« Abel starrte in den Wein, dann hob er den Blick. Stellas Augen funkelten, als sie hinzufügte: »Herr Rechtsanwalt, es geht Sie überhaupt nichts an, ob ich mit Hablik geschlafen habe oder nicht.«

»Bei der Frage der Eifersucht könnte es von Bedeutung sein, Frau Mandantin«, sagte Abel ruhig. »Besonders, wenn Sie behaupten, daß Sie dem Beschuldigten keine Veranlassung zu diesem Gefühl gegeben haben.«

»Du vertrittst den Hablik? Da sind wir doch so was wie Feinde. Er hat meinen Dieter umgebracht.« Stellas Gesicht war wieder ernst.

Abel amüsierte die Formulierung »Feinde«.

»Aber du mußt ihn gar nicht verteidigen. Der Kerl wird doch sowieso freigesprochen.«

»Warum, weil er Richter ist?«

»Klar.«

»Hast du ’ne Ahnung.« Stella spürte Abels Reserve.

»Das sagst du nur so. Aber ihr haltet doch zusammen. Da läßt man keinen hängen.« Sie zitierte das Sprichwort von den Krähen und dem Augenaushacken. »Mindestens Bewährung. Oder wegen guter Führung entlassen. So ein Richter hat Macht, Einfluß. Das hat der Hablik mir selber gesagt.«

Über Vorurteile zu streiten, hatte keinen Zweck. »Er ist nicht mein Mandant. In einer Sache kann ein Anwalt nur einen vertreten. In diesem Fall vertrete ich dich, falls du willst.«

»Soll ich wieder was unterschreiben?«

»Morgen.«

Stella sagte versonnen: »Eigentlich wollte ich abhauen, aber jetzt, wo der Dieter totgeschlagen worden ist, kann ich doch nicht einfach fort.«

Abel kam jetzt vorsichtig damit heraus: »Der Hablik behauptet, daß er den Soilent nicht geschlagen hat.«

Stella rollte die Augen. Ihre Wimpern zitterten. »Wenn ich so ’ne Scheiße höre«, rief sie empört, »dann glaub’ ich, es geht los. Das ist doch die billigste Nummer, oder?«

»Es klang aber ehrlich«, gab Abel zu bedenken.

»Puh!« Stella wurde energisch. »Hör zu, jetzt ist Schluß mit dem Gequatsche. Mir geht’s nicht gut, ich muß mich hinlegen.«

Abel klappte das Sofa im Wohnzimmer aus, überzog eine Decke und ein Kopfkissen, schloß nach einigen freundlichen Worten die Tür und verschwand mit seinem Hund im Schlafzimmer.

Obwohl er die Flasche Riesling austrank, machte er lange kein Auge zu. Hatte Stella gelogen oder Hablik? An den großen Unbekannten glaubte ein Mann wie Abel nicht.

Bevor er einschlief, tastete er sich durch die Dunkelheit zur Tür und spähte in sein Büro. Im grauen Licht der Straßenlampe sah er Stella regungslos zusammengerollt wie eine Katze auf der Seite liegen. Er trat näher. Ihm schien, sie schlief tief.

Montag, 12. August 1996

Kurz nach Mitternacht. Vorsichtshalber war Schubert zunächst an der Soilentschen Villa vorbeigefahren. Alles dunkel. Das Haus schien in tiefem Schlaf zu liegen.

Wenn Stella ihm wieder durchgegangen ist, dachte Schubert, dann rennt Soilent hinter ihr her wie ein Halbdackel. Wer Stellas Gewohnheiten kannte, der konnte sie leicht aufspüren. Sie orientierte sich stets an den In-Tips der Stadtillustrierten. Deswegen war der Professor sicher, daß Soilent Stella auf der Spur sein müßte.

Ob es allerdings sinnvoll war, daß Schubert selber noch hinterdrein kam, stand auf einem anderen Blatt. Wenn sie ihn sah, reagierte sie in manischen Phasen regelmäßig sehr aggressiv. Schubert rang mit sich, was er tun sollte, und parkte eine Zeitlang in der Nähe des Bahnhofs. Dann setzte er sich in ein ungemütliches Restaurant in der Halle, um seine Gedanken zu ordnen.

Gegen zwei Uhr legte Schubert zu Fuß die letzten paar hundert Meter zu Soilents Haus zurück. Und erst da fiel ihm auf, daß dessen Mercedes vor der Tür geparkt war und nicht in der Garage. Sonderbar! Dieter Soilent fürchtete Menschen, die nachts mit dem Schlüssel den Lack teurer Limousinen verkratzen. Deswegen war er stets darauf bedacht, den Wagen in seine geräumige Garage zu stellen. Obwohl sich der Arzt eigentlich nichts davon versprach, trat er durch das unverschlossene Gartentor und näherte sich mit leisen Schritten der Tür. Vorsichtig blickte er sich um. Nirgends in den Fenstern war Licht.

Als Schubert das Amtssiegel am Türfalz sah, fuhr er zusammen. Unmittelbar neben dem Soilentschen Eingang stand eine mannshohe dichte Eibe, hinter der er instinktiv Schutz suchte. Sein Herz raste. Er rang nach Luft. Die Polizei war bei Soilent gewesen! Gerade *das* hatte man vermeiden wollen! Was jetzt? Sich bei der Behörde erkundigen und damit automatisch Fragen nach dem Weshalb und Wieso herausfordern? Herrgott noch mal, Schubert verfluchte Soilent, der sich immer noch nicht meldete; der Professor war sich sicher, daß Stella der Anlaß für die Polizeiaktion war.

Stella, dieses verdammte Luder, hätte sie doch nie seinen Lebensweg gekreuzt! Aber andererseits – wie wäre sein Leben sonst verlaufen? Schubert würgte Anflüge von Erinnerungen ab und versuchte sich zu sammeln.

Er brauchte lange, bis er aus seinem Versteck hinter der Eibe hervorkam, um den Rückweg an den Bodensee anzutreten. Er war zur Überzeugung gekommen, daß es günstiger war, wenn die Polizei ihn, quasi ahnungslos, in Seelenfrieden anrief. Daß sich die Polizei melden würde, um Fragen über Stella zu stellen, dessen war sich der Arzt in diesem Augenblick sicher.

Als Abel aufstand, schlief Stella noch. Exakt so zusammengerollt. Als er sich über sie beugte, roch er den leisen Hauch ihres Parfüms, der den letzten Tag und die Nacht überdauert hatte. Wie dicht ihre Wimpern sind, dachte er und ging hinaus, nachdem er das Gesicht mit den hohen Backenknochen und den Grübchen im Kinn nachdenklich betrachtet hatte.

Abel erkundigte sich persönlich im Katharinenhospital der Stadt Stuttgart nach dem Patienten Soilent.

Der Anwalt hatte erfahren müssen, daß er mit telefonischen Anfragen nicht weit kommen würde; er hatte gerade mal herausbekommen, daß sich ein Patient mit diesem Namen in der Neurochirurgischen Abteilung befand. Abel mied, wie die meisten Menschen, Kliniken und Friedhöfe, wann immer es ging. Bei ihm war es aber noch schlimmer, denn er war praktizierender Hypochonder. Wenn er den Rappel kriegte, konnte er sich drei verschiedene Tumorarten an einem Tag einbilden und bekam vom Abtasten rote Stellen an den verdächtigen Körperregionen. Eine Klinik erinnerte ihn stets an alle Krankheiten, die es gab. Er ging mit eingezogenem Kopf an der Aufnahme vorbei durch die moderne, lichtdurchflutete Eingangshalle mit ihren tropischen Bäumen, einer riesigen blauen Farbfläche und einer enormen Metallskulptur.

Vor der Radiologischen Abteilung standen zwei Betten mit Menschen, die von ihren Leiden schwer gezeichnet waren. Abel schloß die Augen und schickte ein Stoßgebet für die Armen zum Himmel. Bloß nie so enden, bat er seinen Herrgott. Wenn sterben, dann kurz und bündig.

In der Neurochirurgie kam er an eine mitteilungsfreudige Schwester, die gerade Dienstschluß machte und über den Fall Soilent informiert war. Abel zeigte ihr den Anwaltsausweis und zerstreute damit ihre Bedenken, daß er von der Presse sei. Der Presse gäbe sie nie Auskünfte, sagte sie. »Aber bei einem Anwalt ist das was anderes.« Abel nahm an, daß sie ihn für Soilents Anwalt hielt, und ließ sie in dem Glauben.

Soilent war also gestern eingeliefert und nach der Primärversorgung schnell in die Neurochirurgie verlegt und notoperiert worden, weil bei der chirurgischen Diagnostik zusätzlich zu dem Schnitt am Handgelenk ein Schädel-Hirntrauma mit zunehmenden Ausfallserscheinungen im zentralen Nervensystem festgestellt worden war. Das kam von einer Schädelfraktur mit Hirnverletzung durch Knochensplitter im Bereich des rechten Schläfenbeins. Die Operation verlief ohne Komplikationen, es zeichneten sich jedoch ausgedehnte Verletzungen der Hirnsubstanz ab. »Wir haben gekämpft. Aber vergebens.« Nach einem plötzlichen Ausfall aller Vitalfunktion war Soilent trotz sofortiger Reanimationsversuche um 6.36 Uhr verstorben. »Leider war nichts mehr zu machen«, sagte die Schwester und fragte Abel, ob es draußen noch kühl sei.

»Nein«, antwortete Abel.

Die Schwester ließ ihre Baumwollweste in ihrem Schrank und fragte Abel, ob er mit ihr komme. Der Leichnam sei schon in die Gerichtsmedizinische überstellt worden, und die persönlichen Gegenstände und die Kleidung habe die Kripo mitgenommen. »So schnell kann's gehen.«

Abel nickte und ging neben der Schwester durch die Eingangshalle. Sie beklagte sich, daß Nachtdienste so schlecht bezahlt wurden, und schimpfte auf den Bundesgesundheitsminister. In diesem Moment kam ein Bus der Linie 42. Die Schwester rief Abel einen kurzen Gruß zu und rannte los.

Abel kam mit frischen Brötchen zurück und bereitete ein Frühstück vor, wie er es normalerweise in seinem Billardcafé zu sich zu nehmen pflegte: ein Glas Orangensaft, frisch gepreßt, Aufschnitt, Konfitüre, Tee oder Kaffee, je nach Laune, ein Croissant, Ei, fünf Minuten, weich und damit salmonellenverdächtig. Eier waren heute wie Austern Vertrauenssache. Abel wußte, wo er kaufte. Er nahm ein Dutzend Fines de Claires in einem Restaurant in einer Passage mit, wobei er kaum mitbekam, daß ein gewisser Staatsanwalt Quedling vorbeiging, ohne zu grüßen, weil er grundsätzlich erwartet, daß ein Anwalt zuerst zu grüßen habe.

Er hatte ja gewissermaßen Besuch. Und weil Stella immer noch so zusammengerollt und fest schlief, aß Abel allein mit Genuß, schlürfte ein paar Austern und sprach dabei mit seinem Hund. Der Anrufbeantworter zeichnete zwei Anrufe auf, die sich Abel ungerührt anhörte. Jemand mahnte wegen einer Rechnung, die Jane noch nicht überwiesen hatte, weil die Deckung auf dem Konto fehlte, und das Amtsgericht Bad Cannstatt bat um einen Rückruf wegen eines zu üppig beantragten Pflichtverteidigerhonorars.

Gegen zehn Uhr klemmte Abel einen Zettel unter Stellas Tasse, auf dem stand: »Guten Morgen und Guten Appetit. Und schneide dich nicht, wenn Du die Austern aufmachst.« Das passende kurze Messer legte er daneben.

Denselben Text – ohne den Hinweis auf die Austern, weil Jane das Geglibber nicht mochte – widmete er Jane, die kurz nach zehn Uhr eintreffen würde. Sie blieb abends länger und erledigte morgens ihren Haushalt. Abel ermahnte seinen Hund, seine Mandantin nicht zu erschrecken, und band ihn im Garten im Schatten fest. Dann ging er, um sich bei der Staatsanwaltschaft über den Fortgang der Ermittlungen sachkundig zu machen.

Die Tötung zum Nachteil des Dieter Soilent, wie es amtlich hieß, fiel in die Zuständigkeit jenes Staatsanwaltes Quedling. Er war in Juristenkreisen unter dem Spitznamen Kugelblitz bekannt. Aber Kugelblitz klingt erheblich gemütlicher, als der Staatsanwalt war. Er begrüßte Abel mit einem in gehässigem Ton gesagten: »Feierabend«. Der Anwalt schaute verdutzt.

»Ja, Feierabend«, sagte der Staatsanwalt und gab

Abel einen Klaps auf die Schulter. »Einen Mann wie den Hablik zu verteidigen, ist nichts für Austernschlotzer«, fügte er anzüglich hinzu. Auch für viele moderne Schwaben sind Menschen anrüchig, die sich nicht ausschließlich von Maultaschen, Spätzle, Kartoffelsalat und Soße ernähren. Abels kleine Marotte, gelegentlich Fines de Claires – oder, falls er Geld hatte, eine noch bessere Sorte – zu sich zu nehmen, paßte nicht in das Bild, das sich Quedling von einem rechtschaffenen Advokaten machte.

»Wie denn, was denn?« fragte Abel, dem die Anzüglichkeit des Staatsanwalt am Montagmorgen auf den Keks ging.

»Er hat Meyer beauftragt.« Bei dem Namen rollte Quedling genießerisch mit den Augen.

»Meyer mit ›ei‹ oder ›ey‹«, fragte Abel pro forma, denn er konnte sich vorstellen, wen der Staatsanwalt meinte.

»Wenn schon, denn schon«, sagte Quedling. »Meyer mit ›ey‹.«

Meier war ein Strafverteidiger aus Waiblingen, etwas älter schon, ein wenig trottelig und so gutmütig, daß er von faulen Richtern gerne zum Pflichtverteidiger bestellt wurde, besonders in Fällen, in denen ein Gericht keinen giftigen Advokaten gebrauchen konnte. Da war schon ein gewisser Unterschied zu Meyer, einem bundesweit bekannten und gesuchten Spezialisten, dessen Erfolge sich sehen lassen konnten, dessen Klienten Legion waren, wobei unklar war, ob trotz oder wegen der guten Kontakte von Meyer zur Presse.

Abel ärgerte es, wenn er von einem Mandanten entpflichtet wurde, was hie und da vorkam. Und es ärgerte ihn, wie der Kugelblitz triumphierte. Warum hatte er nicht gleich klargestellt, daß jetzt Stella seine Mandantin war? Daß die Verteidigung eines möglicherweise angeklagten Richters Hablik nicht vergnügungssteuerpflichtig war, stand auf einem anderen Blatt. Trotzdem, Abels Ego war getroffen. Als er damit herauskam, daß er Laura Telago vertrat, grinste Quedling anzüglich.

Abel ging hinüber in die Dorotheenstraße, um sich bei Hablik zu erkundigen. Er traf aber nicht auf seinen ehemaligen Mandanten, sondern auf den Kollegen Meyer, der lässig im Flur lehnte. Meyer war von mittlerer Statur und kaschierte seinen beträchtlichen Bauch mit einem hervorragend geschnittenen Sakko. Seine grauen Hosen fielen locker und weich auf die farblich gut ausgewählten italienischen Schuhe. Meyer war vielleicht fünf Jahre jünger als Abel, und sein Gesicht war bleich und gezeichnet von Streß und Überarbeitung. Eine flottbunte Designerbrille, die aussah wie verbogene Gabeln mit Gläsern, vermochte den Eindruck nicht zu zerstreuen. Meyer, obwohl aus München-Bogenhausen, hatte schon in dem einen oder anderen Zusammenhang vom Kollegen Abel gehört. Es schien, als freue er sich wirklich, den Stuttgarter Vorstadtadvokaten kennenzulernen, und als erfülle es ihn tatsächlich mit Stolz, daß ausgerechnet ein Richter es vorzog, sich von ihm, dem Auswärtigen, und nicht von Abel verteidigen zu lassen. Meyer sagte, es tue ihm leid. Scheinbar war dem Erfolgsadvokaten langweilig, denn er bot Abel eine Zigarette an, die dieser ablehnte, und verwickelte ihn in ein Gespräch. Es hörte sich fast an, als wolle er Abel trösten, als er sagte: »Es ist immer dasselbe, die Mandanten wollen den Eindruck haben, daß man sich vor sie stellt, dabei haben sie nur Angst davor, daß der eigene Anwalt die Wahrheit erfährt.« Abel antwortete einsilbig. Meyer redete von seiner Überlastung und davon, wie sehr er sich nach einem Urlaub im Norden sehnt. »Schweden, irgendwo an der Ostsee, eine Schäre, wo es keinen Menschen, kein Netz fürs Handy und kein Fax gibt.« Und wenn der Fall Brucklehner nicht wäre, der seit Wochen durch die Medien geisterte, er würde bei diesem herrlichen Wetter endlich einmal radikal zu sich und seinen Mandanten sein, die Akten zumachen und ins Flugzeug steigen. »Und dann ein rotgestrichenes Holzhaus, karierte Plumeaus, Champagner, ein Schächtelchen Kaviar und 'ne blonde Inga aus Stockholm. Das perfekte Leben auf dem Lande.« Meyer lachte herzlich. Abel lachte mit, weil er nichts gegen solche Sommerträume hatte.

»Ich denke, daß der Soilent durchkommt. Kokolores mit versuchtem Totschlag. Den kann sich die Staatsanwaltschaft an den Hut stecken. Dann ist der Mandant heute mittag wieder draußen, und ich bin weg, und wenn der Fall Brucklehner nicht wäre, ich schwöre Ihnen, Herr Kollege ...«

»Soilent ist tot.« sagte Abel. »Es tut mir leid.« Quedling hatte den Verteidiger nicht informiert.

»Oh Mann«, stöhnte Meyer, »da muß ich ja sofort mit der hiesigen Presse reden.«

Es hat kaum je ein amtierender Richter eine Nacht in einer Zelle in der U-Haft verbringen müssen, und wenn, dann war mit dieser Nacht seine Karriere zu Ende. Dabei wünschte sich mancher, Juristen würden körperlich und seelisch die Erfahrung des erzwungenen Freiheitsentzugs machen, bevor sie selbst darüber im Namen des Volkes entscheiden. Schließlich weiß der Arzt ja auch, wie man sich fühlt, wenn man krank ist. Und die Vorstellung, dem Entschluß eines anderen Menschen unterworfen zu sein, ausgeliefert seinem Urteil, das ja oft so subjektiv, so unfertig ist, kann sich zur quälenden Phobie steigern – ganz besonders bei einem, der das Geschäft der Justiz kennt. Wer in seiner eigenen Urteilskraft so unsicher war wie Hablik, der mußte vollends an dem Gedanken verzweifeln, daß es von dem Spruch eines Kollegen abhing, ob er vorerst in einer stinkenden Zelle vegetieren mußte oder ob man ihn nach Hause schickte, so daß er wenigstens in seinem Bett liegen und versuchen konnte zu begreifen, was über ihn hereingebrochen war.

In der Zelle würde er draufgehen. Hablik, der Eigenbrötler, in einem Raum mit fünf anderen. Kriminelle. Männer mit einschlägigen Karrieren. Engste Verhältnisse. Schnarcher, Raucher, Kerle, die sich nicht wuschen, und andere, die sich wegen der beengten Verhältnisse laufend wuschen und aufdringliche Duftwässer benutzten, um sich einen winzigen Rest Privatheit zu erhalten. Der im Bett unter Hablik hatte gestunken wie die Parfümerie in einem billigen Kaufhaus. Irgendeiner hatte geweint und gebetet. Die Dunkelheit, das Gewinsel, die stickige Luft der Sommernacht und der Parfümgestank. Es hatte eine Ewigkeit gedauert, bis der Morgen kam. Und Hablik schien es, als sei er gerade erst erschöpft eingeschlafen, seine flackernden Träume hatten sich im Morgen des gerade vergangenen Tages am Meer verheddert. Stella! – Ein paar Stunden vorher war er ein anderer Mensch gewesen. Die Worte, die Stella ihm im Flugzeug ins Ohr geflüstert hatte, hatten irgendwo in seiner Seele nachgeklungen, dumpf wie in einem Raum mit Samttapeten, da riß ihn das Wecken aus seiner verkrampften Ruhe. Ein Geruchsgemisch aus Zahnpasta, Stuhl, frischem Parfüm und von der heißen Nacht schweißnassen Körpern ließ ihn würgen.

Keiner der Untersuchungshäftlinge fragte den anderen, was mit ihm geschehen würde. Einsilbig und deprimiert warteten sie auf die Kalfaktoren mit dem Frühstück. Hablik konzentrierte sich auf die nächsten Stunden. Sein Gehirn entwarf Strategien und Alternativen. Er wollte versuchen, Meyer zu erreichen. Abel kam für ihn nicht in Frage. Der Mann, der seine Interessen wahrnahm, sollte einen bekannten Namen haben. Hablik unterstellte, daß dies die Richter, die über ihn zu befinden haben würden, genauso beeindrucken würde wie ihn selbst.

Hablik hatte beschlossen zu kämpfen.

Verlegung mit zwei anderen, einer davon war gefesselt, weil er als suizidgefährdet galt. Der zweite war der Parfümstinker, der schon ein halbes Jahr wegen Anlagebetrugs saß und zu seinem obligaten Haftprüfungstermin gebracht werden sollte. Im Polizeigebäude hatte Hablik als erstes erfahren, daß Soilent gestorben war. Eine im Vorbeigehen hingeworfene Bemerkung eines Kriminalers. Die Nachricht traf ihn nicht ins Mark; eine gewisse Gelassenheit hatte sich über seine Seele gelegt.

Der Mann war tot. Okay. Dann mußte sich Hablik mit diesem Sachverhalt auseinandersetzen. Er wußte, daß es jetzt mindestens um Totschlag ging. Oder um Mord. Im Zusammenbasteln und Potenzieren von Straftatbeständen sind Juristen groß, sagte sich der Jugendrichter Hablik in einem Anfall von Selbsterkenntnis. Daß Meyer in Stuttgart eingetroffen war, erleichterte den Richter, der in der Durchgangszelle zügig hin- und herging und auf diese Weise schon ein paar Kilometer zurückgelegt hatte. Abel mit seiner ewigen Fragerei, der konnte ihm gestohlen bleiben. Gestern um dieselbe Zeit noch Strand und Sonne und eine Frau, wie sie ihm vorher nie begegnet war, weder dienstlich noch privat – und nun im Gewahrsam. Es gab Leute, die in so einer Situation durchdrehten und das Personal anfielen.

Endlich Meyer, der auf dem Flur über Handy die Presse informiert hatte.

Hablik sprudelte heraus: »Ich habe den Mann nicht mit der Pistole geschlagen. Er hat noch gelebt, als ich das Haus verlassen habe. Ehrenwort. Er hat Stella getreten, wie sie am Boden gelegen hat. Er war wie ein Tier. Total durchgedreht. Ich habe in Nothilfe gehandelt, als ich eingegriffen habe. Und ihn totgeschlagen, nein, das schon gar nicht ...«

»Eins nach dem anderen.«

Eine erste Besprechung. Die Beweise wurden bewertet. Meyer gab sich optimistisch, Hablik zauderte inzwischen wieder. Unterbrechung durch den Staatsanwalt, ob denn der Herr Meyer auch zur Aussageverweigerung rate? Ausweichende Antwort. Weitere Beratungen in der Zelle hinter verriegelten Türen. Daß Meyer rauchte, störte Hablik, aber er wollte ihn nicht bitten, damit aufzuhören.

Dann wieder der Staatsanwalt: »Herr Hablik, wir müssen, so wie's aussieht, zum Haftrichter.«

»Aber Herr Quedling, ich denke, wir besprechen alles in Ruhe und einigen uns, ohne daß ein Antrag auf Haftbefehl gestellt wird. Also ich bitte Sie, Sie können doch den Kollegen Hablik nicht in Gewahrsam nehmen. Bei ihm gibt's doch nicht den geringsten Anhaltspunkt für Flucht- oder Verdunklungsgefahr. Und ein fundierter Anfangsverdacht ist auch nicht gegeben.«

Quedlings Blick zeigte, daß er anderer Meinung war. Sicher hatte er seine Karten noch nicht alle aufgedeckt. Meyer sprach das an. Ein Achselzucken war die Antwort. Hablik könne ja aussagen, dann würde man ihn mit den Befunden konfrontieren.

»Also gibt es Befunde?«

»Ja.«

Bestürzt erfuhr Hablik, daß der Kollege Richard Bolenz als Haftrichter für ihn zuständig war. Bolenz würde im Laufe des Montags den Sonntag abarbeiten, soweit es Personen mit dem Anfangsbuchstaben G bis N betraf. Sechs Fälle, wie Meyer in Erfahrung gebracht hatte. Fünfmal Routine. Einmal Hablik.

Hablik war mit Bolenz per Du, weil beide im selben Semester studiert hatten. Bolenz hatte die besseren Zensuren im Examen, war aber ein fauler Hund, der lieber für den nächsten Berlin-Marathon trainierte als bei der Justiz Karriere zu machen. Als Sportler waren sie sich zu Anfang des Studiums nähergekommen. Hablik hatte aber den Verbindungsstudenten Bolenz mit abfälligen Bemerkungen über die Rüpeleien der Korporierten beim Tübinger Stocherkahnrennen brüskiert. Und das »vor Damen«, wie eine Ansammlung jeanstragender Studentinnen aus dem Anfangssemester im Jargon der Verbindungsstudenten hieß. Hablik war nicht satisfaktionsfähig aus Sicht des stud. jur. Bolenz. Deswegen sprachen sie lange Zeit nicht mehr miteinander. Und selbst als sie Kollegen beim Amtsgericht waren, gingen sie distanziert miteinander um.

»Befangen ist der«, sagte Hablik zu seinem Verteidiger und erzählte die Geschichte.

»Kommen Sie, das sind doch olle Kamellen.«

»Nicht für einen wie den. Kleingeist. Befangen! Ich weiß doch, was ich sage.« Hablik brüllte wieder.

Nach einer längeren Debatte kündigte Rechtsanwalt Meyer per Handy dem Staatsanwalt den Befangenheitsantrag an. Der Kugelblitz nickte, als er von dem Antrag erfuhr, und dachte sich seinen Teil. Die Rechtsmedizin rief an, sobald er aufgelegt hatte. Quedling schob mit dem Fuß die ramponierte Tür seines Dienstzimmers in der Neckarstraße zu, um ungestört zu sein.

Im Amtsgericht traf Abel zufällig auf Frau Tagwerker, die mit einem Becher Kaffee aus dem Zimmer einer Kollegin kam und sofort auf ihn zusteuerte. »Sagen Sie mal, das mit dem Hablik, das ist ja wirklich ein Ding.«

Frau Tagwerker pustete und trank einen Schluck. Dann fragte sie: »Sie haben keine Ahnung, wo sich unser Schützling aufhält, die Stella?«

Abel wich ihrem forschenden Blick aus und antwortete nicht.

»Ich muß mir ein Bild machen«, sagte sie, »nach allem, was da gestern passiert ist. Dafür haben Sie doch sicher Verständnis. Sie wissen nicht, wo sie sich aufhält?« Abel bedauerte, keine Angaben machen zu können. Das Gesicht der Richterin wurde verschlossen. Sie sagte: »Sie ist gestern mir nichts, dir nichts aus der Unfallklinik verschwunden, und der Staatsanwalt will mit ihr reden.«

»Bedaure wirklich.«

»Sie wissen ja, es gibt da noch andere Mittel«, drohte sie verhalten. Natürlich durchschaute sie den Anwalt.

»Klar weiß ich das.«

George trug einen legeren Sommeranzug in dunklem Marineblau, dazu weiße Schuhe und ein weißes Hemd mit einer gelblichen Krawatte, die von einer Nadel in Ankerform gehalten wurde. Jane hatte ihr drei Akten in die Hand gedrückt und sich einen langen Blick eingefangen. George versuchte aufzuklären, daß es sich um ein Mißverständnis handeln mußte. Sie müsse sich auf ihr Examen vorbereiten. Das um so mehr, als sie kein ausgesprochener Prüfungstyp sei. Jane kannte aus der eigenen Biographie Probleme dieser Art. Aber die gelackte junge Frau war ihr unsympathisch. Sie war im Streß und nicht geneigt, sich auf die Probleme der Referendarin einzulassen. Wie sich herausstellte, war diese auch in anderen Büros mit ihrer Haltung angeeckt.

»Entweder Sie arbeiten, oder Sie suchen sich was anderes. Herr Abel stellt keine Gefälligkeitszeugnisse aus.

Immerhin bekommen Sie vom Staat Ihr Gehalt dafür, daß Sie in den Ausbildungsstationen was tun.«

Stella, Jane gegenübersitzend, hatte ihre Haare mit einem Puschel gebändigt. Sie trug die Jeans, die ihr Jane geliehen hatte, dieselben weißen Segeltuchschuhe wie gestern und einen von Abels Baumwollpullovern. Wortlos beobachtete sie, wie Jane die Referendarin abfertigte, mit den drei Akten unter dem Arm aus der Tür schob und zurück an den Tisch kam. Stella stocherte in den Austernschalen und der Zitrone herum und nippte Orangensaft.

Die beiden waren beinahe mit dem Frühstück fertig und gaben Abel spontan das Gefühl, daß er störe. Ein knappes Lächeln, so als wäre jeden Montag bei Rechtsanwalt Abel zum Frühstück Damentag. Das Telefon klingelte, Jane beugte sich nach hinten und schaukelte bedrohlich auf ihrem Stuhl. Sie nahm, ohne richtig hinzusehen, den Hörer ab und sagte: »Rechtsanwaltskanzlei Abel. Guten Tag, womit kann ich Ihnen helfen?« Der Anrufer erklärte, was er wollte, Jane sagte gelegentlich »ja«, dann legte sie auf, nicht ohne sich vorher für den Anruf höflich bedankt zu haben, fügte auf einem Schmierblatt eine Notiz hinzu und sagte zu Stella: »Weiter.«

Doch Stella fuhr nicht fort, sie sah Abel forschend an und fragte mit sehr ernstem Gesicht: »Und?«

Abel haßte, was er sagen mußte, aber es mußte raus: »Dieter Soilent ist heute morgen gestorben.«

»Scheiße«, sagte Jane, ihr Lächeln verschwand. Stellas Miene verhärtete sich. Sie sagte keinen Ton. Mit zeitlupenhaften Bewegungen stand sie auf, ging hinüber in Abels Schlafzimmer. Dort warf sie sich auf das Bett, das Abel am Morgen gemacht hatte. Sie krümmte sich zusammen, wie sie die Nacht über auf der Couch geschlafen hatte. Abel hantierte in der Küche, und Jane schwieg. Das Telefon plärrte. Keiner nahm ab. Nach ein paar Minuten ging der Anwalt hinüber, um nach Stella zu sehen. Sie weinte nicht. Sie nagte auf ihrer Unterlippe und war blaß wie die Wand.

»Jetzt bin ich ganz alleine«, flüsterte Stella.

Abel hätte sie am liebsten in den Arm genommen und getröstet. Aber bei einer Mandantin ist man ziemlich hilflos. Auch Jane war gedrückter Stimmung. Beide sprachen leise, um Stella in ihrem Kummer nicht zu stören.

Abel diskutierte mit gesenkter Stimme über den Fall. Jane sagte pragmatisch: »Wenn man es nüchtern sieht, ist Stella sowieso die weit angenehmere Mandantin; außerdem ist sie angeblich richtige Millionärin, und wir müssen endlich einmal nicht wegen deines Honorars Sorgen haben. Deine übrigen Klienten kommen nie aus solchen Kreisen.« Abel nickte und machte sich daran, seine Telefonnotizen abzuarbeiten. Dabei beobachtete er das reglos auf dem Bett liegende Mädchen durch einen Türspalt.

Ein Gerücht, das Jane später in der Justizkantine aufschnappte, wollte wissen, daß Hablik ein umfangreiches Geständnis abgelegt habe und deswegen auf freiem Fuß sei. »Der Meyer hat gute Arbeit geleistet, das muß man ihm lassen«, sagte der Urkundsbeamte von der 5. Strafkammer. Bloß, die 5. Strafkammer war nicht für Mord und Totschlag, sondern für Wirtschaftsdelikte zuständig. Ein weiteres Gerücht sprach von der Ausstellung eines Haftbefehls und davon, daß Richter Hablik bereits nach Stammheim in Untersuchungshaft verbracht worden sei. Die Sache war zu neu, zu frisch, als daß Jane sich auf Gerüchte verlassen wollte. Sie bohrte nach, bekam aber keine befriedigenden Antworten.

»Was macht dein Meister?« fragte der Urkundsbeamte, der gerne mit Jane aß und auch gerne mit ihr etwas angefangen hätte, obwohl – oder weil – er eine Lebensgefährtin und ein uneheliches Kind hatte.

»Ich weiß nicht«, antwortete Jane wahrheitsgemäß.

Es war so, daß der Rechtsanwalt Abel seinen Kollegen Paul Kramer traf, einen stadtbekannt frankophilen Fachanwalt für Steuerrecht, der formal eine Zweigstelle seiner Kanzlei auf seinen schloßähnlichen Latifundien in der Provence bei Arles betrieb und mit dem deutschen Fiskus im Dauerclinch wegen der Absetzung der Reisespesen in seine französische Dependance lag, ein untersetzter Mensch von Mitte dreißig, agil mit Stoppelfrisur und Schnauzbart. Und weil Kramer und Abel ebenso leidenschaftliche wie berüchtigte Boulespieler waren, bedurfte es nur eines kurzen Zunickens, und die Herren trafen sich wenige Minuten später mit ihren original O-But-Kugeln an der Bocciabahn in den Parkanlagen hinter dem Bahnhof, um ein Spielchen zu machen, das Abel nach einem zähen Ringen in drei Sätzen 13:10, 8:13, 13:11 für sich entscheiden konnte, bevor er sich mit dem Kollegen Kramer, über das Spiel fachsimpelnd, in den Schatten eines Biergartens zurückzog, um ein Bier zu trinken und einen Wurstsalat zu essen.

Als Abel mit einer Tüte Antipasti für seine Damen die Kanzlei betreten wollte, fiel er dem Staatsanwalt Quedling in die Hände, der sich in Begleitung des Kriminalkommissars Holz persönlich zu Abel bemüht hatte. Quedling stand – ganz fleischgewordene Bugwelle – mit auf dem Rücken verschränkten Armen im Büro und debattierte mit Jane, als Abel mit dem Ellenbogen die Türklinke herunterdrückte, weil er die Hände voll hatte.

Der Kugelblitz schoß auf Abel zu, noch bevor dieser die Tüte abgestellt hatte, und herrschte ihn an: »Frau Tagwerker hat mir gesagt, daß Sie wissen müssen, wo sich Laura Telago aufhält. Und ich fordere Sie jetzt förmlich auf, daß Sie mir das offenlegen, oder wir durchsuchen hier.«

Jane rief erregt dazwischen: »Er hat keine Durchsuchungsanordnung. Ich habe ihn schon hinausgeschmissen, aber er geht nicht.«

»Durchsuchungsanordnungen, so ein Quatsch«, trompetete Kommissar Holz. »Hier ist doch Gefahr in Verzug.«

»Unsinn!« Jane zitierte aus dem Kopf zwei BGH-Entscheidungen.

»Ruhe«, sagte Abel. »Erst muß ich mal aufs Klo.«

Abel mußte nicht aufs Klo. Er nutzte die Gelegenheit, vorsichtig in sein Schlafzimmer zu spähen. Stella hatte sich nicht vom Fleck gerührt. Im Büro herrschte angespannte Stille, bevor Quedling zu einem Monolog ansetzte.

Abel wusch sich in aller Ruhe die Hände und lauschte den im Büro in schnarrendem Schwäbisch vorgetragenen Tiraden des Beamten über seine Pflichten. Und er hätte das noch einige Zeit weiterlaufen lassen, wenn Jane nicht allein gewesen wäre.

Holz, der Schnüffler, stand inzwischen im Türrahmen, machte schmale Lippen und spitzte die Ohren, damit ihm auch kein verdächtiges Geräusch in der Kanzlei entging. Doch außer dem Geschnarre seines Vorgesetzten und dem Wasserhahn war nichts zu hören. Jane hatte die Beine dekorativ übereinandergeschlagen und hörte schweigend zu. Abel schob Holz zur Seite und trat wieder ein.

»Erstens muß ich mit Frau Telago reden, sie muß mir sagen, was sie gestern abend bei dem Streit wahrgenommen hat.« Der Staatsanwalt hatte das vorher schon Jane auseinandergesetzt. Nun kam Abel dran. »Zweitens bestehen von seiten des Familienreferats Befürchtungen, was die Befindlichkeit der Frau Telago angeht. Und das kann und will ich nicht von der Hand weisen, nach allem, was passiert ist.« Abel nickte und kommentierte, daß das ja alles keine unplausiblen Anliegen seinen. »Dann sagen Sie mir, verdammt noch mal, wo sie ist«, fauchte Holz.

Damit hatte Abel, wie er zugab, Schwierigkeiten. Quedling schüttelte wütend den Kopf. Holz griente verächtlich. Typisch Advokat, dachte er.

»Ich müßte wissen, was sich seit gestern nacht Neues ergeben hat, um Frau Telago raten zu können«, sagte Abel.

»Da kann ja jeder kommen«, wieherte Holz. »Wie ist das eigentlich, haben Sie eine Vollmacht von der Telago?«

Ein Blickwechsel zwischen Abel und Jane. Abel wand sich heraus: »Liegt noch nicht schriftlich vor, gehen Sie aber mal davon aus ...« Quedling wußte, daß ein Verteidiger eine Vollmacht auch nachreichen kann. Abel insistierte, daß er informiert werden wolle. Quedling konnte nicht länger ausweichen und begann damit, den Verteidiger des Richters zu loben: »Der Meyer fightet tapfer.«

Abel hatte beschlossen, sich nicht ärgern zu lassen. »Wo er sich doch eigentlich vorgestellt hat, daß er heute nachmittag schon wieder in München in seiner noblen Kanzlei sitzt. Und jetzt ist der Soilent tot. Was gibt's in der Sache Neues, lieber Herr Quedling?«

Nun wollte auch der Staatsanwalt für den Augenblick das Kriegsbeil begraben. Formal gesehen, war Abel im Recht. Quedling schob den Bauch noch ein kleines Stückchen weiter heraus und referierte kühl: »Also: Es sieht immer schlechter aus für unseren Hablik. Zur Tatwaffe: Nach der Obduktion stammt die Impressionsfraktur an der rechten Schläfe oberhalb des Ohres eindeutig von der 9 mm Heckler & Koch, die am Tatort gefunden worden ist. Damit koinzidiert, daß an dem Pistolenlauf Blut, Haare und Gewebespuren gefunden wurden, die aller Voraussicht nach vom toten Steuerberater stammen. Es gibt die Aussage des Pivatdetektivs Rintfleisch, daß die ihm von der Kripo vorgelegte Heckler & Koch dem Getöteten gehört haben soll. Und Soilent hat Stella von dem Privatdetektiv suchen lassen.«

»Spricht das gegen Hablik?« fragte Abel.

»Der Grund für die Suche war, so wie es aussieht, daß die Telago diese Heckler & Koch nach einer Auseinandersetzung mit Soilent am Donnerstagabend mitgenommen hatte und verschwunden war. Rintfleisch hatte herausbekommen, daß sie mit Hablik unterwegs war, und aus den Angaben einer Buffethilfe geschlossen, daß Hablik die gesuchte Pistole im Gericht verwahrte. Rintfleisch machte mit seinem Klienten aus, wie sie das Pärchen abpassen wollten, der Detektiv vor dem Gericht, wo man die Pistole vermutete, sein Auftraggeber vor der Wohnung.«

»Wie wir inzwischen wissen, hat Hablik mit Frau Telago einen Kurzausflug nach Nizza unternommen. Als er von dort zurückkam, wurde das Pärchen vor der Wohnung von Soilent gestellt. Zeugen haben eine heftige, ja sogar handgreifliche Auseinandersetzung zwischen dem Herrn Hablik und dem Steuerberater auf der Straße beobachten können. Das war kurz nach 17 Uhr. Die Aussagen haben wir. Soilent hat die junge Frau danach in seinem Auto mitgenommen.«

Der Staatsanwalt resümierte weiter: »Rintfleisch wartete, wie gesagt, vor dem Amtsgericht. Hablik kam nach den Feststellungen des Detektivs gegen halb sechs, also nach dem Streit vor dem Haus, rannte in das Gericht und erschien kurz darauf mit der Pistole, die er im Laufen in einer Plastiktüte verschwinden ließ. Rintfleisch sprach ihn an, doch Hablik reagierte nicht. Bis Rintfleisch seinen Wagen gestartet hatte, war Hablik um die Ecke. Rintfleisch fuhr zu seinem Auftraggeber. Als er vor dessen Villa ankam, war schon heftiger Streit im Gange. Als er näher trat, traf er auf Hablik. Der war voller Blut!«

Staatsanwalt Quedling putzte die Brille und machte eine kunstvolle Pause. Er sah Abel, der sich beharrlich jeden Kommentars enthielt, prüfend an, bevor er fortfuhr: »Nach unserem derzeitigen Kenntnisstand befanden sich drei Personen in der Villa des Soilent: Das spätere Opfer, der Beschuldigte Hablik und die Telago.«

Quedling beendete seine Putzaktion und schob die Brille wieder auf die Nase. »Da ist es notwendig, daß ich weiß, welche Wahrnehmungen die junge Dame gemacht hat. – Nicht zuletzt wegen der Haftfrage.«

»Ja«, pflichtete ihm Abel bei. Vorsichtig erkundigte er sich, ob Hablik immer noch schweige.

»Ja. Aber er hat auf meine theoretisch gemeinte Frage, ob denn auch ein tätlicher Angriff der Telago auf Soilent denkbar wäre, mit großer Entschiedenheit geantwortet: ›Ich stelle mich vor diese Frau, sie ist völlig integer.‹« Der Staatsanwalt bekam etwas Lauerndes, als er fortfuhr: »Interessieren Sie sich für die Fingerabdrücke an der Tatwaffe?«

»Ja.«

Lächelnd nickte Quedling, und Holz sagte: »Da sind die vom Hablik drauf, aber auch die Ihrer geschätzten Frau Mandantin.«

Jane mischte sich ein: »Wenn sie die doch bei sich hatte nach dem Donnerstagabend, da würde mich eher wundern, wenn Sie keine Fingerspuren an der Pistole gefunden hätten.«

Der Staatsanwalt ließ nicht locker. »Wenn wir bloß ein Motiv bei dem Kollegen Hablik sehen würden«, sagte er hinterhältig.

»Eifersucht?« half Abel aus.

Der Staatsanwalt gedehnt: »Naja. Das sagt sich so leicht. Aber unser Hablik ist doch eher ein Weiberfeind.« Quedling korrigierte den Eindruck, den seine Wortwahl hinterlassen könnte, sofort mit einem »Verzeihung« in Richtung Jane, die aber abwinkte.

Er fuhr fort: »Hablik war mit der Telago in Nizza, aber gleich eifersüchtig auf den amtlichen Betreuer? Das wäre doch eher umgekehrt nachvollziehbar. Soweit augenblicklich amtsbekannt, war außerdem zwischen Soilent und dem Mündel nichts. Worauf hätte Hablik eifersüchtig sein sollen?«

»Eifersucht ist nichts Rationales«, warf Jane dazwischen. Sie kannte das aus eigener Erfahrung. Doch der Staatsanwalt, der ausdauernd mit einer tüchtigen Frau mit Doppelnamen verheiratet war, konnte das nicht nachvollziehen und ging deswegen auf den Einwand nicht ein. Stur wiederholte er: »Sie sehen, ich muß Frau Telago sprechen.«

»Dringend«, unterstrich Holz.

Pause.

Daß Abel Stella im Nebenzimmer nicht erwähnte, erfüllte schon fast den Tatbestand der Begünstigung. Anwaltliche Verschwiegenheit ging aber in Abels Augen vor. Nichts zu machen. Er reagierte einfach nicht auf die Aufforderungen und sah den Staatsanwalt nur an. Da riß dem Kugelblitz der Geduldsfaden, und er schlug mit der flachen Hand auf den Tisch: »Rein motivmäßig gesehen ist ein Anfangsverdacht bei Ihrer Frau Mandantin nämlich viel naheliegender, mein lieber Herr Abel.«

»Wie, motivmäßig?« fragte Abel ungerührt und wischte über die Stelle, auf die der Staatsanwalt geschlagen hatte.

Quedling grinste. »Tut mir leid, das hätte ich gern der jungen Dame selber gesagt und gesehen, wie sie reagiert. Sie können ja dabei sein, Herr Abel.«

Abel stand auf. »Tut mir leid. Sie dürfen jetzt gehen.«

»Er hat bestimmt irgendwo eine Adresse oder eine Telefonnummer. Durchsuchen?« fragte Holz.

Der kugelige Quedling zögerte.

»Das gibt Ärger«, knurrte Abel.

Quedling konterte: »Vorsicht, Herr Abel!«

Der Anruf von der Stuttgarter Polizei, den Professor Schubert fiebernd erwartete, kam gegen fünfzehn Uhr. Genau in der Pause zwischen zwei Sitzungen mit Privatpatienten. Der Termin war von Schuberts Sekretariat so arrangiert worden. Ein gewisser Herr Holz erkundigte sich im Auftrag eines Staatsanwalts Quedling nach Frau Laura Telago und erhielt prompt die Antwort:

»Ärztliche Schweigepflicht.«

Schubert erwartete nicht zu Unrecht, daß der Polizist nun eine Erklärung abgeben würde, weshalb er die Informationen benötigte. Holz, ein alter Hase im Geschäft, erging sich aber nur in Andeutungen. Andeutungen allerdings, die dem Professor Puls und Blutdruck in die Höhe trieben. Sein Kopf rötete sich bis über die Glatze. Schließlich kam er aus der Deckung, wollte wissen, was los sei; Laura Telago bliebe auch nach ihrer Entlassung aus Seelenfrieden seine Patientin. – Ambulant.

Holz tat so, als habe auch er Bedenken, alles zu sagen. Immerhin gab es auch für Kriminalbeamte eine Dienstverschwiegenheitspflicht. Schubert, dem das Herz bis zum Hals schlug, rang sich durch und sagte: »Wissen Sie, Herr Holz, was sollen die Spielchen, ich bin bereit, mit Ihnen zu kooperieren, denn Frau Telago ist eine sehr, sehr schwierige Patientin. Aber Voraussetzung ist, daß ich alles weiß, alles!«

»Gut.« Holz erklärte, was passiert war. Dieter Soilent war tot. Und Schubert war kurz davor, das Gespräch unter irgendeinem Vorwand zu unterbrechen, weil ihn die Neuigkeit traf wie ein Schlag. Haß und Furcht tobten in ihm. In seinen Ohren brauste und hämmerte der Puls.

»Mein Gott.«

Schubert befleißigte sich trotz seiner Panik einer höchst korrekten Ausdrucksweise, als er sagte: »Ich fürchte, Herr Holz, daß meine Patientin aus medizinischer Sicht nicht als Täterin in Frage kommen kann.«

Holz erklärte ihm, daß der Anfangsverdacht sich überwiegend gegen einen anderen Beschuldigten richte, aber weil Frau Telago am Tatort gewesen sei, brauchte man ihre Aussage. »Sie ist doch wohl nicht bei Ihnen?«

»Aber nein.«

»Aha.«

Nun war Schubert an der Reihe. Er schilderte die Patientin als einen manisch depressiven Problemfall, der in den extremen Stimmungslagen deswegen potentiell immer gefährdet sei. »Gefährdet, nicht gefährlich«, unterstrich er. »Medikamentös schwer einstellbar. Man muß sich Sorgen machen, wenn man nicht weiß, wo sie ist. Eigentlich hätte Herr Soilent auf sie aufpassen sollen.«

»Nach Lage der Akten vom Familiengericht ist es wohl nicht ganz so schlimm mit Frau Telago«, meinte Holz.

Schubert versicherte, er wolle Juristen und Polizisten nicht zu nahe treten, aber die Einschätzung von psychisch Kranken sei keine Sachen für Laien. Ob er denn als Arzt gebraucht werde?

Schubert war erleichtert, daß Holz ihn zu einem Gespräch mit einem Staatsanwalt Quedling bat. Nun hatte er einen unverfänglichen Anlaß, nach Stuttgart zu reisen. Er legte auf, holte aus einem seiner Schränke einen Blutdruckmeßapparat und stellte bei sich irrwitzige 230/120 fest. Zum erstenmal in seinem Leben nahm er ein Antidepressivum und zerbiß eine Kapsel mit einem stark blutdrucksenkenden Medikament. Erst nach zehn Minuten war sein Kreislauf wieder soweit in Ordnung, daß er sich traute, sein Chefarztzimmer zu verlassen, um die notwendigen Anweisungen zu geben und sich zu erkundigen, ob Stella inzwischen vielleicht doch nach Seelenfrieden zurückgekehrt war.

Sie war es nicht.

Abel saß an der Schreibmaschine und tippte einen Schriftsatz, mit dem er sich als Verteidiger für einen Lkw-Fahrer legitimierte, der Ärger mit den Lenkzeiten hatte und dem man Urkundenfälschung vorwarf, weil angeblich etwas mit der Tachoscheibe nicht stimmte. Träumend starrte Abel durch die Schaufenster der ehemaligen Papierhandlung auf die Straße. Die Tür zum Garten stand offen. Lärm von spielenden Kindern drang herein. Jane war seit einer Stunde überfällig. Aber das war immer so, wenn sie beim Friseur war. Und Abel hatte sich inzwischen angewöhnt, selber kleine Schriftsätze zu fertigen. War ja auch kein Kunststück.

»Gehen wir«, sagte Stella hinter ihm; er fuhr wie vom Blitz getroffen herum und vertippte sich dabei. Daß

Stella sich trotz der mittäglichen Stille hinter ihn schleichen könnte, hatte er nicht erwartet. Sie wirkte so blaß und gefaßt. Sie schien im Bad gewesen zu sein, denn ihr Atem roch nach Zahnpasta, und ihre Haare waren flüchtig gekämmt. Ihr Gesicht war ungeschminkt noch hübscher. Sie hatte rotgeweinte Augen.

»Wohin?« fragte Abel verblüfft.

»Ich hab' mitbekommen, daß ein Typ mit mir reden will, wegen einem Motiv. Polizei oder so. Nett von dir, Abel, daß du nicht gesagt hast, daß ich hier bin, und ich sag's auch nicht weiter. Aber ich brauch' mich nicht zu verstecken. Ich sag' denen, wie es war, damit die sehen, daß ich kein Motiv hab'.«

»Die volle Wahrheit?« fragte er.

»Klar.«

»Auch wenn's weh tut?«

»Es geht schon.« Stella lächelte.

Abel schaltete die elektrische Schreibmaschine ab und wandte sich Stella zu. »Wir müssen noch eines klären: Soll ich dich als Anwalt in der Sache vertreten?«

Noch einmal kam ein unmißverständliches »Klar«.

Abel schwang die Füße auf den Tisch und sagte: »Also, leg los.«

»Nein«, sagte Stella, »ich will das gleich bei den Bullen sagen oder dem Staatsanwalt oder so.«

Ein guter Verteidiger war vorsichtig mit solchen Aktionen. Er dürfte zwar die Aussage seiner Mandanten nicht beeinflussen, aber man hörte doch erst mal lieber, was sie zu sagen hatten, und klärte sie über die Konsequenzen auf, bevor man sie ins Messer eines Juristen mit notorisch schlechter Phantasie laufen ließ. Das galt besonders dann, wenn der Staatsanwalt in einer nicht hinreichend aufgeklärten Strafsache kritisch über ein Motiv redete, das die Mandantin haben könnte. Stella ließ sich aber von Abel nicht umstimmen.

In Soilents Kanzlei hatte man erst kurz nach zehn Uhr von dessen Tod erfahren. Üblicherweise kam der Chef nicht vor neun, aber auch nicht später als viertel nach neun. Wegen diverser Steuerprüfungen baten hochnervöse Klienten ständig um Rückrufe. Das Büropersonal brach gegen zehn Uhr das Tabu, den Chef morgens zu Hause anzurufen. Soilents Bürovorsteherin hatte einen Herrn Allgeier von der Kriminaltechnik am Apparat, der ihr ebenso prompt wie brutal sagte, Soilent sei in den frühen Morgenstunden an den Folgen eines Verbrechens verschieden. Tränen schossen der Sekretärin in die Augen, nicht nur, weil sie Soilent gemocht hatte, sie konnte generell mit Todesfällen nicht anders umgehen. Sie schluchzte laut, und die ganze Mannschaft der Kanzlei lief zusammen. Gleichzeitig klingelten die Telefone, weil die Sekretariate wichtiger Mandanten die Rückrufe anmahnten. Die Damen rangen um Fassung und konferierten ohne Chef. Sollte man sagen, was passiert war? Gestorben ist eine Sache, umgebracht eine ganz andere. Die Damen beschlossen, die Klienten vorerst, soweit wie möglich, zu vertrösten und die Steuerberaterkammer anzurufen. Dort riet man, den Klienten die Wahrheit zu sagen, und versprach, sich sofort um eine Vertretung zu kümmern. Doch das würde, selbst wenn es im Umlaufverfahren geschehen könnte, seine Zeit dauern. So verbreitete sich die Nachricht vom Tode des geschätzten Steuerberaters in Windeseile in den besten Kreisen der Stadt.

Mitten in die Stimmung von Trauer, Verzweiflung und Ratlosigkeit platzte am frühen Nachmittag Professor Schubert. Er hatte eine Kondolenzmiene aufgesetzt. Und weil, wie er mit zwei oder drei Fragen feststellte, die Frauen noch weniger über den Verlauf der vergangenen Nacht wußten als er, hüllte er sich in Schweigen und bat lediglich um die Aushändigung seiner Steuerakten.

Die Sekretärin versuchte ihn umzustimmen: »Aber Herr Professor, wir bekommen sicher in Kürze einen amtlich bestellten Vertreter. Und die Praxis kommt in beste Hände. Die Steuerberaterkammer hat ...«

Mit einer knappen Handbewegung schnitt Schubert ihr das Wort ab.

»Ich brauche für meine Steuerangelegenheiten eine Person meines persönlichen Vertrauens. Ein amtlich bestellter Vertreter, ein Irgendwer, kann das nicht sein. Bei uns unten am Bodensee habe ich entsprechende Verbindungen. Bitte, meine Zeit ist beschränkt.«

»Einschließlich Seelenfrieden?«

»Einschließlich«, sagte der Arzt in einem Ton, der keinen Widerspruch duldete.

Zwei der Mädchen halfen dem Professor, den umfänglichen Vorgang, abgelegt in knapp zwei Dutzend Leitzordnern, in den Kofferraum seines Wagens zu tragen. Als Schubert die Übernahme der Akten quittierte und um Zusendung der Abschlußrechnung bat, war er sehr erleichtert.

Als Abel zusammen mit Stella die steile Staffel von der Landhausstraße zur Neckarstraße hinunterstieg, wo die Staatsanwaltschaft ist, hielt er sich instinktiv im Schatten der Bäume. Stella dagegen schien die glühende Sonne nichts auszumachen. Er fragte noch einmal, was Staatsanwalt Quedling wohl mit einem möglichen Motiv gemeint haben könnte. Ihre Antwort kam nun spontan: »Das mußt du am besten wissen, Abel.« Abel war verblüfft. Stella: »*Ich* hab' ja nicht gewußt, daß meine Betreuung aufgehoben war.«

Abel blieb stehen. »Von wem hast du das erfahren?« Er hatte noch keine Gelegenheit gehabt, mit Stella in

Ruhe über diesen Aspekt zu sprechen, der ihm sehr am Herzen lag.

»Vom Dieter. Und deswegen habe ich mit ihm einen Mordskrach gekriegt.«

»Ich dachte, es ging ums Ausreißen?«

»Mann, laß mich doch ausreden!« Sie bogen nun in die Neckarstraße ein. »Da muß man sich doch aufregen bei so einer faulen Sache, wie sie der Dieter da abgezogen hat. Er holt mich in Seelenfrieden beim Schubert ab, tut, als wäre es 'ne Superleistung von ihm, daß ich mal wieder raus darf. Und ich Kuh glaub' das. Bin ihm dankbar wie's Hühnchen. Und ständig macht er mir Ärger. Dann gibt's Zoff, weil ich einfach mal auf die Piste will, in die Stadt. Und er: Stella, das geht nicht. Stella, wenn irgendwas passiert, Stella, ich bin verantwortlich, Stella, wenn der Carl – das ist der Schubert – wie 'ne Glucke. Ich haß' das, wenn Typen sind wie Glucken. Dabei war ich in Wirklichkeit eine völlig freie Frau. Hätte nach Amerika gekonnt oder an den Nordpol oder nach Nizza. Ich hätte niemanden fragen müssen, den Dieter schon gar nicht.«

»Und Sonntag?« fragte Abel.

»Am Sonntag? Dasselbe!« Stellas Ton war verächtlich. »Der Dieter greift mich vor Habliks Wohnung. Er droht mir mit Seelenfrieden. Ich bin freiwillig mitgegangen, hab' ihm aber im Auto die Meinung gesagt. Der sollte endlich kapieren, daß ich nicht nach seiner Pfeife tanze. Ich hab' von dir gesprochen, und daß wir jetzt beim Gericht diese Dings, diese Betreuung aufheben lassen.« Abel nickte. »Der Dieter tut, als wär' er aus Holz. Er bringt mich nach Hause, telefoniert mit dem Schubert. Wir hängen 'ne Zeit rum, sind wütend, keiner sagt was. Da steht der Dieter plötzlich da, ich seh' das jetzt noch vor meinem geistigen Auge. Ich draußen auf der Terrasse, und er steht vor mir, macht ein Gesicht wie drei Tage Regenwetter und erklärt, ich würde sowieso von meinem Anwalt, also von dir, erfahren, daß ich tun und lassen kann, was ich will. Er trägt nicht mehr die Verantwortung, aber er bittet mich, seine Frau zu werden.« Stella begann, sich in Rage zu reden. Sie blieb auf dem Bürgersteig stehen und behinderte eine türkische Großfamilie, die eine Vorstadtbank betreten wollte. Mit wütender Geste warf Stella ihre Haare aus der Stirn und wiederholte: »Ja, seine Frau werden. Ich meine, ist das nicht der Gipfel an Idiotie? Ich soll dem Dieter seine Frau werden.« Ihre Augen sprühten plötzlich vor Zorn.

Abel sah sie an. Da stimmte was nicht. Krach gegeben hatte es offenbar, als Soilent gebeichtet hatte, daß er Stella angelogen hatte, was ihre Betreuung anging. Aber so richtig in Fahrt war sie gekommen, als sie den Heiratsantrag des Steuerberaters erwähnte. Mußte man sich über einen sicher gutgemeinten Antrag so aufregen? Abel fragte: »Wolltest du?«

Ein unsicheres »Den Dieter heiraten?« war die Antwort.

»Ja.«

Stella senkte die Stimme und beherrschte ihren Zorn: »Komm, ich bitte dich, ich red' jetzt nicht vom Altersunterschied. Ich meine, wenn du den Dieter gekannt hättest, nee, Abel, das ist doch völlig absurd.«

»Wegen eines Heiratsantrages kommt es doch nicht zu einer Schlägerei – jedenfalls nicht im Normalfall«, beharrte Abel.

Stella wich aus: »Abel, du verstehst scheinbar nichts davon, aber Frauen sind nicht immer solche Lämmchen, wie du meinst.«

»Aber eine Prügelei wegen eines Heiratsantrags?«

Abel traf ein langer Seitenblick, der mühelos den gestreckten Mittelfinger ersetzte. Der juristische Teil in Abels Hirn aktivierte den Begriff »Notwehr«. »Oder hast du dich wehren müssen? Ist er zudringlich geworden?« fragte er. Treffer, so schien es, weil Stella ihn prüfend ansah und ihr Redefluß für einen Augenblick versiegte.

»Ich hab' die Pistole am Sonntag nicht in der Hand gehabt.«

»Aber der Staatsanwalt redet von einem Motiv.«

Stella abfällig: »Dein Staatsanwalt!«

»Das ist nicht *mein* Staatsanwalt.« Abel war es sich selbst schuldig, diesen Punkt klarzustellen.

»Weißt du, Abel, in Seelenfrieden leben wir nicht außerhalb der Welt, da gibt's auch Fernseher. Und Krimis sind der Renner. *Ich* blick' auch durch. Wenn so ein Staatsanwalt von Motiv redet, dann hat er irgendwelche Indizien.«

Abel nickte verblüfft. Stella fuhr fort: »Ich denke mir mal, daß die Nachbarn, die mich rumschreien hörten, der Polizei gesteckt haben, daß ich mich ziemlich aufgeregt habe über diese faule Nummer: Mir gegenüber so tun, als wäre ich auf Gnade und Ehrenwort eine Art verlängertes Wochenende aus Seelenfrieden weg, und in Wirklichkeit genau wissen, daß ich frei bin. Du kennst mich noch nicht, Abel, aber ich kann ganz schön keifen, wenn ich Wut kriege.«

So wie Stellas Augen jetzt funkelten, konnte sich Abel das gut vorstellen. »Dafür gibt es Zeugen?«

»Ja, wahrscheinlich jede Menge.«

»Der Heiratsantrag, war das vorher oder später?«

»Später.«

»Obwohl du rumgebrüllt hast?«

»Ja.«

»Und dann ist er zudringlich geworden?«

Abel fand Stellas Lächeln unecht. Es sollte wohl überlegen und kühl wirken. »Hör mal, Abel, mich greift keiner an, wenn ich nicht will. Weißt du, das geht dann ruckzuck.«

»Und dann kriegt einer was an die Birne?«

»Begreif doch endlich, gekloppt haben wir uns wegen der linken Tour mit der Unterbringung.«

»Hm.«

Sie hatten die Straße überquert und waren vor dem Hauptgebäude der Staatsanwaltschaft angekommen. Vor dem Eingang blieb Stella plötzlich stehen. Abel sah sie verblüfft an. »Das wollt' ich nur noch mal von dir hören, Abel: Ich bin wirklich frei?«

»Wie eine freie Schweizerin in einem freien Amerika.«

Sie sah Abel in die Augen, fragte, ob sie jetzt einfach fort könne. Wohin sie wollte. Zum Beispiel nach Nizza.

»Du bist ja auch allein zu mir, ohne zu fragen«, sagte Abel.

»Okay, ich glaube, es ist besser, ich geh' da nicht rein.«

»Wieso?«

»Ich will nicht, daß ich mich in was reinreite, verstehst du, Abel?« Abel sah seine Mandantin verblüfft an. Stella drehte sich auf dem Absatz herum und ging. »Wir telefonieren, ich sag' dir dann meine neue Adresse«, rief sie über die Schulter. »Tschau und danke.«

Erst jetzt fiel Abel auf, daß sie nichts bei sich gehabt hatte außer ihrer Handtasche, als sie bei ihm aufgekreuzt war. Sie mußte nicht zurück in die Kanzlei, um ihre Sachen zu holen.

»Wenigstens vorläufig, bis die Patientin den Schock verkraftet hat. Ein Schock ist gefährlich«, fuhr Professor Schubert fort und sah der Richterin Tagwerker ins skeptische Gesicht. »Herr Soilent und die Patientin hatten eine sehr enge und persönliche Beziehung. Sieht man einmal vom Verhältnis zu ihrem Arzt ab«, Schubert deutete auf seine Brust, »eine Beziehung, die naturgemäß nach all den Jahren auch eine sehr enge wird, war der Getötete die wichtigste Bezugsperson in ihrem Leben.«

Frau Tagwerker schüttelte den Kopf. »Ich weiß nicht«, sagte sie unwillig. »Ich habe was gegen Zwangsmittel. Wenn eine junge Frau unter dem Tod eines geliebten Menschen leidet, dann sucht sie doch selbst, quasi instinktiv, nach Hilfe und Schutz. Und wenn die Klinik für Frau Telago wirklich der Hort war, dann ...«

Der Psychiater hob die Stimme: »Aber verstehen Sie nicht, das ist die Reaktion eines gesunden Patienten.«

»Gesunder Patient?« Die Richterin stutzte über diese paradoxe Formulierung aus dem Munde eines Arztes.

Schubert schraubte seine Stimme höher. »Sie wissen genau, daß ich einen gesunden Menschen meine. Ein solcher sucht Schutz und Halt. Er konsultiert einen Arzt, wenn es nötig ist. Aber Stella kann das nicht. Sie ist nicht in der Lage, ihre Gefühle angemessen zu beherrschen. Sie entwickelt krankheitsbedingte Angsthaltungen vor dem, was ihr am besten tut, nämlich eine sachkundige Therapie. Ich weiß noch nicht einmal, ob sie ihre Medikamente nimmt, was eine gewisse Hilfe wäre.« Nun klang es fast verzweifelt, wie der Arzt argumentierte: »Sie kommt nicht zu uns. Entweder sie igelt sich irgendwo ein, oder sie gerät in eine Art manische Raserei.«

Frau Tagwerker stieß sich an der Kante ihres Schreibtisches ab und rollte mit ihrem Stuhl zurück, um Distanz zu Schubert herzustellen, der sich im Eifer zu ihr herübergebeugt hatte.

»Selbstmordgefahr, wenn sie sich einigelt?« fragte die Richterin emotionslos.

»Nein, aber ...«

»Aber?«

»Aber es ist nicht gut für sie.« Das klang etwas lahm.

»Besteht Suizidgefahr, wenn sie manisch ist?«

»Wer steckt schon in einer Patientin drin?«

Frau Tagwerker wurde wieder einmal den Eindruck nicht los, daß dieser Professor Schubert nicht nur aus ärztlicher Fürsorge versuchte, einen sehr intensiven Einfluß auf Stella zu erhalten. Sie faßte den Mediziner ins Auge. Er wich ihr für den Bruchteil einer Sekunde aus, dann begegneten sich die Blicke wieder. »Nein, Selbstmord, das ist es nicht.«

Frau Tagwerker ließ nicht locker. »Aber Gefährdung Dritter? Befürchten Sie ernsthaft, daß sie sich wieder Männern zuwendet?«

Nun fuhr der Professor aus der Haut: »Mein Gott, wie soll ich das sagen, wenn ich die Patientin nach dem Vorfall noch nicht einmal gesehen habe?«

»Und was soll *ich* sagen?« setzte Frau Tagwerker nach. »*Sie* haben die Patientin noch nicht einmal gesehen und verlangen von mir eine vorläufige Einweisung? Herr Schubert, das ist mit mir nicht zu machen. Jeder hat einmal Phasen, in denen er schlecht zurechtkommt. Das ist kein Grund, ihn gleich zwangsweise einer Klinik zu überantworten. Tut mir leid.«

Schubert stand wortlos auf, ging zur Tür. Dort drehte er sich noch einmal herum und sagte: »Ich war eine Stunde bei Staatsanwalt Quedling. *Eine* Stunde! Dieser Mann nutzt es aus, daß ich meine ärztliche Hilfe in diesem Verfahren anbiete. Aber Sie ... Ein Wort zum Thema Verantwortung: Wenn etwas passiert ...«

»*Was* kann denn passieren?« fragte Frau Tagwerker stur. Wieder diese herrische Geste von Schubert, die die Richterin nicht beeindruckte.

»Egal, aber wenn was passiert, dann ist ein Mediziner finanziell ruiniert, Schadenersatz, Schmerzensgeld, Rufmord, vielleicht muß er noch in Haft. Bloß eine

Richterin wie Sie, die kann ihre Hände in Unschuld waschen.«

Der Haftrichtertermin war kurz vor sechs. Die Verzögerung erklärte sich daraus, daß zuerst der Befangenheitsantrag des Rechtsanwalts Meyer behandelt werden mußte.

Hablik hielt sich in der Durchgangszelle auf. Er hatte Hunger, weil er den Mittagsfraß für U-Häftlinge zurückgewiesen hatte. Wenn sie ihn doch nur in die Gerichtsbibliothek gesetzt hätten. Er hätte sich vorbereiten können, Entscheidungen studieren, Kommentare lesen, Strategien entwerfen. Doch die Vollzugsbeamten waren zu stur. Sie hielten eisern an hirnrissigen Richtlinien fest, deren Verfasser nicht im entferntesten daran gedacht hatten, daß ein Richter von ihnen betroffen sein könnte.

Egal wie, Hablik fühlte sich nach dem langen Gespräch mit seinem Verteidiger viel sicherer. Er hatte den Steuerberater nicht erschlagen. Und das würde sich bald herausstellen. Wäre doch gelacht. Er selbst hatte sich als Richter immer den Beweisregeln gebeugt, auch wenn er, wie bei diesem Geali zum Beispiel, nicht überzeugt war. Kein Kollege würde sich anders verhalten, selbst wenn es um den nicht sehr beliebten Hablik ging.

Und außerdem war da noch Stella als Zeugin. Nein, sie würde ihn nicht hängenlassen. Auch wenn sie momentan nicht auffindbar war. Sobald sich ihr Schock gelegt haben würde – eine Aussage der einzigen Zeugin am Tatort, und Hablik konnte wieder seine Robe anziehen. Deswegen beabsichtigte er nicht, sich auf eine wachsweiche Einstellung einzulassen. Wegen dieses Unglücks wollte er nicht seinen Beruf verlieren! Und sein

Verhältnis zu der wundervollen Stella würde er auf solide Beine stellen. Dann konnte man weitersehen.

In der stinkenden Zelle fühlte sich Hablik als Fremder. Er fieberte förmlich dem Termin entgegen und war sicher, daß er als freier Mann das Gebäude verlassen würde.

Der Befangenheitsantrag wurde abschlägig beschieden. Olle Kamellen. Abgehakt. Hablik bereute inzwischen, den Antrag gestellt zu haben. Aber nun konnte es zur Sache gehen. Die Sache lautete: Entscheidung über den Haftantrag gegen den Richter am Amtsgericht Dr. Eduard Friedrich Hablik.

Staatsanwalt Quedling legte in knappen Worten mit der ihm eigenen Hektik, aber gleichzeitig mit juristischer Präzision, die Beweislage dar. Es war die Rede von der Tatwaffe, den Fingerabdrücken, den beiden Zeugen, die eine tätliche Auseinandersetzung zwischen den Männern auf der Straße vor Habliks Wohnung beobachtet hatten, von den Wahrnehmungen des Streifenpolizisten und des Privatdetektivs Rintfleisch vor der Villa des Opfers. Der Haftrichter Bolenz, ein ungemein drahtiger Mann, schüttelte den Kopf, als der Staatsanwalt zum Ende kam, und fragte:

»Okay, aber für den Tathergang selbst gibt es keine Zeugen?«

Quedling: »Nein, nur kurz davor haben Nachbarn eine Auseinandersetzung zwischen Frau Telago ...«

»Wem?« Bolenz blätterte in seinen Akten.

Quedling half aus: »Dem früheren Mündel von Herrn Soilent.«

»Aha, es gab also eine Auseinandersetzung zwischen Soilent und dieser Frau, und nicht mit Herrn Hablik?«

»Ja«, sagte Quedling, »ich habe auch darüber nachgedacht, ob vielleicht Frau Telago als Täterin in Frage kommt. Es waren ja nur drei Personen anwesend.«

»Sicher?«

»Absolut sicher!«

»Aber?«

»Frau Telago hätte zwar ein Motiv gehabt ...«

Bolenz, der immer ungeduldig und drängend wirkte, unterbrach wieder: »Welches?«

»Nun, ich habe Richterin Tagwerker vom Familienreferat ...«

Erneut eine Unterbrechung: »Ich will nicht wissen, wie Sie zu ihren Erkenntnissen gekommen sind; bitte Resultate.« Das klang ebenso höflich wie resolut. Quedling nickte.

»Der getötete Soilent hatte wohl ein gewisses Interesse daran, die Aufhebung der Unterbringung von Frau Telago dieser nicht zur Kenntnis zu bringen«, sagte der Staatsanwalt juristisch gestelzt. »Er hatte nach einem Gespräch mit Herrn Rintfleisch Grund zur Annahme, daß Frau Telago durch ihren Anwalt, den Herrn Abel übrigens, darüber ins Bild gesetzt würde. Dem vorgreifend hat das spätere Opfer der Zeugin Telago scheinbar klaren Wein eingeschenkt, worauf sie über dessen Verhalten, wie man ja nachvollziehen kann, sehr erbost war. Es kam dann deswegen zu einer lautstarken und später tätlichen Auseinandersetzung auf der Terrasse. – Soweit die Nachbarn von Herrn Soilent.«

»Tätlichkeiten zwischen Soilent und Frau Telago und nicht dem Beschuldigten Hablik?« fragte der Haftrichter zur Sicherheit noch einmal.

»Richtig.«

Nun endlich griff Rechtsanwalt Meyer ein, der mit fast schläfrigem Gesichtsausdruck, die Arme vor der Brust verschränkt, den Kopf schräg geneigt, der Verhandlung beigewohnt hatte, während Hablik in der ungewohnten Rolle des Beschuldigten die Klugheit besaß, die Sache zunächst einmal laufen zu lassen. Rechtsanwalt Meyer sagte, ohne daß ihm das Wort erteilt worden wäre: »Da haben wir doch alles zusammen: Wir kennen das Motiv, und wir wissen, wie die Auseinandersetzung angefangen hat, und daß sie tätlich war – waren nicht auch die Abdrücke von dem Fräulein Telago auf dem Revolver?«

»Pistole«, korrigierte Bolenz.

Meyer nickte. Auf diese Details kam es ihm nicht an. »Gab es Fingerabdrücke?«

Quedling: »Ja.«

»Gibt es Zeugen für eine tätliche Auseinandersetzung«, er hob die Stimme, »am *Tatort*, wohlgemerkt, zwischen dem Opfer und *meinem* Mandanten?«

»Nein.«

»Hat mein Mandant die Polizei um Hilfe gebeten oder Frau Telago?«

Quedling beantwortete die rhetorische Frage nicht.

Meyers Stimme bekam etwas Drängendes: »Und Frau Telago stand unter Schock, nicht wahr? Und sie ist, obwohl sie verletzt war, Hals über Kopf aus der Klinik geflüchtet.« Meyer zeigte auf Hablik. »Dieser Mann stellt sich dem Verfahren, nicht wahr? Und daß er nicht aussagt, ist sein gutes Recht. Frau Telago dagegen stellt sich in dieser Sache *nicht* ihrer Verantwortung. Da fragt man sich, warum der Herr Staatsanwalt uns alle mit einem Haftantrag gegen Herrn Dr. Hablik beschäftigt, Hohes Gericht.«

Der Haftrichter nickte kaum merklich und wandte sich an den Staatsanwalt: »Tja, ohne mich festlegen zu wollen«, Bolenz drückte sich vorsichtig aus, weil er sich nicht auch noch von der Staatsanwaltschaft einen Befangenheitsantrag einfangen wollte, »aber ist da ein Haftantrag nicht ein wenig voreilig? Ich meine, Herr Hablik ist uns ja persönlich bekannt. Müssen wir da gleich mit so einem schweren Geschütz ...?«

»Müssen wir«, antwortete der Staatsanwalt. »Fluchtgefahr: Der Beschuldigte ist am vergangenen Wochenende in Südfrankreich gewesen. Wie man sieht, ist er weltgewandt, erfahren im Ausland und besitzt auch die finanziellen Mittel, sich jederzeit abzusetzen.« Hablik hielt bei dieser Zuweisung besonderer Eigenschaften die Luft an. Er weltgewandt, der bisher einmal dienstlich in New York und sonst nur am Attersee war? Aber er wußte, daß die Rechtsprechung mit genau diesen Unterstellungen arbeitete, wenn es um Fluchtgefahr ging. Wieder erschütterten Zweifel sein Weltbild. »Und zum Thema Verdunklungsgefahr: Unterstellen wir einmal, er ist der Täter. Wer könnte dann besser als ein Richter versuchen, das eine oder andere in ein besseres Licht zu rücken?«

Das war Hablik zuviel. Er ließ die flache Hand auf den Tisch des Untersuchungsrichters knallen, daß Bolenz zusammenfuhr, und schrie Quedling an: »Ja, *das* ist doch die Höhe.«

Rechtsanwalt Meyer versuchte seinen Mandanten zu beruhigen. Quedling bemerkte, daß er nichts unterstelle, sondern nur eine rein abstrakte Möglichkeit schildere. »Wir sind mitten in den Ermittlungen, da kann ein kundiger Mann in vieler Hinsicht eingreifen.« Quedling hielt den wütenden Blick aus, den Hablik ihm zuwarf.

»Und sein Motiv soll Eifersucht sein?« bohrte der Haftrichter in skeptischem Ton.

»Richtig.« Der Staatsanwalt erläuterte die Ergebnisse der Nachforschungen in Frankreich.

Meyer lächelte überlegen. »Wenn ich wegen jeder Frau eifersüchtig wäre, mit der ich eine Reise unternommen habe ...«

Quedling gab sich angesichts der Arroganz des Verteidigers besonders angriffslustig. Nicht ohne Triumph spielte er die nächste Karte aus: »Der Vorstand des

Amtsgerichts persönlich kann als Zeuge darüber gehört werden, daß der Angeschuldigte Hablik, nachdem er seine Sitzungen verlegt hat, auf der Uhlandshöhe engumschlungen mit Frau Telago spazierengegangen ist. Auch daß es dabei zum Austausch von Zärtlichkeiten gekommen ist. Dem Vorstand war das sehr peinlich, aber der Angeschuldigte gab sich so provozierend. Er stellte seine ...«, Quedling suchte nach dem richtigen Wort, » ... ja, man kann sagen, seine Geliebte dem Vorstand sogar unverblümt vor.«

Alle Blicke wandten sich Hablik zu, der rot wurde bis unter die Haarspitzen. Meyer flüsterte seinem Mandanten mit ärgerlichem Gesicht etwas zu, was die anderen nicht verstanden. Hablik tuschelte zurück.

Bolenz: »Gibt es eine Stellungnahme zu diesem Punkt?«

»Nein.« Meyer blieb stur. »Nur, daß der Staatsanwalt übertreibt.«

Quedling fingerte hektisch in seinen Papieren herum, und seine Augen blitzten hinter den dicken Brillengläsern. »Bei der Rauferei vor dem Haus des Angeschuldigten ging es auch nur um *diese* Frau. Und sagen wir so: Es darf doch als sehr ungewöhnlich bezeichnet werden, wenn ein Richter auf offener Straße wegen seiner Freundin, die zu einem ihr bekannten Mann ins Auto steigen will, eine Rauferei anfängt.«

Man sah den Gesichtern der anwesenden Juristen an, wie sehr sie die Meinung des Staatsanwalts teilten. Hablik mußte schwer an sich halten, daß er die vereinbarte Marschroute nicht verließ und wütend dazwischenging, um den Sachverhalt aus seiner Sicht zu schildern.

»Glücklicherweise hat sich der behandelnde Arzt für den Haftrichtertermin zur Verfügung gehalten, so daß ich ihn als Sachverständigen in die Sitzung stellen kann.«

Quedling erhob sich und öffnete die Tür. Schubert trat ein. Man nahm seine Personalien auf. Hablik und sein Anwalt fühlten sich überrumpelt, konnten aber nichts dagegen unternehmen, daß Schubert seine Stellungnahme abgab, konnten nur auf die ärztliche Schweigepflicht hinweisen. Doch weder Meyer noch Hablik waren Sachwalter der Interessen von Stella. Und der Haftrichter stellte offenbar diesen Aspekt zurück.

Schubert blickte in eine recht umfangreiche Krankenakte, setzte eine Lesebrille auf die Nase und erklärte dem Gericht: »Laura Telago ist am 5. September 1969 in München geboren. Ein Sonntagskind, wie man ihr immer wieder gesagt hat. Sie muß eine wundervolle Kindheit verlebt haben. Die Eltern sind Katja Telago, geboren 1951, und Ernest Telago, Jahrgang 1944. Der Vater war Musiker, genauer gesagt, Dirigent; ein ungeheuer begabter Mann, der aber aufgrund einer frühen und schweren Herzinsuffizienz seine beruflich-künstlerischen Möglichkeiten nie ausschöpfen konnte. Ich war sehr eng mit ihm befreundet und habe ihn deshalb zur Pflege in meine Klinik aufgenommen, die eigentlich eine neurologisch-psychiatrische ist. Neben seinem ungenügenden physischen Status – eine Herztransplantation war wegen einer zu schwachen Immunabwehr nicht möglich – war Ernest Telago psychisch stark belastet. Das Nahen des Todes und der angstbedingte Verlust seiner Kreativität waren die Ursachen. Er war ein schwieriger, reduzierter und gefährdeter Kranker.«

»Und die Mutter?« Schubert blickte etwas irritiert auf, weil der Haftrichter ihn unterbrochen hatte. Er blätterte, konzentrierte sich.

»Tja, Frau Telago ... Sie hat das nicht durchstehen können. Der problematische Kranke. Man muß Verständnis für sie haben. Ernest Telago war wirklich nicht einfach. Und zu allem Überfluß entzog er ihr systematisch die gemeinsame Tochter. Laura war zu diesem Zeitpunkt fünfzehn Jahre alt und hatte über ein Jahr neben der Schule die Pflege des Vaters übernommen, die Mutter quasi verdrängt. Schließlich verließ Frau Telago ihren Mann und ließ sich scheiden.«

Bolenz: »Wie steht die Mutter heute zu ihrer Tochter?«

»Tut mir leid, aber die Mutter ist verschollen. Sie hat sich nie wieder gemeldet. Wahrscheinlich hat sie einen anderen Mann – und ist glücklich und denkt nicht mehr an damals.«

Richter und Staatsanwälte hören zu oft ähnliche Biographien, um an einem solchen Vorgang noch in irgendeiner Form Anteil zu nehmen oder ihn für unwahrscheinlich zu halten. »Weiter zu Ihrer Patientin, bitte«, sagte Bolenz. Schubert nickte.

»Danach schwärmerisch die erste große Annäherung von Stella an ihren Vater. Daraus resultierte eine sehr enge, wie wir heute wissen, zu enge Vater-Tochter-Beziehung. Telago spielte sogar mit dem Gedanken, seine Tochter von der Schule befreien zu lassen. Stundenlang saß er, was er damals noch konnte, am Klavier und spielte Stella vor. Nächtelang sprachen die beiden über die Liebe und das Schicksal. Monatelang teilten sie sogar ein und dasselbe Bett.«

»Mißbrauch?« fragte Quedling routiniert.

Schubert lächelte. »Nein. Sicher nicht! Jedenfalls nicht in körperlich-sexueller Hinsicht. Aber wenn Sie so wollen, war es Ernest Telago, der das Kind seelisch verdorben hat, weil er sich ganz der Liebe zur Tochter hingab. Die weiterreichende Konsequenz ist, daß Stella durch die unerfüllte, aber tiefe Liebe zu dem Mann, der ihr Vater war, nie mehr ein unbelastetes Verhältnis zu einem anderen Mann wird haben können.« Schubert blickte auf und wandte sich an den Angeschuldigten.

»Was Ihnen widerfahren ist, Herr Hablik, soweit ich das von Herrn Quedling weiß, ist typisch. Es gehört sozusagen zum Krankheitsbild von Laura Telago. Sie versucht immer sehr geschickt, Beziehungen zu einer besonderen Spezies Männer aufzunehmen. Fast zwangsläufig sind diese Männer älter als Stella. Sie, Herr Hablik, sind noch einer der jüngsten.«

Weil er nun doch etwas sehr Persönliches zu sagen hatte, senkte der Arzt die Stimme und sah den Angeschuldigten an. »Instinktiv sucht sie sich Männer heraus, die ihrerseits, sagen wir einmal, gewisse Schwierigkeiten mit Frauen haben.«

Da dies im Falle Hablik sozusagen amtsbekannt war, nickte Quedling unwillkürlich, und auch der Haftrichter war überzeugt, daß der Professor die Sache richtig sah. Schubert fuhr fort:

»Souveräne Männer lassen sich nämlich nicht von einer jungen Frau derart überfahren, wie Laura Telago das tut. Sie startet eine emotionale Großoffensive, ist charmant, attraktiv, sie sprüht vor exzentrischen Einfällen und Temperament. Männer, die Frauen gegenüber unsicher sind, verfallen ihr förmlich. Vor ihnen tut sich eine andere Welt auf, ein aufregendes Leben. Bunt, abenteuerlich, wild. Sie schicken sich an, dieses Universum Hand in Hand mit einer faszinierenden Partnerin zu betreten. Fälle regelrechter Hörigkeit sind nicht selten.« Der Psychiater nahm die Brille von der Nase und schaute in die Runde, bevor er zum Wesentlichen kam: »Doch in dem Augenblick, in dem die Männer fordern, daß sie einlösen soll, was sie mit jeder Geste, mit jedem Wort versprochen hat, oder wenn sie die Patientin bitten, ihre Frau zu werden, oder Geschlechtsverkehr mit ihr wollen, läßt die Patientin die Männer fallen, denn sie ist selbst nicht in der Lage, eine normale Beziehung einzugehen. Sie flieht vor dem betreffenden Mann, oft genug in eine andere, genauso gelagerte Scheinbindung. Eifersuchtsdramen gehören deswegen in einer solchen Entwicklung sozusagen zum klinischen Bild.«

Hablik ließ den Kopf hängen. So war das also mit Stella! War sein geordnetes Leben nichts als ein Fluchtpunkt aus dem Chaos zwischen Stella und ihrem Dieter? Kein Mann ist gern der Hanswurst einer Irren. Hablik atmete durch und schloß die Augen. Sein Verteidiger sah ihn fast mitleidig an. Schubert schloß seine Ausführungen mit umständlichen Erklärungen darüber, daß er natürlich zu der Psyche des Angeschuldigten nichts sagen könne. Und dann kam der Satz, der Habliks Schicksal, jedenfalls was den Antrag der Staatsanwaltschaft anbetraf, besiegelte: »Ich halte es für besser, wenn Herr Hablik und meine Patientin nicht aufeinandertreffen. Und da das Familiengericht nicht bereit ist, die Patientin vorläufig in die Klinik zwangseinzuweisen ...«

»Wo ist die Zeugin überhaupt?« fragte Bolenz den Staatsanwalt.

Quedling: »Ihr Anwalt hat sie entschuldigt. Er war vorhin bei mir.«

»Entschuldigt?«

»Er habe im Augenblick ihre Adresse nicht. Sie melde sich aber in den nächsten Tagen ganz sicher telefonisch. – Und motivmäßig sehe ich in diesem Fall klar.« Seitenblick zu Hablik. »Ich habe momentan keinen Anlaß, nach ihr zu fahnden. Wir wollen sie dann in Ruhe vernehmen, habe ich Herrn Abel gesagt. Und er hat zugestimmt.« Eine kleine Spitze: »Was bei ihm ja schon was heißen will.«

Damit gab sich Bolenz zufrieden. Meyer hatte nicht den geringsten Grund, auf der Beiziehung von Laura Telago zu bestehen. Er haßte es sowieso, unvorbereitet mit unmittelbaren Tatzeugen konfrontiert zu werden.

Der Haftrichter Bolenz, der – wie so viele Kollegen

– Hablik nicht sonderlich leiden konnte, machte sich dennoch – oder gerade deswegen – die Sache nicht leicht. Er grübelte bis fast zwanzig Uhr, bevor er seinen Beschluß verkündete und Hablik nach Stammheim abführen ließ.

Kaum war die Nacht hereingebrochen, stand Stella wieder bei Abel vor der Tür. Sie hatte immer noch dieselben Kleider an und ihre Handtasche, Einkaufstüten und einen Plastiksack dabei, wirkte verheult und fertig. Ein Vorstadtanwalt wie Abel war viel gewöhnt, aber eine Kanzlei ist kein Frauenhaus. Das hatte er schon einigen Klientinnen sagen müssen, die nach einer persönlichen Katastrophe nicht mehr ein noch aus wußten und bei ihm nicht nur juristische Hilfe, sondern auch Schutz für mehr als eine Nacht suchten. Nach einigem Hin und Her hatte man jedesmal eine Lösung gefunden.

Abel mochte Stella, mehr noch, er interessierte sich für sie, und er hatte natürlich nichts dagegen gehabt, daß sie sich in der vergangenen Nacht bei ihm ausgeschlafen hatte, aber einmal mußte Schluß sein. Abel war resolut. Er ließ Stella herein, erklärte ihr aber, daß er jetzt sofort ein Quartier für sie besorgen werde. Stella nickte tapfer. Abel telefonierte mit dem Frauenhaus. Nach der Satzung durfte das aber nur Frauen aufnehmen, die Probleme mit ihren Männern hatten. Stella hatte zwar Probleme mit ihren Männern, aber der eine war tot und der andere saß. »Außerdem sind wir voll«, sagte die Frau vom Frauenhaus.

Stella beobachtete schweigend, mit aufgerissenen Augen, was Abel für sie unternahm. Paul Schmitz kam herein und begrüßte sie mit majestätischem Wedeln seines buschigen Schwanzes. Wer schon einmal bei Abel übernachtet hat, war bei Schmitz *persona grata.* Abel, der gerade eine andere Einrichtung der öffentlichen Fürsorge am Apparat hatte und zu später Stunde versuchte, eine verantwortliche Person an die Strippe zu bekommen, wollte den Hund wegdrängen, weil er fürchtete, Stella würde wieder panisch reagieren wie am Abend zuvor. Doch sie kniete vor dem Hund, nahm seinen Kopf in beide Hände und sprach leise und sehr freundlich mit ihm. Schmitz mochte, daß sie ihn dabei unter dem Kinn kraulte. Er wedelte heftiger. Seine Zunge witschte aus dem Maul, um Stella über das Gesicht zu fahren. Sie zuckte zurück und lachte.

Abel hing in einer Warteschleife mit elektronisch performierter »kleiner Nachtmusik«. Stella öffnete die Plastiktüte und zauberte ein weißes Kunststoffteil heraus, das gräßlich quietschte. Auf dem Ding stand *Doggy News.* Es war dafür gedacht, Hundeherzen zu erfreuen – bei Paul Schmitz eine sichere Sache –, und außerdem bestens geeignet, die Umgebung der Hunde an den Rand des Wahnsinns zu treiben. Schmitz gab vor Aufregung Pfötchen. Auf der *Doggy News* lautete die Headline des Tages: *Man Bites Dog.*

»Brav! Guck nur, wie lieb er Pfötchen gibt«, rief Stella begeistert wie ein Kind. »Wie heißt du eigentlich?« fragte sie Abels Köter. Und weil der mit den Blicken die *Doggy News* verschlang und immer aufgeregter tatzte, fügte Stella hinzu: »Du heißt Pfötchen, ganz einfach.«

Endlich wechselte die Quietschvorrichtung den Besitzer. Schmitz schob sofort seinen mächtigen Körper unter den Schreibtisch und kaute begeistert auf dem Instrument herum. Stella strahlte. Abel stöhnte über die Kakophonie von elektronischer Nachtmusik und Hundespielzeug. Er ruderte abwehrend mit dem Arm, denn er hatte gerade Verbindung mit jemandem bekommen, der allerdings überwiegend in einer fremden Sprache antwortete. Abel erklärte, daß er für eine Frau in einer Notsituation vorübergehend einen Heimplatz suche. Stella kniete vor dem Schreibtisch auf dem Boden und freute sich darüber, wie sich Pfötchen freute. Endlich leuchteten ihre Augen wieder. Beim Wort »Heimplatz« allerdings blickte sie irritiert hoch.

»Scheiße, aufgelegt«, sagte Abel. »So ein Idiot.«

Schmitz quietschte rhythmisch, und Abel wartete auf den Moment, wenn er mit den Fangzähnen auf das Ventil treffen würde. Dann wäre nämlich sofort Ruhe. Die immer noch strahlende Stella richtete sich auf und fragte:

»Aufgelegt?«

»Ja.«

Sie kramte in einer ihrer Einkaufstüten herum und zog ein teuer eingepacktes Geschenk heraus, das sie wortlos Abel entgegenstreckte.

»Ich wollte eigentlich nur Danke sagen, wegen heute Nacht. Bin gleich wieder draußen. Ich brauche kein Frauenhaus oder so. Ich krieg' die Krise, wenn so viele Leute beieinander wohnen, die eigentlich lieber woanders wären.« Abel drehte verlegen das Geschenk in der Hand. Darauf war er nicht gefaßt gewesen.

Stella meinte: »Ich hab' geglaubt, daß du für mich im Interconti oder im Schloßgarten anrufst.«

»Daran habe ich auch schon gedacht«, sagte Abel aufrichtig.

Mit einer fast verlegenen Geste deutete Stella auf das Geschenk in Abels Hand. »Willste nicht mal reingucken?«

Abel wollte. »Du spinnst!« sagte er spontan. Ein goldener Füller, schwer und kühl lag er in der Hand. Er sah so dezent aus, daß man ahnte, wieviel Geld Stella für ihn ausgegeben hatte. Und das ihm, der mit Bleistiftstummeln seine Notizen zu machen pflegte und mit Reklamekulis von der »Hans-Soldan-Stiftung« die Schriftsätze unterschrieb. »Nein, das geht nicht. Den verliere ich bestimmt.«

»Doch, es geht«, sagte Stella resolut. »Du weißt nicht, wie dankbar ich dir bin. Auch vergangene Nacht haben die Hotels aufgehabt, aber ...«

Abel lächelte und probierte den Füller, der seidenweich schrieb. Er gefiel ihm sehr, doch er wollte das Geschenk nicht annehmen.

»In einem Hotel wäre ich in das tiefe schwarze Loch gefallen.« Plötzlich war wieder dieser Ernst in ihren Augen, der Glanz erloschen. »Ich bin nicht die Größte im Durchstehen von solchen Katastrophen wie gestern. Nachdem mein Vater gestorben war, da hat es Jahre gedauert. Da war niemand. Ich meine, *wirklich* für mich da. Kapierst du? Es muß nur jemand da sein. Einfach so – daß man weiß, man muß nur rufen, und es ist nicht ein Pfleger oder eine Schwester, die mit 'ner Spritze oder Pillen erscheint, sondern jemand, der ...« Sie unterbrach sich und lächelte. »Du warst jedenfalls da und hattest weder Pillen noch Spritzen. Dafür hast du jetzt einen Füller.«

»Tintenspritze, damit kann man auch Leute treffen.« Abel schmunzelte und probierte seine Unterschrift mit dem schönen Stück.

»Ich hab' davor keine Angst.«

»Trotzdem.« Abel reichte ihr den Füller. »Ich war da. Das ist in meiner Wohnung was ganz Normales. Deswegen braucht man keine so großen Geschenke zu machen.«

Stella nahm den Füller nicht, sondern schrie Abel plötzlich dermaßen an, daß er zurückprallte und der Hund vor Schreck aufhörte, mit den *Doggy News* zu quietschen. »Warum kann sich denn keiner einfach nur so was schenken lassen, ohne rumzurechnen, was es gekostet hat?« Abel starrte auf das matt schimmernde Gold in seiner Hand. Auch er hatte sich schon öfter geärgert, wenn Menschen sich nichts schenken ließen. Abel schenkte gerne. Weil er sich nichts aus Geld machte, fielen bei ihm auch die Geschenke oft größer aus, als Anlaß und Konvention es geboten. Stella schluchzte: »Bitte nimm's doch. Mir zuliebe. Und unterschreib damit nur gute Nachrichten.«

Mein Gott, die ist wirklich fertig, dachte Abel, als er ihr verheultes Gesicht sah. Aber vorhin, das Strahlen, das war nicht gespielt. Er bedankte sich, legte den Füller auf den Schreibtisch und verstaute den Reklamekuli in der Schublade. »Der bleibt für die schlechten Nachrichten zuständig«, setzte er hinzu.

Stella lächelte durch die Tränen, wischte sich mit dem Handrücken über die Augen, verschmierte ihre Wimperntusche dabei und warf die Haare aus dem Gesicht. Sie sagte leise: »Wenn wir uns besser kennen würden, bekämst du außerdem noch einen Kuß.«

Abel lachte. Der Hund begann wieder zu quietschen. Stella ging, ohne zu fragen, mit ihren Einkaufstüten in Abels Bad, um ihre Schminke zu reparieren, und rief: »Hast du heute abend schon was vor?«

Carl Schubert hätte schon längst wieder in seiner Klinik sein müssen. Aber er blieb voller Sorge in Stuttgart. Ratlos irrte er durch die Stadt. Kein Auge für den sommerlichen Trubel auf der Königstraße, kein Ohr für die Straßenmusikanten, kein Gefühl für die abendliche Unbeschwertheit. Er mochte ohnehin keine Großstädte und das verhockte Stuttgart mit seinen arroganten Bürokraten und Richtern sowieso nicht. Was immer aus Stuttgart kam oder hier ausgeheckt wurde, es brachte ihm, dem kantigen Oberschwaben, Schwierigkeiten. Ein Junge auf Rollerblades rempelte ihn an, ohne sich zu entschuldigen. Am Bodensee daheim gab's so was nicht. Er hielt nach Stella Ausschau und konzentrierte sich auf die gediegenen Läden in der Calwer Passage, der Calwer Straße und der Kronprinzenstraße. Die Flaniermeile Königstraße war in den letzten Jahren immer mehr verkommen. Billige Schuhläden und Fast-Food-Restaurants lösten Traditionshäuser ab, denen mit der Zeit die Kundschaft weggestorben war.

Nirgends eine Spur von Stella.

Vor der Villa seines toten Freundes Soilent parkten immer noch Dienstwagen der Polizei. Die Fenster des Hauses standen offen. Wenn man vorsichtig war, konnte man im Vorbeigehen die Spurensicherer sehen und miteinander sprechen hören. Wahrscheinlich redeten sie über Belanglosigkeiten des Alltags. Bestimmt hatte keiner von ihnen ein persönliches Verhältnis zu dem Fall. Sie stellten nur Tatsachen fest, mehr nicht.

Welche Tatsachen das waren, hätte Schubert schon brennend interessiert. Aber er hielt nichts davon, sich zu exponieren. Ihm genügte die Feststellung, daß Stella offenbar nicht im Haus war. War ja auch nicht anzunehmen, daß sie von der Polizei dort geduldet würde. Immerhin könnte sie vorsätzlich oder aus Unachtsamkeit Spuren verwischen. Aber wo trieb sie sich herum? Mit wem redete sie? Und was? Vielleicht mit ihrem Anwalt? Bei dem Advokaten lief nur der Anrufbeantworter. Und das eigenartige Büro hinter Ladenfenstern war um sechs Uhr abends, als der Professor vorbeikam, geschlossen gewesen.

Als es endlich neun Uhr war und der milde Sommerabend blau schimmerte, saß Schubert auf der Kante seines Bettes im Hotel Interconti. Er hatte das Hemd offen, die Socken ausgezogen und die Hose hochgekrempelt und betrachtete mit ärztlicher Skepsis die vom langen Umherwandern malträtierten Füße. Er legte sich einen Plan zurecht, mit dessen Hilfe er seiner Patientin habhaft werden konnte. Die Klinik war benachrichtigt, daß er noch zu tun habe.

»Und die OP?« hatte die Oberärztin Windgassen gefragt. »Nach dem Vorfall ist das ja nun wirklich dringend.«

»Ich muß sie erst noch einmal gründlich untersuchen. Wenn sie so durchgedreht ist, verändern sich manchmal ihre Werte.« Die Oberärztin sagte nichts. Schubert wußte, daß er der endgültigen Entscheidung immer noch auswich, und er ärgerte sich darüber.

Stella würde über kurz oder lang Spuren hinterlassen, auf die er stoßen würde. Nur ein paar Minuten die Füße hochlegen und die Augen zumachen.

Obwohl das Hotel an einer der vielbefahrenen Stadtautobahnen lag, isolierten seine Fenster perfekt. So entstand eine synthetische Ruhe, die Schubert nicht gewöhnt war. Bei ihm in Seelenfrieden hörte man stets die Geräusche der Natur, und wenn es im Winter nur der Frost war, der leise in den Ästen der Eichen vor seinem Fenster knackte. Die Klimaanlage im Hotel säuselte unaufhörlich, wie es die Fallwinde am Bodensee nie tun. Das schläferte ein. Schubert rutschte unmerklich in einen leichten Schlaf.

Schubert hatte jedoch damit gerechnet und für zweiundzwanzig Uhr einen Weckruf bestellt. Das war die Zeit, zu der sie früher, wenn er mit Soilent auf der Suche nach Stella war, dessen Villa verlassen hatte. Schubert ließ sich die Stadtillustrierte *lift* aufs Zimmer bringen und konsultierte, nachdem er sich rasiert hatte, die einschlägigen Veranstaltungskalender und die In-Tips. Dann band er eine bunte Krawatte um, die ihm Soilent geschenkt hatte, und musterte sich kritisch im Spiegel.

Aus einem »Sie wird mich nicht hängenlassen« wurde im Lauf der zweiten stickigen Nacht, die Hablik im Untersuchungsgefängnis Stammheim verbrachte, bald ein beschwörendes »Bestimmt wird sie mich nicht hängenlassen« und dann ein »Sie kann mich doch nicht hängenlassen«. Je länger die Nacht in der Haft dauerte, um so verwirrter und unsicherer wurde Hablik. Entsetzt dachte er zurück an die Verhandlung und daran, wie man die Tatsachenlage gegen ihn interpretiert hatte. Und Stella! Hätte er nicht alles für sie getan? Vielleicht sogar gelogen. Hablik erschrak, als er dachte, daß er für sie sogar vor einem Gericht lügen würde. Aber sie brauchte doch nicht zu lügen, um ihm zu helfen!

Stella? Verspürte sie vielleicht Lust daran, ihn zu quälen wie vor langer Zeit am Cap d'Antibes bei ihren Flirts mit diesen Männern und in jenem Bergrestaurant mit der Rechnung? Aber das war doch alles keine vierundzwanzig Stunden später klargestellt worden, noch bevor das Flugzeug abgehoben hatte, das sie zurück nach Stuttgart brachte. Die Rechnung wollte sie doch übernehmen. Und sie hatte ihm für denselben Nachmittag ihre Liebe versprochen. Er, der Ungeduldige, sollte nicht länger warten müssen.

Hablik schwitzte vor Aufregung. Er lag fast nackt auf dem Rücken auf dem Oberstock eines Primitivbettes und starrte an die Decke. Er war hier im sechsten Geschoß des Gefängnishochhauses, dessen Waben mit Menschen so gefüllt waren, daß es schier aus den Nähten platzte. In dem schrägen Fenster, dessen Scheiben vor Dreck fast blind waren, konnte man verschwommen die Lichter der fernen Stadt sehen. Er dachte nicht an seine Freiheit. Zu deprimiert war er. Ihm fielen Dinge ein wie sein Kühlschrank, in dem Salat und Obst welkten, Fleisch verfaulte, Käse und Wurst verschimmelten, denn er hatte niemanden, der sich um seinen Haushalt kümmerte. Sicher hatten sie eine Haussuchung bei ihm durchgeführt und alles durchwühlt. Ob sie den Stapel »Playboy«-Sonderausgaben und die beiden »Hustler«-Magazine, die er aus New York mitgebracht hatte, beschlagnahmt hatten? Sicher doch. Denen war alles recht, um ihn als perversen Sonderling zu brandmarken und die angebliche Eifersuchtstat besser »beweisen« zu können.

Eine klare Aussage von Stella mußte sein Martyrium beenden. Er hatte ihr doch nur helfen wollen. Er war doch gerade *nicht* imstande gewesen, auf den Steuerberater einzuschlagen, und deswegen geflohen. Und wenn man ihm seinen halbherzigen Angriff zugunsten von Stella zur Last legen wollte, so war der durch Nothilfe gerechtfertigt. Mit dem, was hinter der zugefallenen Tür passiert war, hatte er nicht das geringste zu tun! Stella mußte doch die Szene noch genauso klar im Kopf haben wie er.

Warum, verdammt noch mal, hielt er sich an die Anweisung seines Verteidigers, zu schweigen und nichts auszusagen, bevor man nicht alle Belastungsfaktoren kannte? Wie oft hatte er für ein frühes und ehrliches Geständnis bei der Strafzumessung Rabatt gegeben? Aber in dem Sinne, wie sie es wollten, konnte er doch nichts gestehen. Meyer entpflichten? Einen neuen Verteidiger suchen? Ein Richter weiß, was das für einen Eindruck macht. Wer so kommt, der ist gleich verdächtig. Abel, wenn er an diesen Mann dachte, krampfte sich Habliks Magen zusammen. Und Abel vertrat nun Stella. Vielleicht war *er* der Strippenzieher im Hintergrund? Wie sagte Quedling beim Haftrichtertermin: Abel habe Stella entschuldigt? Oder sie umspinnt ihn genauso mit ihrem feinen Kokon aus verheißungsvollen Blicken und Gesten und Versprechungen, die sie nicht einlösen will? Nichts davon echt, alles vorgespielt? Die neurotische Masche einer gemütskranken Frau, wie dieser Psychiater behauptet hatte?

Wer hatte Soilent getötet? Stella? Hablik untersagte sich den Gedanken. Aber was war wirklich geschehen, nachdem er die Villa verlassen hatte, besser gesagt, geflohen war? Stella hatte doch nicht die enorme Kraft, das Schläfenbein eines Menschen mit einem Schlag zu zertrümmern. War noch jemand anwesend gewesen, jemand, der sich im Hintergrund gehalten hatte, als die Fetzen flogen? Die Villa war ja groß genug. Und er hatte nur Flur und Wohnzimmer betreten. Eine dritte Person, die sich zunächst im Obergeschoß aufgehalten hatte? Aber warum? Und wer? Dazu mußte einer eiskalt sein. Es gehörten triftige Gründe und große Brutalität dazu, eine solche Situation für einen tödlichen Schlag auszunutzen. Und war die Situation nicht völlig unvorhersehbar? Gab es solche Zufälle? – Obwohl, unvorhersehbar war Soilents Anwesenheit nicht gewesen. Und Soilent war das Opfer. Unvorhergesehen war nur Habliks Eindringen.

Nein, der Gedanke an eine dritte Person war absurd; der Streifenwagenführer war doch im Obergeschoß gewesen. Aber wie war es mit der Idee, die ihm schon in der vergangenen Nacht gekommen war: Hatte *er* vielleicht einen Blackout gehabt? Hatte er *doch* zugeschlagen? Blind und taub vor Wut. Klebte an seinen Händen das Blut dieses Mannes?

Als sich Hablik wieder einmal herumwarf und sein schweißnasses Gesicht in das ausgelegene Schaumstoffkopfkissen grub, trat der Mann unter ihm vorwarnungslos an die Matratze, daß Hablik beinahe herausgefallen wäre. Wütend warf er sich auf die andere Seite, da traf ihn ein durch die dünne Matratze spärlich abgefederter zweiter Tritt direkt in die Nieren. Das war zuviel. Hablik sprang von seinem Bett herunter und riß den Mitgefangenen von dessen Pritsche. Er konnte dessen massige und gedrungene Figur nur als Schattenriß sehen und schlug zu. Links, rechts, links. Vor seinen Augen sah er Soilent und Quedling und Abel und, und, und ... Zweimal drosch er daneben. Der Rest saß. Ein Schrei. Der Körper des anderen Mannes fiel auf den Steinboden.

Ruckzuck tauchten die anderen Männer auf. Sie warfen sich über ihn. Hablik rang nach Luft. Sie rissen ihn wieder hoch. Geschrei, Gebrüll, alles durcheinander. Hablik verstand kein Wort, wollte sich nur losmachen, wieder atmen können. Was mit dem anderen war, wußte er nicht. Sie preßten ihn an die Wand. Eine Faust traf seine Schulter, eine zweite seinen Solarplexus. Atemlähmung. Angst. Panik. Er hörte sich japsen.

Ein, zwei Schläge hieben in sein Gesicht. Nichts schmerzte mehr; sein Bewußtsein war plötzlich ausgeschaltet.

Abel hatte an diesem Montagabend nichts vor. Deswegen machte er für Stella und sich ein Austernsüppchen. Er war zwar kein begnadeter Koch, hatte aber ein gewisses Repertoire zur Verfügung. Er nahm dazu Austern aus dem Glas (frische wären viel zu schade), Fischfonds (auch aus dem Glas), ein wenig *Crème fraîche*, Salz und Pfeffer, Knoblauch und Dill (aus dem Kräutergarten von Fräulein Ensle).

Als zweites bereitete er einen Salat zu, den er nicht aus dem Gärtchen seiner Übermieterin holte, denn das wäre aufgefallen, sondern bei der Griechin am Eck noch nach Ladenschluß besorgte. Dazu gab es eine Sauce aus Olivenöl mit Balsamico, geröstetem Brot und Nüssen.

Drittens Lamm. Das konnte man mit provencalischen Kräutern totwürzen. Abel vermied das geschickt, gab eher mehr Würze an das Ratatouille und briet die

Koteletts mit ein wenig Salz und Rosmarin so, daß sie innen rosa blieben und aus der Hand gegessen werden konnten.

Bei Käse war Abel immer gut sortiert, Munster und zwei Sorten Bleu, einen jungen und einen alten Chèvre, Brie, Parmesan und weißen Käse, Mimolette.

Und fünftens Flan caramel (auch aus dem Glas), Espresso mit frischen Feigen und Pralinen.

Stella lehnte sich genüßlich zurück, zündete eine Zigarette an und blies Rauchringe. Essen mit Dieter Soilent mußte stets Ereignischarakter haben. Er war immer gut vorbereitet gewesen, wenn er eines der teuren Restaurants betrat, hatte den *Feinschmecker* und andere Gourmetpostillen studiert. Soilent selber konnte kaum ein Ei mit Schinken braten, einmal ganz abgesehen davon, daß er Eier wegen des Cholesterins mied. Und in Seelenfrieden? Der Fraß war ungenießbar. Auf Hablik war Stella in Sachen Essen sowieso nicht gut zu sprechen. Bei Abel gefiel es ihr.

An diesem Abend fand sie zum erstenmal so etwas wie innere Ruhe. Abel hatte schon beim Kochen jiddische Witze erzählt und ihr erklärt, wie er würzte und abschmeckte. Stella konnte weder jiddische Witze noch kochen. Woher auch? Sie hatte neben ihm gestanden, die Zungenspitze zwischen den Zähnen, über die Witze gelacht und gespannt zugesehen. Beim Essen hatten sie sich über Gott und die Welt unterhalten, bloß nicht über den Fall. Zwar waren die Tischdecke nicht gestärkt, die Blumen in der Vase ein paar Tage alt und die Kerzen schon halb heruntergebrannt, bevor sie angezündet wurden, aber es gab eben eine Tischdecke, Blumen und Kerzen.

Ein paar Bemerkungen fielen auch über die Liebe. Aber es waren Belanglosigkeiten aus dem Leben des Jean Abel. Stella saß auf einem weißen Gartenstuhl, die nackten Füße im Fell des Hundes vergraben, der leise schnarchte. Abel verlor einige Worte über Mandy, die gerade wieder schwanger war, und erzählte von einem gemeinsamen Urlaub in Cap d'Ail in einem kleinen Hotel namens Victoria. »Verdammt romantisch«, sagte Stella und sog den Rauch tief ein.

Abel erklärte, daß er manchmal auch für sich selber koche. Ganz einfach nur so. Mit Kerzen und Musik. »Und wenn mich der Frust packt, gehe ich in eine Kneipe, Sirtaki tanzen.« Abel sollte vormachen, wie Sirtaki geht. Er weigerte sich strikt, behauptete, dazu unbedingt richtig betrunken sein zu müssen. Er sei ja kein Tanzbär, oder? Und Sirtaki tanzten nur Männer miteinander.

Nun griff Stella durch. Mit Stella im Arm war Abel nicht böse darüber, daß es langsamere Stücke gab. Stella genoß es förmlich. Sie legte ihren Kopf an Abels Schulter und summte mit.

Wenn ein so markanter Mann wie der Psychiater Professor Schubert durch die In-Läden von Stuttgart streifte, löste er ähnliche Verwunderung beim Publikum aus wie Hablik. Aber anders als bei dem inhaftierten Richter waren die Blicke, die dieser Mann ins Publikum warf, nicht verstohlen, sondern offen, prüfend, fast unverschämt direkt. Er fixierte eindringlich die Anwesenden, ging zum Personal, stellte Fragen und verschwand, ohne etwas konsumiert zu haben. In seiner linken Hand hielt er die Stadtillustrierte *lift*, eingerollt, die Tip-Seite nach außen.

Stella war nirgends gesehen worden. Schubert entschloß sich, noch einmal bei Soilent und Abel vorbeizufahren. In der Kanzlei schimmerte Licht. Doch von der Straße aus war nichts zu erkennen. Die Helligkeit drang aus einem hinteren Raum durch eine angelehnte Tür in das Büro. Ob der Advokat noch arbeitete? Von der Hinterfront des Hauses aus sah man vielleicht mehr.

Schubert scheuchte unbeabsichtigt ein junges Liebespaar im Gebüsch auf und erschrak selber darüber am meisten. Dann trat er noch mitten in einen der beachtlichen Haufen, die Paul Schmitz diskret unter eine der ausgeschossenen Hainbuchen zu setzen pflegte. Am Ende stand Schubert, einigermaßen gut gedeckt, hinter Abels Terrassentür und betrachtete das Idyll in der Kanzlei. Das Paar saß nebeneinander auf einer Art Biedermeiersofa am Tisch, und Stella streichelte den auf der Seite liegenden großen Hund mit ihren nackten Füßen. Kerzenlicht erhellte die Szene nur unzulänglich. Daß die beiden eine reichliche Mahlzeit eingenommen hatten, konnte Schubert erkennen. Wie Stella mit diesem Abel sprach! Wie ihre Augen an dem Mann hingen, wie sie lachte! Was gesprochen wurde, konnte Schubert beim besten Willen nicht verstehen. Von Schuberts Schuhen stank es nach Hundekot. Unerträglich. Sein Magen zog sich zusammen, wenn er das romantische Bild sah. Er achtete auf die Körpersprache der beiden. Aber die schien lange Zeit neutral. Einmal, als Stella lachte und dabei den Kopf in den Nacken warf, legte sie kurz die Hand sehr vertraulich auf den Arm des Anwalts und sah ihm danach in die Augen. Dann lachten beide. Stella ließ sich wie zufällig an die Schultern des Anwalts fallen, und er fing sie auf, hielt sie fest. Stella kuschelte sich für einen Moment an ihn, dann ließen sie wieder voneinander ab.

Oh, dachte Schubert, und sein Magen rebellierte wieder. Er veränderte seine Position und war dabei wenig vorsichtig, denn das Paar würde ihn doch nicht hören können.

»Ja sagemal«, keifte eine Stimme im Diskant so laut

und unvorhergesehen, daß Schubert, der es ja nicht gewöhnt war, hinter Häusern im Dunkeln zu lauern, schier das Herz stehenblieb. »Sie sind ja ...« Eine kleine Greisin drang schreiend mit einem Rechenstiel auf ihn ein. Schubert wich nach hinten aus, stürzte über ein am Boden liegendes Dreirad. Die Schläge mit dem Rechenstiel sausten um Schubert herum in die Hainbuche, er selbst wurde auch getroffen. Keuchend vor Anstrengung und Streß rappelte er sich hoch. Es gelang ihm, geduckt laufend und Haken schlagend, das Weite zu suchen, obwohl er ein-, zweimal stolperte.

Am Auto, einige hundert Meter von der Abelschen Kanzlei entfernt, versuchte er in einem der verwilderten öffentlichen Gärten, wie es sie in Stuttgart immer häufiger gab, seinen linken Schuh zu reinigen. Je mehr er daran herumwischte, um so intensiver stank es. Ein Rehpinschermischling, den ein alter, schlafloser Mann spazierenführte, schlich mit eingezogenem Rattenschwanz heran und schnüffelte interessiert. Schubert fürchtete, sich vor Ekel zu erbrechen. Er trat nach dem Hund, der auswich und ihm bis zu seinem Wagen interessiert witternd auf den Fersen blieb. Schubert warf den Schuh in den Kofferraum und fuhr los. Unterwegs telefonierte er mit der Klinik. Die Oberärztin hatte schon geschlafen.

»Ich komme nicht an sie dran«, knurrte Schubert. »OP abblasen.«

Als Stella nach all der Aufregung mit dem Spanner und Fräulein Ensle und einigen weiteren Gläsern Riesling dann endlich auf dem Sofa eingeschlafen war, nicht zusammengerollt, sondern entspannt auf der Seite liegend, halb an Abel geschmiegt, machte er sich vorsichtig von ihr los. Sie tastete suchend nach ihm. Als sie ihn nicht fand, kuschelte sie sich tiefer in die leichte Decke, die er über sie breitete.

Abel stand leise auf, trat dabei fast auf seinen Hund und ging hinaus. Im fahlen Licht, das vom Hinterhofgarten hereinschimmerte, suchte er nach Stellas Handtasche. Er nahm sie mit hinüber in sein Büro. Dort machte er Licht und öffnete sie und kramte herum, bis er ein Plastikdöschen ohne Aufdruck fand. Er schüttelte es. Die Medikamente. Er ließ die weißen Pillen auf seine Hand kullern, nahm zwei, legte die übrigen zurück und schloß das Döschen.

Hablik war in Einzelhaft. Sein Gesicht brannte von den Treffern, die er eingesteckt hatte, sein Kopf fühlte sich dumpf und pelzig an. Die Spritze wirkte. Er war isoliert worden.

Er fühlte sich eiskalt und völlig ruhig. Vielleicht hing die Gelassenheit mit der Spritze zusammen. Er war richtig stolz darauf, daß er sofort, als er wieder zu sich gekommen war, den anderen beschuldigt hatte, noch nicht einmal wissend, was mit dem geschehen war. Zeugen würde es keine geben. Das wußte er dienstlich, daß es bei Schlägereien im Knast nie Zeugen gibt. Pack schlägt sich, Pack verträgt sich. So ist das eben.

Den anderen hatten sie nach Hohenasperg ins Gefängniskrankenhaus verlegen müssen. Lebensgefahr bestand – anders als bei Soilent – nicht. Hablik spürte eine unendliche Genugtuung darüber, daß er sofort losgedroschen hatte, obwohl er sich noch nicht einmal daran erinnerte, wie der Kerl ausgesehen hatte. Der hatte mit der Treterei angefangen, dann riskierte er auch, daß er eine kriegt. Jeder in Stammheim wußte das.

Hablik grinste in die heiße Dunkelheit hinein und wischte sich mit den gefesselten Händen über die Nase, aus der immer noch Flüssigkeit sickerte.

Wenn man ihn morgen verhören wird, dann ist er das Opfer. Er wird behaupten, daß sie ihn zusammengeschlagen haben, weil er Richter ist.

Dienstag, 13. August 1996

Fräulein Ensle warf sich noch einmal in die Brust und schilderte Abel haargenau, wie sie einen Voyeur verjagt hatte. Ein junger großer Kerl. Sie sei sicher, daß es einer von den Albanern aus dem Dreizehnerhaus gegenüber sei. Aber sie habe die Brille nicht aufgehabt. »Sie sollen die Vorhänge schließen, bevor Sie mit einer jungen Dame Liebe machen.«

»Woher haben Sie denn den Ausdruck?« fragte Abel verblüfft.

»Kommt öfter im Radio.«

»In ›S 2 Kultur‹?« frage Abel interessehalber, denn der Sender galt eher als sexfeindlich.

»Radio für den Wilden Süden«, sagte Fräulein Ensle und schlurfte davon. Jane, die die letzten Sätze mitbekommen hatte, fragte Abel: »Was war mit Liebe machen?«

»Babyjane«, mahnte Abel.

»Sag?«

Abel wurde ärgerlich. »Nein, mein Gott, sie ist doch eine Mandantin.«

»Nur daß Mandantinnen normalerweise nicht in der Kanzlei ihres Anwalts zu nächtigen pflegen.«

»Unsinn!«

»Wo ist sie eigentlich?«

»Fort, sie sucht eine Wohnung.« Abel gab Jane ein kleines Briefchen mit der Probe von Stellas Tabletten und bat sie, das in die Ostendapotheke zu bringen. Der Chef war ein Nachbar und hatte ein lebensmittelchemisches Labor. Er war sogar Gutachter im Birkel-Frischei-Skandal gewesen. Vielleicht konnte er sagen, was das für ein Medikament war und wie es wirkte.

»Aber erst am Nachmittag«, meinte Jane, die viel zu tun hatte, wie immer, wenn sich Abel auf einen seiner Fälle konzentrierte.

»Ist doch wohl nicht zuviel verlangt, Herr Quedling«, sagte Ezard Müllerschön, der Vorsitzende Richter der Strafkammer beim Landgericht, die über die Beschwerde des Angeschuldigten Hablik gegen den Haftbefehl zu entscheiden hatte.

»Äh, ich weiß nicht«, wich der Kugelblitz aus, »aber ...«

»Es ist nicht zuviel verlangt, wenn die Kammer für die Entscheidung über die Haftbeschwerde vom Hablik die einzige Tatortzeugin hören will, oder?« wiederholte der Mann mit Nachdruck. Quedling ärgerte sich. Der Vorsitzende Richter war nach Ansicht des Staatsanwalts einer der Karrieristen aus der 68er Riege, die schon lange das Landgericht erobert hatte, sofern sie sich rechtzeitig ein schwarzes Parteibuch zugelegt hatte. Immerhin besaß das Land seit ewigen Zeiten eine konservative Regierung. Und die Wandlung vom Jungrevoluzzer zum Pragmatiker ist für Juristen eine der leichteren Übungen. Quedling dagegen war seit dem Studium Freidemokrat und fühlte sich im Stammland dieser Partei benachteiligt. Er wäre schon lange gern Vorsitzender Richter am Landgericht oder wenigstens Oberstaatsanwalt geworden.

Quedling hatte seine liebe Not mit allen 68ern. In der Uni hatten sie den braven Studenten Quedling kaum zur Kenntnis genommen, bestenfalls einmal wegen seiner Anzüge verarscht. Und nun hockten sie überall herum als gewendete, gehobene Chargen, ebenso wie die in der Inneren Emigration befindlichen Altrevoluzzer mit grauen Bärten und grünalternativem Habitus im Parterre der Justizhierarchie, dem Amtsgericht, wo sie Quedling auch Schwierigkeiten machten, wo sie nur konnten. Aber ein Mann wie Quedling ließ keinen seiner Gesprächspartner seine Einschätzung spüren. Verbindlichkeit gegenüber Richtern, Härte gegenüber den schlampigen Advokaten und ihrer versauten Klientel, das war das Prinzip des Staatsanwalts. Moderat versuchte er deswegen, den Vorsitzenden umzustimmen. Die Gesetzeslage war nämlich nur unvollkommen, wenn es darum ging, eine Tatzeugin mit allen Möglichkeiten polizeilicher Fahndung ausfindig zu machen.

Der Richter wußte das selbstverständlich. »Da gibt's doch andere Mittel, Herr Quedling«, belehrte er. Klar gab es andere Mittel. Aber wenn man mitten im Sommer eine Schwangerschaft, eine Fortbildung und drei Urlaubsvertretungen im Referat hatte, dann waren diese Mittel äußerst beschränkt. »Die Staatsanwaltschaft hat nicht das Geld für eine Anzeige in der Zeitung.« Giftig spielte Quedling auf die Privatfahndung von Soilent und Rintfleisch nach Stella an.

Der Richter, dem die Unterredung mit dem Staatsanwalt in einem anhängigen Verfahren ohnehin nicht sehr gelegen kam, beendete das Telefongespräch. »Also, ich kann mir denken, daß die Haftbeschwerde von Herrn Hablik Chancen hat, wenn wir keine Gelegenheit bekommen, die Tatzeugin zu hören. Ihre Indizien sind nicht überwältigend. Da muß noch Butter bei die Fische. Der Hablik ist ein Mann, der sich noch nie was hat zuschulden kommen lassen. Da bin ich nur mit massiven Argumenten davon zu überzeugen, daß ein dringender Tatverdacht bestehen soll.«

Quedling trompetete: »Er hat heute nacht in Stammheim einen Mann grundlos zusammengeschlagen, soviel zu einem Richter, der sich nie was zuschulden kommen läßt.«

»Kommen Sie, Herr Quedling, der Herr Hablik hat heute morgen bereits Anzeige gegen Unbekannt wegen gefährlicher Körperverletzung gestellt. Sie haben ihm den Heiligen Geist gemacht, weil sie meinen, sie können an einem Richter ihr Mütchen kühlen.« Nun reagierte Müllerschön doch ärgerlich auf den Kugelblitz. »Ja, soll er sich denn zusammenschlagen lassen? Stellen Sie sich doch mal vor, Sie kommen in so eine Situation. Ich verstehe sowieso nicht, wie man den Mann in eine Gemeinschaftszelle legen kann.«

Quedling seufzte, grüßte und legte auf.

Genau getroffen! Die Boulekugel, die der Cochonette, dem Zielkügelchen des Spiels, am nächsten gelegen hatte, fetzte, von einer anderen direkt getroffen, zur Seite. Ein Meisterwurf, der das Bild des Spiels zuallerletzt noch einmal total veränderte. Die Männer nickten anerkennend und traten näher, um die neuen Abstände der Kugeln zur Cochonette zu bewerten. Der Tireur folgte mit seinem Mannschaftskameraden. Alle vier gingen in die Knie.

»Zwei«, entschied Abel. Das war korrekt. Keiner der Juristen widersprach. Sie waren wirklich ein korrektes Völkchen. Und beim Boule betrogen sie sich sowieso nie.

»Zwei«, bestätigte der Rechtsanwalt Paul Kramer und klopfte seinem Tireur Müllerschön anerkennend auf die Schulter, während Abel seinen Partner, einen steinalten Richter von einem Zivilsenat des Oberlandesgerichts, für den nächsten Durchgang ermunterte. Wenn sie einen vierten Mann brauchten, dann sprang der Alte gerne ein. Und auf die kurze Distanz hatte er ein gutes Händchen.

Müllerschön wienerte mit einem Lappen an seinen Kugeln herum, was bei einer Kiesunterlage wie vor dem Kunstgebäude auf dem Stuttgarter Schloßplatz eigentlich nicht notwendig war. Eine milchige Wolkendecke lag über dem Himmel, die Sonne stach. Es war schwül. Für den Abend waren Schauer und örtliche Gewitter angesagt. Sie spielten im Schatten der jungen Kastanien, unweit der bronzenen Weiblichkeit »La Nuit« von Aristide Maillol. Die beiden mächtigen Brunnen auf dem Platz rauschten und erzeugten ein Flair von Frische, wenn der Wind eine Fahne aus Sprühnebel zu den Spielern herüberwehte.

Das Juristenquartett hob die Kugeln auf und ging auf seine Ausgangsposition zurück. Dabei sagte Müllerschön, den Quedling übrigens völlig zu unrecht für einen gewendeten 68er hielt, weil er als Sozi so was wie ein Alibi für den Proporz im Landgericht war, zu Abel: »Jean, der Quedling hat mich angerufen und wollte wissen, wie ich die Sache Hablik sehe.«

»Und?« Abel zog mit der Schuhspitze einen Kreis in den Kies und warf die Cochonette auf die kurze Distanz, um seinem Partner eine bessere Chance zu geben.

»Die Kammer will die Tatzeugin, diese Frau Telago, hören. Der Meyer besteht zwar nicht drauf, aber mein Berichterstatter hat doch recht, wenn er das verlangt, oder?«

»Ja.«

Der Oberlandesrichter war in die Knie gegangen und schwang den Wurfarm hin und her, als müsse er sich erst aufwärmen.

»Weißt *du* zufällig, wo sie ist? Du vertrittst sie doch«, fragte Müllerschön.

»Ja. Aber das muß der Quedling selber rausbekommen. Der ist ja sonst auch der große Zampano.«

Müllerschön nickte. Der Oberlandesrichter warf,

und seine Kugel rollte fast unmittelbar neben die Cochonette.

»Uff«, stöhnte Müllerschön, weil ihm schwante, daß er schon wieder in seiner Eigenschaft als Tireur gefragt war. Sein Kumpel Kramer trat in den Kreis: »Pas de problème.«

Stella hob die Arme über den Kopf, drehte sich langsam um die eigene Achse und warf ihrem Partner einen Blick wie eine Flamenco-Tänzerin zu. Aber es war kein Flamenco, sondern *Sympathie For The Devil* von den *Stones*, was aus den Lautsprechern dröhnte. Mick Jagger stellte sich vor: *I'm A Man Of Wealth And Taste.* Stella vollendete ihre Drehung, erstarrte in einer manierierten Geste, zuckte dann und tanzte wie der Leibhaftige, jetzt mit geschlossenen Augen. Um ihre Füße waberte ein Rauchteppich von Trockeneis.

Die Tanzfläche war fast leer. Ein paar Schönheiten schoben gelangweilt herum. Abel war der Älteste in dieser Nacht, aber so wie er tanzte, sah er keineswegs alt aus. Er bewegte sich geschmeidig und war genau im Rhythmus. Stella war das nicht entgangen. Sie blieb in seiner Nähe, kopierte seine Bewegungen, er ging auf sie ein. Unter halb geschlossenen Lidern blickte sie ihren Anwalt an. Gut sah er aus, so wie sie ihn ausstaffiert hatte. Sie hatte seinen Kleiderschrank visitiert. Die zwei zerknitterten Anzüge hatte sie sofort zur Seite geschoben. Ein T-Shirt mit Querstreifen, verwaschenes Blau und Weiß. Jeans. Die saßen ziemlich eng. Aber Abel hatte einen knackigen Hintern, er konnte so was tragen. Ganz hinten im Schrank fand sie ein blaues Leinenjackett, sicher nicht das Modell der Saison, aber weit und luftig geschnitten. Und gute Schuhe trug Abel ohnehin, das war ihr schon aufgefallen. Auch, daß er bei der Hitze auf Socken verzichtete.

»Mann, du mußt was aus deinem Typ machen, so beschissen siehst du doch gar nicht aus«, hatte Stella erklärt und begonnen, ohne weiteres Federlesen herumzukramen. Abel, dem nicht so viel an Garderobe lag, hatte sie kruschteln lassen. Sie schien ihren Kummer vollständig vergessen zu haben.

Als sie sich später bei Abel einhakte und beide seine Wohnung und Büro verließen, war ihr Schritt beschwingt. Sie hatte sich neue Kleider gekauft, hergerichtet, daß einem die Augen herausfielen. Sie roch gut, sie fühlte sich gut an, sie bewegte sich verteufelt gut.

»Weißt du was«, sagte sie, »Billard liegt mir bestimmt. Du mußt's mir beibringen. Ich hab' ein verdammt gutes Auge.«

»Klar«, antwortete Abel, »verdammt *schöne* Augen hast du.«

»Woher weißt du das?«

»Selber reingeguckt.«

Ein kleines Dinner bei einem Italiener. Abel stellte dabei fest, wie Stellas Augenfarbe changierte. Grau zu grün und grün zu grau. Sie aßen Antipasti. Stella pickte nur so herum. Abel vermied jedes Gesprächsthema, das sie wieder traurig machen könnte, denn er genoß den überraschenden Abendausflug; er genoß es, daß sie über Belanglosigkeiten redeten und sogar zusammen schweigen konnten. Sie war eine lebhafte, sprühende Gesprächspartnerin, und sie konnte herrlich nachdenklich sein.

Dann gingen sie in die Disco. Ein paar magersüchtige Mädels dekorierten die Bar, schickten Blicke zu ungeheuer coolen dunklen Männern, die meisten davon arbeiteten im Service, und langweilten sich. Dienstagabend war tote Hose. Abel war schon seit ein paar

Jahren nicht mehr in einer Disco gewesen. Der Lärm aus den Boxen und die verbrauchte Luft schlug ihnen wie ein nasser Gummihammer entgegen. Die Bässe pulsten gegen das Zwerchfell. Stella strahlte und zappelte vor Ungeduld. Sie nahm Abel an der Hand und streifte mit ihm herum, schrie ihm etwas ins Ohr, was Abel nicht verstand. Er nickte prophylaktisch. Nachfrage war zwecklos.

»Durst?« brüllte Abel.

Was Stella zurückbrüllte, hörte sich zustimmend an.

»Cola?«

Sie überlegte kurz. Ihre Zungenspitze erschien zwischen den Lippen. Dann ging sie hinüber zu einem Jungen vom Service und rief dem etwas ins Ohr. Er sah sie zweifelnd an. Stella nickte heftig.

Der Mann kam wenig später mit einer 0,7 l *Moët & Chandon* wieder, ohne Gläser. Außen mit Wasserperlen beschlagen. Stella schnappte sich die Flasche, strahlte Abel an. Ruckzuck war der Korken draußen. Eine kleine weiße Fahne stieg aus der Öffnung auf. Stella setzte die Pulle an und trank einen tiefen Schluck. Sie schloß die Augen. Man sah, wie gut ihr das tat.

Abel staunte.

Sie gab ihm die Flasche. Abel beherrschte die Sache nicht so gut. Er hatte das Gefühl, daß ihm der Champagner in Nase und Ohren strömte. Er mußte niesen. Stella lachte. In seinem Bauch breitete sich ein prickelndes Gefühl aus, wie es nur eiskalter Schampus erzeugen kann.

Er legte seine Hand um ihre Taille, spürte ihren glatten, schlanken Rücken unter dem Stoff, zog sie ein wenig zu sich her. Kein Widerstand. Im Gegenteil. Abel rief ihr ins Ohr: »Superidee.« Ihr Duft zwang ihn, kurz die Augen zu schließen.

Stella hob die Flasche. Ihre Lippen formten das

Wort »Cheers«, sie schmiegte sich an Abel, legte den Kopf in den Nacken und setzte die Pulle wieder an. Abel staunte, daß sie in einem einzigen Zug fast die halbe Flasche leertrank. Er nippte nur. Dabei verlor er den Körperkontakt zu ihr. Stella ging tanzen. Abel folgte nicht. Er behielt die Flasche in der Hand und sah ihr zu. Wenn Katzen tanzen könnten, würde es wahrscheinlich so aussehen, dachte er. Wo sie das wohl gelernt hat? In der Klinik? Naturtalent? Stella unterbrach für einen dritten langen Schluck, warf Abel einen Blick zu, der zu schönsten Hoffnungen berechtigte, und ging zurück.

Abel suckelte an der Flasche und genoß es, in einem künstlichen Kosmos aus wummernder Musik, Dunkelheit und Alkohol zu schweben. Er schloß die Augen und gab sich dem Gefühl hin.

Als Abel die Augen wieder öffnete, war Stella verschwunden. Abel schloß die Augen und roch das Parfümgemisch um sich herum. Der DJ schaffte einen fließenden Übergang zu Salsa. Ein Frauenpaar tanzte perfekt, manieriert, wie nach einer Choreographie. Drei lange Salsastücke dauerte es, bis Abel eines der Mädchen bat, doch mal für ihn auf der Damentoilette nachzusehen. Da war aber niemand.

Abel nahm den letzten Schluck aus der Flasche und stellte sie auf den Tresen. Er ging herum, sah auch in die schummrigen Ecken. Stella war weg. Der Türsteher sagte: »Kann sein, kann nicht sein, daß so eine raus ist. Ich seh' mir nicht an, wer rausgeht. Da gibt's nur den Stempel.«

Abel lief zurück an den Tresen, um den Schampus zu zahlen. »Ist schon okay, Meister«, sagte der junge Mann. »Sie hat bezahlt.«

»Wann?« fragte Abel.

»Bevor sie raus ist.« Sein Grinsen sagte: Junge, bei so einer hat ein Typ wie du schlechte Karten.

Abel stur: »Wann ist sie raus?«

»Als sie gezahlt hat.« Der Grinser drehte sich um und ließ Abel stehen. Abel packte ihn mit einem harten Griff an der Schulter. »Wann?«

Der Junge sah, daß es keinen Sinn hatte, sich auf längere Debatten mit dem Mann einzulassen. »Vor zehn Minuten.« Das war, als Abel im Kosmos schwebte.

»'ne andere Mutter hat auch 'ne schöne Tochter«, sagte der Grinser und sah zu, daß Abel ihn nicht noch einmal aufhalten konnte.

Draußen in der kühlen, inzwischen regnerischen Nacht verflog die Euphorie der letzten Stunden schnell. Alles triefte vor Nässe. In Abels kurzen Haaren und in seinem Stoppelbart bildeten sich Rinnsale. Von Stella keine Spur. Er streifte durch die umliegenden Straßen und fragte am Taxistand des Viertels, ob eine Passagierin, auf die Stellas Beschreibung paßte, weggefahren sei. Einer der beiden wartenden Chauffeure schlief, der andere hatte ein Kreuzworträtsel gelöst und wußte nicht, wer bei seinem Kollegen vorne eingestiegen war.

Freiwillig war Stella nicht verschwunden, darauf hätte Abel seinen Kopf gewettet. So wie sie sich an ihn geschmiegt hatte ... Oder bildete sich hier einer was ein auf seine Verführungskünste? Nee, sagte sich Abel. So weit konnte er seinem Gefühl trauen. Glaubte er jedenfalls. Und die Sorge, daß sie plötzlich – vielleicht wegen des Alkohols – in das tiefe schwarze Loch gefallen war, von dem sie gesprochen hatte, war nicht so ganz abwegig.

Abel suchte sie vor seiner Kanzleiwohnung und dahinter im Garten. Nichts. Wieder zurück in die Stadt. Im Schrittempo fuhr er durch die nässeglitzernden Straßen. Nichts.

Schließlich hatte Abel vom Suchen die Schnauze voll. Inzwischen ging es auf vier Uhr zu. Er steuerte das Polizeigebäude in der Dorotheenstraße an, um eine Vermißtenanzeige aufzugeben. Er legte sich die Argumente dafür zurecht, denn er erwartete massiven Widerstand vom übermüdeten Nachtdienst. Wenn eine erwachsene Frau einen ihr flüchtig bekannten Mann in einer Disco stehen läßt und verschwindet, nachdem sie ordnungsgemäß die Rechnung beglichen hat, dann ist das normalerweise kein Vermißtenfall. Wie auch? Abels Gefühl sagte ihm, daß da was nicht stimmte. Aber wie sollte er dieses Gefühl dem Wachhabenden vermitteln?

»Immerhin bin ich Anwalt«, sagte Abel in die Sprechvorrichtung zu dem von der Panzerglasscheibe grünlich gefärbten Mann auf der anderen Seite. »Ich weiß sehr wohl, daß man die Pferde nicht scheu machen darf. Gerade deswegen müssen Sie was unternehmen.«

»Moment.« Der Lautsprecher knackte. Der Ton war weg. Der Polizist erhob sich und ging in einen angrenzenden Raum. Abel konnte beobachten, daß der Beamte mit einem Kollegen sprach, der nickte, einen Zettel aus der Uniformtasche kramte und ihn dem Wachhabenden gab. Beide blickten beziehungsvoll zu Abel herüber.

Dann war der Ton wieder da: »Herr Rechtsanwalt, Sie hatten wohl recht, daß die Frau Probleme hat. Da liegt ein Anruf von einem Professor Schubert vor, der mitteilt, daß sich Ihre Mandantin freiwillig in seine psychiatrische Behandlung begeben hat. Scheinbar hat man damit gerechnet, daß Sie Frau Telago vielleicht über uns suchen wollen.« Noch ein prüfender Blick. »Dann hat sich die Sache ja wohl erledigt?«

»Nein«, sagte Abel und ging.

Stella setzte vorsichtig Fuß vor Fuß, wie auf einem Drahtseil. Ihr Gesicht wirkte, als fürchte sie den Absturz. Von weit oben tief runter. Der Fön machte die Nacht heiß, der fast volle Mond tanzte in der vibrierenden Luft über dem See und warf ein zitterndes Zackenmuster auf die dunkle Wasseroberfläche. Vor weit her trug der Wind die Klänge einer Feuerwehrkapelle, die kaum drei Takte zusammenbrachte, ohne daß eines der Instrumente ausscherte. Die anderen folgten. Die Musik fiel in sich zusammen und erstickte, nur die Pauke wummerte noch schlägelang weiter. Dann gab sie auch nach. Anstelle der Bläser heulte nun nur noch der warme Wind. Bis das Blechensemble zum nächsten Versuch anhob.

In Stuttgart Regen, hier Fön.

Und Stella tastete sich weiter durch den schwarzen Korridor der Barockabtei St. Maximin, den scharf umrandete Lichtflecken des Mondes matt erhellten. Nur jetzt nicht abstürzen! Ihre Pupillen zuckten nach oben unter die Lider. Sie mußte sich zusammenreißen. Nur nicht umkippen, wie schon passiert. Umkippen machte es nicht besser. Stella spitzte die Lippen, so sehr konzentrierte sie sich.

»Geh ruhig weiter, Stella«, sagte Carl Schubert. »Oder soll ich das Licht anmachen?« Stella schüttelte den Kopf. Nicht nötig. »Dann mach zu, du kennst dich aus.« Stella beschleunigte kaum ihre Schritte, denn nichts in ihr, nicht die kleinste Faser, drängte sie zu der schweren Tür am Ende des Korridors. Im Gegenteil, vor Angst und Aufregung begann sie zu husten und zu würgen. Die Tür war keine zehn Schritte mehr entfernt. Ihr Brustkorb hob und senkte sich konvulsiv. »Stella!« mahnte der Chefarzt. Er hielt sich hinter seiner Patientin, kontrollierte ihre Bewegungen, registrierte jedes Geräusch, das von ihr ausging. Stella konnte nicht aufhören. Husten. Würgen. Speichel sammeln, schlucken, doch nichts ging runter. Die Speiseröhre wie zugeschnürt. Aber ausspucken konnte und mochte sie nicht.

Sie blieb stehen. Sie konnte nicht weiter. Carl Schubert ging mit resolutem Schritt an ihr vorbei. Er öffnete die Tür und sagte: »Bitte, mein Fräulein.« Stella blieb, wo sie war. Störrisch wie ein Maulesel. Schubert kam zurück zu ihr, packte sie am Arm, zerrte sie mit sich und sagte: »Ich habe jetzt gleich die Schnauze voll von dir.«

Rein in das Zimmer. Tür zu. Stella hatte die Augen geschlossen. Ihre Nasenflügel bebten nervös. Sie roch sie. Sie wußte genau, daß diese Frau hier in dem Zimmer gewesen war. Wahrscheinlich hatte sie wieder alles durchwühlt, jede Fuge gefilzt, sogar den Schrank verrückt. Dabei hatte sie bestimmt geschwitzt. Klar, bei dieser Hitze. Und immer wenn sie schwitzte, verstärkte ihre Ausdünstung den Geruch ihres widerlichen Parfüms. Die Fenster waren geschlossen, weil die Griffe fehlten, und das, obwohl schmiedeeiserne Gitter mit massiven Zierstacheln vorhanden waren.

»Sie war hier?« flüsterte Stella.

»Ja«, antwortete Schubert. »Es ist besser für dich.«

»Leck mich am Arsch«, sagte Stella. Sie traute sich nicht, die Augen zu öffnen. Deswegen sah sie die Hand des Professors nicht. Klatschend traf sie ihr Gesicht. Das riß ihr den Kopf zur Seite. Die Wange brannte.

»Entschuldige dich!« Die Stimme des Arztes konnte sehr ärgerlich klingen.

»Leck mich am Arsch«, antwortete Stella, riß die Augen auf. Schubert duckte sich, um ihrem Hieb auszuweichen. Doch er war nicht fix genug. Stella warf sich auf ihn mit der Kraft einer ungezügelt aufflammenden Aggression. Sie riß ihn zu Boden, und die beiden wälzten sich hin und her. Stella stieß spitze, wütende Schreie aus, während Schubert, der Mittfünfziger, keuchte und ächzte. Stella bekam den Professor endgültig unter sich, setzte ihr Knie auf seine Oberarme, wie sie es von den Pflegern kannte, und schrie: »Ich habe jetzt einen Anwalt und einen Richter. Die helfen mir. Und deswegen lasse ich mich nicht mehr schlagen. Kapierst du das, du Arsch?« Schubert versuchte sich zu befreien, ohne Erfolg. Stella war nicht abzuwerfen.

Sie schüttelte den Mann durch, daß er noch schlimmer nach Luft japste und sich nicht mehr aufbäumen konnte. Sie riß ihn an den Aufschlägen seines Jacketts hoch und hämmerte seinen Hinterkopf auf die Bodenfliesen, daß es dumpf dröhnte. Schubert, ohnehin schon am Rande seiner Kraft, fuhr durch den Kopf: So muß sie Dieter erschlagen haben, genauso, und jetzt bin ich dran. Er schmeckte Blut in seinem Mund. Vor seinen Augen tanzten grelle Lichtblitze. Das Licht wurde heller und intensiver. Die Schläge gegen seinen Kopf verschwanden zwar nicht, aber wanderten weg, weit weg. Dann nahm der Arzt nichts mehr wahr, und Stella spürte durch ihre schäumende Wut, daß der Körper des Mannes unter ihr seine Spannkraft verloren hatte.

Sie zuckte erschrocken zurück und ließ sich auf die Seite fallen. Diese Stille plötzlich um sie herum! Doch dann pfiff der Fön wieder um die alten Mauern. Sie robbte von ihrem Opfer weg in eine dunkle Ecke des Zimmers, wo sie die Arme um den Oberkörper schlang, wie um sich die eigene Wärme zu erhalten. Sie klapperte mit den Zähnen. Schüttelfrost.

Der Raum, in dem sie sich befand, war klein, zellenartig, kaum möbliert. An einer Wand klebten Zeitungsausschnitte von schönen Menschen, alle waren sie Werbeseiten aus teuren Illustrierten und Magazinen und stellten das ideale Leben in vollständiger Freiheit und Unbeschwertheit dar. Ein Stuhl, ein Tisch, auf dem nichts lag. Ein Bett mit drei Kuscheltieren. Drei Teddys.

Alle fast gleich groß. Das Zimmer hatte zwei Südfenster und eine breite Tür zum Balkon. Der Mond schien so hell herein, daß man hätte die Zeitung lesen, aber keine Farben erkennen können. Nur das Bläulichweiß des Mondlichtes, grau und schwarz. Eine Federwolke zog vorbei und verdunkelte das Zimmer für einige Sekunden. Dann war der Mann, der neben der Tür am Boden lag, wieder deutlich zu sehen. Stella schauderte, kümmerte sich aber nicht um ihn.

Sie hätte vielleicht bis zum Morgen so in der Ecke gekauert, unfähig, sich zu bewegen, wenn sie nicht die Schritte gehört hätte. Klapp, klapp, klapp. Es waren nicht die Fensterläden, die der Fön rüttelte. Es waren Schritte. Der Fön schüttelt die Läden nicht so regelmäßig wie ein Mensch geht. Klapp. Klapp. Es waren keine lockeren Schritte, auch nicht lange, forsch ausschreitende, beispielsweise wie die von einer Wachschwester. Es waren ruhige, sichere, beständige. Klapp, klapp, klapp. Eisenbeschlagene Sohlen.

Sie schloß die Augen. Stella hörte, wie die Schritte in der Nähe der immer noch offenen Tür verharrten, ohne das Zimmer zu betreten.

»Stella?« klang es von draußen.

»Ja, Mama.«

»Es war Zeit, daß du endlich zurückgekommen bist.«

»Ja.«

»Du weißt«, Stellas Mutter hob die Stimme, »daß du draußen allein keine Chance hast. – Weil du krank bist.«

Stella antwortete: »Ich bin nicht krank.«

»Das bildest du dir ein.«

»Ihr versucht, mich krank zu machen.«

Sie lachte. »Carl?« Sie rief nach Schubert.

Keine Antwort. Sie rief noch einmal. Lauter. Wieder nichts.

»Wo ist Carl?«

Stella wußte, daß sie sich nun zusammenreißen mußte. »Er hat mich allein gelassen.«

»Warum ist die Tür offen?«

»Frag ihn. Bestimmt wollte er wiederkommen.«

»Was hat so gepoltert?«

Stella fuhr wütend auf: »Weiß ich doch nicht. Eines von euren Monstern hier.«

»Stella!« Die Mutter schloß von außen die Tür und drehte den Doppelbartschlüssel herum. Stella blieb allein in dem mondhellen Zimmer mit dem regungslosen Mann am Boden.

Mittwoch, 14. August 1996

Abel fuhr sein Auto nicht, er chauffierte es. Denn bei dem Fahrzeug handelte es sich um eine weiße Citroënlimousine älteren Baujahrs, eine sogenannte Flunder, der er in einer Werkstatt in Saarbrücken das Dach hatte abschweißen und durch ein Cabrioletverdeck ersetzen lassen. Ganz früher als Student hatte Abel noch auf Ford-Capris gestanden und nur ein Motto im Straßenverkehr gekannt: »Lieber tot als zweiter.« Aber mit der Zeit begann er, sich über das Gehechel der GTI-Piloten auf der Autobahn zu amüsieren. Zwei davon jagten links an ihm vorbei und zogen nach rechts auf die Ideallinie. Als ihre Rücklichter hinter der nächsten Hügelwelle verschwunden waren, lag wieder Ruhe über der Bodenseeautobahn. Der Mond, hinter Stuttgart zaghaft unter den Regenwolken hervorgekrochen, war inzwischen verschwunden. Links über einem Waldriegel überzuckerte zartes Morgenlicht den Nachthimmel. Abel saß am Steuer und genoß bei offenem Verdeck die späte, föhnige Nacht. Im Autoradio sang Dinah Washington *Every Time We Say Goodbye* von Cole Porter. Er hatte eine Bomberjacke an, eine echte von einem Captain der Royal Air Force, und einen Schal um den Hals geschlungen.

Natürlich spukte ihm Stella in seinem Kopf herum. Exzentrisch und schön. War Stella nicht im Grunde arm dran? Und Frauen, die arm dran sind, brauchten einen richtigen Mann als Retter und Beschützer. Mit hysterischen Weibern hatte Abel zwar schon immer Probleme gehabt. Aber war es nicht bewundernswert, wie sie den Schicksalsschlag und Tod ihres Freundes Soilent wegsteckte. Freund? Andere trauerten wochenlang. Außerdem, wer Abels Hund was mitbrachte, hatte automatisch bei ihm einen Stein im Brett. Und überhaupt: Frauen, die Champagner aus der Flasche saufen können und so einen winzigen Tick ins Vulgäre haben, die hatte er schon immer toll gefunden, beispielsweise crazy Wanda, eine Piercing- und Tattoo-Königin, angeblich aus St. Germain/Paris, die er vor vier Jahren in Juan les Pins, wo im Sommer nachts die Luft brennt, in einer Rumbakneipe getroffen hatte.

Kurz vor sechs Uhr früh. Der barocke Helm des Turmes der Klinik Seelenfrieden lag im grellen Licht der aufgehenden Sonne, als Abel seinen Citroën auf den Parkplatz vor dem Einfahrtstor abstellte. Er war überhaupt nicht müde. Eine leichte, schwebende Stimmung hatte sich seiner bemächtigt. Ihm war klar, daß er für diese Mandantin noch mehr kämpfen würde, als er es üblicherweise für seine Klienten tat.

Er trat näher und las am Tor ein Schild mit der barschen Aufschrift: »Vormittags keine Besuche.« Abel nickte und ging Richtung See, um ein Hotel zu suchen, das schon um diese Zeit ein ordentliches Frühstücksbuffet anbot.

Bei aggressiven Patienten gab es keine Konzessionen. Die Dienstanweisung war eindeutig: überraschen, rein, zupacken, und zwar so, daß der Patient nicht die geringste Chance hat, sich selbst oder die Pfleger zu verletzen. Wenn gespritzt werden muß, ist darauf zu achten, daß der Arm frei bleibt, daß der Patient aber trotzdem nicht um sich schlagen kann.

Sie rissen Stella hoch, knallten sie an die Wand, wobei das Pflegepersonal aufgrund seiner Erfahrung Prellungen und Hautabschürfungen vermeiden konnte. Stella rang nach Luft, weil einer der schweren Männer sie mit aller Kraft gegen die Mauer preßte. Ruckzuck war ihr Arm freigelegt. Stella schrie, schrie, schrie – nicht vor Schmerz, sondern vor Schreck, Wut und wegen der Erniedrigung dieser Behandlung und wegen ihrer Ohnmacht. Keiner gab was auf die Schreie, die aus dem Pavillon kamen. Dort war die Station St. Vinzenz.

Der Pfleger in ihrem Rücken erhöhte den Druck. Ihr ging die Luft aus. Ihr Schrei erstarb in einem Röcheln. Den Stich in die Armvene spürte sie überhaupt nicht. Nur das wohlbekannte Gefühl innerer Erschlaffung, dieses verhaßte und doch wohlige Strahlen vom Sympathicus hinauf in den Kopf. Ihr war alles gleichgültig. Sie nahm an nichts mehr teil. Ihr Kopf sagte ihr, daß sie wieder einmal dort gelandet war, wo sie nie wieder hingewollt hatte, aber es machte ihr nicht das geringste aus. Soilent, Hablik, Abel, Schubert – nichts als Namen, ohne Bedeutung. Die vergangene Nacht, die zwei halben Tage in Nizza, Stuttgart passierten Revue hinter einer dicken, undurchdringlichen Masse. Stella konnte wieder lächeln. Jedenfalls ließen sich mit ein bißchen gutem Willen die Bewegung ihrer Gesichtsmuskeln so deuten. Die Pfleger nickten sich zu und ließen die Patientin an der Mauer hinab zu Boden sinken.

Unterdessen hatten sich die Oberärztin und zwei Weißkittel aus der Neurochirurgie mit Professor Schubert befaßt und ihn vorsichtig abtransportiert. Die Pfleger, die sich um Stella gekümmert hatten, standen eine Zeitlang herum, redeten über das Feuerwehrfest, darüber, wer wie besoffen war, und daß man nächstes Jahr unbedingt eine andere Musik brauchte. Dann kam die Oberärztin zurück und befahl: »Kein Wort über das, was hier passiert ist!«

Die Pfleger nickten. Einer fragte besorgt, wie's dem

Chef ginge. Keine Antwort. Ein zaghaftes: »Kommt er durch?«

»Kümmern Sie sich um Ihre Angelegenheiten.« Eine schroffe Antwort auf eine besorgte Frage.

»Das ist, wie wenn ein Dompteur von seiner Lieblingstigerin angefallen wird«, frotzelte einer hinter vorgehaltener Hand.

Der andere Pfleger grinste. »Was machen wir mit der Tigerin?« Zur Ärztin gewandt, wiederholte er die Frage laut, ohne Stella Tigerin zu nennen.

»Sie bleibt hier.« Man hob Stella auf das Bett. Die Ärztin kontrollierte Atmung, Puls, Blutdruck und einige Reflexe. Dann nickte sie. Die drei gingen hinaus. Stella versuchte nicht, gegen die Watte in ihrer Seele anzukämpfen.

Die Oberärztin Katja Windgassen, eine Schweizerin aus dem Kanton St. Gallen, war die zweite Frau im Haus. Obwohl sie, anders als die meisten Mediziner ihrer Generation, nicht promoviert hatte, traute sich niemand, sie ohne Titel anzureden. Daß Frau Windgassen mit dem Chef zusammen war, galt als nicht erwiesen, denn jeder der beiden hatte eine eigene Wohnung. Es war aber ein offenes Geheimnis, daß die beiden extravagante Reisen in die ganze Welt unternahmen, zu Opernpremieren in München, Mailand, Wien und sogar New York erschienen. Kaum eine wichtige Ausstellung bildender Kunst in Deutschland wurde ohne sie eröffnet. Sie paßten auch äußerlich gut zueinander. Den markanten Psychiater und seine extravagante Mitarbeiterin trennten einige Jahre. Katja Windgassen war keine Schönheit. Aber sie verstand, etwas aus ihrem Typ zu machen. Dunkel, sehr schlank, feminin.

Sofort nachdem sie ins Haus gekommen war, begann ihr Aufstieg. Böse Zungen sagten, weniger wegen ihres profunden ärztlichen Wissens, eher wegen der korrekten, aber sehr dominierenden Art, mit der sie Personal und Kranke und gelegentlich auch Professor Schubert behandelte. Sie war geachtet und gefürchtet zugleich. Katja Windgassen war eisenhart zu Menschen, und so auch zum Rechtsanwalt Jean Abel, der gegen zehn Uhr bei ihr vorsprach.

»Frau Telago kann nicht gestört werden, sie ist viel zu erschöpft. Und Professor Schubert ist den ganzen Tag in der Analyse. Den kann man schon überhaupt nicht stören.«

»Schön, daß Sie bestätigen, daß meine Mandantin sich hier aufhält.« Abel notierte mit seinem neuen Goldfüller.

»Hat das jemand bestritten?«

»Man kann ja nie wissen.«

»Schreiben Sie eine Notiz. Ich sorge dafür, daß sie sobald wie möglich ausgehändigt wird.«

»Ein persönliches Gespräch wäre sachdienlicher.« Abel lächelte verbindlich und schraubte den Füller demonstrativ zu.

»Rufen Sie morgen an.«

»Morgen bin ich nicht mehr hier.«

»Ich habe von anrufen gesprochen.«

»Und ich von einem persönlichen Gespräch.«

Egal, es fruchtete nichts. Abel verließ das Sprechzimmer von Professor Schubert, in dem ihn die Oberärztin empfangen hatte. Die Klinik verließ er nicht. Hier wurde man als Besucher nicht so überwacht wie beispielsweise in einer Justizvollzugsanstalt. Er nutzte den Freiraum und trat in einen Laubengang hinaus. Von dort gelangte er in den Teil des Parks, der als symmetrischer Garten mit fein geschwungenen Beeten, säuberlich gestutzten Eiben- und Buchsbaumhecken und geharkten Wegen angelegt war. Das wirkte postkartengerecht, aber irgendwie seelenlos. Anscheinend war die Unterhaltung der Anlage Bestandteil einer Arbeitstherapie, denn am anderen Ende erblickte Abel eine Gruppe von geistig Behinderten, die an den Wegrändern winzige Unkrautreste jäteten und laut miteinander sprachen.

Die Morgensonne stach, Abel zog seine Bomberjacke aus und legte sie über die Schulter. Er gab sich den Anschein völliger Normalität, als er die Abtei umrundete, um irgendwo einen Hinweis zu finden, wo sich Stella aufhalten könnte. Zu eigenartig war es, wenn eine Frau ohne ein Wort aus einer Disco in eine Nervenklinik entschwand. Der luftige, sonnendurchflutete Bau auf dem Hügel über dem See hatte nichts Bedrückendes, sondern strahlte heitere Ruhe aus. Möwen zogen im Südwind ihre Bahnen. Abel ging an der Kirche vorbei, deren Portal weit offen stand. Seeseitig lag ein abgeschlossener, größerer Pavillon an der Stelle, wo der geometrische Barockgarten in den Landschaftspark überging. Wahrscheinlich die ehemalige Orangerie. Die Gewächshäuser waren verschwunden. Die verbliebenen Säulen und Pilaster trugen Eisenschalen, in denen Agaven wuchsen. Abel begegnete zwei jüngeren Ärzten. Sie waren ins Gespräch vertieft und fragten ihn nicht, wohin er wolle. Er schlenderte an der alten Orangerie vorbei und wieder hügelaufwärts zu den anderen Gebäuden, die er vorsichtig in Augenschein nahm. Eine Joggergruppe überholte ihn und verschwand durch die Klinikpforte, deren Eisenportal elektrisch aufschwang. Grillensingsang lag über den Wiesen draußen vor dem Tor.

Abel setzte sich auf eine Bank unweit der Südfassade des Pavillons. Ihm war aufgefallen, daß in jedem Haus der Klinik, sogar im einzigen modernen Anbau, wo anscheinend die OPs und die Intensivpflege untergebracht waren, zumindest ein Teil der Fenster offenstand. Bloß nicht in der Orangerie. An der verschlossenen Tür stand: Station Vinzenz, bitte läuten.

Abel läutete nicht, sondern verlegte sich aufs Beobachten. Die Sonne brannte in seinen Nacken. Er legte den Schal um den Hals und schloß die Augen wie jemand, der beschaulich die sommerliche Ruhe genießt. Jedes Fenster hatte ein künstlerisch gestaltetes stabiles Gitter, und keines davon war offen. Auch nicht in den Fluren. Obwohl es Vorhänge gab, mußte die Morgensonne die Zimmer gehörig aufheizen. Anzeichen für Aircondition sah Abel nicht. Wenn Station Vinzenz die geschlossene Abteilung war, dann hatte man die Patienten im Griff. Nicht das geringste Geräusch drang heraus. Keine Musik, keine Gespräche, kein Lachen, kein Weinen.

Stella von der Disco in die Geschlossene? Unwahrscheinlich. Dennoch sagte Abels Instinkt, daß er hier am ehesten fündig werden könnte. Er verstand es zu warten. Nach einer Viertelstunde sah er eine Frau im weißen Kittel an eines der Fenster treten und mit resolutem Schwung Vorhänge vorziehen.

Ein junger Mann, der wie ein Zivi aussah, geleitete vorsichtig eine kleine Gruppe mongoloider Kinder an Abels Bank vorbei. Der Anwalt verwickelte ihn in ein Gespräch. Auf diese Weise erfuhr er, daß Stella eine in der Klinik bekannte Persönlichkeit war. Sie sei jetzt aber in Stuttgart. Und in der Station Vinzenz sei sie seines Wissens nie gewesen. Dorthin kämen nur die ganz schweren Fälle. Die Unheilbaren.

»Nun muß ich doch mal fragen, warum Sie hier sind? Besuch ist ja nur nachmittags erlaubt.«

Abel sagte mit dem selbstverständlichsten Ton: »Frau Telago hat mir die Klinik empfohlen, und die

Oberärztin hat mich gebeten, im Park zu warten, bis Professor Schubert kommt.«

»Der Chef kommt heute nicht«, meinte der Zivi. Nun zeigte sein Blick Mißtrauen. »Frau Windgassen kann doch nicht im Ernst ...«

Abel erwiderte gelassen: »Vielleicht habe ich mich geirrt. Wissen Sie, ich bin wegen Gedächtnisproblemen hier.« Da nickte der Zivi und sammelte zwei seiner Kinder ein, die auf die Wiese gegangen waren. »Finden Sie sich denn zurecht?« fragte er Abel.

»Ja, ich muß um zwölf dort hinten in dem Gebäude sein.« Abel zeigte auf den Hauptbau. Der Zivi entfernte sich mit seiner bunten Truppe.

Der Fön und die Sommersonne heizten Abel ganz schön ein, bis er sich von seinem vorgeschobenen Beobachtungsposten auf der Bank unter einen Birnbaum zurückzog, wo er sich ins Gras setzte und an den Stamm lehnte. Es war bereits nach zehn Uhr. Jane würde nun im Büro sein und seine spärliche Notiz mit dem Text »Bin am Bodensee« finden. Sie würde Akten herauslegen. Abel hatte um dreizehn Uhr in der Strafsache Erdal Eskin wegen versuchter räuberischer Erpressung vor dem Landgericht einen Termin. Nach Stuttgart brauchte er mindestens zwei Stunden. Noch dreißig Minuten konnte er auf ein Lebenszeichen von Stella warten.

Abel hatte noch zehn Minuten länger gewartet. Nun stemmte er sich hoch, klopfte die Hosen ab, schulterte Schal und Bomberjacke und ging. Bei dem letzten Blick auf die Orangerie sah er eine Bewegung hinter den Vorhängen eines der Zimmer. Abel blieb stehen. Die Bewegung erstarb. Doch dann schob sich fast unmerklich eine Gestalt hinter den vergitterten Fenstern ins Sonnenlicht. Stella! Abel registrierte automatisch: erster Stock, zweites Fenster von rechts. Stella hob die Hände und legte sie flach gegen die Scheiben. Sie schien ihn nicht gesehen zu haben. Oder sie hatte ihn nicht erkannt. Abel sah sich um. Im Hintergrund war der Zivi wieder aufgetaucht, der mit einem seiner Anvertrauten redete und zu Abel herübersah. Abel winkte Stella mit einer spärlichen, unauffälligen Geste. Er war zu weit von dem Fenster weg, um zu erkennen, wohin sie ihre Augen richtete. Jedenfalls zeigte sie keine Reaktion. Als der Zivi wegsah, wirbelte der Anwalt seine Bomberjacke über dem Kopf herum, so daß der Autoschlüssel herausfiel. Nichts. Keine Reaktion. Es schien ihm, als lege sich eine Hand auf die Schulter der jungen Frau. Ihre Gestalt verschwand. Und die Vorhänge schlugen wieder zusammen.

Abel hob seinen Autoschlüssel auf. Der Termin Eskin drängte.

»Quedling?«

»Ja.«

»Sie können die Zeugin abholen, die das Landgericht so dringend braucht.«

»Wer spricht?«

»Abel.«

Eine Pause zeigte an, daß der Kugelblitz heftig nachdachte, um dahinterzukommen, was der Anwalt im Schilde führte, wo die Falle, der Pferdefuß, war. Abel ließ ihm nicht die Zeit, zu einem Ergebnis zu kommen.

»Klinik Seelenfrieden, Station Vinzenz. Ich denke, Sie werden nichts dagegen haben, daß ich als Anwalt der Zeugin dem Gespräch beiwohne.«

»Gespräch?« Der Staatsanwalt wollte zu einem Diskurs ausholen, doch er merkte recht schnell, daß der Mann am anderen Ende aufgehängt hatte. Quedling krähte vergeblich nach der Fahrbereitschaft.

Abel entschloß sich zu bleiben. Er bat Jane, das Landgericht anzurufen und den Termin Erdal Eskin absetzen zu lassen.

Abel studierte den Stuck an der Decke. Zu diesem Zweck hatte er den Kopf in den Nacken gelegt. Blendend weiß, ornamentenreich verschlungen und von unglaublicher Präzision war der Gipsschmuck. Die Lichtreflexe des Springbrunnens im Klosterhof spielten darüber. Die Fenster standen offen. Möwen lachten irgendwo. Abel schien unbeteiligt und versunken, während sich Quedling lautstark mit Frau Oberärztin Windgassen um die Zulassung des Rechtsanwalts Abel zu der informellen Befragung stritt. Da Abel ja kein wirklich in jeder Faser guter Mensch war, jubilierte seine Seele heimlich, weil der Staatsanwalt sich für ihn einsetzen mußte, was dem höllisch schwer fiel. Aber dem Kugelblitz blieb nichts anderes übrig, als das unstreitige Recht des Anwalts durchzusetzen, bei jedweder Form von Gesprächen seiner Mandantschaft anwesend zu sein, um den Beweis wasserdicht zu haben.

Die Ärztin hatte die Angewohnheit, sich mit penetranter Wiederholung unzutreffender Argumente durchzusetzen, wobei sie ihre Stimme immer höher und höher schraubte. Sie war, wie viele ihrer Kollegen, seit Jahrzehnten gewöhnt, daß ihre Entscheidungen undiskutiert befolgt wurden. Außerdem neigte sie dazu, ihre Meinung auch dort für richtig zu halten, wo sie nichts verstand. Und weil der Staatsanwalt in einer Klinik für Gemütskranke nicht den unmittelbaren polizeilichen Zwang einsetzen wollte, wurde er schier rasend über die penetrante Borniertheit der Frau. Schließlich verlor er die Geduld und erläuterte mit lautstarker Stimme, welche Maßnahmen ihm im Falle fortgesetzter Weigerung zu Gebote standen.

Unvermittelt, wie wenn ein Seil reißt, war der Widerstand der Ärztin gebrochen. Sie schleuderte dem Staatsanwalt ein verächtliches »Sie tragen die Verantwortung« entgegen, und Stella wurde keine fünf Minuten später von einer Schwester hereingeleitet. Abel riß sich zum erstenmal von der Betrachtung der Stuckdecke los. Er suchte Blickkontakt zu dem blassen Geschöpf, das sie auf einen Stuhl setzten. Ihre Augen trafen sich. Stellas Blick schien zu brennen. Was machen die mit dir? dachte Abel. Den anderen fiel auf, wie Stella ihren Anwalt anstarrte, ohne übrigens den unbeteiligten Ausdruck zu ändern. Stella war wie ein Zombie.

In Abel kochte Wut hoch. Jetzt sofort aufspringen und Ärger machen, jetzt, vor dem Staatsanwalt den Verdacht äußern, daß hier gegen den Willen der jungen Frau mit der chemischen Keule hantiert worden war? Glücklicherweise zügelte er sich. Dazu war immer noch Zeit. Ein weiteres Geplänkel hätte nur oberflächliche Erfolge gezeitigt. Abel wußte, daß die Lösung woanders lag.

Quedling sprach auf Stella ein. Frau Windgassen begleitete die Ausführungen mit aufmerksamen Blicken. Ihr Schweigen wirkte gespannt. Der Staatsanwalt erklärte Stella Anlaß und Zweck des Gesprächs, wies sie trotz des nicht förmlichen Charakters der Unterhaltung auf ein mögliches Zeugnisverweigerungsrecht hin. Er fragte Stella, ob sie ihn verstanden habe. Sie nickte.

»Nun denn, erzählen Sie uns bitte, was sich am Sonntagabend abgespielt hat.«

»Nein«, sagte Stella. »Ich kann nicht.«

»Warum?«

»Ich bin so müde, so endlos müde.« Ihre Augen sprachen eine andere Sprache.

»Sie leidet, das sehen Sie doch«, fuhr die Ärztin dazwischen. »Eine reaktive Depression auf den Verlust eines geliebten Menschen. Ein kompliziertes Krankheitsbild.«

»Ich möchte nur von Ihnen wissen, wie der eigentliche Tatablauf gewesen ist.« Quedling sprach mit Stella und überging den Einwand der Ärztin.

»Lassen Sie mich.«

Abel schwieg. Ihre Augen! Der Staatsanwalt, dem Stellas unruhiger Blick ebenfalls aufgefallen war, setzte nach. Er leistete Überzeugungsarbeit, ständig unterbrochen von den stur vorgebrachten ärztlichen Einwänden. »Jetzt nicht, Sie sehen doch.« Nichts sah der Staatsanwalt.

Und Abel noch weniger. Er griff ein: »Später?«

»Heute nicht.«

Quedling ergriff wieder das Wort. »Wir haben in Kürze einen Termin beim Landgericht, da wäre es am günstigsten, wenn Frau Telago ihre Aussage machen könnte. Ich verspreche Ihnen, es wird schnell gehen.«

»In Stuttgart?«

»Ja. Ich kann auch eine förmliche Ladung veranlassen. Es geht um die Haft von Herrn Hablik.«

Frau Windgassen feilschte um Zugeständnisse: »Aber nur mit ärztlichem Beistand, und nur, wenn es der Zustand der Patientin erlaubt.«

Mehr konnte der Staatsanwalt nicht erreichen, denn wenn die Patientin nicht vernehmungsfähig war, konnte er einpacken. Die Kammer würde Hablik auf freien Fuß setzen. »Gut, Frau Windgassen.« Er erhob sich. Abel sah zu, daß er in Stellas Nähe kam. Doch die Ärztin schien darauf bedacht, ihn nicht einmal ein geflüstertes Wort mit ihr wechseln zu lassen. Abel nahm Stella einfach am Arm und zog sie zur Seite, wehrte Frau Windgassen mit einem energischen »Ich bitte Sie um eine Sekunde Geduld« ab. Dann fragte er Stella mit gesenkter Stimme: »Was ist los?« Nur ein Blick, keine Antwort.

»Du bist ein freier Mensch, ein Wort, und ich kann dich mitnehmen.«

»Es geht nicht!« Stellas Stimme hatte einen verzweifelten Klang. Die Ärztin näherte sich wieder. Mein Gott, war diese Frau penetrant. »Später vielleicht«, flüsterte Stella noch hastig, »im Moment geht's nicht. Ich *muß* hierbleiben! Aber ich will dem Hablik helfen. Sag's ihm, ja!«

Abel eindringlich: »Du mußt die Wahrheit sagen.«

»Ja, ja.«

Quedling stand schon an der Tür des geräumigen Sprechzimmers und hatte die Klinke in der Hand. Er wartete ungern auf den Anwalt. Der ließ den Blick nicht von der jungen Frau, die ihm zunickte, um ihre Worte zu unterstreichen. Im selbem Moment war Frau Windgassen bei Stella, nahm sie am Arm, schenkte ihr ein strenges Lächeln.

»Okay«, sagte Abel. Dann wandte er sich an die Ärztin. »Frau Windgassen, ich möchte gern die Krankenakte von Frau Telago einsehen.«

Auf diesen Vorstoß war die Oberärztin nicht gefaßt. »Wie?« Abel wußte von Müllerschön, dem Vorsitzenden der für die Haftprüfung zuständigen Kammer, daß Schubert anhand einer umfangreichen Krankenakte seine Ausführungen über die Biographie der Zeugin vor dem Haftrichter gemacht hatte. Frau Windgassen hatte sich gefangen: »Das geht nicht. Die Unterlagen werden hier gebraucht.«

Quedling, der nicht auf den Kopf gefallen war, nahm sofort die Abelsche Anregung auf. »Na, Sie werden doch die alten Befunde und die Krankengeschichte nicht brauchen.«

Die Ärztin stellte sich stur, berief sich auf die

Schweigepflicht. Alles half nichts, weil Stella nickend zustimmte.

Abel einen langen Blick zuwerfend, mußte Frau Windgassen die Unterlagen holen lassen und dem Staatsanwalt übergeben.

»Verdammt«, entfuhr es dem Staatsanwalt, als er zusammen mit Abel durch die Pforte schritt und sich hinter ihnen das schwere Metalltor elektrisch schloß. »Mein Zug ist weg.«

Abel ließ Quedling zappeln. Dieser mußte schließlich fragen, ob er ihn mit dem Wagen in die Landeshauptstadt mitnehmen könne. Abel wäre lieber allein gefahren. Der Sommertag war zu schön. Aber andererseits konnte er den Staatsanwalt nicht einfach hier vor der Klinik seinem Schicksal überlassen. Irgendwie war man doch von derselben Truppe. Quedling half sogar, das Verdeck zurückzuschlagen. Sie gingen in einem Uferrestaurant in Überlingen noch einen Kaffee trinken. Und halb dienstlich, halb privat kam Abel trotz seiner Aversion mit Quedling ins Gespräch.

So wurde die gemeinsame Fahrt über die schwäbische Alb doch recht angenehm. Genaugenommen waren Abel und Quedling in dem Fall Hablik sowieso keine Gegner. Und alles würde besser laufen, wenn Abel sich nicht so bockig zeigen würde, meinte Quedling. Abel lächelte und zuckte mit den Schultern. Das Gespräch kam auf den Sachverhalt zurück. Abel fragte tastend, ob Quedling nicht auch den Eindruck gehabt hätte, seine Mandantin sei einer Art Hirnwäsche unterzogen worden?

»Nee, nee, Herr Abel. Psychopatienten sind oft so.« Quedling verwies auf seine Erfahrung. »Unter schweren Medikamenten sehen die Augen anders aus.«

»Aha.«

»Und außerdem, warum sollte eine Klinik eine Patientin einer Hirnwäsche unterziehen?« Quedling lachte auf. »Es sei denn, Sie bezeichnen eine Behandlung in der Psychiatrie grundsätzlich als Hirnwäsche, worüber man reden kann.«

Abel lachte mit, war aber unkonzentriert, weil ihm Stellas Andeutung nicht aus dem Kopf ging. Er wußte, daß er mit dem Staatsanwalt nicht über Stellas Plan, Hablik zu helfen, würde sprechen können. Der Staatsanwalt wechselte plötzlich das Thema.

»Wußten Sie übrigens, daß Ihre Mandantin Universalerbin des Opfers ist?«

»War Soilent ohne Angehörige?«

»Völlig alleinstehend. Der Holz von der Kripo kam deswegen auf die Idee, beim Nachlaßgericht wegen eventueller letztwilliger Verfügungen anzurufen. Und siehe da, Herr Soilent hat sein ehemaliges Mündel in vollem Umfang bedacht.«

»Und Sie denken mit Ihrer notorisch schlechten Phantasie, daß Stella vielleicht deswegen als Täterin in Frage kommt?«

Der Staatsanwalt schwieg. Abel konzentrierte sich eine Zeitlang auf den Verkehr.

»Hinterläßt er viel?«

»Das wird noch zu prüfen sein.«

»Ihre wachen Augen, ihre Angst, das habe ich auch gesehen. Das muß aber nicht von der Behandlung durch diese zickige Ärztin kommen. Da kann's doch andere Gründe geben, oder?«

Die Argumentation des Staatsanwalts verunsicherte Abel. »Wir haben ja jetzt die Krankenakte. Krieg' ich 'ne Kopie?«

»Keine Bedenken«, sagte der Staatsanwalt, lehnte sich zurück und genoß die Reise im Abelschen Cabriolet.

Die Vorbesprechung für den Haftbeschwerdetermin war eine hektische Sache. Meyer hatte einen Termin in Hamburg gehabt und nur mit Mühe die Maschine nach Stuttgart bekommen. Dann raus nach Stammheim mit der Taxe. Nichts im Magen, nur das knatschige Brötchen, das die Lufthansa innerdeutsch ihren Passagieren in der sogenannten Business-Klasse zumutete. Meyer versuchte, über Handy den Staatsanwalt zu erreichen. Als er vor der Tür der Justizvollzugsanstalt stand, hatte er endlich Verbindung mit Quedling.

»Ich will nur wissen, ob die Zeugin Telago in die Sitzung gestellt wird?«

»Klar.«

»Und ...« forschte Meyer, »wie ist die Tendenz der Aussage?«

»Keine Ahnung.« Innerlich grinste Quedling. »Sie kommt, wenn es ihr Zustand zuläßt. Und dann haben wir alle Premiere mit der Frau Telago und ihrer Sicht der Dinge.«

Meyer wußte nicht warum, aber er konnte diesen Staatsanwalt nicht leiden.

Als Hablik hereingeführt wurde, stürzte der auf seinen Anwalt zu und fragte atemlos: »Und?«

»Sie wird kommen.«

Hablik warf einen Stapel Papiere auf den Tisch und ließ sich auf den Stuhl fallen, schlug die Hände vors Gesicht und ächzte erleichtert: »Endlich! Oh Mann, ich weiß nicht, was ich gemacht hätte.« Er strahlte Meyer an. »Jetzt wird endlich alles gut.«

Meyer war zu abgebrüht, um die Freude seines Mandanten zu teilen. »Beschuldigt sie sich selbst? Ihnen zuliebe?«

»Sie muß doch die Wahrheit sagen«, rief Hablik zuversichtlich.

»Der Quedling hat nur bestätigt, daß er sie in die

Sitzung stellt. Sie kann ja auch die Aussage verweigern.«

»Stella doch nicht!«

»Wer hat den Soilent erschlagen, wenn nicht dieses Biest?« fragte Meyer.

Hablik war nun ernst geworden. Er kramte einen Zettel aus seiner rutschenden Hose und zog sie wieder hoch, denn den Gürtel bekam man in der U-Haft abgenommen. »Ich habe noch einmal den Sonntagnachmittag genau rekonstruiert. Sehen Sie«, er strich den Zettel glatt; eine Skizze war zu erkennen, »da ist der Flur der Villa, hier ist das Wohnzimmer. Und die Tür zur Terrasse, die war offen, denn der Polizeibeamte hat so die Wohnung betreten. Also könnte auch eine dritte Person hier eingedrungen sein.« Meyer war ein geduldiger Mensch, aber er wollte noch über die Taktik reden und hatte keinen Nerv für Konstrukte, wie sie den Mandanten in langen ereignislosen Stunden in Einzelhaft einzufallen pflegen. Hablik spürte das. Er ließ nicht locker, rückte mit seinem Stuhl näher an den Tisch und schob seinem Anwalt die Skizze hinüber. »Man muß die Pläne des Hauses beiziehen. Jedenfalls ist hier eine Tür. Die war angelehnt.«

»Haben Sie jemanden gesehen?«

»Nein, aber Sie erinnern sich, daß der Polizist den Eindruck hatte – die Tür – deswegen ist er ja auch ins Obergeschoß gegangen. Steht in seiner Aussage.«

»›Fälschlich‹ hat er dazugesetzt«, ergänzte Meyer. »Fälschlich habe er den Eindruck gehabt!«

Die Juristen sind die schlimmsten Klienten. Sie kommen auf die irrsten Ideen, dachte Meyer. »Ein fälschlicher Eindruck läßt sich nicht beweisen.«

Habliks Miene verfinsterte sich. Er ärgerte sich über die abweisende Haltung seines Anwalts. Hat der nicht versprochen, sich vor ihn zu stellen? Hablik bellte: »Lassen Sie mich gefälligst ausreden, Herr Meyer.« Meyer nickte knapp, und Hablik legte dar, daß es eine Menge Ermittlungsfehler gegeben habe, weil man sich irrigerweise sofort auf ihn als Täter eingeschossen hatte. »Das Haus wurde nicht systematisch nach anderen Personen durchsucht. Das Gelände wurde nicht abgesperrt. Was ist mit den Fingerabdrücken von anderen?« Hablik wühlte in den Kopien, die ihm sein Verteidiger das letztemal dagelassen hatte. »Und dieser Rintfleisch hat das auch bestätigt.«

»Richtig«, knurrte Meyer, »aber sagen Sie mir, wo die Fingerabdrücke des Phantoms an der Tatwaffe sind. Die muß er ja berührt haben, der große Unbekannte, wenn er damit Soilent erschlagen haben soll. Und wer hat noch ein Motiv? Vielleicht ein Klient des Steuerberaters? Aber wer und warum?«

Hablik war stur. »Da muß noch jemand im Haus gewesen sein, sonst hätte die Tür nicht geklappt.«

»Der Wind.«

»Es war windstill. Außerdem muß irgend jemand den Soilent doch erschlagen haben.« Hablik sprang auf und fuchtelte aufgeregt herum. »Ich will ja nicht, daß wir die These von einem dritten Anwesenden ausgiebig erörtern. Nur anreißen. Ich schwöre Ihnen, Stella wird die Wahrheit sagen. Sie ist ein guter Mensch, kompliziert zwar, aber absolut ehrlich, die kann nicht anders. Und wenn sie ausgesagt hat, dann marschiere ich hier als freier Mann heraus. Ich war's nicht. Und Stella war's nicht. Ich brauche als Angeschuldigter nicht zu beweisen, wer es war; die Staatsanwaltschaft muß einen schlüssigen Anfangsverdacht gegen mich darlegen. Und das mißlingt, wenn die einzige Tatzeugin sagt, wie es war, daß ich nämlich rausgerannt bin und die Waffe weggeworfen habe, ohne damit nach Soilent zu schlagen.«

Ein Strafverteidiger hat eine solche Argumentation quasi mit der juristischen Muttermilch eingesogen. Erstaunlich, dieses Plädoyer mit solcher Verve von einem Strafrichter zu hören. Meyer verkniff sich den Kommentar. Er nickte nur. Hablik warf den Kopf in den Nacken. »Ich weiß, daß sie zu mir hält«, sagte er inbrünstig und hörte kaum zu, als Meyer erklärte, ihm sei heute vom Justizministerium die vorläufige Suspendierung Habliks vom Dienst zugestellt worden.

»Mit Stellas Aussage ist auch das vom Tisch«, meinte Hablik beiläufig. Meyer gestand sich ein, daß Hablik so unrecht nicht hatte – falls die Zeugin tatsächlich für ihn aussagte! Dann würde er Hablik raten, sein Schweigen zu brechen. Und dann wäre vielleicht aus dem ominösen Türklappen im Obergeschoß Kapital zu schlagen.

Es war ja schon eine Sensation, wenn ein Kollege mal den Führerschein wegen Suffs verlor. Aber wenn ein massiver Totschlagsverdacht gegen einen Richter vorlag, trieb das die Juristen um.

»U-Haft. Haussuchung. Spurensicherung. Die ganze Garnitur für einen von uns!« Staatsanwältin Bauer, eine blonde, üppige Erscheinung, aber mit einem Mundwerk, das sogar ihr General fürchtete, war im Gerichtsflur in Laufschritt verfallen, als sie Abel sah. Abel, der Frau Bauer gerne mochte, war erfreut, sie zu sehen, und durchaus geneigt, sich auf ein Gespräch einzulassen. »Na, wie sieht sie denn wirklich aus, seine Stella?« fragte die Staatsanwältin und schubste Abel kameradschaftlich in die Seite. »So von Frau zu Frau«, setzte sie augenzwinkernd hinzu.

»Wie immer bei Menschen, Geschmackssache.«

»Die Tagwerkerin sagt, tolle Haare und schöne Augen. Und hier vorne was.« Frau Bauer machte eine Geste in Richtung ihres auch nicht unüppigen Busens. »Sie sagt, sie kann verstehen, daß einer wie der Hablik da ausrastet, und du, Abel?«

»Da hätte Hablik bei dir schon vor Jahren ausrasten müssen«, sagte Abel und grinste. Frau Bauer wußte nicht, ob sie das für ein Kompliment halten sollte. Sie war schon häufiger bei Hablik in den Sitzungen aufgetreten. Eigentlich immer mit Erfolg. Sie schubste Abel noch einmal. »Nee, sag mal im Ernst, Abel. Was steht denn im Protokoll?«

»Es gibt keins. Er verweigert die Aussage.«

Frau Bauer nickte. »Klar, würde ich auch. Weißt du, ich hab' mir manchmal schon gedacht, nur so aus Daffke, wie ich mich verhalten würde, wenn sie mich mal wegen weiß ich was schnappen. Ich würde die Aussage verweigern. Damit kommt Ihr Verteidiger doch immer noch am ehesten durch.«

»Ich kenne auch andere Fälle.«

»Ich denke, wer die Aussage verweigert, hat immer Dreck am Stecken. Aber sie haben eine Chance durchzukommen, wenn sie die Klappe halten. Die meisten Fälle laufen doch so, oder?«

»Viele, nicht die meisten.«

»Komm, Abel, wir sind unter uns. Die allermeisten! Und der Hablik ist auch einer von denen.« Sie zog Abel ein wenig zu sich herüber. »Sein Alter war Oberlandesgerichtsrat und streng pietistisch. Saß im Rollstuhl und hat seine Frau und den Jungen herumkommandiert. Der Hablik muß eine kalte Jugend gehabt haben. Das siehste doch bei unseren Angeklagten: Kalte Jugend, kalter Mensch. So einer kann doch nicht anders. Irgendwann platzt der Druckkessel. Und paff.«

»Was paff?«

»Es passiert. Oder willst du sagen, daß deine Mandantin das Opfer erschlagen hat? War das Opfer eigentlich ihr Lover?«

»Ich glaube nicht.«

»Ich aber.«

Abel nickte und verabschiedete sich von Frau Bauer, die in die Stadt mußte. Da trat ein Richter vom Oberlandesgericht auf Abel zu und fragte nach dem Stand der Dinge. Eine Richterin von den Kammern für Handelssachen gesellte sich dazu sowie zwei Anwälte, die gerade noch Fristsachen in den Gerichtsbriefkasten geworfen hatten. Abel fühlte sich plötzlich wichtig wie selten zuvor.

»Der Hablik war doch so was von aggressiv. Wie der seine Verhandlungen geleitet hat. Mit mir kann er das ja nicht machen. Ich hab' ihm gerade neulich die Meinung gesagt. Aber die jungen Kollegen, die fühlen sich doch sofort von ihm überfahren.«

»Kann ich eigentlich nicht sagen. Zu mir war er fair. Aber er hat die Bauer so angestarrt, die hat die Anklage vertreten.«

»Die Bauer von der Staatsanwaltschaft, die eben gerade aus dem Gericht gekommen ist?«

»Genau.«

»Die läßt sowieso nichts anbrennen.«

»Sage ich doch. Hablik ist ein Sexualneurotiker. Die Besserbeck-Strauß von der Kanzlei Riederlinger hat heute mittag gesagt, daß es sie nicht wundern würde, wenn da noch viel mehr rauskommt bei dem Hablik.«

»Aber ich bitte Sie, meine Damen und Herren. Wir beim OLG haben nun wirklich den Überblick. Sexualdelikte sind immer Unterschichtdelikte. Ein verschwindend geringer Prozentsatz der Täter kommt aus unseren Kreisen. Das sind dann meist pathologische Psychopathen. Aber dafür ist doch beim Herrn Hablik nicht der geringste Anhaltspunkt, oder, Herr Abel?«

»Ich bin nicht sein Verteidiger. Aber im Verfahren ist das noch nicht erwähnt worden.«

»Na also!«

»Warum Sie immer von Sexualdelikten reden!? Das Opfer ist männlich und Steuerberater«, warf Abel dazwischen.

Nun waren sich aber alle einig, und die Richterin sagte stellvertretend für die Mehrheit: »Gottchen, Herr Abel, *Sie* sollten doch gelernt haben, hinter die Dinge zu schauen.«

»Und außerdem bestreitet Hablik die Tat.«

Zahlreiche Blickwechsel.

»Jean, du verteidigst ihn nicht. Da kannst du doch versuchen, objektiv zu sein.«

Abel verließ die debattierende Runde, weil er noch zu Quedling mußte.

»Sagen Sie bloß nie mehr was gegen den Kollegen Abel«, rief Meyer ins Telefon. Hablik, der von der Möglichkeit Gebrauch machte, von einem Münzapparat in der Haftanstalt seinen Anwalt zurückzurufen, zuckte mißtrauisch zusammen. Was hatten die Advokaten wieder ausgeheckt, ohne ihn vorher zu fragen? »Abel hat mit der Zeugin Telago gesprochen. Er wäre nicht verpflichtet, mir den Tip zu geben ...«

»Zur Sache«, bellte Hablik aufgeregt wie früher im Gerichtssaal.

Man konnte hören, wie der Verteidiger am anderen Ende strahlte. »Stella soll gesagt haben, daß sie Ihnen helfen will.«

Hablik ballte die Fäuste und stieß sie in die Luft. Das Triumphgeheul rief drei Vollzugsbeamte auf den Plan.

Es war Abel gelungen, dem Staatsanwalt das Original abzujagen und ihm Kopien zu versprechen, denn die hätte Quedling wegen Personalmangels selbst anfertigen müssen. Beim Kopieren hatte Abels Assistentin festgestellt, daß ein Zwischenordner entfernt worden war. Im Laufe der Jahre setzte sich Staub an die Stelle, wo der Zwischenordner im Hauptordner steckte. Jane hatte Abel zugezogen. Und beide kamen nach eingehender Inspektion zu demselben Schluß: Da fehlte tatsächlich was!

Um keine Spuren zu verwischen, stellte Jane das Kopieren ein und heftete die Akte, wie sie gewesen war.

Abel saß nun in seiner Küche bei einem Espresso und verschlang die Akte Laura Telago aus Seelenfrieden, während Jane noch nach Dienstschluß bei Gericht zu klären versuchte, wer denn nach Inhaftierung des Richters Hablik für den Fall Ellwein zuständig wäre. Dann kam sie, gab dem Hund was zu fressen und braute auch für sich einen Espresso. Sie setzte sich zu Jean, der über die Gläser seiner Lesebrille blickend begann, die Biographie der Mandantin zu erläutern. Dabei ergab sich nicht viel mehr, als Professor Schubert dem Haftrichter vorgetragen hatte. Erwähnenswert war noch, daß Stella, in tiefer Trauer und Unsicherheit, weil sie meinte, Mitschuld am Tode des Vaters zu tragen, ihr Studium aufgegeben hatte und depressiv geworden war. Sie wurde von Professor Schubert in Seelenfrieden aufgenommen. Was lag näher? Sie war insgesamt fünf Jahre in der Klinik. Anscheinend hatte es Unterbrechungen gegeben, Versuche, sie wiedereinzugliedern, die aber gescheitert waren. Und immer hatte Dieter Soilent eine Rolle gespielt.

Jane sagte: »Komm, laß doch mal sehen, wo der Zwischenordner fehlt.« Er fehlte in der Zeit nach dem Tode des Vaters 1992.

»Was sagt uns das?«

»Irgendwas war da los, was die Klinik vertuschen will.«

»Ich könnte Stella fragen«, meinte Abel versonnen. Aber die saß in Seelenfrieden hinter verschlossenen Fenstern. Er dachte nach. »Wenn sie direkt nach dem Tod des Vaters depressiv war, dann ist das doch kein Grund, etwas aus der Akte verschwinden zu lassen.«

»Nach einem Todesfall geht's doch immer ums Erben«, warf Jane pragmatisch ein.

»Aber was haben Notizen über einen Erbfall in einer Krankenakte zu tun?«

»Vielleicht hat sie darauf ungewöhnlich reagiert. So was gehört in den Vorgang ... Und die Tagwerkerin hat ja gesagt, daß das hübsche Kind«, ein Seitenblick traf Abel, der so tat, als bemerke er ihn nicht, »nicht unvermögend ist. Vielleicht war das was, das man heute besser vergessen sollte, aus Sicht der Leute, die in der Klinik für den Fall zuständig sind.«

»Auch wieder wahr.« Abel gab Jane einen flüchtigen Kuß auf die Stirn, sozusagen eine winzige und, objektiv gesehen, unnötige Abbitte für die Sache mit Stella. »Sag mal, Jane, hast du von Stella zwischendurch eine schriftliche Vollmacht für uns bekommen?«

Klar hatte Jane Stella eine schriftliche Vollmacht abgenommen. Einem Ondit zufolge, das von Fräulein Ensle stammte, die Jane nicht mochte, kam noch nicht mal der Briefträger aus der Kanzlei heraus, ohne eine Vollmacht unterschrieben zu haben.

Donnerstag, 15. August 1996

Mit Stellas Vollmacht erschien Abel am folgenden Morgen als Vertreter der mutmaßlichen Erbin Laura Telago im Steuerbüro Soilent. Dort war so etwas wie eine neue Normalität entstanden. Die Damen mußten allein zurechtkommen, denn die Steuerberaterkammer konnte erst einen Abwickler bestellen, wenn der oder die Erben das beantragten. In den Tagen seit Soilents Tod war das Schiff ohne Kapitän geblieben. Das Personal war gut geschult. Seine Bürovorsteherin telefonierte ununterbrochen mit den Finanzbehörden, um Verlängerungen für Zahlungen und neue Prüfungstermine zu beantragen. Da die Fiskalverwaltung in solchen Ausnahmefällen kulant war, waren's die meisten Mandanten zufrieden.

»Und eigentlich hat nur einer die Mandate sofort gekündigt«, sagte die Sekretärin nicht ohne Stolz, als sie Abel ins Zimmer ihres Chefs geleitete.

Er lächelte sie an. »Brannte dem Mandanten der Kittel?«

Sie lächelte zurück und zwinkerte. Abel war als Anwalt eigentlich vom Fach und sozusagen so was wie ihr neuer Chef. »Nicht lichterloh, aber es kokelte.« Abel kannte das von eigenen Klienten. Seine Aufmerksamkeit wurde auf das Arrangement gelenkt, das er vor sich erblickte.

Der Schreibtisch des Verstorbenen war abgeräumt. Auf der polierten Platte lag ein Strauß verwelkter weißer Rosen. Ein Zeichen, daß Soilent bei seinem Personal nicht unbeliebt war. Die Büroleiterin schien froh, die Verantwortung für die Kanzlei, die sie nun schwere Tage getragen hatte, zumindest teilweise auf die Schultern des Anwalts Abel abladen zu können, denn sie warf nur einen flüchtigen Blick auf seine Vollmacht und gab sich mit der mündlichen Erklärung, Stella sei die Erbin, Erbschein würde folgen, widerspruchslos zufrieden. Kaffee und Gebäck kamen. Das war im Hause Soilent so üblich. Abel erfuhr, daß das Steuerbüro Soilent nach ihrer Schätzung einen Jahresumsatz von fast zwei Millionen machte.

»Für die arme Stella wird da einiges abfallen«, sagte die Sekretärin nicht ohne Mitgefühl. Abel kam nicht in den Sinn, an den Streitwert der Erbsache zu denken, die er, so wie es aussah, für Laura Telago abwickeln mußte. »Ich weiß, wo er die Unterlagen verwahrt hat, aber ich habe nie einen Blick hineingeworfen«, betonte sie, als sie mit einem Safeschlüssel ein Stahlfach im Schreibtisch des Verstorbenen öffnete. Anstandslos händigte sie ihm die letzten zwei Bilanzen und die betriebswirtschaftliche Auswertung der laufenden Monate aus.

»Darf ich mal«, sagte Abel, kniete sich hin und warf einen Blick in den kleinen Safe. Da lagen noch einige persönlich wirkende Briefe in neutralen Umschlägen, dazu EDV- und Kontenunterlagen. Auch die nahm er heraus. Gemeinsam mit der Sekretärin erstellte er eine Liste der Unterlagen und quittierte, ohne daß die Umschläge für Paßwörter und Geheimzahlen oder die Briefe geöffnet wurden.

Dann gingen die beiden eine Reihe von organisatorischen Fragen durch und kamen schließlich zum für die Damen dringendsten Problem: wann und wie die Kanzlei verkauft werden würde und ob es möglich wäre, die Arbeitsplätze durch den Erwerber garantieren zu lassen. Abel versprach, sich dafür einzusetzen.

Heißer Dunst lag über der Stadt. Jane und Abel saßen auf einer Bank im Park der Villa Berg und blickten über das Nesenbachtal. Der Nesenbach war das Gewässer, an dem die Stadt Stuttgart lag. Cannstatt lag am Neckar. Stuttgart am Nesenbach. Schmitz fraß an einer Ecke Gras, wo der amtliche Rasenmäher nicht hingekommen war. Es war still. Mittagszeit. Man konnte hinüber auf die andere Talseite zur Villa Rosenstein sehen. Das war in der guten alten Zeit eine Art Datscha der württembergischen Könige gewesen. Die Hitze flimmerte im Tal, wo die Berger Mineralquellen zutage traten und zwei Schwimmbäder eingerichtet waren. Rechts schleppte der Neckar sein schmutziges Band unter einer Brücke durch und über eine Schleuse. Eine Stadtautobahn durchschnitt den Park und das Tal. Abel genoß es, im Schatten zu sitzen und an einer Flasche Cola zu nippen.

Jane las ihm mit leiser Stimme vor. Abel wandte seine Aufmerksamkeit Paul Schmitz zu, der nun begann, die Gegend sorgfältig mit seinen Duftmarken zu versehen.

»Stella, mon amour,
daß ich sterben werde, ist, wie bei jedem Menschen, eine unumstößliche Tatsache. Damit wäre ich fertig geworden. Daß ich früh, früher als die meisten anderen, meine Schaffenskraft, mein Leben, daß ich so bald aber vor allem Dich verlieren muß, obwohl sich Carl sehr um mich bemüht hat, das habe ich nie fassen können. Mag sein, daß dieser faulige Schwamm in meiner Brust, den sie mein Herz nennen, wegen meinem Leid an der Welt früher seine Arbeit einstellt. Ich hätte mehr Mut, eine größere Gelassenheit gebraucht. Aber ich bin nur larmoyant. Ich ekle mich vor mir selbst.
Zum Glück gibt es die Stunden, in denen Du mich in

Deinen Armen hältst, in denen die junge Wärme Deines Körpers in die Kälte meiner verlöschenden Existenz strömt. Deine unendliche Zärtlichkeit! Dein Gefühl! Deine Fröhlichkeit! Das ist wie ein mächtiger Akkord in der großartigen Sinfonie des Lebens.
Wir beide haben eine einzige Seele, die vor unserer Geburt irgendwo in einer Zone jenseits unseres Bewußtseins geteilt wurde. Du hast eine Hälfte bekommen und ich die andere. Deswegen finden wir nur Ruhe und Glück, wenn wir beieinander sind, wenn sich unsere Seelenhälften wirklich ganz nah sind. Vereinigen können sich die beiden hier nicht. Dies wissen wir. Aber die Nähe, die Zärtlichkeit, die wortlose Zwiesprache unserer beiden Teile eines unvergänglichen Ganzen, das erinnert an Vollkommenheit, die es sonst unter Menschen nicht gibt, mein Kind.
Ich bin mit meiner halben Seele vorausgegangen, wenn du diesen Brief liest, wahrscheinlich dorthin, wo unsere Seele aufgeteilt wurde. Und ich zerbreche an der Frage, wie Du es auf dieser Welt aushalten wirst. Ich wünschte, ich könnte als eine Art guter Geist Dich durchdringen, wenn ich gestorben bin. Aber daran vermag ich nicht zu glauben. Es martert mich die Angst vor dem Tod – nicht vor dem Sterben –, weil ich nicht weiß, was Du, mein geliebtes Kind, ohne mich machen wirst, ob Du das Leben meistern kannst. Du bist jetzt schon eine Frau. Du ziehst Männerblicke auf Dich. Das ist nicht gut, denn die Seele eines anderen Mannes paßt nicht zu Dir. Er wird Dich unglücklich machen. Das ist zwangsläufig so. Und du wirst keine Ruhe finden.
Was kann ich nur tun?
Daß ich Dir in meinem beiliegenden Testament alles vermache, was ich selbst geerbt habe und besitze, ist eine belanglose Selbstverständlichkeit. Deine Mutter erhält nichts, weil sie ein schlechter Mensch ist. Und daß

ich Dieter für Dich sorgen lasse, bis du fünfundzwanzig Jahre bist, sieh bitte als einen Versuch an, Dir die Arbeit der Vermögensverwaltung zu ersparen.
Aber darüber hinaus bin ich in voller Verzweiflung und Ratlosigkeit. Mein Herz sagt, daß die beiden Hälften unserer Seelen sich wieder vereinigen werden. Nach Deinem Tod? Deswegen müßte ich mich danach verzehren, daß Du stirbst. Aber weil ich selber vor dem Tod so große Angst habe, wünsche ich Dir, Du mögest so gesund bleiben, wie Du bist, mein liebes Kind, und so alt werden, wie Du es Dir wünschst.
Ich wünsche Dir alles Glück, das es auf dieser Erde geben kann. Aber Du weißt, Du mußt alleine bleiben. Empfange nie ein Kind, es könnte sein, daß es Dich bei der Geburt tötet und Dir vielleicht deine Seele abnimmt. Dann kämen wir nie mehr zusammen, in aller Ewigkeit nie. Auch ich würde ohne Dich in Unglück und unermeßlicher Traurigkeit versinken.
Ich weiß aber, daß Du mir treu bist. Bleib so unbefleckt, wie Du bist.
Und wenn sich unsere Seelen wieder vereinigen, werden wir ein Glück verspüren, wie wir es noch nie haben erleben dürfen. Dafür müssen wir leiden und warten. Am Ende wird eine Ewigkeit lang Dein Ich mit meinem vereint sein. Ein herrliches, göttliches Ganzes. Dafür lohnt sich alles.
Ich liebe Dich doch so!
Dein Bruder in der Seele
Ernest Telago.«

Jane ließ den Brief sinken und sah zu Abel hinüber, der keine Regung zeigte und weiter ins Tal hinunterstarrte. Sie warf noch einmal einen Blick auf die Zeilen, die mit einer sehr üppigen, aber dennoch schwächlichen Handschrift auf das Papier gebracht worden waren.

Dann sah sie wieder auf und sagte: »Typisch Mann, wie der das Mädchen unter Druck setzt!« Sie setzte mit leiser Stimme hinzu: »Ich könnte heulen; so einen Brief habe ich noch nie gelesen.« Abel schwieg und grübelte. Jane sprach weiter: »Über seinen Tod hinaus soll sie ihm treu bleiben, unbefleckt, wie er sich ausdrückt, kinderlos wie eine Nonne, immer im Bewußtsein, etwas Halbes, Unfertiges zu sein, ohne die geringste Chance auf ein eigenes Leben, auf eine erfüllte Liebe mit einem anderen Mann, außer ihm.«

Abel nickte.

»Und das Testament?«

»Fehlt.«

»Das müßte doch beim Nachlaßgericht liegen?«

Jane war klar, was sie am Nachmittag tun würde.

Drei Richter in Robe. Ein großer, schmuckloser Saal. Die Zuschauerbänke waren reichlich gefüllt.

Hablik hatte vergeblich darum gekämpft, aus seinem Kleiderschrank frische und vor allem angemessene Garderobe zu bekommen. Eine Ausführung deswegen? Undenkbar. Abgelehnt. Und Meyer hatte keine Zeit gefunden, für seinen Mandanten Kleider zu besorgen. Hablik trug sein gewaschenes, aber nur schlecht gebügeltes Hemd, einen blauen Arbeitskittel aus der Anstalt, Jeans und Sandalen ohne Socken. Noch nicht einmal eine Krawatte hatte er. Er fühlte sich den Blicken des Publikums ausgeliefert. Er starrte vor sich auf die Bank. Seine spärlichen Unterlagen hatte er planvoll ausgebreitet. Er vibrierte innerlich. Inzwischen hatte er sich jeden Zweifel ausgeredet, daß Stella nicht klar und zweifelsfrei zu seinen Gunsten aussagen würde. Wie anders war ihr Satz zu interpretieren? Seine eigene Darstellung hatte er exakt vorbereitet. Daß er sein Schweigen nach Stellas Vernehmung brechen würde, war mit Meyer abgemacht. Was er sagte, mußte absolut hieb- und stichfest sein. Leise murmelte er vor sich hin.

Wer sich an diesem Nachmittag irgendwie freimachen konnte, war anwesend. Eine leise Unruhe erfüllte den Saal. In der letzten Reihe gab es eine Debatte, weil ein Richter einer Zivilkammer zu spät gekommen war und die Kollegen bat, ein Stück zu rutschen.

Staatsanwalt Quedling verkündete: »Die Zeugin Laura Telago wird in die Sitzung gestellt zum Tatablauf.« Sein Gesicht zeigte Befriedigung, weil es ihm gelungen war, die informelle Auflage von Müllerschön zu erfüllen. Der Vorsitzende rief per Lautsprecher die Zeugin auf. Es dauerte. Hablik drehte zum erstenmal den Kopf. Sein Blick schweifte über die Gesichter der Kollegen. Der eine oder andere nickte ihm zu. Ein kleines Lächeln voller Selbstironie huschte über seine Lippen.

Stella betrat mit ihrem Anwalt den Saal. Alle Häupter flogen herum, um endlich einmal selbst zu sehen, wie die Frau aussah, deretwegen der Kollege Hablik sich zu einer mutmaßlichen Eifersuchtstat hatte hinreißen lassen.

Stella trug ein dunkelgraues Sommerjackett mit kleinem Ausschnitt, eine enge schwarze Stoffhose und hochhackige Schuhe, ebenfalls in Schwarz. Ihr Gesicht war blaß und durchsichtig. Ihre blonden Haare und der dunkelrote Lippenstift gaben die einzigen Farbtupfer ab. Sie hielt sich sehr aufrecht. Einige der jüngeren Herren – nicht nur im Zuschauerraum – zupften an ihren Schlipsen oder fuhren sich verstohlen über die Haare. Die Damen steckten die Köpfe zusammen und krittelten übereinstimmend, daß man vor Gericht als Zeugin, und sozusagen als Leidtragende, unter ein Jackett eine Bluse oder einen Pulli tragen müßte.

Abel erklärte zu Protokoll, daß er als Beistand der Zeugin erscheine.

Habliks Blick hing glühend an der jungen Frau. Stellas Augen wanderten über die Szene, blieben einen Wimpernschlag länger bei Hablik hängen, dann konzentrierte sie sich auf das Gericht, dessen Vorsitzender mit der gesetzlich vorgesehenen Belehrung über die Wahrheitspflicht der Zeugen begann. Während er sprach, öffnete sich die Tür des Verhandlungssaals noch einmal.

Schubert!

Er kam herein, nickte dem Gericht zu und steuerte den Staatsanwalt an. Mit ihm tuschelte er kurz, dann nahm er auf Geheiß von Quedling neben diesem Platz. Der Staatsanwalt sagte: »Hohes Gericht, völlig überraschend steht uns nun doch Herr Professor Schubert zur Verfügung.« Ein freundliches Nicken des Gerichts wurde vom Psychiater mit einem knappen Neigen des Kopfes beantwortet.

Stella schluckte, hustete plötzlich und wurde noch blasser. Sie starrte den Professor sekundenlang aus aufgerissenen Augen an. Der Hustenreiz war so stark, daß sie sich an die Kehle griff und der Richter fragte, ob sie ein Glas Wasser brauche. Das Wasser wurde gebracht, und die Beschwerden der Zeugin linderten sich.

Abel beobachtete von seinem Platz aus mit größter Aufmerksamkeit seine Mandantin und deren Arzt. Stella war allein gekommen, etwas verspätet, und er hatte deswegen kein kurzes Gespräch führen können, denn im selben Augenblick wurde sie schon in den Saal gerufen.

Und nun war Schubert doch erschienen, angeblich erkrankt und nicht arbeitsfähig, wie Abel von Müllerschön erfahren hatte. Plötzlich doch wieder erfreulich fit! Und wie er Stella mit seinen Blicken fixierte. Konnten Fachleute Menschen auf Distanz hypnotisieren? So ein Unfug, ermahnte sich Abel.

Stella fing mit ruhiger Stimme an zu sprechen. Sie schilderte den Ausflug nach Nizza, eine spontane Idee unter Freunden. Sie redete in ganzen Sätzen, wirkte gefaßt und orientiert, aber genauso steif und unzugänglich wie in Seelenfrieden, als Abel den Verdacht bekommen hatte, daß man bei ihr eine Art Hirnwäsche vorgenommen habe. Schnell kam sie auf den Sonntagnachmittag. Sie schilderte das Handgemenge auf der Straße vor Habliks Wohnung, sagte, daß sie freiwillig, um weiteren Streit zu vermeiden, mit Soilent gefahren sei, und bekannte offen den Streit zwischen ihr und ihrem ehemaligen amtlichen Betreuer.

»Es war eine sehr unschöne Auseinandersetzung zwischen Herrn Soilent und mir. Und daß Herr Hablik plötzlich dastand, war wie ein Wunder für mich. Ich habe am Boden gelegen und bin von Herrn Soilent getreten worden. Ich habe geglaubt, der Herr Hablik ist meine Rettung, er haut mich buchstäblich heraus. Aber er war wie verrückt, er ist sofort auch auf mich los. Auf einmal haben beide Männer auf mich eingetreten. Man sieht noch die Prellungen und blauen Flecke hier und hier.« Stella zeigte auf ihre Rippen und Hüften.

Hablik riß die Augen auf, ungläubig, entsetzt. Er schrie unbeherrscht: »Stella!« Abel versuchte, sich besonders auf die Art zu konzentrieren, wie die Zeugin aussagte.

Müllerschön unterbrach mit einer Geste, warf Hablik einen disziplinierenden Blick zu und fragte den Staatsanwalt, ob es dazu schon ein amtsärztliches Gutachten gäbe. Quedling, der ein triumphierendes Lächeln nicht unterdrücken konnte, sagte, das sei bereits erstellt, aber noch nicht bei den Akten.

»Ich muß geschrien haben vor Angst und vor Schreck und vor Schmerz«, fuhr Stella fort.

»Lüge«, flüsterte Hablik. Meyer war alarmiert. Hablik erhob sich halb vom Sitz, ähnlich einem Sprinter kurz vor dem Startschuß. Stella redete unbeirrt und mit eigentümlich monotoner Stimme weiter: »Dieter Soilent war genauso überrascht wie ich, daß Herr Hablik plötzlich in der Wohnung aufgetaucht ist. Aber die Tür war anscheinend in der Aufregung offen geblieben. Herr Hablik hat mich getreten und beschimpft.«

»Wie?« unterbrach Meyer.

»Er hat den Begriff ›Hure‹ benutzt.«

»Zu Recht?« fragte der Verteidiger.

Stellas Augen funkelten den Mann eiskalt an. Jetzt war sie für ein paar Sekunden die alte. Abel wollte zu ihren Gunsten eingreifen, aber Stella sagte: »Ich habe Hablik nicht die geringste Veranlassung gegeben, dieses Wort zu benutzen. »Herr Soilent stand völlig perplex da. Da hat der Hablik so plötzlich, wie er mich angegriffen hat, wieder von mir abgelassen. Er hat die Pistole herausgezogen.«

»Wo herausgezogen?«

»Er hatte eine Plastiktüte dabei, da war die Pistole drin. Er hat die Pistole gezogen und ist auf Dieter Soilent zu, hat ihn angeschrien, daß er das größte Dreckschwein wäre.«

»Wer?« fragte Meyer, wieder um Präzision bemüht.

»Der Herr Soilent wäre das größte Dreckschwein. Sie haben mich schon richtig verstanden«, sagte Stella.

»Herr Hablik war völlig blaß, er war außer sich vor Wut, ich habe noch nie gesehen, daß ein Mensch so außer sich sein kann«, sagte Stella. »Im selben Moment zog er den Abzug der Pistole durch. Doch die funktionierte nicht. Dann holte er sofort aus und schlug mit der Waffe nach Dieter Soilent. Der erste Hieb hat aber nicht getroffen. Der Dieter ist dem Hablik in den Arm gefallen, sie haben kurz miteinander gerungen. Dabei hat sich der Herr Hablik sehr stark mit Blut verschmutzt. Er hat den Dieter schlicht weggestoßen und dann mit der Pistole auf den Kopf geschlagen. Ich habe noch nie gesehen, daß ein Mensch so brutal draufschlägt. Ein Hieb. Der Dieter ist dann sofort auf den Boden gestürzt.«

»Sie lügt, diese Frau lügt, ich weiß nicht, warum sie lügt, aber sie sagt die Unwahrheit.« Hablik konnte sich nun nicht mehr beherrschen.

»Da, sehen Sie«, sagte Quedling kühl. »Jähzorn.« Im Saal Stimmengewirr. Halblaute Debatten. Hablik war vollends aufgesprungen. Er stützte sich mit den Fäusten auf den Tisch der Anklagebank: »Ich schwöre es, ich habe Soilent nicht mit der Pistole geschlagen!«

Schwüre von Beschuldigten sind vor Gericht nicht viel wert. Der Vorsitzende Müllerschön überging deshalb diesen Punkt, schuf Ruhe, bedeutete Hablik, sich wieder zu setzen, und fragte: »Woher hatte eigentlich der Herr Soilent die stark blutende Wunde am Handgelenk?«

Stella sagte: »Von mir.«

»Woher kam das?« wollte einer der Beisitzer wissen.

Stellas dunkle Stimme senkte sich, alle im Saal machten lange Ohren, um sie verstehen zu können. »Wegen meiner Freiheit hat es doch die Schlägerei gegeben. Es hat keinen Wert, wenn ich das leugne. Ich bin mit einer Lampe auf den Dieter zu und habe nach ihm geschlagen. Der Schirm ist aus Glas, er ist zerbrochen, und so hat er sich an der Hand verletzt.«

»Er sich oder Sie ihn?« fragte Quedling dazwischen.

Nun mußte Abel eingreifen. »Sie muß sich nicht selbst belasten, Herr Quedling.«

Müllerschön nickte und schob eine korrekte Belehrung nach. Der Punkt wurde ausgespart. Stille trat ein. Müllerschön fragte nach: »Frau Telago, Sie erklären hier zweifelsfrei, daß Herr Hablik vor Ihren Augen den Herrn Soilent mit der Pistole so auf den Kopf geschlagen hat, daß dieser zu Boden gestürzt ist?«

»Ja.«

Hablik drehte sich mit einem künstlichen Lachen zu seinem finster blickenden Verteidiger. Jeder ließ die Worte der Zeugin auf sich wirken. Der Vorsitzende wandte sich schließlich an den Angeschuldigten. »Herr Hablik, wollen Sie nicht doch eine Aussage machen?« Ein Blickwechsel zwischen Hablik und seinem Verteidiger. Habliks Strategie war längst zusammengebrochen. Wie hatte er sich auf die Argumentation mit der klappernden Tür in der Villa vorbereitet. Und nun stand er vor einem Scherbenhaufen.

»Eine Aussage?« erinnerte Müllerschön.

Hablik nickte, doch Meyer hob mahnend den Finger, stand auf, nahm die Brille ab, ging einen Schritt auf den Richtertisch zu. »Wir sind in unfairer Weise von der Staatsanwaltschaft überrumpelt worden. Den Eindruck, den diese frei erfundene Aussage der Zeugin Telago erzeugt hat, kann eine Aussage eines Beschuldigten momentan nicht korrigieren.«

Abel nickte. Meyer deutete auf Stella, hob die Stimme und rief in den Saal: »Dies ist keine Zeugin, dies ist eine potentielle Angeklagte, die mit einem Überraschungscoup den Mann, den sie versucht hat, hörig zu machen, nun in die Pfanne haut, um von ihrer eigenen Schuld abzulenken.«

Müllerschön zeigte keine Reaktion. Er blickte in die Runde: »Noch Fragen?«

»Nein.« Der Anwalt Meyer setzte seine Brille wieder auf und sagte: »Hohes Gericht, ich erwarte illusionslos Ihre Entscheidung.«

Dann drehte er sich zu Hablik herum, klopfte ihm auf die Schulter und sagte halblaut, aber so, daß alle es hören konnten: »Das regeln wir schon noch.« Ein feindseliger Blick von Verteidiger und Angeschuldigtem ging zu Stella hinüber, die mit einem Hustenreiz kämpfte, der so stark war, daß sie sich fast erbrechen mußte. Jeder im Saal sah, wie schwer ihr die Aussage gefallen war – aus welchen Gründen auch immer.

Abel trat vor und stellte sich neben die Zeugin: »Der Kollege Meyer hat exakt das getan, was ich als Verteidiger von Herrn Hablik auch gemacht hätte. Mein Respekt gehört aber der Zeugin. Sie hat sich offen und eindeutig zur Sache erklärt. Und das vor einem, gelinde gesagt, sensationslustigen Publikum. Sie hat die Wahrheit zu Lasten eines Mannes gesagt, mit dem sie ein freundschaftliches Verhältnis verbunden hat. Ich lasse nicht zu, daß der Kollege sich in pauschaler und unsachlicher Weise hier gegen sie stellt. Der Verteidiger hatte das Fragerecht. Warum macht er nicht davon Gebrauch? Warum diffamiert er die Zeugin?«

Meyer winkte ärgerlich ab, und Hablik starrte Abel wütend an. Er war überzeugt, einem Komplott dieses Mannes mit der Hure, die neben ihm stand, zum Opfer gefallen zu sein.

Die Zeugin wurde unvereidigt entlassen. Schubert stand auf. »Brauchen Sie mich noch? fragte er. Müllerschön sah seine Beisitzer an; die schüttelten den Kopf. Abel hatte den Eindruck, Schubert versuchte Stella zu folgen, aber er schloß sofort die Tür.

»Stella, komm, wir gehen.«

»Es hat keinen Zweck«, erwiderte Stella. Im Saal hinter ihnen war Rumoren zu hören. Schubert würde sich nicht so schnell durchdrängeln können.

»Du bist doch nicht freiwillig in dieser Klinik!« Abel sprach eindringlich.

Stellas Augen irrten herum, als fühle sie sich beobachtet, obwohl der Flur leer war. »Nein.«

Abel packte sie am Arm und zog sie mit sich fort. »Also, dann gehen wir jetzt.« Die Tür flog auf. Die Zuschauer drängten diskutierend aus dem Saal.

»Nein, nicht!« Stella versuchte sich loszumachen. Doch Abel war stärker. Nach drei, vier Schritten gab sie ihren Widerstand auf und ging nun mit schnellen Schritten neben Abel her, der ihren Arm losgelassen hatte. Er sagte: »Egal was da läuft, das kann nicht das letzte Wort gewesen sein.«

»Stella!« Schuberts Stimme hallte durch den Gerichtsflur. Abel packte sie sofort wieder am Handgelenk, um sie mit sich zu ziehen, denn sie wollte stehenbleiben. Sie hörten, wie der Psychiater hinter ihnen herhastete. Seine Stimme dröhnte nun näher. »Stella, komm sofort!«

Abel riß der Geduldsfaden. Er blieb stehen und ließ Stella los, die die Unterarme senkrecht vor die Brust preßte. Ihr Gesicht zeigte helle Panik.

»Meine Mandantin geht mit mir«, herrschte Abel den Psychiater an. »Rühren Sie sie nicht an!«

Schubert reagierte nicht auf den Anwalt. Er trat auf Stella zu. Mit fast normal klingender Stimme sagte er: »Komm, Stella, es wird sonst alles nur noch viel schlimmer.«

Stella nickte und sagte zu Abel: »Jean, sorry, aber ich muß doch wieder nach Seelenfrieden.« Schubert hatte sich unmittelbar hinter das Mädchen gestellt, aber er berührte es nicht. Gepreßt setzte sie hinzu: »Ich schaff' das nämlich allein nicht.«

Dann ging sie. Wahrscheinlich aus freien Stücken, und ohne daß ihr der Professor näher gekommen wäre. Abel blieb zurück. Kein Gericht dieser Erde hätte nach dem äußeren Anschein in Frage gestellt, daß die Patientin sich freiwillig in die Behandlung ihres Arztes begab.

Als Abel abends nach der Sitzung deprimiert sein Büro betrat, fand er eine Kopie des handschriftlichen Testaments von Ernest Telago vom 31.1.1989 vor. So emotional überbordend der Brief an seine Tochter war, so knapp und sachlich war die letztwillige Verfügung des verstorbenen Dirigenten. Sie lautete wörtlich:

»Ich setze meine Tochter Laura Therese Telago als Universalerbin ein. Meine geschiedene Ehefrau Katja ist enterbt. Testamentsvollstrecker ist Herr Dieter Soilent. Er hat mein ca. 16,2 Millionen DM betragendes Vermögen ausschließlich zum Nutzen meiner Tochter anzulegen und zu verwalten. Er erhält dafür eine Entschädigung von 7 % der von ihm erzielten Erträge des Vermögens. Die Testamentsvollstreckung erlischt unwiderruflich mit dem Ende des 24. Lebensjahrs meiner Tochter.«

Das Testament war handschriftlich verfaßt und unterschrieben, trug Ort und Datum seiner Entstehung. Abel fand eine zweite Kopie mit einem Aktenvermerk des Notars, der beim Nachlaßgericht die Sache bearbeitet hatte:

»Der Wert des Nachlasses wird auf DM 2.893.455,28 festgesetzt.
Begründung: Der im Testament des Ernest Telago vom 31.1.1989 angegebene Wert von ca. 16,2 Mio. DM ist offensichtlich unrichtig und der Gebührenabrechnung nach Einspruch des TV nicht zugrunde zu legen. Der Endunterfertigende hat die Erfahrung gemacht, daß Erblasser oft den Wert ihrer Hinterlassenschaft viel zu hoch ansetzen. Der Endunterfertigende hat deswegen dem Einspruch gegen die Wertfestsetzung durch den TV, nachdem das Nachlaßverzeichnis des TV vom Endunterfertigenden geprüft wurde, entsprochen.«

»Nicht schlecht, knapp drei Mio. – aber nichts mit den Multimillionen! Schade. / Bisou«, hatte Jane darunter gekritzelt.

Hablik hatte sich mit dem Rücken an die Wand hingehockt und kauerte in der Dunkelheit der Einzelzelle.

Auch wenn Meyer es geleugnet hatte: Fast alle Zeugen bleiben bei ihren einmal vor Gericht gemachten Aussagen. Eine alte Erfahrung. Der Grund lag auf der Hand: Sie würden sich sonst der Gefahr eines Verfahrens wegen Falschaussage aussetzen. Und da gab es empfindliche Haftstrafen. Stella würde auch nicht anders handeln.

Ein Gutes hatte die Verhandlung gebracht: Klarheit über Stella. Sie war eine gemeingefährliche Frau. Eine Sadistin. Eine Hure. Ob sie jetzt mit Abel im Bett lag oder nicht, war Hablik egal.

Sie hatte ihm einen kurzen, intensiven Traum beschert, der unter anderen Umständen vielleicht Wahrheit hätte werden können. Oder auch nicht. Und sie hatte ihn dafür bestraft. Und zwar so, daß er sich davon nie wieder erholen würde. Das war kein K.O., das war das Aus für Dr. Eduard Hablik, den suspendierten Jugendrichter. Das Landgericht würde ihn verurteilen. Nicht zu lebenslang, aber zu einer Strafe von über zehn Jahren. Hablik konnte das abschätzen. Wenn er bei guter Führung nach sieben oder acht Jahren herauskommen würde, wäre längst schon das neue Jahrtausend angebrochen. Er würde eine völlig veränderte Welt betreten. Hablik wußte, daß die Verfahrenskosten sein kleines Vermögen, das er vom Vater geerbt hatte, aufzehren würden. Wahrscheinlich müßte er sich noch verschulden, um für alles aufzukommen. Die finanzielle

Frage war nur ein Posten in seiner Kalkulation: Fremd, als entlassener Schwerkrimineller ohne Geld und ohne Arbeit würde er auf der Straße stehen. Aber nicht nur das. Die Juristerei war das Haus, in dem er sich auskannte. Etwas anderes hatte er nicht gelernt. Als Richter würden sie ihn nie mehr arbeiten lassen. Das stand in dieser Nacht schon fest. Und als freier Mitarbeiter bei einem Anwalt im Hinterzimmer Fälle bearbeiten, die man noch nicht einmal selbst vor Gericht vertreten kann? Nein, danke.

Hablik war innerlich kühl und nüchtern. Er sah klar und hatte sich Zeit für seine Bilanz genommen. Melancholie oder gar Larmoyanz waren ihm in diesen Stunden fremd.

Ein Mann muß erkennen, wann es Zeit ist, Schluß zu machen, hatte sein Vater, der Oberlandesrichter Dr. Friedrich Hablik, gesagt und sich vergiftet, als die Schmerzen, die ihm sein Krebs zufügte, zu stark geworden waren. Dem Knaben Eduard hatte das imponiert. Nach außen galt es als Herzstillstand, nicht zuletzt wegen des geistlichen Beistandes bei der Beerdigung. Aber die Mutter und die wenigen Freunde des Vaters wußten Bescheid und achteten dessen Entschluß. Der Sohn hatte stolz um seinen Vater getrauert und war genauso stolz in dessen Fußstapfen getreten. Er hatte sogar, anders als der Vater, dem nach dem Krieg die Mittel fehlten, promoviert. Und er war Richter geworden.

Achtung und Respekt erwartete Hablik auch für seinen Entschluß. Er wußte genau, daß er in seinem Beruf von denen, auf die es ankam, niemals richtig respektiert, geschweige denn geachtet worden war. Er kannte die Spitznamen, den die Kollegen ihm gegeben hatten.

Hablik wußte, daß in der Haft Selbstmord durch Strangulation mit der Bettwäsche nicht zu verhindern war. Er hatte mühsam den festen Stoff des Lakens in Streifen gerissen und fertigte jetzt in der Dunkelheit kauernd einen Strick, oft einen Blick auf das metallene Gestell des Stockbettes gegenüber werfend. Er hätte viel darum gegeben, Medikamente benutzen zu können wie sein Vater, denn die Schwierigkeit mit dem Strick bestand darin, daß sich der Selbstmörder nicht durch Bruch des Halswirbels sofort und wahrscheinlich schmerzlos tötete, sondern durch langsames Ersticken.

Es würde schwer werden. Schwerer, als sein Vater es gehabt hatte. Habliks Verzweiflung waren indessen stärker als die bestialische Angst, die seinen Magen zusammenkrampfte. Er wußte aus der richterlichen Praxis exakt, was ihn erwartete. Das erste Stadium seines Sterbens würde von einer Unterbrechung der Atmung, verbunden mit einer Zyanose des Gesichts und der Schleimhäute, gekennzeichnet sein. Konvulsive Versuche, Luft zu schöpfen, würden folgen. Qualvolle ein bis anderthalb Minuten lang. Wenn er den Mut aufbrachte, sich richtig zu legen oder zu knien und das improvisierte Seil fest um den Hals zu schlingen, würde die Energie, die für die Atemversuche aufgewendet werden mußte, den Beinen fehlen, um koordiniert wieder Boden zu finden und den Körper aufzurichten. Dann kamen klonische Krämpfe, Blutdrucksteigerung, Pulsverlangsamung, Pupillenerweiterung und Bewußtlosigkeit. In den folgenden ein bis zwei Minuten erreichte das Krampfstadium seinen Höhepunkt, unter Umständen mit Kot- oder Urinabgang. Danach weitere Minuten mit terminalen Schnappatmungsversuchen, begleitet von tiefer Bewußtlosigkeit. Atemstillstand. Das Herz schlägt oft noch einige Zeit weiter, bis der Tod eintritt.

Die württembergischen Amtsnotare waren halb Beamte, halb Freiberufler, deswegen konnte man mit ein wenig Glück den einen oder anderen auch vor zehn Uhr erreichen. Abel hatte das Glück. Nur ungern war er so früh aufgestanden. Aber den Tag über hatten die Herren ihre Beurkundungstermine und ließen sich nicht stören.

»Wie lange ist das her?« fragte der Notar.

»Neunzig war der Todesfall.«

»Oh, Herr Abel, wissen Sie, wie viele Nachlässe ich seit dieser Zeit abgewickelt habe?«

»Nein«, sagte Abel wahrheitsgemäß. Er blieb stur. »Da schaut man doch mal genauer hin, ob man es mit über sechzehn Millionen oder nur mit knapp drei zu tun hat.«

»Ach, diese Sache meinen Sie?«

»Ja.«

»Da war doch ein Steuerberater ...«

»Soilent.«

»Der war solide. Stand auch in der Zeitung, jetzt, nachdem ihn dieser Hablik umgebracht hat. Soilent hat den Bischof vertreten. Eine Menge betuchter Mandanten. Haben Sie die Todesanzeigen gelesen? Soll ich einem Steuerberater nicht glauben? Nee, Herr Abel, wo kämen wir denn da hin.«

»Ich habe hier Ihren Vermerk, nachdem Sie das Nachlaßverzeichnis geprüft hatten.«

»Ja, als solches. Und das war auch sauber aufgestellt und in sich schlüssig. Kein Grund für Zweifel. – Und glauben Sie, ein einziger Notar hat die Zeit, vor Ort nachzuchecken, ob da jede Position stimmt?«

Genauso hatte sich Abel das vorgestellt. Er neigte zur Annahme, daß der verstorbene Ernest Telago wirklich über 16 Millionen hinterlassen hat. Der Dirigent schien genau orientiert. »Umsonst schreibt einer doch nicht circa sechzehn Millionen.«

»Umsonst ist der Tod«, antwortete der Notar. Abel ging.

»Unterstellen wir doch ganz einfach mal, daß der Telago wußte, was er in sein Testament schrieb«, sagte Abel zu Jane. »Und wenn wir das unterstellen, erhebt sich die Frage: Wo sind die dreizehn Millionen geblieben?«

Er trat an seinen Schreibtisch und überflog die Rückrufnotizen. Er ergänzte: »Geld bringt normalerweise Zinsen, wenn es mündelsicher angelegt wird. Hier geht's um große Summen!«

Jane schminkte sich bei offener Tür im Bad, weil sie den überraschend kühlen Tag zum Joggen genutzt hatte. Sie wußte, daß die Nachricht Abel treffen würde. Aber es hatte keinen Zweck, lange herumzureden: »Hablik ist tot.«

»Verdammt.« Abel starrte Jane an. »Da kann man sich doch nicht so einfach schminken«, bellte er und setzte gleich »Entschuldigung« hinzu. Er ließ sich in seinen Bürostuhl sinken und verbarg das Gesicht in den Händen. »Selbstmord?«

»Ja.«

»Ist das manchmal ein Scheißberuf«, wütete Abel und schlug die Faust auf den Tisch.

»Du glaubst, er war es nicht?«

»Ich hab's im Gefühl.«

»Dann lehnt man ein Mandat nicht ab, weil einem ein Mädchen schöne Augen macht.«

Das war zuviel für Abel. »Er hat mich nicht haben wollen. So war's. Trotzdem hätte ich ihn rausgehauen.«

Jane klappte ihre Schminksachen zusammen und

ging arbeiten. Abel trauerte den ganzen Tag um den Richter Hablik, der ihm nichts als Schwierigkeiten gemacht hatte.

Im OP 2 der Klinik Seelenfrieden brannte die bläulich schimmernde Nachtbeleuchtung. Im Vorbereitungsraum, wo die Ärzte und das Hilfspersonal sich für die Arbeit fertigmachten, herrschte, wie im OP selbst, peinliche Sauberkeit und Ordnung. Modernste Apparaturen der Hirnchirurgie und Anästhesie. In unmittelbarer Nähe der Aufwachraum, die Intensiv- und Wachstation. Am Tage arbeiteten hier zehn Leute. Ein eingespieltes Team. Alle waren Spezialisten auf ihrem Gebiet. Man konnte sich beruhigt unters Messer legen.

Doch in dieser Nacht übten die Oberärztin Windgassen und ihr Chef Handgriffe alleine am Laser und den Anästhesiegeräten. Frau Windgassen war ungeduldig, weil Schubert immer wieder kleinere Fehler bei der Bedienung und Überwachung der Anästhesiegeräte unterliefen, während sie den Eingriff mit dem Laserskalpell simulierten. Unbedeutende Fehler zwar, aber man durfte bei einer Hirnoperation nicht den geringsten Fehlgriff dulden. Zu leicht konnte etwas passieren, wenn man den Laser falsch bediente oder die Narkose falsch dosierte. Die Oberärztin fuhr ihren Chef an: »Reiß dich doch endlich mal zusammen.« Ein kalter Blick war die Antwort. »Also noch mal.«

Noch mal und noch mal. Bis es saß wie im Schlaf. Stella durfte nichts passieren. Nicht das geringste. Das wußten beide genau. Aber Stella mußte unter den Laser. Sie mußte ruhiggestellt werden. Und zwar ohne daß es in der Klinik auffiel. Die beiden leitenden Ärzte waren auf sich allein gestellt. Ohne Assistenten und OP-Schwestern.

Beide begaben sich auf teilweise fremdes Gebiet. Frau Windgassen kam von der nichtoperativen Psychiatrie. Sie hatte seit Jahren keinen OP mehr von innen gesehen. Und Schubert mußte sich ohne den Narkosearzt um die Anästhesie kümmern. Das war ein besonders fragiles Gebiet. Narkosezwischenfälle waren statistisch die häufigsten Todesursachen bei Operationen. Nicht umsonst mußte jeder Mediziner, bevor er mit Spritze, Gasen und Tubus hantierte, eine lange Spezialausbildung durchlaufen.

»Ich bin froh, wenn wir es hinter uns haben«, seufzte Schubert, den seit dem Zwischenfall auf St. Vinzenz bleierne Müdigkeit plagte. Da war keine Zeit, die eigene Kopfverletzung auszukurieren. Die Frau legte unvermittelt zärtlich den Kopf an die Schulter des Mannes und flüsterte: »Irgendwie tut sie mir leid, und wenn ich nicht wüßte ...« Sie lächelte Schubert an. »Bald wird alles gut.«

Schubert straffte sich. »Und warum machen wir es nicht *jetzt*?«

»Sofort?«

Schweigen. Blickwechsel. Unsicherheit. »Wir sollten uns eingestehen, daß wir selber auch Angst haben.« Nicken. »Besser, wir bringen es hinter uns.«

Abels Boulekumpel Kramer litt darunter, daß er in dem wenig sinnenfreudigen Stuttgart die ernstzunehmenden Gegner für sein Lieblingsspiel an einer Hand abzählen konnte. Und kaum einer nahm sich so viel Zeit wie Abel. Da ist man im Gegenzug auch mal zu einem Nachteinsatz bereit. Kostenlos. Abel verlangte ja auch nichts, oder?

Kramer war nicht nur Fachanwalt für Steuerrecht, sondern auch vereidigter Buchprüfer. Eine Reihe von Anwälten waren bei der Prüfung für diese Sonderqualifikation durchgefallen. Paul Kramer hatte sie glänzend bestanden. Man erkannte seine Sachkunde sofort, als er an den Regalen der Registratur im Steuerbüro Soilent entlangschritt, sich drei oder vier Vorgänge zog, das Datev-Programm auf dem Computer anwarf, sich mit den in Soilents Geheimfach gefundenen Paßwörtern einklinkte und dem Strafverteidiger Abel Fachbegriffe an den Kopf warf, deren Bedeutung dieser nicht verstand.

Die Revision bei einer Flasche Offeschwiehrer Riesling und Baguette mit Bleu und Rillette im eleganten Ambiente des Soilentschen Steuerbüros dauerte drei Stunden. Abel fühlte sich hier schon fast heimisch. Den welken Rosenstrauß hatte er entfernen lassen. Akten und Computerausdrucke flogen dafür kreuz und quer auf dem Schreibtisch herum. Kramer qualmte Camel ohne Filter aus einer Zigarettenspitze, für einen Frankophilen nur damit zu erklären, daß er den Gestank, den Gitanes oder Gauloises in den Kleidern hinterlassen, nicht ausstehen konnte. Abel notierte mit seinem neuen Goldfüller, was ihm Kramer diktierte, und assistierte, soweit das möglich war.

Kramer gab wieder einmal eine Zeile in den Computer ein. Er wartete auf das Ergebnis mit einem zugekniffenen Auge, weil der Qualm seiner Zigarette über sein Gesicht strich. Dann grinste er Abel an und sagte: »*But*«, was soviel wie »Treffer« bedeutete. Abel machte einen langen Hals und sah nichts als Zahlenkolonnen. Kramer gab Druckbefehl, nahm einen Schluck Weißen und kam kurz darauf mit drei DIN-A 4-Seiten zurück.

»Da sind sie, deine dreizehn Millionen.« Kramer fuhr mit seinem Kuli die Spalten entlang. »Er hat sie ordentlich angelegt. Im Schnitt acht Prozent, für damalige Verhältnisse hätte es mehr sein können. Doch dann ...« Kramer ließ Abel zappeln. Er ging zum Kühlschrank, um eine zweite Flasche Riesling zu holen.

»Und dann?« rief Abel.

Kramer kam zurück und hantierte mit dem Korkenzieher. »Dann hat er das inzwischen auf über vierzehn Millionen angewachsene Kapital an die Klinik Seelenfrieden am Bodensee überwiesen.«

»Uff.« Abel rekonstruierte: »Der Vater von Stella hat also den korrekten Überblick über sein Vermögen gehabt.«

»Soilent war ein guter Mann und, wie du sagst, der Freund von Telago. Warum sollte er den kranken Mann im unklaren gelassen haben?«

»Gegenüber dem Notariat hat er den Wert anscheinend sofort runterfrisiert, da stimmte doch was nicht.«

Kramer grinste: »So spart man Notargebühren.«

»Na, ich weiß nicht, das sind doch nur Peanuts.«

»Von den Reichen kannst du sparen lernen.«

Abel blieb skeptisch. »Und dann hat er auch noch die Steuer beschissen?«

»Nur die Erbschaftsteuer. Denen hat er dieselbe Zahl angegeben wie dem Notar. Bei der Schätzung von Nachlässen sind große Spielräume an der Tagesordnung. Aber Vermögens- und Einkommensteuer hat er regelmäßig bezahlt. Da wollte er sich und Stella keine Schwierigkeiten bereiten.«

»Ist beim Finanzamt keiner auf die Differenzen gekommen?«

»Damals war das noch nicht so gut organisiert mit den Quermeldungen. Ein Fuchs wie Soilent wußte das. Und dem Notariat gegenüber konnte er sich auf das Steuergeheimnis verlassen.«

Abel malte auf ein Papier zwei sehr unterschiedlich große Säcke, auf die er »DM« schrieb. Er sagte: »Es gab also praktisch zwei Konten. Die knapp drei Millionen und die dreizehn Millionen.« Abel notierte eine Dreizehn auf dem großen Sack und ein Drei auf dem kleinen. Dann machte er von dem großen Geldsack einen Pfeil und malte ein Haus, über das er »Seelenfrieden« schrieb. Kramer sah über Abels Schulter und nickte, als Abel ihn fragend ansah. »Warum?«

»Frag *mich* doch nicht.«

Sie tranken das Fläschchen noch aus, redeten bald nicht mehr über den toten Hablik, die Erbschaft und Stella, sondern über die Vorzüge von Ferienimmobilien in der Provence, eines von Kramers Lieblingsthemen. Nicht nur, weil Abel sich nicht einmal eine Hundehütte in der Provence leisten konnte, war er unaufmerksam. Kramer merkte, daß sein Kumpel mit den Gedanken woanders war. Nach einer halben Stunde klopfte er ihm auf die Schulter, vereinbarte ein Spielchen und verließ qualmend wie eine Lokomotive und mit federndem Schritt das Steuerbüro Soilent.

Abel begann in den Akten zu wühlen. Nichts. Kein Vertrag, keine Quittung, die Aufschluß über Anlaß oder Grund der Überweisung nach Seelenfrieden gegeben hätten. Sonst war alles penibel beisammen. Bloß der Vorgang Seelenfrieden fehlte komplett. Abel streifte an den Regalen vorbei. Keine Idee, wo er noch suchen sollte. Er riß die Fenster auf, weil es stickig war und im ganzen Büro nach Zigarettenqualm stank – wie zu Soilents Zeiten. Er suchte in der EDV herum. Da, das Aktenverzeichnis. Aber er kam in das verdammte Programm nicht hinein, weil der Computer behauptete, es fehle ein passendes Konvertierungsmodul.

Später stand Abel am Fenster und blickte in die laue Nacht hinaus. Er grübelte. Wie war das? Ein einziger Mandant hatte alle Akten abgeholt, schon am Tag nach dem Tod von Soilent, hatte sich die Sekretärin beklagt. Einer, dem der Kittel zwar nicht lichterloh brannte, aber kokelte.

Schubert?

Abel suchte die Nummer von Soilents Sekretärin heraus.

Zur Vorbereitung einer Operation sind gewisse Standards nötig. Aus zivilrechtlichen Haftungsgründen beispielsweise ein Thorax des Patienten und ein EKG. Darauf verzichteten Schubert und seine Oberärztin in dieser Nacht. Rechtsfragen stellten sich für sie nicht. Jedenfalls keine zivilrechtlichen. EKG und Thorax konnte man für die Akten nachholen. Und die Unterschrift von Stella unter alle Belehrungsformulare und Zustimmungserklärungen hatte man schon vor Wochen besorgt.

Die Patientin mußte nüchtern sein. Man hatte darauf geachtet, daß Stella schon länger nichts mehr zu essen bekam. Zur Vorbereitung der Anästhesie war es ratsam, die Patientin zu sedieren.

Valium.

Stella schlief fest, als die beiden ihr Zimmer in der Station St. Vinzenz betraten. Die Spritze vom Abend wirkte. Die Halbwertzeit des Medikaments reichte aus, sie in einem weichen Dämmerzustand zu halten, selbst wenn sie erwachen sollte. Sie würde nicht protestieren, sich noch nicht einmal wundern können, was mit ihr geschah. Jede Form von Angst war in ihr ausgelöscht.

Schubert weckte Stella. Sie streckte sich wie eine Katze. Er hob sie hoch und schob sie mit der Hilfe seiner Oberärztin auf den Schragen. Sie löschten das Licht und schoben die Trage hinaus auf den Flur. Dort wollte Schubert das linke Metallgitter nach oben klappen. Aber das Teil war defekt und fiel, statt einzurasten, auf den Boden. Kleppernd und klirrend tanzten die beiden miteinander verbundenen Edelstahlrohre auf dem Plattenboden der Station herum. Stella öffnete die Augen und wendete sich nach links. Doch dann hatte das Valium in ihrem Kopf schon das klappernde Geräusch bagatellisiert, und sie schloß wieder die Augen. Einen Augenblick schien es, als wäre der Zwischenfall ohne Folgen geblieben. Totenstille. Frau Windgassen funkelte Schubert wortlos an. Der zuckte mit den Schultern und bückte sich nach den Metallstangen. Da begann einer der Insassen der Station St. Vinzenz, mit einem Gegenstand an die Tür zu schlagen.

Tock, tock, tock. Mechanisch, monoton, laut. Schubert erschrak. Er fuhr herum zu der Tür, wo die Schläge dröhnten. Dann ging es an einer anderen Tür los: Klack, klack, klack, klack. Dort plötzlich Fäuste: Wumm, wumm. Einer schrie gellend hinter seiner Tür.

Bambule.

Ein Blickwechsel. Beide wußten, daß sie keine Zeit zu verlieren hatten. Wenn Bambule war, würde die Nachtschwester, die eben noch tief geschlafen hatte, in wenigen Sekunden da sein. Die beiden stießen den Schragen mit Stella zurück in deren Zimmer. Schritte auf der Treppe.

Eine weibliche Stimme rief: »Ey, ey, was ist, meine Schätzchen?«

Mit zwei Handgriffen hatten sie ihre Patientin wieder im Bett. Raus mit der Trage auf den Flur. Schubert beugte sich über Stella, als beobachte er sie. Frau Windgassen stand hinter ihm und überwachte die Szene. Die Nachtschwester kam hereingestürzt, stutzte, als sie den Chef sah. Schubert bellte sie an: »Warum dauert das so lange, Schwester? Die ganze Station ... Verdammt noch mal, diese Unruhe. Die Patientin ... Sie sehen doch.«

Die Schwester stammelte eine Entschuldigung, die im Geschrei und dem Dröhnen der Schläge an den Türen unterging. Sie öffnete die nächste Tür und machte das Licht an, um nach dem Patienten zu sehen. Hinter ihrem Rücken verschwanden die Ärzte, ohne ihr zu Hilfe zu kommen.

Stella war, als träume sie.

Die aus dem Schlaf gerissene Sekretärin bestätigte: Schubert hatte seine Akten abgeholt.

Abel lag jetzt mitten in der Nacht in seiner Hängematte, zugedeckt bis zum Hals, weil es empfindlich kühl war, und trank einen Schluck Riesling. Er war müde und immer noch traurig wegen des toten Hablik. Heute nacht würde er nicht so schnell Ruhe finden.

In Seelenfrieden gab es etwas zu vertuschen, sonst wären die Akten nicht so schnell verschwunden. Und da es sich um Akten des Steuerberaters handelte, mußte die Vertuschung etwas mit Geld zu tun haben. Es ging um ein beachtliches Vermögen, das Stella jederzeit abrufen könnte, denn sie war nicht nur volljährig, sondern über vierundzwanzig, also juristisch unbeschränkt handlungsfähig.

Was lag also näher, wenn man beispielsweise ihr Vermögen veruntreut hatte, als die Verfügungsberechtigte einfach auszuschalten? Wer eine Nervenklinik hatte, brauchte nicht zu brachialen Methoden zu greifen. Es genügte beispielsweise, Stella sediert in Seelenfrieden festzuhalten. Für die Akten vom Familiengericht und die freundliche Frau Tagwerker gab es eine Art Portokasse, die immer pingelig abgerechnet wurde. Mündelsichere Anlagen. Steuern und Abgaben brav bezahlt. Erst als die aufgeweckte Familienrichterin die Betreuung aufhob, war Bewegung in die Sache gekommen. Stella würde sich bei ihr in knapp drei Monaten persönlich vorstellen müssen. Man mußte sie also sacht an das normale

Leben heranführen, ohne den Einfluß zu verlieren. Das war schwer. Man hatte aus den letzten Jahren einschlägige Erfahrung. Und so, wie es aussah, war der Versuch gründlich danebengegangen.

Abel ging mit seinem Weinglas ins Büro, um noch einmal in den Akten und Notizen zu wühlen. Schubert und Soilent mußten zusammengearbeitet haben. Soilent war tot. Plötzlich waren ganz andere Motive für den Totschlag an dem Steuerberater denkbar. Doch Schubert war zur Tatzeit am Bodensee gewesen. Das hatte Holz festgestellt.

Abel brauchte mehr Material über die Hintergründe, die Persönlichkeiten, die Beziehungen, die Klinik, Schubert, Soilent; auch über Ernest Telago und Stella mußte er mehr erfahren. Wer würde etwas sagen? Die Mutter! War sie nicht selbst eine Zeitlang zusammen mit ihrem Mann in Seelenfrieden gewesen, wenn auch nur als Gast? Stellas Mutter mußte doch irgendwo leben. Sie war offenbar nicht im Frieden gegangen. Telago hatte sie enterbt. Wer um ein großes Vermögen gebracht wird, der trägt Haß mit sich herum, der ist bereit zu reden, wenn die Aussage den Gegnern von einst schadet.

»Also, die Frau Mama muß her«, sagte Abel zu Schmitz, der sich einen feuchten Kehricht darum scherte, was sein Herr sagte, wenn es nicht Zauberworte wie »Futter« oder »Promenade« enthielt.

Montag, 19. August 1996

»Ja«, sagte Jane und blickte von ihrem Zettel auf, »das ging ruckzuck.«

»Und?« Abel saß in seinem Bistro und stocherte in seinem Frühstücksei. Nach einer markigen Auseinandersetzung mit Sarah war ihm fast der Appetit vergangen. Verdammt noch mal, er konnte Denunzianten einfach nicht leiden. Und schon gar nicht, wenn sie für Geld den Mund aufmachten. Hätte sie geschwiegen, wären jetzt vielleicht zwei Menschen noch am Leben. Vielleicht. Keiner konnte es mit Bestimmtheit sagen. Daß ausgerechnet Abel als Rechtsvertreter der Erbin Sarah auszahlen mußte, wurmte ihn doppelt, denn Soilent war nicht mehr dazu gekommen, die Sache zu regeln, wie ihm Rintfleisch mitgeteilt hatte. Abel versuchte, sich auf Jane zu konzentrieren.

»Standesamt Düsseldorf. Letzter Wohnsitz von Stellas Mutter. Die Rheinländer sind einfach viel freundlicher als die Leute hier«, sagte Jane. »Offener und freundlicher.«

»Wieso *letzter* Wohnsitz?« fragte Abel.

»Weil sie verschollen ist.«

»Abgetaucht?«

»Nein, verschollen im Sinne des Gesetzes. Sie ist von einer Reise nach Mexiko nicht zurückgekehrt. Die Nachforschungen blieben erfolglos. Verschollen.«

»Warum hat uns Stella nichts davon gesagt?«

Jane zuckte mit den Schultern, wandte sich weiteren Positionen auf ihrem Zettel zu und nahm zwischendurch einen Schluck von Abels Orangensaft. »Jedenfalls sehen wir klar, Informationen aus dieser Ecke wird es nicht geben.«

Montagmittag. Der Himmel schien sich zu verflüssigen. Regenböen peitschten über den Großfriedhof Prag in Stuttgart, ein altes, weitläufiges Gelände mit Krematorium und Kapelle. Eine mit schwäbischer Perfektion organisierte Menschenleibvernichtungsmaschinerie, Großkulisse des Todes im Böcklin-Stil mit Hainen, Wegen, mächtigen Bäumen und Gräbern, Gräbern, nichts als Gräbern.

Die Ironie einer Verwaltungsentscheidung wollte es, daß die Leichen des Steuerberaters Dieter Soilent und des Jugendrichters Dr. Eduard Hablik praktisch zur gleichen Stunde zur ewigen Ruhe gebettet werden sollten. Abel hatte das der Zeitung unter der Rubrik *Bestattungen* entnommen, Jane um ihren Regenschirm gebeten und war mit seinem Wagen zum Friedhof hinübergefahren. Er kam zu spät für die Aussegnung und sah, wie die beiden Trauerzüge von dem Kapellenkomplex kommend auseinanderstrebten. Er stand hinter einem Baum mit beträchtlichem Stamm und hielt den fröhlich geblümten Schirm von Jane möglichst so, daß er nicht umschlug.

Die Särge standen auf Rollwagen. Der Soilentsche hoch beladen mit Blumen und Kränzen. Den von Hablik bedeckte die Landesfahne von Baden-Württemberg. Gelb und schwarz. Der Richter war nur vorläufig suspendiert gewesen. Und auch ein Toter galt als unschuldig, sofern er nicht zu Lebzeiten rechtskräftig verurteilt wurde. Drei Kränze lagen auf der Flagge. Einer vom Justizministerium, einer von den Kollegen, die zusammengelegt hatten, und ein fast unangemessen prächtiger von der Anwaltskanzlei Meyer und Kollegen aus Grünwald in München. Hinter Soilents Sarg kämpfte ein leibhaftiger Monsignore, den der Bischof von Rottenburg-Stuttgart entsandt hatte, gegen das Wetter. Hinter den sterblichen Überresten des Amtsrichters flatterte der Talar eines jungen Pastors der Evangelischen Landeskirche im Regenwind.

Es waren höchstens vierzehn Grad. Abel fror erbärmlich in seinem dünnen Sommeranzug. Trotzdem ging er ein Stück des letzten Weges mit dem toten Richter, nicht, weil es sich so gehört, sondern weil er meinte, es dem armen Teufel Hablik schuldig zu sein. Nur fünf Menschen schritten mit ihm. Der Amtsgerichtsvorstand, der in dieser Luft befreiter atmen konnte und barhäuptig war, der Haftrichter Bolenz, die Geschäftsstellenbeamtin und zwei Richter vom Jugendreferat. Hablik hatte keine Angehörigen. Das Gericht war sein Leben gewesen. Wer wohl seine Wohnung leerräumen würde? Wahrscheinlich der Vermieter, wenn er die Todesanzeige gelesen hatte. Sonst konnte es lange dauern, so lange, bis das Geld auf dem Konto nicht mehr für den Dauerauftrag für die Miete reichte. Vielleicht machte das Amtsnotariat ja eine Erbin oder einen Erben irgendwo ausfindig, der sich um Hausrat und Konten kümmerte.

Mit jedem Menschen ging ein großes Reich von Träumen unter. Abel konnte sich nach den letzten Tagen vorstellen, welche Rolle Stella in diesem Reich Habliks gespielt haben mußte. Stella und das Ende der Einsamkeit. Stella und ein neues Leben. Stella und die Zärtlichkeit. Da waren zwei so oft gebrochene Menschen aneinandergeraten, daß es vielleicht sogar hätte gutgehen können mit den beiden.

Am offenen Grab verneigte sich Abel vor dem Toten. In seinem Herzen betete er für Eduard Hablik. Dann ging er, sich gegen die von Nordwesten heranwehenden Böen stemmend, zu dem prächtigeren Leichenbegängnis des Steuerberaters Dieter Soilent. Der lange Zug war an einem anderen Erdloch, einen halben Kilometer weiter, angekommen. Als Abel hinzutrat, sprach ein Mann in schwarzem Mantel. Vielleicht einer vom Rotary Club oder von der Steuerberaterkammer. Er hob die Verdienste des Verstorbenen hervor. Abel hatte Zeit, die Gesichter zu studieren. Einige der Leidtragenden kannte er. Schubert stand in der ersten Reihe, daneben die Oberärztin Windgassen, weiter hinten der Detektiv Rintfleisch, in der zweiten Reihe die Bürovorsteherin und ihre Kolleginnen. Der Rest der Trauergemeinde mochten Freunde, Klienten und nähere oder entferntere Verwandte sein. Alle unter einer im Wind wogenden Oberfläche von dunklen Schirmen.

Und Stella. Ganz in Schwarz. Ohne Schirm. An Schuberts Seite.

Man konnte nicht sehen, ob sie weinte. Abel bezog gegenüber Stellung, also im Rücken des Redners, unter einer Kastanie, deren erste braune Blätter über die Gräber wirbelten. Professor Schubert hatte den Anwalt schnell erkannt. Er trat dichter neben Stella, hielt ihr seinen Schirm tiefer über den Kopf und hakte sie unter, so als müsse er sie besonders stützen. Doch Stella machte sich frei und trat einen Schritt zur Seite, so daß sie wieder ungeschützt im Regen stand. Da näherte sich, während der Redner begann, die zahlreichen Ehrenämter des Verstorbenen aufzuzählen, von der anderen Seite Frau Windgassen, die ein ungemein elegantes Kostüm mit Schalkragen und einen Hut mit Schleier trug, der Abelschen Mandantin, so als wolle die Ärztin sicherstellen, daß Stella, falls sie umkippte, nicht auf den schlammigen Boden stürzte. Stella zuckte zur Seite. Sie schien auch zur Ärztin um Distanz bemüht und trat deswegen drei Schritte auf den Redner zu, der sich irritiert unterbrach.

Abel verließ die Deckung seines Kastanienbaums, um besser sehen zu können. Da erkannte Stella ihren Anwalt. Ein langer Blick zu ihm herüber. Soweit er auf die Distanz erkennen konnte, veränderte nicht die geringste Regung ihr Gesicht. Schubert trat hinter Stella und umfaßte ihren Ellenbogen, um sie in die Reihe der Trauernden zurückzuziehen. Brüsk machte sich Stella los, ohne den Blick von Abel zu wenden. Zwei stabile Männer drängten sich nach vorne. Der Redner schloß mit einem Psalm. Der Monsignore trat nun an die Stelle des Redners. Dieser stieg von den Brettern, die vor dem noch leeren Grab lagen, herunter, wollte wegen einer frischen Pfütze einen weiten Schritt machen, rutschte dabei im Schlamm aus und strauchelte. Schubert mußte Stella loslassen, um den Mann vor dem Fall auf die durchweichte Erde zu bewahren. Dabei glitt er selbst fast aus, so daß Frau Windgassen einen Schritt zurückwich.

Stella nutzte blitzschnell den Augenblick. Sie rannte los, setzte über die Bretter – der Sarg wackelte –, rannte mit drei, vier langen Schritten am offenen Grab entlang, daß der Dreck spritzte, brach durch die an Metallgestellen aufgehängten zahlreichen Kränze, von denen einige herabfielen. Die beiden stabilen Männer starteten, da war Stella schon bei Abel, warf sich ihm in die Arme und schrie halblaut: »Hilfe, sie wollen mich umbringen.«

Normalerweise blieb ein Anwalt in so einer Situation, wo er war, und rief sofort die Polizei. Doch Abel erinnerte sich nur zu gut daran, wie Stella plötzlich aus der Disco verschwunden und als willenloses Wesen in Seelenfrieden gelandet war. Er fürchtete, daß Schubert Stella wieder in seine Gewalt bringen würde. Er mußte sofort handeln.

Als erstes warf er den beiden heranstürmenden Männern Janes geblümten Sommerschirm zwischen die Füße, den sie aber einfach überliefen. Abel nahm noch wahr, daß die Trauergemeinde die Hälse reckte und Schubert samt Redner zu Boden gegangen war, riß Stella hinter die Kastanie und spurtete mit ihr los. Einer der

Heranstürmenden rutschte weg und segelte auf der Seite liegend geradeaus, während der andere die Kurve bekam und die Verfolgung aufnahm. Abel und Stella sprinteten auf einem asphaltierten Nebenweg zur Hauptstraße zwischen Krematorium und Tor. Sie hatten keine zwanzig Schritte Vorsprung. Es zeigte sich, daß Stella schneller war als Abel. Keuchend rief er ihr zu: »Draußen links vom Haupttor steht mein Auto. Halt' dich in der Nähe, ich komme.«

Dann ließ er ihre Hand los, und Stella zog unaufhaltsam davon. Abels Schritte wurden schwerer, seine Lunge pfiff, er verfiel in Trab. Der erste Verfolger überholte ihn. Abel rempelte ihn an. Der andere kam vom Asphaltweg ab, trampelte über ein paar Gräber, verhedderte sich mit dem Mantel in einem Grabkreuz, riß es einfach um, wandte sich im Straucheln zu Abel und brüllte durch den Regen: »Du kriegst auch noch dein Fett weg, du Arsch.« Dann war er wieder auf dem Weg. Abel bekam Seitenstechen. Er erwischte beinahe den Mantel des Mannes, griff aber um Zentimeter daneben. In diesem Moment zog der andere an, als habe er einen Turbo eingeschaltet. Der zweite Mann, dreckverschmiert, überholte und sprintete fast noch schneller als der erste. Stella lag zu diesem Zeitpunkt fast fünfzig Meter vorne, hatte aber bestimmt noch zweihundert Meter bis zum Tor. Ihr Vorsprung schmolz. Abel war hoffnungslos abgeschlagen. Er sah, daß der erste der beiden Verfolger Stella fast schon eingeholt hatte, als sie durch das Tor hinaus auf die Straße stürmte.

Als Abel nach Luft japsend, sich die Seite haltend, wenig später auf die Straße hinaustrat, konnte er weder die Verfolger noch Stella entdecken. Auf den Asphalt prasselte monoton der Regen. Vor einer Gärtnerei gegenüber des Eingangs drängten sich unter einer Markise Menschen in schwarzen Kleidern, die anscheinend auf eine der nächsten Beerdigungen warteten. Auf den Parkplätzen fuhren Wagen an und ab. Abel ging zum Taxistand.

»Ja, den Wagen vornedran haben zwei Männer genommen.«

Abel versuchte eine Beschreibung der Gestalten.

»Richtig.«

»War 'ne Frau dabei?«

»Nee.«

Es war jedesmal dasselbe: Wenn man Zeugen brauchte, hatten sie die Hälfte nicht gesehen. Abel unterließ es deswegen, den Mann nach seinem Namen zu fragen.

Naß bis auf die Haut betrat Abel die Kanzlei und wehrte den Hund ab, der ihn begrüßte. Aus dem Bad kam das Geräusch eines Föns. Jetzt wäscht sie sich schon während der Arbeit die Haare, dachte Abel wütend und rief nach Jane, die natürlich nichts hörte. Er ging ins Schlafzimmer und entledigte sich seiner klitschnassen Kleider und Schuhe. Er klapperte mit den Zähnen und suchte seinen Morgenmantel. Verdammt, wo er ihn wieder hingehängt hatte? Er zog den dicksten Winterpulli, den er finden konnte, über und ging in seinen nassen Boxershorts hinüber, um ein heißes Bad zu nehmen. Kein Urlaub dieses Jahr und dann gleich 'ne Grippe.

Er stieß die Badezimmertür auf. Ach du liebe Zeit! Da saß Stella in seinem Morgenmantel, und Jane fönte ihr die Haare.

Nachdem er ein heißes Bad genommen hatte, saßen sie zu dritt in der Küche. Schmitz zerfetzte genüßlich die letzten Reste der *Doggy News*. Es roch nach Espresso und Tee. Regentropfen tanzten auf der Terrasse vor der geschlossenen Gartentür. Eine Flasche Armagnac und Gläser standen auf dem Tisch. Alle drei waren mit Kleidung aus Abels Schrank ausgestattet. Auch Jane war nämlich ziemlich naß geworden. Ihr Rock und ihr Pulli trockneten einträchtig neben Stellas Trauerkleidung und Abels Sommeranzug. Jane gab gerade Stella mit ihrer Zigarette Feuer, weil die Streichhölzer aus waren, und sagte: »Jedenfalls dachte ich mir, ich guck' auch mal, wie das läuft mit den zwei Beerdigungen gleichzeitig. Der Rest war Zufall. Ich suche gerade nach einem Parkplatz, da sehe ich, wie Stella aus dem Tor gerannt kommt und hinter ihr ein Kerl. Ich also gleich hingefahren. Ein Stück über den Bürgersteig. Stella hat's nicht sofort mitbekommen.«

Stella: »Ehrlich, ich denk, ich seh' nicht richtig, da kommt noch jemand mit 'ner Karre auf dem Gehweg und will mich schnappen.«

Jane fuhr fort: »Deswegen bin ich aus dem Auto und hinterher. Ich rufe, und sie hört mich endlich. Da war dann auch schon ein zweiter Typ da.«

»Und ich sehe Jane und denke, jetzt ist alles gut, da stehen schon der Markus und der Philipp vor mir und Janes Auto auf der anderen Seite.« Sie sprach zu Jane: »Wie du auf die zwei los bist, wie eine Furie!«

»Markus und Philipp, du kennst die?« fragte Abel.

»Pfleger. Nicht von der sanften Sorte. Und ich sage noch: ›Jungs, macht kein Scheiß. Ich geh' nicht mit euch.‹«

Jane fuhr fort: »Ich wollte keine Debatten im Regen. Deswegen habe ich das Handy genommen und die 110 gewählt.«

»Und die haben das gesehen und Platz gemacht«, sagte Stella mit Triumph in der Stimme. Sie prostete Jane zu, und beide, aufgeregt wie sie waren, lachten sich halb kaputt über die zwei Männer, die ihnen zwar mit dem Taxi noch ein Stück nachgefahren waren, doch von Jane mühelos an einer Ampel abgehängt wurden.

Es war dunkel geworden. Die Fenster waren geschlossen. Die Küchentür ließ Abel bis in den Winter stets einen Spalt offen, damit der Hund rein und raus konnte. Auf der Straße zog ein Junge mit seinem Moped Runden und machte Rutschversuche wie beim Speedway. Abel sah öfter unwillig von seiner Arbeit auf. Es war kein Abend wie sonst. Seine Umgebung kam nicht zur Ruhe.

Stella saß in Abels Schlafzimmer und zappte im Fernsehprogramm herum. Dann hörte er sie in der Küche rumoren und mit Schmitz reden. Ein paar Minuten später polterte etwas im Wohnzimmer, und Stella fluchte gereizt. Die unruhige Stimmung hatte sie schon lange erfaßt. Kaum, daß sie es fünf Minuten an einer Stelle aushielt. Sie sprachen fast nichts miteinander. Wurde Zeit, daß er endlich den Fall aufklärte und sie eine eigene Behausung bezog. Wenn Stella an seinem Schreibtisch vorbeiging, wo er längst überfällige Dinge abarbeitete, warf sie ihm einen langen Blick zu. Manchmal blieb sie stehen, druckste herum, ging wieder. Wie ein Huhn, das sein Ei nicht legen kann, dachte Abel, sagte aber nichts. Weil sie kein einziges Mal ans Fenster getreten war, um einen Blick in die regnerische Dunkelheit hinauszuwerfen, war Abel sicher, daß sie nicht wegen der Gestalt in einem Mercedes mit Konstanzer Kennzeichen nervös war, die er schon vor drei Stunden auf der anderen Straßenseite entdeckt hatte.

Der Mann grübelte wahrscheinlich, wie er Stella aus der Kanzlei holen könnte. Sie auf dem Friedhof durch Pfleger einfangen zu lassen, war eine Sache, sie aus dem

Büro ihres Anwalts zu kidnappen, eine andre. Abel fühlte sich deswegen eigentlich sicher, er hatte allerdings vorsichtshalber die »110« als erste Nummer in seinen Kurzwahlspeicher einprogrammiert.

Es war nach zehn, als Stella endlich zur Sache kam.

»Abel, hast du mal 'n Moment?«

»Ja.« Abel klemmte ein Lesezeichen in die Akte des Lastwagenfahrers und blickte hoch. Es schien, als zögerte Stella trotz des langen Anlaufs noch immer. Abel lehnte sich zurück. Er vermied es, sie auffordernd anzusehen, und spielte mit seiner Lesebrille. Sie mußte selbst entscheiden, wann es soweit war.

»Dem Hablik hab' ich nicht getraut«, fing sie dann an, »weil der Richter war und immer so radikal getan hat. Der war irgendwie scharf auf die Paragraphen. Immer gleich alles nachgeguckt, weißt du?« Abel nickte. »Und wenn man einem Richter was sagt, dann ist das zwar nicht richtig offiziell, aber was mach' ich, wenn der irgendwo auspackt? Ich begebe mich doch total in die Hand von so einem – und schon kann er sagen, Mädel, wenn du nicht spurst, dann ...«

»Ich denke nicht, daß der Hablik so war.«

»Von anderen denkt man's auch nicht, und die sind noch viel schlimmer.« Stella lächelte nervös. »Jane hat mir gesagt, daß ein Anwalt gewaltig eine auf die Nuß kriegt, wenn er verrät, was man ihm anvertraut.«

»Und womit?«

»Wie womit?« fragte Stella.

»Mit Recht«, antwortete Abel.

Stella lächelte irritiert, war sofort wieder ernst und tastete sich weiter vor. »Also, ich muß dich mal was fragen.«

»Schieß los«, ermunterte sie Abel.

»Es geht aber nicht um Peanuts, Abel.«

»Klartext, Stella.«

»Sagen wir, einer hat ein paar Frauen vergewaltigt. Das ist nur ein Beispiel, hörst du, Abel?«

»Klar.«

»Also, wenn so ein Vergewaltiger zu dir kommt und sagt so und so und macht ein Geständnis und will aber nicht, daß du's weitersagst?«

»Dann bleibt's unter uns.«

»Okay, aber wenn der Typ – na, sagen wir, dir erklärt, er kann nicht ausschließen, daß noch mal was passiert.« Stella tippte sich an den Kopf und verzog, wie von einem Schmerz durchzuckt, kurz die Miene. »Also sagen wir, der ist nicht sauber da oben. Der kann nichts dafür, wenn's passiert. So Leute gibt's ja. Was machst du als Anwalt dann mit so einem, Abel?«

Stella hing förmlich am Mund des Anwalts. Abel zögerte. »Wie ein solcher Konflikt zu lösen ist, kann man nicht abstrakt entscheiden. Das hängt von tausendunddreißig Details ab. Beispielsweise, wie gut man den Mann kennt, oder ob man ihn zu einem Arzt bringen kann.« Stellas Augen weiteten sich. Schnell fügte Abel hinzu: »Oder wie man ihm sonst helfen könnte.«

Lauernd fragte sie: »Das einfachste wäre doch, man geht zu den Bullen, und die schnappen ihn, oder? Dann kann nichts mehr passieren.«

»Nein. Das ist das Allerschwerste«, sagte Abel.

»Du schickst den also zum Arzt«, sagte sie und begann ein Tempotaschentuch in kleinste Bestandteile zu zerlegen. Stella war aus der Obhut – oder vielleicht aus dem Gewahrsam – eines Arztes geflohen. Abel gab sich einen Ruck: »Komm, Stella, reden wir nicht drumrum: Du sagst mir jetzt, was dir auf den Nägeln brennt, und ich verspreche dir, egal was du sagst, egal was droht: keine Polizei, kein Staatsanwalt, keine Ärzte, falls du nicht ausdrücklich zustimmst.«

»Okay.« Stella zögerte noch eine ganze Weile. Abel

ließ ihr Zeit. Dann sprudelte es aus ihr heraus: »Abel, ich hab' einen umgebracht.«

Er unterbrach sie nicht. Es war nicht das erste Mordgeständnis, das er hörte. Es war besser, sie reden zu lassen.

»Und ich weiß nicht, ob so was wieder passieren kann. Ich bin sicher, daß ich nie mehr wieder rauskomme, wenn das publik wird.« Weil Abel gelassen blieb, traute sich Stella fortzufahren. »Wer behauptet, daß du nur einen Jagdschein brauchst, und nach drei Jahren bist du wieder draußen, wenn du einen umgebracht hast, der weiß nicht, wie's läuft. Bei uns auf der Station St. Vinzenz, da sitzt so ein Mörder mit Jagdschein. Lebenslang. Er ist schon seit achtunddreißig Jahren drin. Wie ein Tier weggesperrt, gefüttert, Käfig geputzt und basta. Der kann noch nicht mal selber Schluß machen, wie der arme Hablik. Nachts schreit er manchmal, daß es dir kalt den Rücken runterläuft. Der schreit aber nicht, weil er bekloppt ist, sondern weil sie ihn nicht sterben lassen. Er hat Zucker. Ein Bein haben sie ihm schon abgenommen. Ich hab' oft gehört, wie er gebettelt hat, daß sie ihn töten. Und ich hab' ein gutes Wort für ihn beim Schubert eingelegt. Aber der hat nur gesagt, daß er nichts machen kann und daß er einen Hippokratischen Eid geschworen hat.« Nun traten ihr Tränen in die Augen. Tränen des Mitleids und der Angst. »Verdammt noch mal. Und ich ...« Stella flüsterte. »Wenn sie mich krallen, und ich kriege lebenslänglich, dann komme ich auch in so ein Loch, wie ein Tier.« Abel stand auf und nahm sie in den Arm. Er spürte, wie ein Weinkrampf den Körper der jungen Frau schüttelte. Lange Zeit standen sie so engumschlungen in seinem Büro.

Auf einmal machte sie sich los, stieß Abel von sich, schrie wie eine Furie: »Ich bin nämlich wirklich verrückt.« Sie hämmerte sich mit beiden Handballen an die

Schläfen, hatte die Augen weit aufgerissen. »Ich höre Stimmen, ich kann mich manchmal nicht an Zeugs erinnern, das vor drei Minuten passiert ist. Ich hab' Depressionen. Und wenn ich gut drauf bin, dann ist das Show, nichts als eine billige Show, weil ich nichts Normales kenne. Ich weiß seit fünf Jahren nicht, was normal ist. Und die Taubheit, die entsteht, wenn sie mir 'ne Spritze geben oder wenn ich die ganze Chemie fresse, die kann doch nicht normal sein.«

Abel versuchte, Stella wieder einzufangen und an sich zu ziehen. Sie wich ihm aus und rannte ins Schlafzimmer, wo sie sich aufs Bett warf, den Kopf unter die Kissen wühlte und weinend liegenblieb. Abel konnte sich nun sehr leicht vorstellen, wie es zu Handgreiflichkeiten mit ihr kommen konnte.

Er blickte zum Fenster hinaus. Der Mercedes stand noch an demselben Platz. Ob jemand im Wagen saß, konnte man bei Dämmerung und Regen nicht erkennen. Abel ging ins Schlafzimmer und setzte sich auf die Bettkante.

Er wartete geduldig. War sie inzwischen eingeschlafen? Nach einer halben Stunde des Schweigens sagte Stella mit ihrer dunklen Stimme in ruhigem Ton: »Der Reihe nach?«

»Ja.«

»Mein Papa und ich, das ist ein Sache, die keiner versteht, deswegen geht es auch keinen was an, okay? Auch nicht meine Mutter, die schon gar nicht. Wär' sie doch geblieben, wo sie war. Irgendwo mit irgend 'nem Kerl mit Kohle. Geld ist für sie sowieso das Wichtigste. Die ist wie 'n Junkie: Je mehr sie davon kriegt, um so mehr braucht sie. Wegen Geld ist sie auch zurückgekommen, verstehst du?«

»Wußte sie, daß es mit deinem Vater zu Ende ging?«

»Wahrscheinlich. Jedenfalls stand sie auf der Matte

und machte sich an meinen Papa ran. Sie drängte mich weg. Ich weiß heute, daß es Tage gibt, an denen ein Mann, und wenn er noch so schwach ist, mehr braucht als nur Zärtlichkeiten. Die Alte hat ihm das gegeben. Er hat ihr wieder ein Konto eingeräumt. Und ich bin aus seinem Bett rausgeflogen. Wenn er nachts einen Anfall gekriegt hat, dann hat sie mich gerufen, und ich bin gekommen und hab' alles gemacht. Ich hab' seine Hand gehalten, seinen Kopf. Alles.«

»Stella, sei jetzt ganz ehrlich«, warf Abel behutsam ein, »hat nur das Geld deine Mutter wieder zurückgetrieben?«

»Ja. Bloß, Männer sind so dumm, die wollen geliebt werden und fallen auf dumme Sprüche rein – und auf Sex.«

»Frauen manchmal auch.«

»Ich hab' doch gebrannt vor Eifersucht.« Das klang wie eine Entschuldigung. Eine noch längere Pause. »Ich hab' oft gelauscht.« Wie angeekelt fuhr sie fort: »Aber Geld – sonst macht eine Frau so was nicht mit so einem kranken Mann.«

»Was?«

»Frag nicht so blöd. Sie hat ihm einen geblasen ... Er war krank, und sie hat angefangen, wieder über Heirat zu reden. Ich war draußen aus dem Spiel. Ich bin das erstemal in meinem Leben durchgeknallt. Und sie hat mich eigenhändig aus dem See gezogen. Hätte sie mich doch bloß verrecken lassen.«

»Hast du noch mal probiert, dich umzubringen?«

»Nie mehr. Langsam sehe ich das aber wieder anders.«

»Laß das. Es ist gut, daß du alles erzählst.«

»Bestimmt?« Das klang sehr zaghaft.

»Bestimmt. Und wir regeln alles ohne Bullen und so.«

Stella biß sich auf die Lippen und sprach weiter. »Ja, und ein Jahr später kam meine Stunde. Ich hab' sie erwischt. Sie hatte einen Liebhaber. Ich hab' triumphiert wie Kolumbus vor Amerika.«

»Wer war der Liebhaber?«

»Ich hab' ihn damals nicht erkannt. Die beiden waren nachts am Strand hinter einem Gebüsch, und ich bin dazugekommen. Ich hab' die Alte sofort an ihrer Stimme erkannt. An dem Geschrei, das sie macht beim Vögeln. Ich hab' das ja von ihr und meinem Papa gekannt. Aber mit meinem Papa war das Gestöhne nur Show, bei dem Typ am See war es echt. Das habe ich genau gehört.«

»Vielleicht war's dein Vater?«

»Nein. Der Mann am See hat viel Kraft gehabt. Das war nicht mein Vater. Sein Herz war schon so schwach, daß er trotz seiner Medikamente tagelang nicht mehr aufstehen konnte. Deswegen bin ich ja rumgerannt in dieser Nacht. – Und dann am See hör' ich plötzlich die Alte. Damals habe ich nicht geahnt, wer ihr Lover war.«

»Wer war es?« Stella schwieg. Abel versuchte einen anderen Weg. »Du hast es deinem Vater gesagt?«

»Als sein Zustand ein bißchen besser war.« Stella räusperte sich aufgeregt. »Mein Vater war, nachdem ich es ihm gesagt hatte, plötzlich wie verwandelt. Nichts war mit Wiederheirat. Nichts war mit Erbschaft. Ich hab' die Alte in seinem Auftrag aus dem Haus jagen dürfen. Das war der schönste Tag in meinem Leben.« Haß funkelte in ihren Augen. »Raus, weg, fort, Hausverbot.«

Stella stützte sich auf die Ellenbogen. Ihre Stimme steigerte sich zu vulgärem Kreischen. Abel beobachtete in der Dämmerung ihr verzerrtes Gesicht. Er fand Stella zum erstenmal abstoßend. Sie spürte das und warf sich auf die Seite. Es dauerte lange, bis sie weitersprach.

»Und ich hab' meinen Papa wiedergehabt. Aber bloß kurz. Im April, im Jahr drauf, ist er gestorben.«

Ein langer Blick von Stella traf Abel. »Warum guckst du so?« Achselzucken.

»Ich kam zu Carl in Behandlung, aber mir ist es immer dreckiger gegangen. Weißt du, wie das ist, wenn du glaubst, alles rutscht dir weg? Wenn du glaubst, du schwimmst auf einem Strom von dem Mann weg, den du liebst, und du willst dich überall festhalten, bloß, da ist nichts? Du siehst ihn nie mehr wieder. Nie! Aber jetzt geht's mir wieder besser.» Sie griff nach einem schon abgestandenen Glas Wein, das ihr Abel vor drei oder vier Stunden hingestellt hatte, und kippte mit wenigen Schlucken den Inhalt hinunter. Sie atmete durch und schien besonnener. »Im Herbst '92 bin ich abgehauen. Vor Seelenfrieden und vor mir selbst. Ich war ja nicht entmündigt. Und mein Vater hatte mir ein Konto eingerichtet, das der Dieter nicht verwaltet hat. Davon hab' ich gelebt. Das heißt, ich bin gewissermaßen Amok gelaufen. Ich hab's wissen wollen.«

»Was?«

»Ich hab' doch nur meinen Vater gehabt. Und dann nichts mehr, keine Zärtlichkeit und schon gar keine Liebe. Heut' weiß ich, woran es hängt.«

»Hat das was mit den zwei Teilen deiner Seele zu tun?«

Stella zuckte zurück. »Woher kennst du die Geschichte?«

»Der Brief deines Vaters.« Abel war auf einen weiteren Ausbruch gefaßt, doch Stella lächelte nur wehmütig und meinte: »Sag' bloß, sie haben ihn nicht verbrannt?«

»Nein.«

»Wo war er?«

»Bei Soilent.«

»Das ist nicht das Original. Das kann es nicht sein.«

Stella seufzte und schwieg. Abel überging die Frage, ob der Brief, den er gefunden hatte, eine Kopie war oder nicht.

Das Telefon klingelte. Um zehn in der Nacht konnte das nur was Privates sein. Abel zögerte, doch Stella warf ihm das tragbare Teil, das bei der Telekom nicht angemeldet war, zu. Ärgerlich wegen der Unterbrechung meldete er sich nur mit einem knappen »Ja.« Es war der Apotheker. Das war was anderes. Abel bedankte sich für den Rückruf.

»Sie, woher haben Sie denn das Zeugs«, fragte der Apotheker am anderen Ende. Abel antwortete ausweichend. Der Apotheker fuhr fort: »Das ist eine hausgemachte Mixtur aus einigen Psychopharmaka, sehr hohe Dosis. Sie erzeugt wahrscheinlich massive Symptome von Schizophrenie und Depressionen. Je nach Situation kann das Mittel auch zu euphorischen Zuständen führen. Schmeißen Sie die Pillen bloß weg.« Abel versprach es und bedankte sich. Er beendete das Gespräch und sah Stella lange an.

»Was ist?«

»Nichts. Weiter.«

Stella fuhr fort. »Ich habe in der Therapie oft versuchen müssen, den Brief von meinem Vater zu zerstören, zu verbrennen oder zu zerreißen. Ich hab's nie geschafft. Kopien ja, aber den Brief selber nicht. Und dann haben sie ihn vor meinen Augen verbrannt, um mich zu bestrafen. Damit ich sehe, wie ernst sie es meinen.«

»War das, nachdem du Amok gelaufen bist?«

Stella nickte.

»Wie?«

»Männer.« Stella lächelte zum erstenmal an diesem Abend. »Dutzende. Du kannst als Frau so viele haben, wie du willst. Es ist ganz einfach, jeder will dich im Bett haben. So einfach sind Männer. Und du mußt ihnen nur irgendwie zu verstehen geben, daß du dazu bereit bist. *Du* hast doch auch schon dran gedacht, wie du mich ins Bett kriegst?«

»Ja«, antwortete Abel wahrheitsgemäß, »aber es gibt auch andere Motive und Gefühle.«

Stella lachte und tippte Abel mit dem Finger auf die Nasenspitze. »Ich seh's euch doch an. Da auf der Nase steht's. Der eine fädelt es eleganter ein, der andere grober, und die meisten trauen sich nicht, zu fragen oder hinzulangen, wie der Hablik und du, Abel. Die schwätzen dann von Liebe.« Abel schwieg. Stella fuhr in ihrer Betrachtung fort: »Ich hab' es bloß nicht gemacht wie die anderen. Ich hab' mich einfach nicht ficken lassen. Von keinem. Egal, was er gemacht hat, um mir zu imponieren. Noch nie. Und ich werd' mich auch nie hinlegen und die Beine breit machen. Die meisten kapieren das und drehen ab. Aber es gibt ein paar, die werden verrückt unter der Mütze, wenn eine Frau sich nicht hinlegt – das läßt so einem keine Ruhe.« Stellas Grinsen wurde breiter. »Der Mensch ist auf Fortpflanzung getrimmt. Das ist das Programm. – Bloß bei meiner halben Seele nicht. Die kann sich nicht fortpflanzen. Ist doch ganz einfach und ganz logisch.«

Stellas Hand liebkoste die Innenseite seines Oberschenkels. »Nicht böse sein, Abel.« Der versuchte vorsichtig, ihre Hand wegzuschieben. Sie sagte schnurrend: »Laß mich, bitte. Mit irgendwas muß ich mich doch bedanken.« Abel fühlte sich noch durchaus als Herr der Lage. Innerlich machte er sich aber auf eine blitzschnelle Attacke gefaßt, Stella schien ihm unberechenbarer denn je. Er starrte auf ihre Hand zwischen seinen Beinen.

»Warum machst du die Männer an, wenn du eigentlich nichts von ihnen willst. Geld kann's ja wohl nicht sein, wie bei deiner Mutter?«

Langes Nachdenken. »Ich kann nicht anders. Ich will es eigentlich nie, aber dann reizt es mich. Meistens, wenn ich merke, daß der Typ einen Knacks hat. Der Carl sagt das immer, und ich glaub', er hat recht.«

»Bestrafst du damit deinen Vater, weil er wieder mit deiner Mutter etwas angefangen hat?« Abel versuchte noch einmal, Stellas Hand wegzuschieben, aber sie blieb hartnäckig. Und er wollte jetzt keinen Streit beginnen.

»Red keinen Stuß«, sagte Stella in nüchternem Ton, »so was behauptet ja noch nicht mal der Carl.«

Abel vertiefte das Thema nicht. »Es gibt doch bestimmt auch Männer, die darauf bestehen, daß du deine Versprechungen einhältst.«

»Versprechungen? Ich verspreche nichts.« Dann widersprach sie sich selbst: »Doch, ich verspreche viel, alles, das gehört zum Programm. Und so ist es auch passiert.« Stellas Hände glitten auf Abels Po. Sie zog ihn an sich und preßte ihren Kopf seitlich an seinen Schoß. Er fühlte sich dabei nicht gut.

»Als du den Mann getötet hast?«

»Ja. Silvester '92.« Abel dachte, sie wolle über Soilent reden, und fiel aus allen Wolken. Doch Stella bemerkte seine Überraschung nicht. Sie drückte ihren Kopf noch fester an seinen Körper, als sie sagte: »Es war vier Uhr morgens. Wir hatten in Baden-Baden eine Tour durch die Hotels und die Spielbank hinter uns. Wir waren ununterbrochen unterwegs. Er hatte in den letzten Nächten etwa 420.000 Mark verloren. Er war fertig. Er war bankrott. Ein wunderbarer Mann, ein Mann, wie ihn sich jedes Mädchen nur wünschen kann, einfühlsam und zärtlich, gebildet und stark.« Ein halbes Lächeln. »Was Frauen anbelangt, hat er einen Knacks gehabt. Die Eltern haben ihm immer eingeredet, er sei schwul. Vielleicht war er es auch. Er hat alles für mich ausgegeben, was er hatte. Ich war seine erste große Liebe. Ich hab' das genossen. Ich hab' ihm alles versprochen, aber vorher von ihm alles verlangt: daß er seinen Job hinwirft, daß er seine Mutter verläßt, und am Schluß, daß er den Rest von seinem Geld in der Silvesternacht setzt. 80.000 Mark. Er hat kein einziges Mal gewonnen. Sein Stapel Chips ist geschmolzen wie 'ne Wachskerze auf dem Ofen. Und er hat trotzdem weitergemacht, weil ich es so gewollt hab'.« Stella hatte sich wieder in Erregung geredet. »Weil *ich* es so gewollt hab', kapierst du das, Abel?«

»Okay. Und dann warst du dran.«

»Nein. Es wurde eine versuchte Vergewaltigung, weil ich nicht wollte. Ich war nackt. Wir haben schon öfter nackt in einem Bett gelegen. Und jedesmal hat er seine Pfoten bei sich behalten können. In dieser Nacht aber nicht. Er wollte. Ich nicht.«

»Wie hast du ihn getötet?«

»Ich habe ihm den Hals zugedrückt, bis er erstickt ist.« Stella hatte die Szene schon zu oft in ihrer Erinnerung durchlebt, sie schien innerlich unberührt davon.

»Und die Polizei hat keine Ermittlungen aufgenommen?«

»Nein.«

Abel traute den Ermittlern in der Provinz so ziemlich alles zu. Aber ein erstickter Mann nach ruinösem Spielbankbesuch nackt mit einer Frau in einem Hotelzimmer, da mußte man doch näher hinsehen, auch an Silvester ... »Ich hab' nichts sagen können. Ich hab' innerlich nur aus Eis bestanden. Und Carl hat dann rumfrisiert an der Sache, daß man mich nicht einbuchtet. Lebenslänglich in die Anstalt. Keiner weiß besser als ich, was das heißt.«

»Rumfrisiert?«

»Carl hat den Totenschein ausgestellt. Und das Hotel war froh.« Abel schaffte es endlich, sich aus der beengenden Umarmung zu lösen. Stella ließ sich nach hinten auf das Bett fallen und rollte sich zusammen wie eine frierende Katze. »Carl hat jetzt alle Beweise. Und er braucht nur so zu machen«, Stella schnippte mit den Fingern, »und die Bullen kommen. Und wenn er auspackt, dann ... Weißt du, wie alt ich bin, Abel? Siebenundzwanzig! Die werden alt bei uns in St. Vinzenz. Eine Schizo dort ist achtundachtzig. Überleg mal, ich werd' genauso alt. Einundsechzig Jahre in der Hölle lebendig begraben!«

»So schnell kommt man nicht in die Hölle, Stella«, sagte Abel. »Frau Tagwerker ist nicht der einzige Mensch in der Justiz, der sich nicht zum Werkzeug eines Psychiaters machen läßt.«

»Doch, das geht so schnell. Du weißt es bloß nicht, weil du Carl nicht kennst, Abel. Der hat die Menschen im Griff.«

Abel setzte sich auf sein Bett, hielt aber eine gewisse Distanz zu Stella: »Warum war Schubert überhaupt an Silvester in Baden-Baden?«

»Der?« Stella lachte auf. »Der steigt mir immer nach, wenn ich nicht in Seelenfrieden bin.«

Abel stutzte bei dem Begriff. »Als Arzt oder als Mann?«

Achselzucken.

Abel bohrte weiter: »Soilent ist ein ähnlicher Fall wie dein Silvesterfreund.«

»Ja.«

»Er ist dir auch zu nahe gekommen, weil er gedacht hat, du mußt was einlösen bei ihm?«

»Ja.«

»Deswegen habt ihr Zoff gehabt.« Sie reagierte zunächst nicht, deswegen setzte Abel nach. »Am Donnerstag und am Sonntag?«

»Ja. Und natürlich habe ich mich aufgeregt, weil er

mir nicht gesagt hat, daß ich frei bin.« Ein bitteres Lächeln. »Aber das hat ihm besser in den Kram gepaßt.«

»War Geld jemals ein Thema zwischen dir und Soilent?«

»Nein.«

»Also war es nur, weil er Sex wollte?«

Stella brüllte unbeherrscht: »Du weißt es doch, warum fragst du?«

»Dann hast du ihn totgeschlagen?« Abel konnte genauso brüllen.

Stella brüllte zurück: »Nein!«

»Hablik?«

»Auch nicht.«

Mitten in die Brüllerei hinein bellte Paul Schmitz hysterisch los. Abel wirbelte herum und war mit ein paar Schritten in der Küche, woher der Lärm kam. Noch bevor er sie betreten hatte, hörte er seinen Hund vor Schmerz aufschreien und dann winseln. Dann sah er sich Schubert und seiner Oberärztin gegenüber. Die Frau im schwarzen Modellkleid kniete mit verrutschtem Rock am Boden und knebelte den Hund. Der Psychiater hielt eine Pistole in der Hand. Schußbereit.

Schubert sagte: »Wir gehen jetzt. Und zwar alle.« Die Windgassen schob den Hund weg. Der Psychiater zog plötzlich die linke Hand aus der Manteltasche und hielt dem Anwalt etwas vors Gesicht, dann war alles dunkel um ihn herum.

Jeder Handgriff saß. Der Chef und seine Assistentin bereiteten die lange geplante heimliche Operation an Stellas Gehirn vor. Es war kurz nach zwei Uhr morgens. Die beiden wuschen sich die Hände, alle Maschinen liefen. Die Geräusche der Elektromotoren wirkten beruhigend. Der OP war steril. Die Lampen brannten. Und um diese Zeit würde niemand die Lichter bemerken, denn die Fenster gingen zur Seeseite. Im OP-Trakt gab es keine Nachtdienste, die stören würden.

Stella lag auf einem Schragen. Nackt und ohne Schmuck. Die Moltondecke unter ihr war geheizt. Sie war intubiert, ihre Atmung war tief und regelmäßig. Alle Werte lagen im Normbereich. Die Temperatur im Vorbereitungsraum war angenehm. Die Oberärztin hatte dem Mädchen den Schädel halb rasiert. Die Stelle, wo das Laserskalpell ansetzen mußte, war mit Filzstift auf der geröteten Haut markiert. Im Nebenraum, hinter großen Schwingtüren, hörte man einen Menschen würgen und röcheln.

»Und der da draußen?«

»Um den kümmern wir uns später.«

Draußen war Abel. Sie hielten ihn für noch betäubt, weil Frau Windgassen ihm im Wagen eine weitere Dosis verabreicht hatte. Der Anwalt lag, ebenfalls nackt, festgezurrt auf einem anderen Schragen im zweiten Vorbereitungsraum und schlug sich mit einem nicht endenwollenden Alptraum herum. Zeitweise tauchte er auf, und ihm wurden dröhnende Kopfschmerzen und ein giftiges Brennen in der Kehle bewußt, bevor er wieder zurück in den Traum kippte. Erstickungsgefühle rissen ihn wieder aus der Betäubung. Aber er war so fest mit breiten Nylonbändern angebunden, daß er fast keine Möglichkeit hatte, sich zu bewegen.

Jetzt war er für Sekunden da. Er schrie. Obwohl es wie Feuer brannte, schrie er.

Schubert erschien in Abels Gesichtskreis. Er trug schon seine grüne OP-Kleidung, aber noch nicht den Kittel. Er sagte: »Hier hört Sie keiner. Halten Sie den Mund.«

Abel hielt den Mund, aber nicht, weil ihm das Schubert befohlen hatte, sondern weil er die Schmerzen im Hals nicht mehr aushielt.

»Gut«, sagte der Arzt. »Wie geht's?«

»Schmerzen.« Abel hustete.

»Das geht wieder weg. Versuchen Sie zu schlafen.«

»Stella?«

»Versuchen Sie zu schlafen.«

Der Arzt beobachtete ihn kurz und ging. Eine Pendeltür wippte. Abel war nun bei sich, schlug die Augen wieder auf und begann sich zu orientieren. Er befand sich in einem gekachelten, neonerhellten Raum. Es war warm, weil er leicht zugedeckt war. Von nebenan hörte er gedämpft die Stimmen von Schubert und Katja Windgassen. Abel konnte zumindest Bruchstücke verstehen.

»Es darf nichts schiefgehen«, sagte die Oberärztin zu Schubert. »Sie ist trotz allem mein einziges Kind.«

»Sentimental?«

Keine Antwort.

»Sentimental? Nach dem, was sie uns angetan hat?«

»Nein«, Katja Windgassen unterbrach ihre Vorbereitungen. »Ich will nur, daß sie nach der Operation kein lebendes Nichts ist. Sie ist doch noch so jung.«

»Verlaß dich drauf: Wenn alles so läuft, wie ich es sage, dann hat deine Tochter noch viel Spaß am Leben. Aber sie ist nicht mehr gefährlich für uns.«

»Und wenn es nicht so läuft?«

Schubert schüttelte nur den Kopf.

Mein Kind? Meine Tochter? *Hier* war also die verschollene Mutter von Stella untergetaucht, amtierte als Bewacherin des Mädchens und als Ärztin in einer leitenden Position! Wer dachte schon, daß eine angeblich Verschollene unbehelligt als Ärztin weiterlebte? Hatte sie studiert? Abel wußte zu wenig über diese Frau. Warum, verdammt noch mal, hat Stella nie mehr erzählt? Mit einem Schlag war Abel klar, wie die Dinge zusammenhängen mußten.

Die OP-Vorbereitungen schritten fort. Ein Überwachungsgerät nahm summend seine Arbeit auf. Zusätzliches Licht gleißte.

Abel zerrte an seinen Fesseln. Er war sehr schwach. Die Nylonbänder gaben kaum nach. Er holte Luft, schloß die Augen und rief: »Frau Telago, kommen Sie mal her.« Dann hustete er sich fast die Lunge heraus. Im Nebenraum herrschte Schweigen. Schubert und seine Oberärztin blickten sich an. Katja wollte sich umdrehen und hinausgehen.

»Ich denke, der ist wieder bewußtlos?« sagte sie.

Schubert riß sie am Arm zurück.

»Das ist doch egal, bleib hier, um den kümmern wir uns später.«

»Du redest und redest. Wir sind noch nicht einmal bei ihr soweit. Wo willst du da für den die Zeit hernehmen?«

»Bei ihm geht's schnell. Er ist ja schon soweit vorbereitet.« Schubert deutete mit dem Daumen über den Rücken. »Seine Haare lassen wir dran. Er ist ein kräftiger Junge, da braucht man nicht so steril zu arbeiten. Wir lasern ihn kursorisch. Und morgen früh findet ihn jemand in Stuttgart in seinem verwilderten Garten.«

»Und wenn sie eine EEG bei ihm machen?«

Schubert lachte auf. »Die könnten dreißig EEGs machen. Sie werden nur die Blutung in seinem Hirn sehen und ihn auf Hirnschlag behandeln. So wie ich es mache, kann er noch lange leben. Aber er wird – anders als Laura – nie mehr seinen Kopf gebrauchen können.«

Abel verstand jedes Wort. Er sammelte seine letzte Kraft und rief krächzend: »Machen Sie keinen Fehler. Reden Sie mit mir.«

Blickwechsel zwischen den Operateuren. Schubert grinste. »Er versucht es. Das würde ich auch.«

Katja war unsicher geworden.

Sie ging zu Abel hinüber. Ihr Kopf erschien in seinem Gesichtskreis. »Das haben Sie sich selbst zuzuschreiben. Wir haben keine andere Wahl mit Ihnen.«

Er schloß die Augen. Jetzt nur nichts Falsches sagen! »Doch, haben Sie«, würgte Abel hervor.

Schubert trat dazu. »Es erfüllt mich mit einer gewissen Befriedigung, Ihnen als einem Juristen sagen zu können, daß wir schlimmstenfalls fünf Jahre Gefängnis riskieren für das, was wir hier tun.« Das war zutreffend. Nach deutschem Recht kann jemand, der einen anderen vorsätzlich selbst in schwerste Geisteskrankheit versetzt, nicht mit mehr als fünf Jahren Haft bestraft werden. »Demgegenüber sind die Vorteile der ...«, Schubert dehnte das nächste Wort, »Behandlung unübersehbar. Sie sind mit einemmal abgeschaltet, von Ihnen wird keine Gefahr mehr ausgehen. Und die anderen ...« Schubert lächelte überlegen, als wollte er damit sagen, daß er sonst keine Widersacher mehr habe. Alles im Griff. »Das Risiko, daß ein Kollege morgen, wenn man Sie gefunden haben wird, etwas anderes als einen Hirnschlag diagnostiziert, ist äußerst gering. – Haben Sie in den letzten Monaten schon einmal Ihren Blutdruck messen lassen, die Werte bestimmen lassen? Soll ich Ihnen die Risikofaktoren eines Fünfzigjährigen aufzählen?«

Katja Telago lächelte, so mochte sie Carl Schubert, so imponierte er ihr. »Genießen Sie lieber die paar Momente Klarheit, die Ihnen noch bleiben«, sagte sie zynisch. »Statt sich hier kindisch aufzuführen.« Die beiden wendeten sich zum Gehen.

»Sie haben eine andere Wahl«, krächzte Abel. »Sie können bleiben lassen, was Sie vorhaben.« Er quälte heraus: »Der freiwillige Rücktritt von einem versuchten Verbrechen ist straflos.«

Dieser Versuch einer Rechtsberatung belustigte die

beiden. »Man wird uns auch nicht einsperren, wenn wir tun, was wir vorhaben.«

»Doch, denn da kommt mehr als nur *eine* schwere Körperverletzung zusammen. *Zwei* Fälle. Stella und ich.«

Katja beugte sich mit einem kalten Lächeln zu ihm hinunter. »War etwas zwischen Ihnen beiden? Hat sie endlich ihren Meister gefunden?«

»Sie haben schon genug auf dem Kerbholz, machen Sie es doch nicht noch schlimmer.« Abel zählte auf, was ihm an Gesetzestatbeständen einfiel. »Jahrelange schwere Freiheitsberaubung an Stella. Und vielleicht noch ein paar andere Fälle. Fortgesetzte Körperverletzung durch die Medikamente. Auch in anderen Fällen? Nötigung.« Die beiden sahen sich kurz an. Katja zuckte lächelnd mit den Schultern.

Abels Hals und Bronchien brannten. »Veruntreuung von über vierzehn Millionen. Das allein gibt schon sechs bis sieben Jahre.«

Katja Telago rief Schubert zu: »Woher weiß er das? Ich denke, du hast die Akten geholt?« Schubert ließ sich nicht aus der Fassung bringen. »Vermutungen. Die Beweise habe ich. Und sein Geschwätz wird zukünftig keiner mehr verstehen können. Los jetzt!« Die beiden verließen endgültig den Vorbereitungsraum, um sich der Operation an Stella zu widmen.

Abel zerfetzte es beinahe die Lungen, doch er rief noch einmal voller Verzweiflung, daß er den beiden goldene Brücken bauen wolle.

Keine Antwort.

Aus den Geräuschen im Nebenraum entnahm er, daß Stella nun in den OP geschoben wurde. Die Tür schloß sich. Eine synthetische Ruhe breitete sich aus, die Abels Angst zur Panik steigerte. Er zerrte an seinen Fesseln, doch die gaben nicht nach. Er wußte, daß alles bald keinen Sinn mehr haben würde. Um so mehr kämpfte er.

Da, endlich ein Fußriemen schien nun doch lockerer. Mehr Bewegungsfreiheit als am anderen Bein. Er riß rhythmisch an den Bändern. Der Moltontuch, das ihn abdeckte, rutschte dabei zu Boden. Schweiß bedeckte seinen ganzen Körper. Und es mochte der Schweiß gewesen sein, der die Haut eine Winzigkeit gleitfähiger machte. Abel bekam wenigstens sein rechtes Bein aus der Schlinge. Er riß den Kopf hoch, schaute sich um, sah eine Chance: Er trat gegen die Wand neben sich. Weil die Räder des Schragens nicht fixiert waren, rollte er hinüber an die andere Wand, wo er heftig an einen Glasschrank stieß, in dem Instrumente klapperten und Scheiben zerbrachen.

Niemand kam. Wieder diese synthetische Ruhe. Abel zerrte an seinen Fesseln, warf sich herum. Mit dem rechten Fuß fand er zunächst keinen Halt. Doch dann drehte sich der Schragen. Langsam. Abel hatte nun wieder die Wand in Reichweite. Er streckte sich. In seinem Kopf pochten Schmerzen. Vielleicht konnte er sich so abstoßen, daß der Schragen durch die Pendeltür rollte, dann wäre er schon im zweiten Vorraum des OP. Er federte mit aller Kraft weg. Ein Stich fuhr ihm durchs Hirn.

Die Richtung stimmte. Abel hatte den Kopf schief gelegt und starrte nach hinten. Krachend verklemmte sich der Schragen in der Flügeltür. Endlich zerrte Abel seinen linkes Bein frei. Warum, verdammt noch mal, kam er nicht aus den Armfesseln? Dann hätte er sich vollends befreien können. In seinem Schädel wummerte das Blut. Die Schmerzen in Hals und Kopf steigerten sich. Abel zog die Beine an, setzte seine nackten Sohlen auf einen Türflügel. Noch einmal stieß er sich ab, dann kreiselte der Schragen im zweiten Vorbereitungsraum des OP und knallte an die Wand.

Abel konnte von dieser Position aus durch das Fenster in den OP sehen. Die beiden grünen Gestalten waren gebeugt. Die Lampe brannte. Einer der zwei Operateure justierte an einem kompliziert aussehenden Gerät, das schräg zwischen den beiden montiert war. Abel stieß sich noch einmal ab.

Der Schragen raste mit der Kopfseite in eine Ablage steriler OP-Kittel und verhedderte sich dort.

Seine Füße strampelten nun ins Leere. Endstation. Seine Arme waren wie einbetoniert. Nichts lief mehr. Er erbrach sich vor Anstrengung, Wut und Angst.

Seine Brust hob und senkte sich hechelnd. Er starrte hinauf in das gleißende Strahlen einer Lampe.

Schritte? Waren das Schritte? Abel hob den Kopf. Oder Halluzinationen, verursacht durch den Streß und das Betäubungsmittel, das sie ihm gegeben hatten? Nein, da waren Schritte zu hören. Die zwei Pfleger oder eine Nachtwache? Komplizen? Oder Hoffnung?

Abel versuchte, auf sich aufmerksam zu machen. Aber seine Stimme war endgültig weg. Kaum noch ein Krächzen brachten seine Stimmbänder zustande. Schritte im anderen Vorraum. Jemand klopfte. Die Tür zum Vorbereitungsraum wurde einen Spalt geöffnet. Eine Männerstimme sagte vorsichtig: »Hallo?«

Abel versuchte, einen Laut von sich zu geben. Vergebens. Im OP hatte man nichts mitbekommen.

»Niemand da«, stellte der Mann an der Tür fest. »Hallo?«

Der Mann trat vorsichtig näher. Also eine fremde Person. Komplizen oder Klinikpersonal würden sich im Vorraum eines OP nicht so unsicher verhalten. Abel trommelte mit den Fersen auf den Schragen, um wenigstens so die Aufmerksamkeit auf sich zu ziehen.

»Eine Operation. Bestimmt ein Notfall. Da kann man nicht rein.«

Abel wollte schreien. Kein Laut.

Jane sagte: »Aber da hat vorhin jemand geschrien, ich bin ganz sicher. Hören Sie mal, irgendwas trappelt da so komisch. Das ist doch nicht normal.«

»Ich weiß nicht«, sagte eine Männerstimme zaudernd. »Das ist sicher steril, da darf man nicht rein.«

»Sind Sie von der Polizei oder von der Heilsarmee?« Jane stieß die Flügeltür zu dem Vorbereitungsraum auf. Abel lag vor ihr.

Dienstag, 20. August 1996

Es war der größte Rosenstrauß, den Abel je verschenkt hatte. Und es war der größte Blumenstrauß, den Jane je bekommen hatte. Einhundert feuerrote Rosen. Jane war ganz platt und sank Abel so spontan in den Arm, daß der beinahe das Gleichgewicht verloren hätte.

»Oh, Babyjane.« Abel war vollkommen heiser.

Jane gab Abel einen Kuß auf den Mund. Keinen richtigen Kuß, denn so einen hatte Abel nur in jener Nacht bekommen, als sie wieder bei ihm angeheuert hatte. Das war lange her. Es wurde dennoch ein langer und ziemlich tiefer Kuß daraus. Und plötzlich war Jane glücklich, daß sie sich endlich, nach all den Jahren, wieder einmal richtig in den Armen lagen. Sie strahlte, Abel strahlte.

»Warum bist du gekommen?« krächzte Jean Abel.

Jane strahlte immer noch. »Eifersucht.«

»Oh, Babyjane.«

»Ich kann ganz gut mit deinen Weibergeschichten leben, solange sie sich nicht im Büro abspielen.«

»Aber ich *lebe* doch dort!«

»Als Stella sich bei dir eingenistet hat, bin ich unruhig geworden. Und als ich merkte, wie du sie angesehen hast, wurde Eifersucht draus.« Jane legte ihren Kopf an Abels Schulter. »Man sieht dir an, wenn was mit dir nicht stimmt.«

»Wie?«

»Wenn du nicht mehr Babyjane zu mir sagst.«

»Mann, bin ich so leicht zu durchschauen?« Abel drückte sie noch fester an sich.

»Ich kann die Männer nicht verstehen, die auf diese Frau reinfallen.«

»Aber warum bist du nach Seelenfrieden gekommen – und gleich mit der Polizei?«

Es dauerte eine gewisse Zeit, bis Jane antwortete, weil sie Abel noch mal küssen mußte. »Ich habe euch gestern abend vom Garten aus beobachtet. Heute schäme ich mich dafür, aber ich konnte nicht anders.«

»Oha«, krächzte Abel und dachte daran, wie knapp er mit Janes Hilfe daran vorbeigeschrammt war, heute morgen in einer Intensivstation für Hirnschlagpatienten zu liegen, obgleich er es haßte, wenn man ihm nachspionierte. Aber er sagte jetzt lieber nichts.

»Warum haben die so lange gewartet, bis sie uns überfallen haben?«

»Ich kannte den Schubert ja nicht. Als ich kam, habe ich bemerkt, daß ein Mann in einem Mercedes vor dem Haus saß. Er hatte anscheinend gewartet, bis Stellas Mutter kam – denn auf einmal waren sie zu zweit hinter dem Haus. Wie brutal die zu Schmitz waren, kannst du dir nicht vorstellen! Stella und dich haben sie mit einer Art Spray betäubt und vorne rausgebracht. Das ging ruckzuck. Bis ich im Büro und am Telefon war, fuhr der Mercedes schon weg.«

»Und die Polizei?«

»In Stuttgart? Die hatten gerade die Abfahrt von einem Empfang des Ministerpräsidenten zu bewachen und außerdem drei Einbrüche. Außerdem wollten sie erst mal kommen und sich ansehen, was genau passiert ist; da ist mir der Kragen geplatzt.«

»Bist du unhöflich geworden?

»Ja.« Jane war stolz darauf, daß sie sich nicht alles bieten ließ. »Also, da bin ich lieber gleich selber nach Seelenfrieden gefahren. Aber ich kann dir sagen, es war eine Heidenarbeit, die beiden Dorfpolizisten dazu zu bewegen, daß sie mit in die Klinik kommen. Seelenfrieden ist dort so was wie der heilige Berg.«

Am selben Morgen stellte Abel noch sicher, daß seiner Mandantin in Konstanz im Krankenhaus die beste nur mögliche Behandlung zuteil werden würde. Sie war unfachmännisch aus der Narkose gerissen worden. Es hatte kleinere Komplikationen gegeben, doch die Klinik hatten die Sache im Griff. Abel hatte kurz mit dem Chefarzt telefoniert.

Katja Telago, alias Windgassen, und ihr Liebhaber Carl Schubert wurden in Untersuchungshaft genommen. Sie schwieg. Er legte ein umfangreiches Geständnis ab und ließ durch seinen Anwalt erklären, er verzichte mit sofortiger Wirkung auf seine Zulassung als Kassenarzt und auf seine Approbation. Damit kam er Sofortmaßnahmen der Ärztekammer und der Kassenärztlichen Vereinigung zuvor, hoffte aber, seinen akademischen Titel behalten zu können. Sein großer Aufwasch sollte sich ja nicht nur im Strafmaß niederschlagen, wie sein Verteidiger, ein gewisser Rechtsanwalt Meyer aus München-Bogenhausen, gegenüber der Presse verlautbarte. Katja Telago hatte sich eine Verteidigerin genommen und ihr erklärt, sie kämpfe um ihre Freiheit und ihre Approbation, die sie nach Stellas Geburt mühsam erworben hatte. Und sie kämpfe ums Geld. Das wäre ja noch schöner, wenn die Lügengeschichten einer offenbar Geisteskranken und ihres Winkeladvokats Bestand haben sollten.

Freitag, 23. August 1996

Ein paar Tage später erschien Stella unangemeldet in der Abelschen Kanzlei. Sie hatte ihre restlichen Haare abrasiert und trug die Glatze mit herausforderndem Stolz. Nur Jane war da, weil Abel einen Gerichtstermin hatte, den er beim Billard verlängerte.

Die beiden Frauen gingen kühl miteinander um. Stella bedankte sich mit einem sündteuren Schal und einer dazu passenden Brosche aus echten Juwelen für die Lebensrettung. Jane gab sich hocherfreut, hat aber beides bis heute nicht getragen, obwohl es mit viel Geschmack ausgesucht worden war. Stella bat, die Kanzlei möge alles für sie regeln, und erteilte noch umfangreichere Vollmachten, auch für die Nachforschung wegen des Verbleibs ihres restlichen Vermögens und zur Regelung des Nachlasses von Dieter Soilent. Jane bat um einen Scheck für den Vorschuß. Kein Problem.

»Wollen Sie auf Herrn Abel warten?«

»Es ist besser, wenn ich gehe«, sagte Stella mit einem halben Lächeln.

Dienstag, 10. September 1996

Erst bei Stellas Vernehmung durch einen Richter bei dem Landgericht Konstanz sah Abel seine Mandantin wieder. Sie hatten aber täglich telefoniert. Das Verhör wurde eine ziemlich anstrengende Prozedur. Während der kurzen Mittagspause gingen sie in ein kleines Restaurant und vermieden es, miteinander zu flirten. Abel, weil er an Babyjane dachte, Stella, weil sie endgültig ein neues Leben beginnen wollte.

Die Ermittlungen ergaben folgendes Bild:

Stella war offenbar tatsächlich nach dem Tod ihres Vaters schwer depressiv geworden. Die Behandlung durch Schubert zeigte gewisse Erfolge. Er mußte sich anfangs für das junge Mädchen sehr eingesetzt haben. Doch es gab Probleme.

Der Arzt gestand, daß er damals durch Renovierungsüberhänge in der Klinik und viel zu viel Personal erhebliche Schulden aufgehäuft hatte. Weil er nicht genügend Sicherheiten besaß, entzogen ihm die Banken eines Tages die Kredite. Da bat er Soilent, mit Stellas Vermögen einzuspringen. Wie Abel inzwischen mit Kramers Hilfe feststellen konnte, hatte der Steuerberater einen ausgefuchsten und für seine Schutzbefohlene günstigen Darlehensvertrag mit Schubert abgeschlossen, nach dem dessen gesamter Besitz, einschließlich eines kleinen Patents, zur Sicherheit übereignet wurde.

Schubert unterschrieb zögernd, wie er aussagte, wurde bald danach von Bedenken geplagt und wollte den Vertrag wieder rückgängig machen, um die Klinik zu verkaufen. Soilent bestand auf Einhaltung des Vertrages. Kündigung war erst nach zehn Jahren möglich.

Schubert suchte Verbündete, weil Soilent sich stur stellte. Der Steuerberater indes war überzeugt, mit der Geldspritze und viel Energie könne man die Klinik auf Vordermann und wieder in die Gewinnzone bringen. Schubert traf sich weiter mit Katja Telago. Er war der Liebhaber gewesen, den Stella in jener Sommernacht am See mit ihrer Mutter belauscht hatte. Katja lebte in Düsseldorf in einer zerbrechenden Beziehung mit einem Theaterdramaturgen und arbeitete an einer der Unikliniken. Schubert frischte das alte Verhältnis auf. Man besprach sich. Schubert reiste öfter nach Düsseldorf. Und wenn das Gericht Carl Schubert glaubte, dann war es ausschließlich Katja, die den Plan entwarf, daß man ihre Tochter nur in Seelenfrieden internieren müsse, um frei mit dem hinterlassenen Geld des Ernest Telago schalten und walten zu können. Frau Telago habe einen tiefen Haß auf ihre Tochter empfunden, die sie damals verjagt und damit um die Hälfte des Erbteils gebracht hatte.

Schubert räumte ein, daß die Vorstellung, endlich ohne finanzielle Sorgen mit einer durchaus attraktiven Frau am Bodensee zusammenleben zu können, ihn sehr gereizt hatte. Und Stella war wirklich krank. Vom medizinischen Standpunkt, so behauptete der ehemalige Psychiater jedenfalls in seiner Vernehmung, war eine Langzeittherapie in der idyllischen Klinik zum Besten von Stella.

Der Aufbruch in ein Leben ohne ihren geliebten Vater, den Stella einen Amoklauf nannte, war nichts als eine Flucht vor der Mutter gewesen, die plötzlich nach einem längeren Aufenthalt in Mexiko als Assistenzärztin und Therapeutin in der Klinik auftauchte und ihr Kind quälte. Der letzte dieser Amokläufe endete in Baden-Baden in der Silvesternacht 1992 mit dem Tod eines gewissen Hans-Peter Bräutigam, lediger Vertriebsconsultant aus Kehl am Rhein. Daß Stella den Tod nicht herbeigeführt haben konnte, bestätigte eindeutig ein Obduktionsbefund vom 3. Januar 1993. Der Mann war infolge eines Herzinfarkts verschieden. Die Quetschungen im Halsbereich erwähnt der Bericht nur unter »sonstigen Verletzungen«, neben Prellungen an Becken und Knie.

»Wir haben Stella gesucht und waren deswegen in Baden-Baden, als es passierte. Ich konnte mich sofort um die Patientin kümmern. Katja Telago beschloß, der Patientin vorzuspiegeln, sie habe den Bräutigam getötet, um sie damit noch besser in die Hand zu bekommen«, gab Schubert zu Protokoll. »Ich war dagegen. In der Folgezeit hat Frau Telago der Patientin, die ja in der Klinik in ihrem Bereich untergebracht war, mit fast hypnotischer Kraft immer und immer wieder suggeriert, daß sie lebenslang in Verwahrung komme, wenn Polizei oder Staatsanwaltschaft von dem angeblichen Mord an Silvester erfahren. Ich war damit nicht einverstanden, gebe aber zu, daß ich mich an der Vertuschung beteiligt habe, um meine Position nicht zu gefährden. Nach dem Vorfall gelang es, die Patientin gerichtlich bei uns einweisen zu lassen.«

Stella machte während der nächsten Jahre keinen Ärger mehr. Daß das mit jenen Medikamenten zusammenhing, die Abel und die Polizei bei ihr gefunden hatten, war von der Rechtsmedizin in Stuttgart in einem kurzen Vorabgutachten als »höchst wahrscheinlich« bezeichnet worden. Stella bestätigte, stets Pillen dieser Art bekommen zu haben. Schubert dagegen bestritt, der Patientin jemals einen Medikamentenmix verabreicht zu haben, der geeignet wäre, Symptome von Schizophrenie zu erzeugen. Seine Medikamentierung sei harmlos gewesen. Er bot dafür Beweise an.

Um glaubhaft zu machen, daß er im Grunde immer auf der Seite seiner Patientin stand, hatte der Arzt sogar eingeräumt, sich in den letzten Jahren der jungen und hübschen Patientin innerlich stark genähert zu haben. Stella bestätigte aber, daß der Arzt nicht zudringlich geworden war. Bei Dieter Soilent war das etwas anderes. Nach den übereinstimmenden Aussagen von Schubert und Stella hatte Soilent schon sehr früh versucht, seine Befugnisse als Testamentsvollstrecker auszunutzen, um die attraktive, aber seelisch kranke Patientin für sich zu gewinnen. Weil Stella aber kein Verhältnis zu Geld hatte, es entweder hinauswarf oder von anderen forderte, konnte er ihr nicht imponieren. Doch seine beständigen Besuche, seine Geduld und seine rücksichtsvolle Art gegenüber der Patientin nahmen Stella für ihn ein, ohne daß sie ihn deswegen liebte. Seine tiefe Zuneigung zu ihr war, so die Aussage von Schubert, Anlaß, daß Katja Telago Soilent unter Druck setzte, die juristischen Fesseln des Darlehensvertrages zu lockern, was auch geschah und in den beschlagnahmten Akten nachzuvollziehen war.

Schleichend wurde so der ansonsten äußerst korrekte Steuerberater zum Komplizen.

Stella wäre noch immer in Seelenfrieden, gequält von Gewissensbissen und Angst um das bißchen Freiheit, das man ihr innerhalb der Mauern des Barockanwesens am See gelassen hatte, wenn die Familienrichterin Tagwerker nicht nachgebohrt und Soilent nicht eine Chance gesehen hätte, seine geliebte Stella behutsam aus den Händen von Schubert und ihrer Mutter zu lösen. Soilent spielte der Richterin vorsichtig in die Hände. Er hatte sich immer heftiger in sein Mündel verliebt, die zu einer jungen, reizvollen Frau gereift war. Und er wollte nicht länger warten. Immerhin hatte er ja auch Schubert in der Hand, allerdings um den Preis, selbst seine Existenz zu verlieren. In einem fortwährenden Balanceakt setzte er sich durch. Die Betreuung wurde auf seine Anregung hin aufgehoben, und er bekam von Frau

Telago und Schubert eine Chance, Stella in sein Leben einzubinden. Voraussetzung allerdings war, so Schubert, daß das Vermögen in Seelenfrieden blieb.

Schubert hatte vor kurzem eine Minderheitsbeteiligung an einen Klinikkonzern verkauft. Seelenfrieden florierte und machte schöne Gewinne. Mit seiner Oberärztin und heimlichen Geliebten lebte er auf großem Fuß. Das wollte keiner gefährden. Auch nicht um den Preis von Stellas Freiheit. Schubert wiederholte auch bei seiner Einlassung vor dem Ermittlungsrichter immer wieder: »Stella ist ein böses Kind.« Es sei nicht gut, ihr die Freiheit zu schenken.

Dann kam an jenem Donnerstagabend, als Soilent sich nach einem schönen Abendessen Stella sexuell nähern wollte, die Katastrophe. Sie wehrte sich heftig, wie sie aussagte. Soilent schlug sie nieder, verließ verwirrt sein Haus. Und Stella floh und traf auf Hablik.

Die Staatsanwaltschaft Stuttgart bat in Konstanz nach Aktenlage um informelle Amtshilfe, was den Fall Hablik anging, obwohl der Richter inzwischen verstorben war. Man wollte trotzdem Licht ins Dunkel bringen. Immerhin war da ein Angehöriger der Justiz unter mutmaßlich falschen Beschuldigungen zusammengebrochen und hatte Selbstmord begangen. Zu dem Komplex lag eine gesonderte Aussage der Zeugin Laura Telago vom 10.9.1996 vor:

»Belehrt über mein Recht, die Aussage zu verweigern, wenn ich mich strafbar machen könnte, mache ich die folgenden Angaben, die inhaltlich richtig protokolliert, mir vorgelesen und von mir genehmigt wurden:

Nachdem ich mit Herrn Soilent dessen Haus betreten hatte, traf ich auf meine Mutter, die mir wegen meines Verhaltens, insbesondere meiner Auseinandersetzung mit Soilent und meiner Flucht zu Hablik, erhebliche Vorhaltungen machte.

Die Vernehmung wurde unterbrochen, und die Zeugin wurde von dem vernehmenden Staatsanwalt belehrt, daß sie in bezug auf ihre Mutter ein Zeugnisverweigerungsrecht besitze. Die Zeugin erklärte nach Belehrung: Ich sage aus.

Fortsetzung der Vernehmung: *Ich meinte damals, daß ich wegen meines angeblichen Verbrechens in der Silvesternacht jederzeit riskierte, lebenslänglich eingesperrt zu werden. Deswegen war ich kleinlaut. Die gerade gewonnene Freiheit bedeutete mir sehr viel. Ich hatte Angst. Soilent stellte sich auf meine Seite und gegen meine Mutter. Er nahm mich in Schutz, trotz allem, was passiert war, weil er mich liebte. Gleichzeitig machte er mir Vorwürfe, weil ich geflohen war. Da ging meine Mutter mit der Drohung, nun mit Professor Schubert über eine Anzeige gegen mich sprechen zu müssen, zum Telefon in den ersten Stock, weil man im Erdgeschoß alles mithören kann. Soilent erklärte mir sodann, daß ich nicht mehr entmündigt sei, worauf ich sehr erleichtert, aber auch sehr wütend war. Während dieser Auseinandersetzung, die teilweise auf der Terrasse vonstatten ging, griff ich ihn im Jähzorn tätlich an und verletzte ihn kurz darauf schwer an der Schlagader. Ich räume das ein, weil ich glaube, daß ich infolge der Medikamente extremen Stimmungsschwankungen unterworfen war. Seit ich die Medikamente abgesetzt habe, haben diese Zustände nachgelassen. Völlig überraschend tauchte plötzlich mein Bekannter Hablik auf und bedrohte Soilent, da mich dieser mit den Füßen trat, als ich am Boden lag. Hablik wollte auf Soilent schießen, aber die Pistole funktionierte nicht. Daraufhin ließ er die Waffe fallen, und Soilent jagte ihn hinaus.*

Meine Mutter war, durch den Lärm angelockt, heruntergekommen. Sie sah, wie sich Soilent über mich beugte und sich entschuldigte. Meine Mutter hob die Pi-

stole auf und ging zu Soilent, der an der Hand stark blutete und offenbar heftige Schmerzen hatte. Da schrie Soilent meine Mutter an, daß er das Spiel nicht mehr mitmachen würde und daß er jetzt endlich zur Polizei gehen und auspacken werde. Er halte das nicht mehr aus. Daraufhin hat meine Mutter Soilent die Pistole an den Kopf geschlagen, so daß dieser sofort zusammengebrochen ist.

Auf Vorhalt: *Meine Mutter hatte die Pistole unter Zuhilfenahme eines Schals aufgehoben, ich nehme an, um keine Spuren zu verwischen, denn sie drohte Soilent, ihn anzuzeigen wegen unerlaubten Waffenbesitzes und weil er mich mit der Waffe geschlagen hatte. Und sie hat wohl auch mit dem Schal die Waffe angefaßt, als sie zuschlug. Genau kann ich mich daran aber nicht mehr erinnern. Jedenfalls glaube ich nicht, daß meine Mutter den Mann töten wollte. Es war ihr Jähzorn.*

Fortsetzung der Aussage: *Meine Mutter hat mich dann, als Soilent auf dem Boden lag, noch einmal wütend wegen des Silvestermordes bedroht und gezwungen, dem Hablik die Sache in die Schuhe zu schieben. Ich habe immer geglaubt, völlig vom Wohlwollen meiner Mutter abhängig zu sein. Ich war sicher, daß ein Wort von ihr oder Schubert mir die Freiheit für immer rauben würde und ich bis zu meinem Tod in einer Klinik vor mich hinvegetieren müßte. Sie hat die Drohung eindringlich wiederholt, bevor sie wieder nach oben gegangen ist, rechtzeitig bevor der Polizist eintraf, der sich später erbrochen hat. Ich war wie paralysiert von den Vorgängen und habe mich in mein Schlafzimmer zurückgezogen, wo ich aufgefunden wurde.*

Später wurde ich von Schubert verfolgt und gezwungen, wieder nach Seelenfrieden zurückzukehren. Dort wurde ich ruhiggestellt und auf der Station St. Vinzenz heimlich interniert, wie immer, wenn ich Schwierigkeiten gemacht habe.

Auf Frage: *Die Sache mit der Hirnoperation war gelegentlich mir gegenüber erwähnt worden. Es hieß, daß man aus dem Hirn schmerzlos eine bestimmte Stelle herauslasern könne, wonach es mir psychisch wieder besser gehen würde. Ich habe mich aber immer mit Händen und Füßen dagegen gewehrt, weil ich Angst hatte.*

Auf weitere Frage: *Ich habe mich in der Klinik jahrelang seelisch sehr schlecht gefühlt, unter Depressionen gelitten und auch gelegentlich Stimmen von Personen gehört, die nicht anwesend waren. Heute führe ich das auf die Medikamente zurück, von denen mir mein Anwalt Abel gesagt hat, daß sie Schizophrenie und Depressionen erzeugen und irgendwie mit LSD zusammenhängen.*

Abschluß der Vernehmung: *Ich möchte zu Protokoll geben, daß ich wegen der von Schubert und meiner Mutter erzwungenen, wissentlich falschen Beschuldigung des Hablik vor dem Landgericht ein sehr schlechtes Gewissen hatte. Auf dem Weg zur Vernehmung beim Haftrichter habe ich meinen Anwalt gebeten, mich zu entschuldigen, damit ich nicht aussagen muß. Aber in Seelenfrieden, wohin ich aus der Stuttgarter Disco verbracht worden bin, wurde ich nachhaltig gezwungen, gegen Hablik auszusagen. Schubert und meine Mutter haben mir erklärt, ich müsse auf alle Fälle vermeiden, selbst in dem Verfahren wegen Soilent in Verdacht zu geraten, weil dann möglicherweise die alte Sache mit dem Silvestermord wieder ausgegraben werden würde. Im Falle eines Verfahrens würden automatisch alle alten Akten hinzugezogen und gepüft. Und die Sache sei noch lange nicht verjährt.*

Meine Aussage vor dem Landgericht habe ich mit

sehr schlechtem Gewissen gemacht. Ich habe mir dabei fest vorgenommen, die Sache sobald wie möglich klarzustellen. Deswegen sage ich auch heute alles rückhaltlos aus. Daß ein Ermittlungsverfahren gegen mich wegen Falschaussage förmlich eröffnet werden wird, habe ich zur Kenntnis genommen. Ich werde mich mit meinem Anwalt in Verbindung setzen.

gez. Laura Telago.

Mittwoch, 27. November 1996

Stella stand mit gefalteten Händen an Habliks Grab. Die Kränze und Blumen waren längst verwelkt und abgeräumt, der Grabstein noch nicht fertig. Ein schlichtes Holzkreuz trug eine Plakette mit den nötigsten Daten. Drei Gräberreihen weiter war ein frisches Loch ausgehoben. Vom Krematorium wehte Trauermusik herüber. Stellas schwarze Garderobe war neu, von den Schuhen bis zum Hut, der ihr kräftig sprießendes blondes Haar teilweise bedeckte. Sie hatte die Augen geschlossen. Die herbstliche Sonne schwamm im Dunst über der Stadt. Es war kalt. Sie schlug den Mantelkragen hoch. Abel gesellte sich zu ihr. Sie öffnete die Augen und lächelte.

»Ich will keinen der Orte mehr betreten, die mit damals zusammenhängen.«

Abel nickte. »Wie lebst du jetzt?«

»Es gibt keinen Mann.«

»Natürlich nicht.«

»Und du und Jane?«

»Naja.« Abel lächelte und dachte daran, daß Jane in letzter Zeit wieder wie ein Wasserfall redete und ein Thomas mit einer zugegebenermaßen sympathischen Stimme so häufig privat anrief.

»Mir geht's gut. Es waren die Tabletten, sie haben mich die Jahre über im Kopf krank gemacht.«

»Das Verfahren wegen Falschaussage ist gestern eingestellt worden. Der Staatsanwalt geht davon aus, daß du dich in einer unverschuldeten Zwangslage befunden hast. Außerdem habe ich mit Meyer verhandelt, der Schubert auch in finanziellen Dingen vertritt. Ich habe gefordert, daß man dir Schuberts Anteile an der Klinik

Seelenfrieden überschreibt, um die Schulden bei dir zu tilgen. Es gibt einen Interessenten, einen Pharmakonzern, der dafür etwa zwölf Millionen Mark zahlen würde.«

»So?« sagte Stella. Es schien sie nicht zu interessieren, daß der Preis relativ niedrig war. Aber die Zeiten wären schlechter geworden, diese dauernde Gesundheitssystemreformiererei in Bonn, erklärte ihr Abel. Sie zuckte mit den Schultern. »Ja, klar.«

»Soilents Büro ist verkauft. Die Villa, seine Gemäldesammlung und die Wertpapiere ebenfalls. Du kannst in Kürze über weitere acht Millionen verfügen. Für die Erbschaftsteuer geht noch einiges ab, weil ihr nicht verwandt seid. Aber es bleibt ein ordentliches Vermögen.«

Achselzucken. »Ich kann sowieso nicht überblicken, wieviel das ist.«

»Man muß es anlegen.«

»Sprich du mit einer Bank.«

Stella drehte sich zu Abel herum. Er sah, daß es ihr nicht gut ging. Ihre Augen! Mit der Spitze ihres Schuhs kickte sie an den noch frischen Grabhügel.

»Ich hab' ihn umgebracht. Keinen anderen, aber ihn. Dabei hat der Hablik bestimmt genauso am Leben gehangen wie ich oder du. Und ich glaub', daß er mich verdammt geliebt hat. Vielleicht hat mich niemand anders in meinem Leben so lieb gehabt.« Eine lange Pause. »Vielleicht hat *er* die zweite Hälfte meiner Seele und nicht mein Vater – und ich bring' ihn um.« Stella tippte sich mit dem Finger an den Kopf. »Ich hätte das doch kapieren müssen, trotz des ganzen Gifts in der Birne, verstehst du?«

»Wir sehen uns bei Gericht«, sagte Abel. Stella schüttelte den Kopf. »Ich weiß, daß man die Aussage auch verlesen kann, wenn die Zeugin nicht verfügbar ist, weil ich von einem Richter verhört worden bin.«

»Das ist korrekt. Aber dann muß die Zeugin weit weg sein – außerhalb von Deutschland.«

»Klar.«

»Was hast du vor?

Achselzucken. Dann: »Vielleicht nach Nizza, runter ans Cap. Das war seit ewiger Zeit das erste Mal, daß ich richtig glücklich war.« Noch ein kleiner Schubs mit der Schuhspitze Richtung Grab. »Mit dem da.« Ein kleines Lächeln. »Und wie er sich angestellt hat, als ich in der Strandbar diese rosa Drinks gemixt habe! Was für Augen er gemacht hat, als ich ihm im Flugzeug ins Ohr geflüstert hab'. Ich hätte mit ihm schlafen sollen, sag' ich mir heute. Aber was soll's. Ich mit meiner verdammten halbe Seele!« Stella sah Abel an. »Ich kenn' da unten am Cap ein paar Leute.«

»Du wolltest doch, daß ich dir mal Billard beibringe«, sagte Abel.

»Jetzt nicht«, antwortete Stella. »Aber man trifft sich wieder.«

***

PS.

Ich schulde dem Vorstand des Amtsgerichts Stuttgart und den Präsidenten des Landgerichts Abbitte, sie sind geistig weder verwandt noch verschwägert mit der in diesem Buch vorkommenden Figur in dieser Position. Ich habe aber einen surrilen »Vorstand« und einen strengen Präsidenten in einer kleinen Rolle gebraucht und ihn deshalb frei erfunden, sorry; andere Charaktere sind authentischer.

F.B.